Der Weg nach Vinland

Das Buch

Rom, im 11. Jahrhundert: Die Feder des Mönchs kann der Erzählung der alten Isländerin kaum folgen. Gudrid erinnert sich: an ihre Kindheit in Island und daran, wie sie mit ihrem Vater nach Grönland auswandern musste, wo sich gerade eine erste Siedlergruppe niedergelassen hatte. Doch der größte Traum der Wikinger war »Vinland«, ein unbewohntes Paradies jenseits der bekannten Welt, in dem es Wild, Fisch, Holz und Wein im Überfluss geben sollte. Gudrids Mann Thorstein ließ dieser Traum nicht mehr los. Wie besessen suchte er nach der sagenumwobenen, unbekannten Welt. Gudrid jedoch, der von den anderen Hellsichtigkeit, ja Zauberkräfte nachgesagt werden, zweifelte, ob Vinland nicht vielmehr das Reich der Dämonen und Toten ist. Und wirklich, Gudrids und Thorsteins Fahrt forderte einen schrecklichen Preis ...

Die Autorin

Margaret Elphinstone, geboren in Kent, hat Länder wie Island, Grönland, Labrador und die USA ausgiebig bereist. In Glasgow unterrichtet sie Literatur und Kreatives Schreiben. *Der Weg nach Vinland* ist ihr vierter Roman.

Margaret Elphinstone

Der Weg nach Vinland

Roman

Aus dem Englischen
von Marion Balkenhol

List Taschenbuch

Besuchen Sie uns im Internet:
www.list-taschenbuch.de

Umwelthinweis:
Dieses Buch wurde auf chlor- und säurefreiem Papier gedruckt.

List Verlag
List ist ein Verlag des Verlagshauses Ullstein Heyne List GmbH & Co. KG.
1. Auflage November 2003

Titel der englischen Originalausgabe: *The Sea Road*
(Canongate Books Ltd, Edinburgh)
Übersetzung: Marion Balkenhol
Redaktion: Dr. Friederike Elena Heitsch
Umschlagkonzept: HildenDesign, München – Stefan Hilden
Umschlaggestaltung: Hauptmann und Kampa Werbeagentur, München – Zürich, unter Verwendung einer Vorlage von HildenDesign
Titelabbildung: Universitetets oldaksamling, Oslo / Eirik I. Johnsen
Druck und Bindearbeiten: Clausen & Bosse, Leck
Printed in Germany
ISBN 3-548-60389-0

Für Agnar und Hlif

Anmerkung der Autorin

Die Personen und Ereignisse im vorliegenden Roman basieren im Wesentlichen auf den Erzählungen aus *Eiriks Saga, Grœnlendinga Saga* und *Eyrbyggja Saga.*

Die wichtigsten Personen
(in der Reihenfolge ihres Auftretens)

Agnar, Sohn von Asleif; ein isländischer Mönch
Gudrid, Tochter von Thorbjörn, verheiratet mit Thorstein Eiriksson, später mit Thorfinn Karlsefni
Thorbjörn Vifilsson, Großbauer in Laugarbrekka auf Island, dann in Stokkanes auf Grönland; Gudrids Vater
Eirik Raudi (Erik der Rote), norwegischer Siedler auf Island, dann in Brattahlid auf Grönland
Orm, verheiratet mit Halldis und Pflegevater von Gudrid; Bauer in Arnarstapi auf Island
Halldis, verheiratet mit Orm und Pflegemutter von Gudrid in Arnarstapi auf Island
Björn Asbrandsson, Bauer in Breidawik auf Island; Geliebter von Thurid in Frodahver
Thurid, verheiratet mit Thorbjörn dem Dicken, später mit Thorodd; Mutter von Kjartan, lebt in Frodahver auf Island
Thorodd, zweiter Ehemann von Thurid
Kjartan Thoroddsson, Sohn von Thurid, später Großbauer in Frodahver
Thangbrand der Missionar, bringt das Christentum nach Island
Einar Thorgeirsson, Händler auf Island
Snorri Thorbrandsson, verfeindet mit Thorbjörn, befreundet mit Karlsefni, Siedler in Dyrnes auf Grönland
Herjolf, Sohn von Bard, Siedler in Herjolfsnes auf Grönland, Vater von Bjarni
Bjarni Herjolfsson, Siedler in Herjolfsnes auf Grönland
Thorbjörg, eine Hexe in Herjolfsnes auf Grönland

Thjodhild, verheiratet mit Eirik Raudi; Mutter von Leif, Thorvald und Thorstein, lebt in Brattahlid
Leif, Sohn von Eirik und Thjodhild
Thorvald, Sohn von Eirik und Thjodhild
Thorstein, Sohn von Eirik und Thjodhild
Freydis, Tochter von Eirik und einer Leibeigenen, heiratet Thorkel aus Gardar auf Grönland
Tyrkir, ein deutscher Leibeigener von Leif
Thorir, norwegischer Händler, erleidet Schiffbruch vor Grönland
Thorstein der Schwarze, Bauer in Lysufjord in der Westsiedlung auf Grönland
Grimhild, verheiratet mit Thorstein dem Schwarzen
Thorfinn, genannt Karlsefni, Händler aus Island; verheiratet mit Gudrid, später Großbauer in Blaumbær auf Island
Thorbrand, Sohn von Snorri Thorbrandsson
Thorhall der Jäger, Eiriks Lehnsmann, den er Karlsefni als Führer nach Vinland leiht
Helgi, Pächter von Sandnes (Gehöft von Thorstein Eiriksson) in der Westsiedlung auf Grönland
Sigrid, lebt als Ehefrau von Helgi in Sandnes
Helga, Frau eines Schmieds, den sie auf der Expedition nach Vinland begleitet
Snorri, Sohn von Thorfinn Karlsefni und Gudrid, später Anführer in Glaumbær auf Island
Gunnar, Schiffsbauer auf der Expedition nach Vinland
Thorbjörn, zweiter Sohn von Gudrid und Thorfinn Karlsefni
Gudleif, Sohn von Gudlaug, einem seefahrenden Händler aus Island

Helluland
Grönlan
Westsiedlung
Ost-
siedlung
Brattahlid
Stokkanes
Herjolfsnes
Markland
Leifsbudir
Vinland
ATLANTISCHER
OZEAN

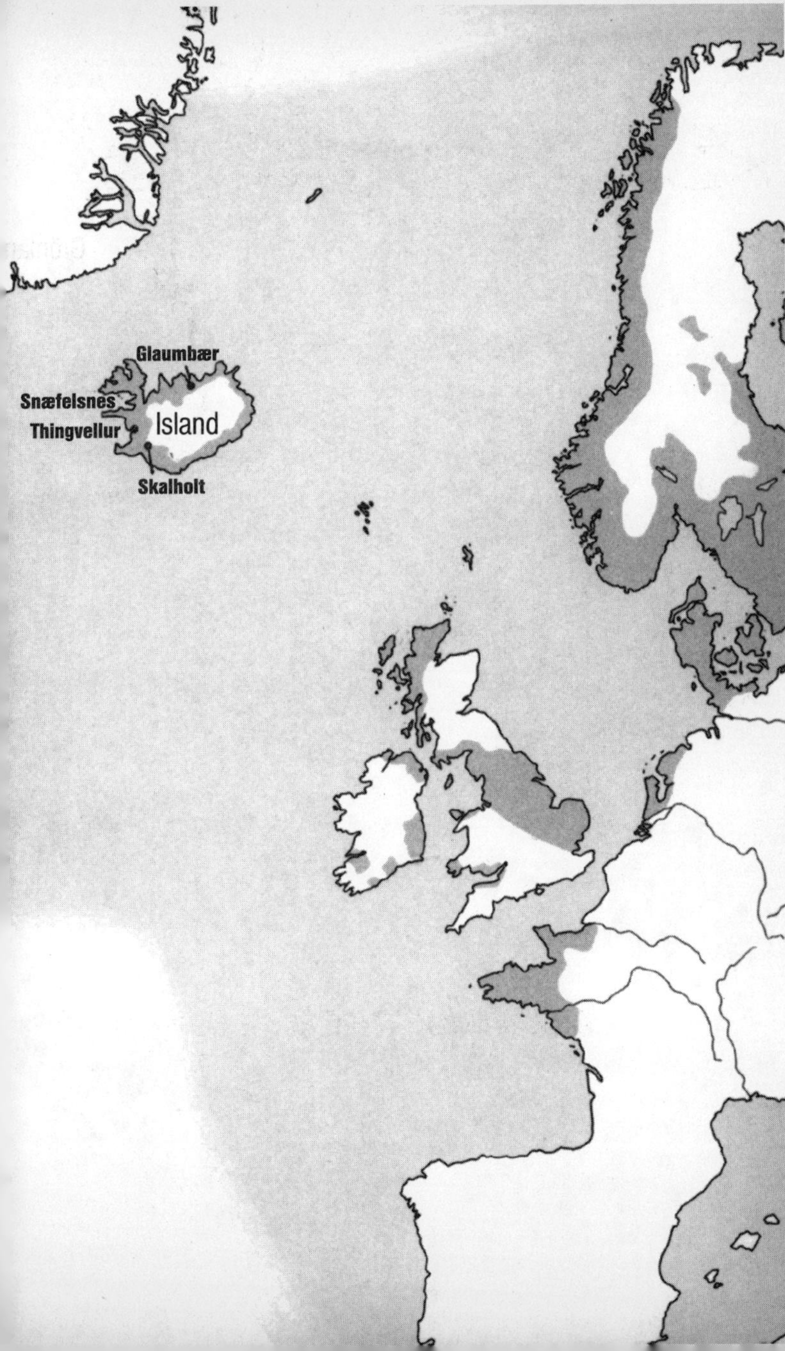
Glaumbær
Snæfelsnes
Island
Thingvellur
Skalholt

Praefatio

März 1069 in Skalholt, Island

Dieses Vorwort schreibt Agnar Asleifarsson, auf dass die Niederschrift in nachfolgenden Zeiten rechtschaffen und wahrhaftig ausgelegt werde.

Einem Befehl des Kardinals Hildebrand folgend, habe ich Gudrids Geschichte aufgeschrieben. Als Gudrid in Rom eintraf, hat sie der Kardinal empfangen und später nach mir rufen lassen. Seine Worte lauteten:

»Eine Landsmännin von dir ist hier auf ihrer Pilgerfahrt eingetroffen. Sie hat mir einen Brief von unserem Bruder Isleif Gizursson überreicht, dem Bischof in Skalholt auf Island. Übrigens hat Isleif erfahren, dass du nach Rom gekommen bist, und möchte sich dir in Erinnerung bringen. Sein Brief enthält eine sehr merkwürdige Geschichte. Diese Frau gehört offenbar zu denen, die leibhaftig die Grenzen der sterblichen Welt überschritten haben. Sie hat über ein Jahr in den Ländern außerhalb der uns bekannten Welt gelebt. Sie hat mit Dämonen und mit den Geistern der Toten gesprochen. Der Stoff, so könntest du einwenden, aus dem die Märchen für die breite Masse sind. Isleif indes glaubt, es stecke mehr dahinter. Du weißt, unser Bruder Adelbert verfasst eine Abhandlung über die Letzten Vier Dinge, und wir müssen für unsere schriftlich niedergelegte Doktrin möglichst viele Beweise sammeln. Die Häresie nimmt überhand und ich beabsichtige, diese Irrungen in den nächsten ein bis zwei Jahren mit einem Dekret aus dem Lateran zu bekämpfen, mit Genehmigung des Heiligen Vaters höchstpersönlich. Agnar, ich ziehe dich hiermit ins Vertrauen. Ich weiß, du wirst diese Kenntnisse nicht weitergeben.

Ich vertraue Isleif vollkommen. Seit seinem Aufenthalt in Toul. Er hätte Kardinal werden können, wenn er sich nicht entschlossen hätte, nach Island zurückzukehren. Die Frau, um die es geht, habe ich persönlich kennen gelernt. Mit ihrem aufgeweckten Wesen und dem Selbstbewusstsein eines Mannes hat sie tiefen Eindruck auf mich gemacht. Dabei mangelt es ihr nicht an Bescheidenheit. Ihre Lateinkenntnisse reichten natürlich nicht aus, um mich zu begrüßen und Isleifs Botschaft zu übermitteln. Ich versuchte, deutsch mit ihr zu reden, aber sie antwortete mit starkem Akzent: ›Ich kann kein Deutsch.‹

Mein Plan ist folgender: Du hörst dir diese Geschichte an und schreibst sie auf Isländisch nieder. Sobald du ihre Worte schriftlich festgehalten hast, überträgst du sie ins Lateinische und überarbeitest die Erzählung, die zweifelsohne ungehobelt sein wird, mit deiner gesunden Gottesgelehrtheit.«

Das war wohl das einzige Kompliment, das mir der Kardinal je gemacht hat, doch wusste ich es nicht in gebührender Weise zu schätzen. Die ganze Sache bedeutete eine lästige Unterbrechung meiner Arbeit. Es war sinnlos, den Kardinal darauf hinzuweisen, dass auf Island jeder Geschichten über Gespenster, den Teufel und Reisen ins Jenseits erzählt. An Winterabenden tun wir Isländer fast nichts anderes. Ich war Gelehrter, kein Lieferant gewöhnlicher Erzählungen. Für einen Pfarrer mochte es nützlich sein, ein paar Märchen aus dem Ärmel schütteln zu können, welche die unwissenden Bauern derart in Angst versetzten, dass sie sich ihrer Lage wenigstens halbwegs bewusst wurden. Aber damit hatte ich nichts zu tun. Bevor ich Reims nach dem Konzil von 1049 gemeinsam mit Papst Leo verließ und nach Rom kam, hatte man mich jahrelang mit Übersetzungen betraut. Anschließend beschäftigte ich mich mehr mit Kirchenverwaltung. Es war die Zeit der gregorianischen Reform und wir hatten uns vorgenommen, aus Rom wieder den Mittelpunkt der Welt zu machen, diesmal auf der Grundlage eines geistlichen Fürstentums.

Selbst inmitten dieser Unbesonnenheit arbeitete ich noch an meiner Übersetzung der *Dialogi* Papst Gregors ins Isländische. An dieser Stelle sollte ich vielleicht erwähnen, dass ich die Übertragung zwei Jahre nach Gudrids Abreise aus Rom vollendete. Ich habe eigenhändig eine Kopie angefertigt (einem italienischen Schreiber hätte ich keinen isländischen Text anvertraut) und das Original an Isleif nach Skalholt geschickt. Ich hatte gehofft, die Übersetzung früher fertig zu stellen, doch kaum war Gudrid abgereist, da fielen die Normannen über uns her. Die Arbeit an Texten war stets meine liebste Beschäftigung.

Die Niederschrift von Gudrids Geschichte erwies sich wider Erwarten für mich als sehr bedeutend. Sie war eine Episode in der aktivsten Zeitspanne meiner Jugend. Jetzt bin ich schon seit fünfzehn Jahren wieder in Skalholt. Leo IX. ist tot und Kardinal Hildebrand wartet in Rom auf seine Gelegenheit. Nur der Tod kann ihm jetzt noch die höchste Auszeichnung vorenthalten. Er hat lange genug darauf hingearbeitet und ich glaube, er wird ein denkwürdiger Papst. Es ist gewiss keine leere Prahlerei zu behaupten, ich hätte inzwischen Kardinalsrang erreicht, wenn ich bei ihm geblieben wäre. Ich habe mich jedoch anders entschieden. Als Leo IX. starb, habe ich beschlossen, nach Island zurückzukehren. Ich habe diese Entscheidung nie bereut, obwohl meine Kollegen in Rom versucht haben, mich vom Gegenteil zu überzeugen. In ihren Augen beging ich mit meinem Rückzug von der Welt die größte Dummheit. Aber ich wollte Isleif bei der Klostergründung in Skalholt behilflich sein. Der Gedanke an ein Kloster in meiner Heimat hatte sich in mir festgesetzt, als ich das Vorhaben während unserer Studienzeit mit Isleif erörtert hatte. Außerdem war mir klar geworden, dass es in Rom nie Frieden oder Zeit für Gelehrsamkeit geben würde. Der neue Papst Viktor erteilte mir schließlich die Erlaubnis zur Abreise. Hildebrand war wütend darüber, doch inzwischen ist er längst wieder versöhnt. Hier, auf diesem Außenposten der Christenheit, bin ich nützlich für ihn und wir halten brieflich locker die Verbindung. Es gehört zu seiner politischen Begabung, aus jeder Bekanntschaft das Beste zu machen. Doch ich interessiere mich nicht mehr so sehr für Politik; in Skalholt habe ich mein Leben der Übersetzung in die Sprache meines Volkes gewidmet.

Mag sein, dass Gudrids Geschichte zu meinem Entschluss geführt hat. Als Gudrid in Rom eintraf, war ich bereits zwei Jahre dort. Reims war mein Zuhause, mehr noch als Island, denn dort hatte ich seit meinem zehnten Lebensjahr gelebt. Dort ging ich zur Schule und meine Lehrer waren Schüler des großen Gerbert. Ich glaube, das war wichtig, als ich Gudrids Geschichte niederschrieb. Ihre Worte bekamen für mich eine andere Bedeutung als die, die Kardinal Hildebrand nahe gelegt hatte. Den Kluniazensern konnte ich nicht sagen, wie ich Gudrids Erzählung auslegte; das hätte mich meine Stellung in Rom gekostet. In Reims indes hatten wir gelernt, Wissen um seiner selbst willen zu schätzen, und aufgrund dieser Ausbildung lernte ich darauf zu vertrauen (das wage ich hier zu sagen), dass die Theologie schon auf sich selbst aufpassen könne. Hat Gott nicht die ganze Welt erschaffen und all ihre Lebewesen? Hildebrand hatte mich angewiesen, Gudrids Geschichte im Hinblick auf Tod, Jüngstes Gericht, Himmel und Hölle zu lesen. Das habe ich auch getan. In meiner Jugend habe ich aber auch andere Dinge gelernt: vor allem den Gebrauch des Astrolabiums, des Abakus und der Uhr. Das Messen an sich ist ein heiliges Mysterium und tut der Unendlichkeit keinen Abbruch.

Außerdem kam ich aus Island, und auch wenn ich seit meiner Kindheit nicht mehr dort gewesen war, so kannte ich mich in der Schifffahrt aus. Die beste Zeit meines Lebens habe ich damit verbracht, geistliche Schriften ins Isländische zu übersetzen. Jetzt, da unser Kloster und die Bibliothek gut ausgerüstet sind, widme ich mich wieder der Aufgabe, die ich einst nur so zögerlich angepackt habe: Ich schreibe die Geschichten nieder, die man sich hier erzählt. Das erzürnt so manchen. Sowohl Barden als auch das gemeine Volk behaupten, es sei eine Art Tod, wenn man etwas in dunkler Tinte auf Pergament bannte, das leben sollte, das gesprochen und gesungen werden sollte, wo Menschen sich versammeln. Auch meine Klosterbrüder waren verunsichert. Es wäre vielleicht blasphemisch, die Gabe des Schrifttums für weltliche Zwecke einzusetzen. Ich äußere mich nicht dazu, sondern fahre fort. Darüber hinaus habe ich ein paar fähige Schüler hier in Skalholt, junge Gelehrte. Man könnte nun einwenden, das sei ein ziemlicher Kontrast, nachdem ich einst die Chance hatte, mit über Aufstieg und Fall von Päpsten zu entscheiden. Doch ich glaube – und wenn das Häresie ist, soll mich der Schlag treffen –, dass das, was ich hier mache, längst bestehen bleiben wird.

In Reims haben wir gelernt, das beste Latein zu schreiben. Übersetzen galt als Kunst. Dort wurde ich ermutigt, eine Möglichkeit zu finden, meine Muttersprache niederzuschreiben. Als Isleif in Deutschland war, hat er mich besucht, und wir haben lange über unsere Arbeit gesprochen. Er hat mich angeregt, mit meiner Arbeit fortzufahren. Es gebe keinen Grund, so sagte er, unsere Muttersprache nicht in lateinischer Schrift festzuhalten, wenn man die Prinzipien ausarbeite, nach denen vorzugehen ist. Auch sei nicht einzusehen, warum die großen Werke unserer lateinischen Vorgänger nicht in den Worten niedergeschrieben werden sollten, die wir an unseren Feuerstellen gelernt hatten. Ich hatte Bedenken. Die Bedeutung, so sagte ich, liegt in den Worten selbst. Ändert man die Wörter, ist der Sinn nicht mehr derselbe. Einen Text von einer Sprache in die andere zu übertragen, ist eine Art Lüge. Ich hatte Angst, die Wahrheit zu verdrehen, und rückblickend sollte das nicht überraschen, waren wir doch ständig vom Gespenst der Häresie verfolgt.

Deshalb habe ich das Original versteckt, nachdem ich das von Kardinal Hildebrand verlangte lateinische Dokument angefertigt hatte. Nach meinem Tod, der, so Gott will, noch ein paar Jahre auf sich warten lässt, kann es hier in Skalholt bleiben. Andere werden entscheiden, was damit geschehen soll. Ich bin mir nicht sicher, welchen Wert es hat. Es ist die Geschichte einer Frau und Frauen sind gute Erzählerinnen. Auf Lateinisch wurde etwas anderes daraus; Latein ist keine Sprache für Frauen. Ich weiß nicht, ob außer mir noch jemand versucht hat, die Worte eines anderen schriftlich festzuhalten, sobald sie ausgesprochen werden. Natürlich konnte ich sie nicht getreu wiedergeben. Ich schreibe zwar schnell, doch niemand kann so schnell schreiben, wie ein anderer spricht. Gudrid sprach sehr langsam, um mir entgegenzukommen, doch wenn sie erregt war, wurde sie schneller, ohne es zu merken, und dann musste ich mich anstrengen, um mitzukommen. Ich fürchtete, sie könnte den Faden verlieren, wenn ich sie fortwährend unterbrach und bat, langsamer zu sprechen. Nach jeder Sitzung musste ich eine tadellose Kopie anfertigen. Das konnte ich mir leisten, denn der Kardinal lieferte das notwendige Pergament und die Tinte. Eine solche Arbeit ist mühsam und es überrascht mich nicht, dass ich niemanden kenne, der es ebenfalls versucht hat. Hier wäre es sogar noch schwieriger, denn die Tinte ist in kaltem Klima viel zähflüssiger.

Die zweite Verzerrung ist, wie ich zugeben muss, das Ergebnis natürlicher Zuneigung. So bezeichne ich es und angesichts meines hohen Alters brauche ich mich vor Empörungen über diese Aussage nicht mehr zu fürchten. Ich mochte Gudrid mit der Zeit. Damit meine ich nicht fromme Liebe, nicht einmal schlichte Nächstenliebe. Es war keine gewöhnliche Freundschaft, denn sie war eine Frau und ich ein Mann. Es war gewiss keine erotische Liebe – schließlich war Gudrid nahezu vierzig Jahre älter als ich. Doch jetzt, da alles vorbei ist, kann ich eingestehen, dass die schlimmste Versuchung in meinem Leben als Erwachsener die Fleischeslust war. Als junger Mann habe ich sie oft als Qual empfunden und in meiner Zeit in Rom war es am schlimmsten. Damals schrieb ich es der Hitze zu, die ein äußeres Bild der teuflischen Flamme im Innern zu sein schien. Bedenkt, dass das Zölibat in diesen Jahren das zentrale Thema der Kirchenreform war. Allenthalben wurde darüber diskutiert. Natürlich hätte ich heiraten können, doch ich war ehrgeizig und hoffte, in Rom Karriere zu machen. Wenn ich ganz ehrlich sein soll – schließlich werde ich tot sein, wenn ihr dies lest –, kann ich sagen, dass diese quälende Versuchung vielleicht zu meinem Entschluss geführt hat, nach Island zurückzukehren. Ich musste der Hitze entkommen. Ich habe nie damit gerechnet, dass ich am Ende heiraten würde. Und hätte Gudrid mir nicht ihre Geschichte erzählt, wäre es womöglich nicht dazu gekommen. Mit meiner Eheschließung habe ich meinen ehrgeizigen Plänen für immer den Rücken gekehrt. Jetzt bin ich unwiderruflich Priester auf Island, ich, der einst vehement für die Klosterreform Leos IX. eintrat. Ich bin verheiratet und das unerfüllte Verlangen und Einsamkeit gehören der Vergangenheit an. In Rom aber hat man mich bereits vergessen.

Vielleicht hat alles in jenem Jahr seinen Anfang genommen. Gudrid hielt sich im englischen Konvent St. Peter auf, nördlich der gleichnamigen Kirche im Angelsächsischen Viertel am anderen Flussufer. Die meisten Nonnen stammten aus England und ich glaube, das gefiel ihr. Die Klosteranlage war winzig. Sie hatten kein Skriptorium, denn das Gebäude sollte zunächst nur als Herberge für Pilger aus dem Norden dienen, doch man stellte uns für unsere Arbeit eine Zelle zur Verfügung. Aus dem Fenster fiel der Blick nach Süden über einen kleinen, gepflasterten Kreuzgang auf den Hügel, auf dem man gerade noch das Dach der Kirche St. Peter sehen konnte. Der Anstand gebot, dass wir bei offener Tür arbeiteten. Es war auch angenehm, die Sonnenstrahlen hereinströmen und sich von ihnen berühren zu lassen. Zuweilen trugen wir das Pult in den Kreuzgang und arbeiteten dort; dann gingen die Nonnen auf ihrem Weg zur Arbeit oder zum Gebet an uns vorbei.

Anfangs ging ich vom Lateran zu Fuß hinüber und überquerte bei Sonnenaufgang und in der Abenddämmerung den Fluss mit der Fähre. Später blieb ich bei den Mönchen in St. Peter, von wo das Angelsächsische Viertel nur ein paar Minuten zu Fuß entfernt lag. Während dieser Zeit war ich meinem geschäftigen Leben entrissen, meine Beschäftigung mit Politik und Regierung, selbst meine kostbare Übersetzung der Werke Papst Gregors traten in den Hintergrund. Ich wurde zum Übermittler von Gudrids Geschichte, die damit allmählich auch meine Geschichte wurde. Auf diese Weise entstand unsere gegenseitige Zuneigung.

Als ich ein paar Jahre später nach Island zurückkehrte, habe ich sie mehrere Male besucht. Sie hatte mit ein paar Nonnen in Glaumbær ein Kloster gegründet. Ich habe ihnen die heiligen Sakramente gespendet. Sie hat sich gefreut, mich zu sehen, und wir haben einen Abend lang miteinander gesprochen. Vor drei Wochen hat sie nach mir geschickt, da sie im Sterben lag, und ich habe die Letzte Ölung gespendet. Einer ihrer letzten Sätze lautete: »Du bist ein ehrlicher Mann, Agnar.« Ihre Familie hat sie neben Karlsefni beisetzen lassen.

Ich bin nicht sicher, ob ich ein ehrlicher Mann bin, doch bei der Wiedergabe der Geschichte habe ich versucht, so ehrlich wie möglich zu sein, denn Gudrid war auch ehrlich zu mir.

Gudrids Geschichte

Englisches Nonnenkloster St. Peter, Rom
5. Juli 1051

Ich schlage vor, wir arbeiten jeden Morgen hier. Die Nachmittage werden so heiß, dass ich mich einfach hinlegen und schlafen muss. Zu Hause wäre jetzt Winter, dort würde ich das kostbare Tageslicht niemals mit Ausruhen vergeuden. In jungen Jahren sehnte ich mich stets nach einem Sonnentag, um aus der alptraumhaften Dunkelheit zu erwachen. Damals herrschte Winter und Nacht, unterbrochen von einem zarten Sommer, der in meiner Erinnerung brüchig ist wie altes Laub.

Ich sehe deinen gebeugten Rücken, deine Tonsur, deinen schwarzen Talar. Als man uns einander vorstellte, bist du meinem Blick ausgewichen, und wenn du redest, sprichst du so leise, dass ich dich nicht verstehe. Aber ich weiß, wer dein Vater ist; ich kenne deine Familie. Woran denkst du, wenn die Feder über die Seite kratzt? Kommen dir bei meinen Worten Bilder in den Sinn? Du bist ein junger Mann und ich bin eine alte Frau. Werden meine Worte die Welt verändern, die du siehst?

Bevor du kamst, habe ich draußen im Schatten gesessen und die Bienen über den großen Kräutertöpfen im Klosterhof beobachtet. Natürlich haben wir zu Hause Thymian. Ich habe gefragt, wie die anderen Kräuter heißen: Basilikum, Majoran, das andere habe ich vergessen, und der Baum in der Mitte heißt Lorbeer. Die Bienen arbeiten andauernd, ebenso wie die Nonnen. Nur ich habe hier nichts zu tun, außer Worte zu finden für etwas, das vergangen ist.

Meine Geschichte beginnt weit weg von Rom, weit weg

von dieser weißen Sonne, die sich hoch über den Dächern erhebt. Sie beginnt an einem Ort, der nur aus Wasser und Schatten besteht, wo die Farben schmelzen und sich verändern, an einem Ort der Weite und Reinheit, hoch oben im Norden und für immer und ewig der Vergangenheit anheim gegeben.

Als ich zur Welt kam, waren Nahrungsmittel knapp, und als ich entwöhnt wurde, war eine Hungersnot ausgebrochen. Meine Familie hungerte zwar nicht, doch war nie genug zu essen da; die Leibeigenen und das Vieh auf unserem Anwesen waren ausgemergelt und ertrugen schweigend das Leid, das für mich, die ich nichts anderes kannte, einfach dazugehörte. Noch heute bin ich ganz gierig auf Süßspeisen. Hier in Rom gibt es Honig und Gewürze. Alles wird in Öl gesotten und das Fleisch schmeckt besser, wenn es nicht gekocht ist. Es gibt Oliven und grüne Kräuter zu allem und jeden Tag Wein. Ich esse und hole nach, was ich als Kind nicht hatte. Als ich entwöhnt wurde, gab es saure Milch und Butter, Fisch und Fleisch, aber nie genug und immer, soweit ich mich erinnere, in derselben graubraunen Farbe.

Obwohl Island zu der Zeit, als ich geboren wurde, Hunger litt, musst du nicht glauben, dass wir arm waren. Ich komme aus einer guten Familie und mein Vater erbte durch die Heirat mit meiner Mutter den Besitz in Laugarbrekka. Auf diese Weise wurde er dort Großbauer. Der Vater meiner Mutter war Einar von Laugarbrekka. Auch auf meines Vaters Seite, heißt es, stammten wir von einem Königshaus in Irland ab. Wohlgemerkt, ich habe gelernt, mich von derlei Behauptungen nicht allzu sehr beeindrucken zu lassen. Jedermann hatte irische Leibeigene, als ich noch klein war, und es ist bemerkenswert, wie viele dieser irischen Vorfahren angeblich von königlichem Geblüt waren. Wie dem auch sei, mein Großvater Vifil war Ire und diente Aud der Tiefsinnigen. Mit ihr segelte er von den Hebriden herüber, als sie sich auf Island niederließ. Er kam nach Hvamm im Breidafjord, wo sie ihm seine Freiheit und ein Anwesen in Vifilsdalur schenkte. Kennst du die Gegend? Es ist nicht gerade das beste Land in den Westfjorden, sondern ein tiefes Tal, das sich von Haukadalur nach Süden erstreckt. Dort aber war mein Großvater frei und hatte eigenes Land und dort zog er seine beiden Söhne groß.

Sowohl mein Onkel als auch mein Vater heirateten eine Tochter Einars von Laugarbrekka. Auf diese Weise traten sie ein besseres Erbe an und mein Vater, Thorbjörn, wurde ein eigenständiger Großbauer. Leider hatte er keinen Sohn als Nachfolger. Das ist schade; Laugarbrekka ist ein gutes Gehöft und es gehört nun nicht mehr meiner Familie, obwohl unser Name für immer damit verbunden sein wird. Ich bin nie mehr dort gewesen. Es liegt auf der Südseite des Snæfel – wenn man von unserem Haus nach Norden schaut, ist dessen Eisspitze oft in Nebel gehüllt –, doch an klaren Tagen kann man den weißen Vulkankegel am Horizont sehen. Der Snæfel lag also wie ein schlafender Riese über uns, während wir nach Süden schauten. Unser Haus stand auf einer Kuppe mit felsigem Abhang, auf dem ich herumgekrabbelt bin, als ich noch sehr klein war. Auf drei Seiten hatten wir einen weiten Blick über das Meer. Zuweilen konnten wir Reykjanes sehen, wo Ingolf zur Zeit meines Großvaters die erste Niederlassung gründete. Nicht weit von unserem Ufer entfernt lag eine Felseninsel, über die fast immer die Brandung donnerte. Laugarbrekka ist auf allen Seiten dem Meer und dem Wind ausgesetzt und Snæfelsnes ist die raueste Gegend von ganz Island. Ich weiß noch, dass im Winter der Wind gegen unser Dach aus Grassoden hämmerte und das Gebälk unter den mächtigen Böen ächzte, wenn ich einschlief. Bis zum heutigen Tag spendet mir Unwetter Trost, solange ich nur sicher und trocken bei meinen Lieben bin. Ich schlafe gerne dabei ein. Dann kamen im Frühling die Seeschwalben zurück und sie schrien wie wahnsinnige Geister durch die hellen Nächte. Trotz seiner exponierten Lage ist Laugarbrekka ein guter Hof. Unsere Weiden und Heuwiesen erstreckten sich vom Gehöft bis ans Meer, wo es in den schwarzen Klippen reichlich Vögel und Eier gab. Wir hatten auch einen Strand, doch der ist zu offen für einen sicheren Hafen. Außerdem blockierte eine flache Felseninsel Schiffen die Durchfahrt zum Sandstrand. Ich erinnere mich, dass diese Insel bei Ebbe hell strahlte und mit Tang übersät war.

Hätte meine Mutter überlebt, dann hätte sie wohl auch Söhne gehabt. Obwohl es nur wenig zu essen gab, hatte sie immer Milch für mich, und sie selbst starb dann an Auszehrung. Ich verstehe das; für Snorri oder meinen Thorbjörn hätte ich dasselbe getan. Für ihre Kinder stirbt eine Frau, wenn es sein muss. Und nur für ihre Kinder. Das unterscheidet uns von den Männern. Wenn ich an meine Mutter denke, denke ich an Milch und Wärme. Nachts schlief ich bei ihr, bis zu dem Morgen, an dem ich aufwachte und sie kalt und still neben mir lag und sich nicht bewegte. Ich fing an zu weinen. Da die Frauen mich nicht trösten konnten, drohten sie mir und flüsterten mir zu, sie würden mich allein nach draußen in die Dunkelheit stecken. Da gab ich endlich Ruhe vor lauter Angst.

Diese Erinnerungen an meine früheste Kindheit kommen zu mir wie einzelne Träume, Teile einer Patchwork-Decke, und ich habe keine Fäden, mit denen ich sie zusammennähen könnte. Unser Haus in Hellisvellir in Laugarbrekka erschien mir sehr lang. Das Gebälk verschwand hoch über mir im Rauch. Der Frauenraum befand sich am Ende des Langhauses auf einem Absatz. Ich kann mich noch genau an den Stein davor erinnern, der als Stufe diente; das Meerwasser hatte dort eine helle Kurve eingraviert. Im Frauenraum standen zwei Webstühle, riesigen Spinnweben gleich, und die Fäden warfen nachts, wenn das Feuer in der Aschegrube noch flackerte, Schatten an die Wand. Im großen Raum des Langhauses hingen weiche Teppiche an den Wänden, hinter denen ich mich verbergen konnte, wenn die Männer abends noch am Feuer beisammensaßen. Ich kann mich an Abende im Freien erinnern, wenn die goldene Sonne tief am Himmel stand und die Kühe von der Weide kamen, um gemolken zu werden. Ich erinnere mich an den Juckreiz, an den Geruch der Heuwiese und an verwelkte Blüten auf trockenen Stängeln. Ich höre noch das Rauschen des Windes und sehe, wie die Schneeflocken im winterlichen Dunkel wie Silbermünzen in den Schlamm fielen.

Das erste Ereignis, das von außen in meine Welt eingriff, geschah, als ich vier Jahre alt war. Eirik der Rote kehrte von Grönland zurück und weilte als Gast meines Vaters in unserem Haus.

Roter Herbstbart, rote Haare. Er erzählt Geschichten über ein Land, das so leer ist wie der blasse Himmel im Herbst. Zwischen den Stürmen bleibt Zeit für einen Traum. Er ist ein finsterer, gewalttätiger Mann, aber er erzählt seine Träume.

Er sitzt am Tisch in der Halle. Die Mahlzeit ist beendet; das Geschirr wird weggeräumt, die Frauen ziehen sich zurück. Kinder und Hunde kriechen ans Feuer, von niemandem beachtet. Mit dem Rauch ziehen Männergespräche durch den Raum. Das kleine Mädchen sieht Bilder vor sich, während der rote Mann spricht. Er beschreibt ein grünes Land, doch jetzt ist Herbst auf Island, und das Mädchen kann sich Grün nicht vorstellen, nur Rot. Rotes Gras, rotes Weidengestrüpp, rote Bärentrauben und Krähenbeeren. Rote Berghänge, rot wie sein Bart und seine Haare. Nur das Meer ist grün. Fährt man über das Meer nach Westen, gelangt man in eine Welt, die leer und erschreckend ist. Der Mann selbst flößt ihr Angst ein. Er steckt voller Wut. Das spürt sie trotz seiner honigsüßen Worte. Das Land hinter dem Meer ist verlockend, aber der Mann ist wild und heiß und rot. Sie kriecht näher heran, damit ihr kein Wort entgeht. Sie hat in der Halle im Langhaus ihres Vaters schon viele Geschichten gehört, aber nie eine wie diese. In dem blauen Himmel, den er beschreibt, spiegeln sich Land und Meer und eine Gestalt in der unberührten Landschaft, die sie selbst zu sein scheint.

Zuerst verwechselte ich Eirik den Roten mit dem Vulkan. Der war immer Teil meines Lebens gewesen, weißt du, Eis und Feuer, Schnee und Schwefelgeruch – eine andere Welt als dieses sehr irdische Italien. Ich wuchs mit dem Snæfel im Rücken auf, von dem deine Theologen behaupten, er sei das Tor nach Niflheim. Die Tore von Hel führen vom Himmel herab, so wie Luzifer fiel, und Laugarbrekka war eine Art unsicherer Himmel, aus dem ich schließlich hinausgeworfen wurde. Und so war auch das Land, das Eirik meinem Vater beschrieb.

»Ein grünes Land«, sagte er. »Leere, saftige Weiden mit smaragdgrünem Gras, mit Blumen übersät, die nur darauf warten, das schönste Heu abzugeben. Aber noch nie hat jemand dort gemäht. Auf einer dieser Weiden könnte mehr Vieh grasen als in einem ganzen Tal auf Island. Im Winter würde euch die Jagd Schätze einbringen, die euch Könige abkaufen würden – weiße Bärenfelle, Fuchsfelle, Elfenbein von Narwalen und Walrossen. Ein einziges Gramm Ware von meinem Grünen Land wäre mehr wert als eine Schiffsladung voller Gewürze und Seide aus den Gegenden jenseits von Byzanz. Ich spreche von einem Wohlstand, den ihr euch nicht einmal zu erträumen wagt.«

»Und niemand hat dieses Grüne Land bisher entdeckt?«,

fragte mein Vater, noch nicht so recht überzeugt. »Es heißt, zwischen den Eisschollen hinter den Gunnbjörnschären leben Teufelsmänner und Werwölfe, und diese Gegend liege an der Grenze zu Jötunheim.«

»Es heißt!«, spottete Eirik. »Deine Kenntnisse sind gleicher Herkunft wie deine Hosen! Sie kommen von den Webstühlen im Frauenraum! Habe ich nicht gerade drei Jahre lang das Grüne Land von den Gunnbjörnschären bis hin zu dem Kanal erforscht, der nach Norden ins offene Meer führt? Und habe ich da eine Spur von Lebenden gefunden? Nein, habe ich nicht! Nicht eine einzige!«

»Und von den Toten?«, murmelte mein Vater.

»Wenn es dort Tote gibt, dann sind sie nicht von uns, und ihre Geister verfolgen uns nicht. Im Grünen Land gibt es keine nordischen Dämonen, das schwöre ich dir.«

»Heißt das, es gibt andere?«

Eirik zuckte mit den Schultern. »Nichts, wovor ein Mann sich fürchten müsste. Das Land ist nicht besiedelt. Dessen haben wir uns vergewissert. Feiglinge können den Reichtümern ja den Rücken kehren, wenn sie wollen. Ich will nur mit Männern zu tun haben.«

Die meisten Männer hatten vor Eirik Angst. Das spürte ich schon damals, obwohl ich die ganze Geschichte erst später begriff. Eirik kam nach Island, als mein Vater Thorbjörn noch ein Junge war. Eirik war aus Norwegen verbannt worden, weil er mehrere Morde begangen hatte. Sein erstes Gehöft auf Island war hoch oben im Norden in den Hornstrandir, doch als mein Vater Eirik kennen lernte, lebte dieser in der Nähe von Vatnshorn in Haukadalur. Das ist nur zehn Meilen über den Berg von Vifilsdalur entfernt, wo mein Vater aufwuchs. Eirik war genau der Typ Mann, den heranwachsende Jungen bewundern – unbesonnen, wagemutig und immer kampfbereit. Er zog Thorbjörn wie ein Magnet an und das hat sich nie geändert, auch nicht nach allem, was geschehen ist. Mein Vater hat Eirik nie die Schuld für irgendetwas gegeben. Jedenfalls hat es nicht lange gedauert, bis Eirik wieder in Schwierigkeiten steckte, und Thorbjörn hat ihn bei allem unterstützt. Als Eirik aus Haukadalur verbannt wurde, schlug er sein Hauptquartier auf einer der Inseln im Breidafjord auf und versetzte seine Feinde von dort aus in Angst und Schrecken.

Das war zu der Zeit, als Thorbjörn meine Mutter heiratete und nach Laugarbrekka zog. Man sollte meinen, er war froh, aus den Fehden heraus zu sein und auf einem guten Anwesen auf der anderen Seite des Snæfels sesshaft zu werden, mit eigenem Land und einer jungen Frau, die ihn zu Hause hielt. Aber keineswegs. Eine Zeit lang hatte es den Anschein, als wäre er zur Ruhe gekommen. Doch sobald Eirik ihn rief, war er wieder unterwegs. Ich war noch kein Jahr alt, aber vermutlich war eine Tochter nicht so interessant für ihn. Also zog er nach Oxney und wurde in einen Streit verwickelt, den Eirik wegen ein paar Hausbalken vom Zaun gebrochen hatte, die er – wie er behauptete – Thorget von Breidabolsted geliehen hatte.

Wäre ich ein Mann, ich würde einer Fehde wie einem ansteckenden Fieber aus dem Weg gehen. Steckt man einmal drin, kommt man nie wieder heraus – man ist für sein Leben gezeichnet und überhaupt wäre das Leben wahrscheinlich gar nicht so lang. Aber Thorbjörn hatte damals Glück. Zu weiteren Morden kam es nicht. Auf dem Thing in Thorsnes wurde Eirik verbannt; er verließ Island für drei Jahre.

Thorbjörn wäre wohl mit ihm gegangen, hätte er gekonnt. Mein Vater war zwar in mancher Hinsicht ein besonnener Mann; aber er hätte leicht ein hübsches Erbe und eine vielversprechende Familie gegen Acht und Bann und eine Reise ins Unbekannte eingetauscht. Er segelte mit unserem Boot von Laugarbrekka aus neben Eiriks Handelsschiff her, bis sie jenseits der Inseln waren und nur noch den Snæfel sehen konnten. Dann wendete Thorbjörn widerwillig und kehrte um. Drei Jahre lang haben wir nichts von Eirik gehört. Wie gesagt, er ist in dem Winter in Laugarbrekka aufgetaucht, als ich vier Jahre alt war. In gewisser Weise kennzeichnet das den Anfang meiner Geschichte. Jedenfalls ist es das erste Ereignis, an das ich mich erinnern kann. Davor hatte ich keine Ahnung, dass sich je etwas ändern könnte.

6. Juli

Oft sieht man den Vulkan aus einer Entfernung von hundert Meilen und an der gesamten Westküste dient er den Seefahrern als Orientierungspunkt. Wenn der Snæfel selbst nicht zu sehen ist, zeigt seine Wolkenhaube noch immer, wo er liegt. Der Berg selbst bewegt sich unter seiner schmelzenden Eisschicht und der Fels arbeitet, zermalmt zwischen Feuer und Schnee. Unter diesem weichen weißen Kegel liegen die Tore von Niflheim. Dort herrscht Hel.

Hoch oben glitzert der Schnee in der neugeborenen Frühlingssonne. Die Hänge sind schmutzig weiß und schlammbraun. Die schneidende, salzige Luft ist durchdrungen von den Pfiffen früher Austernfänger.

Eine Herde brauner und grauer Ponys schlängelt sich auf dem Pfad durch das Lavafeld zwischen Laugarbrekka und Arnarstapi. Drei Tiere tragen Reiter: Männer in Wollmänteln mit zurückgeschlagenen Kapuzen, ein Schwert am Gürtel. Zwei Adler fliegen über dem Snæfel auf; Ponys und Männer wirken aus dieser Höhe wie Flecken, nicht größer als Mäuse. Die Adler steigen mit dem Aufwind und die Umrisse der lang gestreckten Halbinsel unter ihnen werden sichtbar.

Vom Lavafeld aus ist der Vulkan nicht zu sehen, da sich der Pfad zwischen erstarrten Lavaklumpen hindurchwindet, deren dunkle Umrisse Riesen und Trollen gleichen. Hufe klingen auf Felsgestein, Zaumzeug klirrt. Ein vierter Reiter taucht auf, viel kleiner als die anderen. Es ist ein Mädchen; seine Wangen sind vor Kälte und Hitze leuchtend rot, das Haar ist vom Wind zerzaust. Mit dem Rock, der über dem Sattelknauf zusammengerafft ist, reitet es wie ein Junge. Das Mädchen hält die Zügel in den eiskalten, geröteten Händen, die es, nach Wärme suchend, in die gelbbraune Mähne steckt. Es reitet auf der hellen Stute, deren Fohlen mit dem Glücksstern auf der Blesse neben-

her trottet. Das kleine Mädchen trägt einen braunen Wollmantel wie die Männer, ein Kleid und eine Tunika aus ungefärbter Wolle, an Ärmeln und Hals mit bunter Borte verziert. Seine Tunika ist mit zwei Fibeln befestigt, Miniaturausgaben einer Frauenbrosche.

Die Ponys kommen aus dem Lavafeld auf überfrorene Weiden. Der Snæfel ist hinter dem Berg Stapafel verschwunden, der über Arnarstapi aufragt. Auf der Westseite des Stapafel sitzt eine große, in Stein verwandelte Trollfrau und starrt auf den Sonnenuntergang im Meer. Die Pferde überqueren nacheinander einen zugefrorenen Flusslauf. Als das kleine Mädchen an der Reihe ist, zuckt es nicht mit der Wimper. Seine Stute klettert das gefrorene Ufer hinab. Die Hufe rutschen auf dem Eis des Flusses aus. Mit dem Schweif peitschend, klettert die Stute dann auf ebenes Weidegelände, von dem Fohlen gefolgt. Die Herde zieht weiter.

Vermutlich kam es meinem Vater gar nicht in den Sinn, dass ich eine Frau brauchen könnte, die an die Stelle meiner Mutter trat. Seine Entscheidung, mich zu Zieheltern zu geben, war von anderen Faktoren bestimmt. Ich war ein Mädchen. Er muss sich ausgerechnet haben, dass ich möglichst viele Menschen brauchte, die treu zu mir hielten, wenn ich Laugarbrekka einst erben sollte. So fiel seine Wahl auf Orm, weil Orm ein Mann war, der mich sicher unterstützen würde, falls ich einmal allein zurückbliebe. Viele unverheiratete Isländerinnen haben allen Grund, ihrem Ziehvater dankbar zu sein.

Ich war nicht traurig, das Haus meines Vaters zu verlassen. Schließlich ließ ich niemanden zurück, den ich liebte. An den ersten Ritt nach Arnarstapi erinnere ich mich noch. Von einem Leben in das andere. Ich war fünfeinhalb. Heute erscheint es mir merkwürdig, dass die Strecke nur ein paar Meilen betrug.

Eine gnädige Schicksalsgöttin hatte es so gefügt, dass Halldis zu dem Handel gehörte. Sie war mit Orm verheiratet und sie war die Mutter, die ich verloren hatte. Ein günstiges Schicksal, doch in gewisser Weise auch ein verwirrendes. Wie oft habe ich gehört, Halldis sei eine Hexe. Natürlich war Arnarstapi bei meiner Ankunft kein christlicher Haushalt. Wir wurden später getauft, als ich ungefähr vierzehn war. Dafür hat seltsamerweise Halldis gesorgt, aber das berichte ich zu gegebener Zeit.

Arnarstapi grenzte im Osten an das Anwesen meines Vaters. Der Hof blickt nach Osten über Breidavik und an klaren Tagen kann man die Bergkette sehen, die im Winter weiß und im Sommer mit Schneefeldern übersät ist und sich über Snæfelsnes erhebt. In der Ferne dann sieht man die Eishaube Langjokull, die ich Jahre später kennen lernen sollte, als Karlsefni und ich über die Straße von Glaumbær zum Thing zogen – aber darauf komme ich noch. Direkt unterhalb unseres Hofes lag die Bucht Breidavik und vom Ankerplatz vor Arnarstapi sollten wir eines Tages zum Grünen Land in See stechen. Als kleines Mädchen aber wusste ich weder von Karlsefni noch von den Reisen, die ich unternehmen würde.

Ich wuchs im Windschatten des Stapafel auf und dahinter lauerten die Geister des Snæfel meiner Kindheit auf. Zuweilen wütete der Berg hinter uns und Stürme zogen über sein Antlitz; oft war er in Wolken verborgen. Ich erinnere mich an klare, kurze Tage im Winter und mondhelle Nächte, in denen der Stapafel wie ein übernatürlicher schwarzer Schatten über unserem Leben lag, und an dunkle Abende, an denen das Nordlicht über seinem Gipfel flackerte. Die Götter gingen dort hinauf und in stürmischen Nächten hörten wir Thor mit den Dämonen kämpfen, die im Herzen des Berges wohnen. Der Snæfel ist von den weniger bedeutenden Geistern bewohnt: Kobolde, Elfen, Trolle, außerdem alle möglichen unbekannten Dinge. Ich habe sie oft gesehen, aus den

Augenwinkeln. Wenn man diese Wesen direkt anschaut, verwandeln sie sich im Nu in Lavasäulen, so dass man sich nie so ganz sicher sein kann, was man gesehen hat. Als ich klein war, hatte ich Angst vor dem Berg. Doch von Anfang an hatte ich den Mut, mich von den Weiden zu entfernen, bis ich die Kuhglocken nicht mehr hören konnte und direkt in die Lavawüste vorgedrungen war, die unser Anwesen säumte. In der Lava angekommen, verstellten einem eigenartige Gestalten und unübersichtliche Biegungen den Blick. Die Lava ist jetzt nur noch kalte Schlacke, doch einst war sie rot und zähflüssig. Ich habe vom weit entfernten Glaum aus gesehen, wie Hekla rote Flammen und Asche ausspuckte, und ich weiß, dass die Götter uns das Land nur borgen, solange es ihnen beliebt. Arnarstapi war ein dem Snæfel abgetrotztes Geschenk und für mich bedeutete es zehn Jahre Kindheit. Nie sind wir in Sicherheit.

Wenn ich mir beim Gebet meine Seele vorstelle, dann hat sie die Form des Stapafel. Kein Ortswechsel und keine Religion haben daran etwas geändert. Ich habe von der Stunde meiner Geburt bis zu meinem sechzehnten Lebensjahr unter dem Stapafel gelebt. Und ihn seither nie wieder gesehen, doch das spielt keine Rolle. Meine Seele ist wie ein zerklüfteter Gipfel, auf seinem höchsten Punkt einen Felsen in der Form eines Mannes und auf dem Grat Felsstümpfe in der Gestalt von Trollen. Geröll verteidigt ihn, obwohl er nicht ganz uneinnehmbar ist, wenn man den Weg zum Gipfel kennt.

Unser Alltag drehte sich um Orms Weiden und Heuwiesen. Ich lernte, wie man Vieh hütet, als ich den Kühen gerade bis zum Bauch reichte, und man lehrte mich, Butter herzustellen, Molke, Käse und gegorene Buttermilch. Wir hielten auch Schweine und Geflügel. Direkt vor unserem Haus befanden sich auf dem Weg zum Strand oben auf den Klippen ein paar Teiche, viel ergiebiger als das kleine Wasserloch in Laugarbrekka. Unsere Enten blieben das ganze Jahr über dort und im Winter weckte uns ihr Geschnatter vor der Tür, wenn sie um Reste bettelten. Immer wieder gesellten sich wilde Enten und Gänse zu ihnen und im Frühling nisteten Krickenten und Stockenten im Röhricht. Neben den Eiern der Vögel auf unserem Hof sammelten wir auch die der wilden Vögel, was zur Folge hatte, dass die Wildenten in der Regel zweimal legten, genau wie die Seevögel. Meine Aufgabe war es, im Schilf nach Eiern zu suchen. Dabei watete ich durch hüfthohes, grünes Wasser.

Auf den Klippen fingen wir vor allem Lummen, aber auch Dreizehenmöwen, Möwen und Papageitaucher. Im Winter hatten wir eine Höhle, die ein wunderliches blaues Licht ausstrahlte. Mir ist der Lärm, den das Meer und die Vögel machen, nie aufgefallen, bis ich in den Eiriksfjord kam. Bis dahin hatte ich nur in Hörweite des Meeres und der Klippen gelebt und anfangs erschien mir der Fjord unheimlich still. Selbst hier erinnern mich die Möwen, die den Tiber aufwärts fliegen und über dem Angelsächsischen Viertel kreisen, an zu Hause. Zuweilen steigt mir in Rom eine salzige Brise in die Nase. Dann horche ich auf, aber natürlich brechen sich am Hügel des Vatikans keine Wellen.

Als ich klein war, hatte ich Angst vor den Seeschwalben, die jeden angriffen, der durch ihr Nistgebiet lief. Vielleicht bin ich deshalb nicht so gern den Weg nach Laugarbrekka gegangen. Das Haus meines Vaters war keine zwei Meilen von dem Ort entfernt, an dem ich lebte, doch aus meiner kindlichen Sicht waren es an die zwanzig. Ich sah meinen Vater meistens dann, wenn er an unseren Strand kam, wo er sein Boot den Winter über vertäute. Unser Strand war im Gegensatz zu dem in Laugarbrekka nach Westen hin geschützt. Zwischen grauen Geröllblöcken gab es Stellen aus gelbem Sand, auf den die Boote gezogen wurden. Bei Ebbe konnte ich über Felsen klettern, die mit Seetang bedeckt waren, und über kiesigen Sand laufen und die watenden Vögel verscheuchen. Ich ging gern am Abend hinunter an den Strand, wenn die Männer vom Fischen heimkehrten, und sah zu, wie die Körbe voller Kabeljau, Makrelen oder Schellfisch an Land getragen wurden, je nach Jahreszeit. Obwohl ich ein Mädchen war, nahm Orm mich hin und wieder an einem ruhigen Abend mit hinaus, um zu angeln oder Fallen für Lummen aufzustellen. An manchen Tagen ruderten wir an die Strände unterhalb der Vogelklippen und kehrten mit einer Ladung Treibholz zurück. Einmal zogen wir einen dicken Baumstamm hinter uns her nach Hause. Damals waren die Strände noch mit Treibholz übersät und die Siedler konnten je nach Bedarf Häuser und Boote bauen. Doch das ist jetzt vorbei; heutzutage kann man froh sein, wenn man ein wenig Brennholz findet. Hätte Orm einen Sohn gehabt, wäre ich, als wir unsere Reise antraten, wahrscheinlich nie zuvor mit einem Boot gefahren. Wie auch immer, ich konnte jedenfalls schon vor meinem siebten Lebensjahr rudern und steuern und ich kannte die Küste um Arnarstapi beinahe so gut wie die Jungen aus der Gegend.

Orm nahm mich auch immer mit über Land. Ich mochte diese Ritte und ich besuchte die Höfe um Breidavik gern. Kurz vor der Wintersonnenwende fanden auf dem Land unseres Nachbarn Björn am Fuß des Oxl Spiele statt. Auf der Ebene ganz in der Nähe erhebt sich ein Vulkan – an stillen Wintertagen rochen wir in Arnarstapi den Schwefel und sahen Rauch aufsteigen. Als mein Großvater in Vifilsdalur lebte, brach der Vulkan aus. Ich weiß noch, wie wir in einem Jahr im Schlitten am gefrorenen Strand entlang zu Björns Gehöft gefahren sind. Die Berge verschwanden weiß wie Salz in der Ferne und die herbe Luft roch nach Schwefel.

Aus ganz Snæfelsnes kamen die Leute zu den Spielen und blieben ein paar Wochen. Für die Männer gab es Ballspiele und Rennen und natürlich Pferdekämpfe, damals noch ein heiliges Ritual. Oft wurde hoch gewettet und es gab Streitereien. In einem Jahr haben sie einen Leibeigenen gefangen, der bestochen worden war, damit er während des Festes Björn umbrachte. Sie nahmen ihn mit auf den Pass bei Eyr und töteten ihn. In jenem Jahr war schon einmal eine Bande gekommen, um Björn zu holen, aber sie fingen ihn nicht, weder damals noch später. So war es immer: Selbst in Friedenszeiten schwelte wegen der Fehden immer eine unterschwellige Spannung. Als ich älter wurde, galt mein Hauptinteresse bei den Spielen den jungen Männern, die zum Wettkampf antraten. Ich wusste, mein Vater würde mir einen Mann aus den Familien suchen, die bei den Fehden auf unserer Seite standen – vorzugsweise aus der Björns oder der Kjallekings. Still beobachtete ich sie, wenn sie in der Nähe waren.

Die meisten Versammlungen fanden im Winter statt. Dann gab es weniger zu tun. Übrigens war unser Sommerwetter schlechter als im Grünen Land; umgekehrt allerdings waren die Winter auch nie so hart. Halldis, die aus Rif auf der Nordseite des Snæfel kam, sagte, in Arnarstapi habe sie Frieden gefunden und Regen. Und tatsächlich, so abgelegen wie wir wohnten, waren wir leidlich von Fehden verschont. Von Rif oder Frodahver sieht man oft den Gletscher in der Sonne glitzern und dahinter, wie dessen Schatten, einen Wolkenkegel. In Arnarstapi regnete es also.

Als Kind vergötterte ich die Sonne geradezu. Halldis erzählte mir, es sei das Schicksal von Sonne und Mond, ihre Streitwagen über den Himmel zu jagen, von Wölfen verfolgt. Meine Sonne hatte keine Angst vor Wölfen. Sie war schön und tapfer und gottgleich, und während sie ihr Antlitz zeigte, verwandelte sich unser Leben in Arnarstapi. Ich kann mich an einen Tag erinnern – ich war sieben oder acht Jahre alt –, als die Sonne grell auf die Weiden schien und kein Lüftchen wehte. Ich lag auf dem Rücken, Arme und Beine wie ein Seestern von mir gestreckt, und spürte die Hitze der Sonne auf dem ganzen Körper, wie sie meine Haut berührte, meine Augenlider und mein Haar. Sie drang mir bis auf die Knochen. Ich blinzelte in den blauen Himmel hinauf, glaubte zu fallen und in der herrlichen Helligkeit und der Hitze zu ertrinken. Bei all meiner Unschuld hatte ich doch schon eine Ahnung davon, was Leidenschaft war. Sie kam nur selten über mich. Ehe bedeutete für mich Kameradschaft, aber zu Beginn bedeutete sie Leidenschaft. Ich liebe die Sonne noch immer, obwohl ihre Gunst in diesem Land so billig zu haben ist und ihr Zauber eine Alltäglichkeit.

Nach meinen ersten Hungerjahren gab es nun in Arnarstapi genug zu essen. In manchen Wintern hatten wir sogar Korn, das Orm von einem Verwandten zu holen pflegte, der einen Hof in Reykjanes hatte. Ich weiß noch, wie ich das Korn auf dem Mahlstein mahlte. Dann zeigte mir Halldis, wie man aus dem Mehl einen Teig zubereitete, wie man Brotlaibe ausrollte und auf Specksteinplatten über dem Feuer buk. Es nahm viel Zeit in Anspruch, aber noch heute kann ich mir nichts Köstlicheres vorstellen als den Duft frisch gebackenen Brotes. Die Brotlaibe sahen beim Backen aus wie die schwarzen und weißen Flecken aus Fels und Schnee auf dem Gletscher. Sie waren flach – wir hatten keine Hefe, wie man sie in Italien verwendet – und wir schnitten die runden Laibe in Viertel und strichen Butter darauf. Ich weiß noch, dass ich mir dabei die Finger verbrannte und mir Butter über das Kinn und die Finger rann. Hinterher leckte ich sie ab wie eine Katze in Rom, die sich auf einer Treppe putzt. Bis zum Anbruch des Frühlings war das Korn längst aufgebraucht und wir aßen unsere Butter wieder wie gewohnt mit Fisch. Doch die Brotlaibe waren meine Lieblingsspeise, die ich nie vergessen habe.

Der Spätsommer war für Nahrung die beste Zeit. Mir gefielen die Heumahd und das Melken im runden Pferch an schönen Abenden und die Tage, an denen wir draußen ein Feuer anzündeten, um Wolle zu färben oder Fleisch zu kochen. Vielleicht weil ich als Erstes den Hunger kennen gelernt hatte, sah ich zufrieden zu, wie sich die Fässer für den Winter füllten – Fleisch und Fisch wurden hineingeschichtet und in saurer Molke eingelegt; Fässer mit Butter und Molke; getrockneter Fisch und große Stücke getrocknetes Fleisch von Rindern, Schweinen und Seehunden. In zwei glücklichen Wintern – oder war es nur in einem? – hatten wir einen Wal und überall hing das Fleisch zum Trocknen. Ich freute mich, wenn das Heu eingebracht und in der Scheune eingelagert wurde, wenn ich wusste, dass wir genug Futter hatten, um das Vieh die acht langen Monate durchzubringen und vielleicht noch etwas für die Milchkuh übrig haben, ja vielleicht sogar bis zum Frühjahr frische Milch haben würden. Aus dieser Zeit stammt wahrscheinlich mein großes Interesse an Nahrung. Ich bin eine gute Köchin, wenn ich das auch nicht laut sage, und ich habe gern Gäste. Es macht mir Spaß, ihnen Essen aufzudrängen, und ich stehe hinter ihnen, während sie so viel essen, bis nicht mehr in sie hineingeht. Meine Söhne haben mich immer ausgelacht – vielleicht, weil sie zum Glück nie dick geworden sind. Snorri war immer dünn, und obwohl Thorbjörn ein rundliches Kleinkind war, wurde er bald ebenso drahtig und zäh wie sein Bruder.

Von den Arbeiten im Haus mochte ich Kochen am liebsten. Im Winter mussten wir vor allem weben, dagegen war nichts einzuwenden, aber Nähen habe ich verabscheut. Halldis war nicht streng; es war nicht ihre Art, zu strafen; sie versuchte mir das, was ich lernen musste, schmackhaft zu machen. Als ich neun war, schenkte sie mir ein aus Bein geschnitztes Kästchen, das ich mir um den Hals hängen konnte. Es enthielt sechs Nadeln in unterschiedlichen Größen. Mir gefiel das Kästchen, weil es hübsch war, aber Nähen mochte ich noch immer nicht. Erst nach Jahren fand ich heraus, warum es mir schwerer fiel als anderen Mädchen. Ich hatte mich für dumm gehalten, weil ich nie lernte, bei Lampenlicht den Faden einzufädeln. Wenn ich nach draußen ans Tageslicht ging, gelang es mir zuweilen. Komischerweise war es ausgerechnet Freydis, die zuerst fragte: »Aber kannst du denn nicht *sehen*?« Es war in jenem ersten Winter in Brattahlid, als ich noch versuchte, Eindruck zu schinden. »Sieh mal«, fuhr sie fort und schob mir ein weißes Tuch auf den Schoß. »Versuch es mal so. Kannst du den Faden jetzt sehen?« Ich konnte. Ist es nicht seltsam, dass Freydis meine Sehschwäche sofort feststellte, während Halldis, die mich liebte, nie auffiel, dass ich mit meinen Augen etwas anderes sah als sie mit ihren? Bis heute habe ich eine Abneigung gegen das Nähen. Ich habe meine Leibeigenen immer belohnt, wenn sie meine Tuniken und Karlsefnis Hemden verzierten, denn nachdem ich ihn geheiratet hatte, gab ich es auf, mich mit Handarbeit zu beschäftigen. Ist das nicht schockierend, dass eine Frau wie ich, die einer vornehmen Familie entstammt, so wenig Fingerfertigkeit besitzt?

Vielleicht lag es an meinen Augen, dass ich mich stets lieber im Freien aufhielt. Ich habe immer das Licht geliebt, das Dunkel des Winters schreckt mich. Ich erinnere mich an Arnarstapi im Licht: Sonne auf Schnee; die Berge in Snæfelsnes weiß vor dem schieferblauen Meer; mondheller Schnee an einem Winternachmittag oder grüngoldenes Sommerlicht, wenn das Land nach den Blumen auf den Heuwiesen duftet; oder das feuchte, graue Licht, das der Nieselregen mit sich bringt. Ich erinnere mich an die Trampelpfade durch das Gras zwischen den Gebäuden. Mir gefiel es, die Leibeigenen in ihren Hütten zu besuchen, den Schäfer und die Familien, die für die Kühe zuständig waren. Als Kind war ich überall willkommen und ich habe immer in jedem Haus Essen angenommen, für gewöhnlich ein Stück Stockfisch oder eine Schüssel Molke, die ich mit einer Muschel auskratzen durfte.

Du musst nicht glauben, dass wir einsam waren, auch wenn wir von den großen Siedlungen am Nordufer des Snæfelsnes weit entfernt waren. Als ich klein war, wurde der nächste Hof in der Bucht von Breidavik von Pächtern bewirtschaftet, aber dann kehrte Björn von Breidavik nach Hause zurück und ließ sich wieder in Kamb nieder. Ich habe dir von den Winterspielen erzählt. Bei der Gelegenheit besuchte er oft meinen Vater und auf seinem Weg nach Laugarbrekka schaute er dann bei Orm vorbei. Manchmal kam auch sein Bruder Arnbjörn mit – ihm gehörte der Hof in Hraunhavn weiter hinten im Breidavikfjord. Ich mochte Björn. Ich glaube, er hatte ein Herz für Kinder, und er hat wegen Thurid und Kjartan nicht geheiratet – das erzähle ich dir gleich. Ich genoss die Aufmerksamkeit, die er mir schenkte. Heute denke ich oft über das merkwürdige Schicksal nach, das ihm beschieden war, und tagtäglich bete ich für seine Seele. Er muss schon vor langer Zeit gestorben sein, unter Fremden in den Ländern jenseits dieser Welt. Wie leicht hätten wir dasselbe Schicksal erleiden können! Er verließ Island ungefähr um dieselbe Zeit wie wir und ich glaube, die Entscheidung meines Vaters war zum Teil dadurch beeinflusst, dass Björn von Breidavik aus unserer Gemeinschaft vertrieben wurde, auch wenn er es nie zugab.

Nachdem Björn und Arnbjörn wieder zurückgekehrt waren, erfuhren wir viel über die Fehden am nördlichen Ufer – vielleicht wurden mir diese Dinge mit zunehmendem Alter auch stärker bewusst. Du warst damals noch nicht auf der Welt, aber du hast bestimmt Geschichten gehört. Heute glaube ich, dass wir noch immer versuchten, unser Leben in dem neuen Land einzurichten. Wir hatten keinen König, deshalb mussten wir uns unsere Rechtsprechung selbst zusammenschustern in einem Land, das weder Gesetze noch Präzedenzfälle kannte. Wir konnten nicht so weitermachen wie unsere Vorfahren in Norwegen; alles war anders. Der Satz, der mir aus den Gesprächen wieder in den Sinn kommt, die ich als kleines Kind an der Feuerstelle mitbekommen habe, und der ständig wiederholt wurde, lautet: »Natürlich ist er dafür verantwortlich.« Einem Mann oblag es, Gerechtigkeit für seine Familie einzufordern und ihren Tod zu rächen, wenn man sie umgebracht hatte. So habe ich etwas über die Welt der Erwachsenen erfahren: Sie war vom Schicksal beherrscht und man musste seine Pflicht erfüllen, obwohl man wusste, dass man dafür sterben würde. Mein Vater kam aus Vifilsdalur und sowohl er als auch sein Vater waren mit Styr Thorgrimsson von Hraun befreundet, und wie dieser unterstützten sie Eirik Raudi. Das hatte zur Folge, dass wir als Erstes Snorri den Priester gegen uns hatten und die Leute aus Thorsnes. Das Bündnis meines Vaters mit seinem Nachbarn Björn, der aus Norwegen zurückgekehrt war, erhöhte die Spannung noch. Dennoch begegneten wir uns wie Nachbarn. Ich weiß noch, wie Snorri der Priester mit meinem Vater auf dem Jahrmarkt in Frodahver sprach, als wären sie die besten Freunde. Aber die feindselige Unterströmung war immer vorhanden. Heute glaube ich, dass Halldis Recht hatte mit ihrer Behauptung, nur der neue Gott könne uns vor dem Schicksal retten, das uns in seinen Fängen hielt.

Als ich mit Karlsefni nach Hause zurückkehrte, hatte Island sich verändert, obwohl ich nur wenige Jahre fort gewesen war. Doch in jenen Jahren wurde unser Land christianisiert und die Things, die Versammlungen in den einzelnen Bezirken, nahmen erfolgreich ihre Arbeit auf. Damit will ich nicht sagen, dass die Fehden ausgestanden waren, doch war ihnen die Spitze genommen. Natürlich eine gute Sache, und trotzdem – heutzutage werden nicht mehr die Männer geboren, die ich in meiner Jugend kannte. Rückblickend erscheinen sie viel größer. In den Erzählungen werden sie nach wie vor Furcht erregend dargestellt. Dabei hatte auch ich die Hand im Spiel. In Glaum bin ich bekannt für meine Geschichten und ich habe dafür gesorgt, dass meine Kinder und Enkel gut über unsere Vergangenheit Bescheid wissen. Geschichten haben ihr Eigenleben. Sie wachsen wie die Kinder und wir vergessen vielleicht, wie klein sie einmal waren. Wir nähren sie, weil wir das achten, was am Anfang stand. Heute bin ich froh über die Welt, aus der ich komme, obwohl es dir wohl wie eine wilde, heidnische Zeit erscheinen muss.

Ich könnte dir so viel über die Familien erzählen, die auf Snæfelsnes lebten, als ich klein war. Es waren gefährliche Jahre und die Gespräche der Männer drehten sich nur um Kampf und Tod. Nachdem Eirik fort war, sprach kaum jemand über neue Welten und Wohlstand, man sprach stattdessen über geheime Rachepläne. Nur die Frauen redeten über dieselben Dinge wie eh und je – über den Hof und den Haushalt, über Sommer und Winter, ein Lebensmuster, das Jahr für Jahr neu gewoben wird und sich nie verändert.

Zehn Jahre habe ich in Arnarstapi gelebt. Es war eine ruhige Gegend zum Heranwachsen, obwohl die Zeiten rau waren. Reisende brachten Nachrichten über Fehden und Morde, doch die greifbaren Dinge für mich waren der Hof und das, was Halldis mich lehrte.

Von ihr lernte ich alles, was man als Frau eines Farmers wissen sollte. Sie lehrte mich, das Land so zu behandeln, dass es Jahr für Jahr gute Erträge abwerfen würde. Ich glaube, ich war schon immer praktisch veranlagt, aber erst Halldis gab dieser natürlichen Gabe den letzten Schliff. Zuweilen habe ich an sie gedacht, wenn ich einen Trick anwandte, den sie mir beigebracht hatte: So zum Beispiel, als wir unser Lager in Hop aufschlugen oder als wir aus den fremden Beeren Wein herstellten. Aber natürlich habe ich von ihr noch viel mehr gelernt. Man nannte sie eine Hexe. Vermutlich zieht Halldis die Grenzen dieser Welt einfach ein wenig weiter, als es die meisten von uns für möglich halten. Auch damals wusste ich schon, dass Hexenkunst zum Guten oder zum Bösen angewandt werden kann, wie jede andere Macht. Ich war erst sechs, als Halldis mich warnend darauf aufmerksam machte, ich solle meine Kräfte zum Guten nutzen. Eine böse Hexe in Holt auf der anderen Seite der Berge war gesteinigt worden und Halldis hielt sie mir als Beispiel vor, um ihren Worten Nachdruck zu verleihen. Mit Erfolg; ich hatte eine Höllenangst, das Falsche zu tun. Halldis selbst hat mir nur Gutes beigebracht: Wie man die Dinge verwendet, die am Rande der uns bekannten Welt liegen.

Jetzt, wo ich dir etwas über meine Kindheit erzähle, stelle ich fest, dass ich mich nicht an Ereignisse erinnere, nur an Stimmungen. Die Dinge waren einfach, wie sie waren. Wenn ich an etwas Bestimmtes denke, dann sind es in der Regel Dinge, die Halldis mich lehrte. Hexenkunst, sagst du? Ich weiß nicht. Für mich waren das die wichtigen Augenblicke. Sie markierten Veränderungen, während sich alles andere, was wir taten, nicht veränderte.

Zwei Flammen, die eine ein Abbild der anderen, vereinen sich, wo Öl auf Luft trifft. Eine Specksteinlampe und eine rote Locke, weich und fein.

Enzian mit hängenden Trompeten und wilde Stiefmütterchen, die nach Heuwiesen duften. Halldis spricht mit dem kleinen Mädchen an ihrer Seite. »Nimm eine Blüte von jeder Sorte mit der linken Hand.«

Das Kind streckt die Hand aus und pflückt zwei Blumen. »Jetzt das Haar.«

Das Kind legt die Locke zwischen die Stängel. Halldis reicht ihm ein Stück Leinen. »Binde sie zusammen.«

Das Kind legt das weiße Bündel vor die Lampe. »Sprich nun die Worte über dem Bündel.«

Das Kind gehorcht und spricht sorgfältig die schwierigen Wörter aus.

»Sehr schön. Jetzt tunken wir den Rest in Wein und Thurid soll dem Kind am Abend kurz vor dem Zubettgehen die Arznei verabreichen. Krämpfe brauchen eine Medizin, die ihrer Kraft gleichkommt.«

Das kleine Mädchen nickt.

»Nimm den Zauber und lege ihn an den sicheren Ort.«

Das Kind nimmt das Leinentuch, trägt es vorsichtig zu einer Nische in der Wand hinter dem Webstuhl und legt es ganz nach hinten zu den anderen Dingen.

Halldis durfte ich ebenso begleiten wie Orm. Sie gab mir das Gefühl, ein Mensch zu sein, wenn sie mich ihren Freundinnen vorstellte. Im Hause meines Vaters war ich immer nur der Schatten im Hintergrund gewesen – ein Schatten mit dem falschen Geschlecht. Halldis erreichte, dass ich froh war, ich zu sein.

Einmal nahm sie mich nach der Heuernte mit zu einem Hof in Frodahver. Es war eine Tagestour über die Berge und zum ersten Mal gelangte ich hinter den Stapafel. Wir kletterten vorbei an den Höhlen, in denen die Riesen hausen, bis hinauf an den Gletscher. Wenn man nahe davor steht, ist er nicht mehr der glatte weiße Kegel, den man vom Meer aus sieht. Adern von Lava durchziehen ihn und auf dem Schnee liegt eine Ascheschicht. Der Berggipfel war in Wolken gehüllt, wo das Eis im klammen Nebel verschwindet, der uns mit seinem Odem streifte. Unsere Ponys stapften durch die Schneefelder und suchten sich im ablaufenden Schmelzwasser einen Weg zwischen Geröllblöcken. Es dauerte lange, bis wir an dem Gletscher vorbei waren. Dann kletterten wir neben einem Fluss mit vielen Wasserfällen hinab, und wenn ich über das Meer nach Norden schaute, konnte ich Land sehen. »Das ist Hvamm auf der anderen Seite des Breidafjords«, erklärte Halldis mir. »Da ist dein Großvater mit Aud der Tiefsinnigen gelandet, damals, als Island besiedelt wurde.« Ich betrachtete das blaue Land jenseits des Meeres: die Vergangenheit, über die ich alle Geschichten kannte und die doch unerreichbar war.

Als die Dämmerung hereinbrach, schauten wir hinunter auf Frodahver, das in einem Talkessel lag und über das Meer nach Norden blickte. Der Hof steht auf einer Ebene, die zu der Zeit, als die Siedler eintrafen, noch Salzwiese war. Thorodd hat sie trockengelegt und jetzt ist es fruchtbares Land, doch im Vergleich zu Arnarstapi fühlte ich mich hier wie eingeschlossen. Die Klippen ragen bedrohlich über der Ebene auf und die Wasserfälle übertönen das Meeresrauschen. Ich weiß noch, wie ich über Entwässerungsgräben gesprungen bin, an denen Hahnenfuß und Wollgras wuchs. Auf dem Hof lebte Halldis' Freundin Thurid, die Schwester von Snorri dem Priester. Sie war mit Thorodd verheiratet. Die Fehden meiner Kindheit hatten viel mit ihr zu tun.

Thurid freute sich offensichtlich, Halldis zu sehen. Zögernd lehnte ich an der Schulter meines Ponys, während sie sich begrüßten. Dann nahm Halldis mich an die Hand und führte mich über die Türschwelle, mitten in eine Gruppe von Fremden hinein.

»Das ist meine Ziehtochter«, sagte sie stolz zu Thurid. »Das ist Gudrid.«

Thurid war so prächtig gekleidet, dass ich den Blick nicht von ihr wenden konnte. Sie war rank und schlank, eine sehr hübsche Frau wahrscheinlich. Doch ich sah sie mit den Augen eines Kindes und hatte das Gefühl, als sei ihr Gesicht verschlossen und als habe sie einen harten Zug um den Mund, der mir nicht gefiel. Sie trug ein blaues Leinenkleid mit Stickereien an Halsausschnitt und Saum und eine Tunika aus noch dunklerem Blau. Ihre Broschen waren mit Tierköpfen verziert und zwischen ihnen trug sie eine Schnur bunter Perlen. Die Farben Rot und Blau waren in ihrem Kopftuch zu einem Muster verwoben, das ich noch nie gesehen hatte. Neben ihr wirkte meine Pflegemutter groß und herb, männlich beinahe, in ihrem schlichten Kleid und mit den einfachen Bronzebroschen. Ein Teil von mir bewunderte Thurid; einen Augenblick lang wollte ich so sein wie sie, wenn ich erwachsen wäre. Dann kam mir das aber wie ein Verrat an Halldis vor und ich verachtete mich dafür.

Thurid hatte ein kleines Kind, Kjartan, dessen rote Locke sie uns geschickt hatte, damit Halldis ihren Zauber ausführen konnte. Wir verabreichten ihm die Medizin sofort, gleich am Abend unserer Ankunft. Kjartan sah nicht wie ein Kind aus, das unter Krämpfen leidet, aber natürlich hatte ich auf dem Gebiet keine Erfahrung. Er war nicht so dick wie andere Kleinkinder. Er kroch schneller, als man es für möglich gehalten hätte, durch die Binsen am Herd und steckte seine Hände überall hinein. Ich mochte ihn und wünschte, er wäre mein kleiner Bruder. Ich hatte noch nie mit einem kleinen Kind gespielt.

Jetzt fällt es mir wieder ein: Ich wollte dir erzählen, wie es dazu kam, dass unser Nachbar Björn nicht heiratete. Thurid war bereits mit Thorbjörn dem Dicken von Frodahver verheiratet, als Björn ein Auge auf sie warf. Es war kaum die ideale Ehe für eine Frau wie Thurid; allenthalben erzählte man sich, Thorbjörn sei ein lauter, gewalttätiger Mann, der seine Leibeigenen schlug und seine Wut an ihnen ausließ. Er war zuvor schon einmal verheiratet gewesen und viel älter als Thurid. In einer Fehde wegen ein paar gestohlener Pferde fand er den Tod und Thurid bekam den Hof. Am Ende hat sich der Ärger für sie also gelohnt. Björn besuchte sie bereits, als ihr Mann noch lebte. Den Gesprächsfetzen, die ich damals auffing und erst jetzt verstehe, konnte ich entnehmen, dass meine Pflegeeltern hofften, Björn würde, nachdem die Nachricht vom Tode Thorbjörns des Dicken eingetroffen war, Thurid heiraten und mit ihr wieder nach Breidavik ziehen. Ob er das im Sinn hatte oder nicht, ihr Bruder, Snorri der Priester, war schneller. Dieser gerissene Mann war für die meisten zu flink. Wenn ich heute darüber nachdenke, glaube ich nicht, dass er seine unberechenbare Schwester je verstanden, geschweige denn geliebt hat, obwohl er sich um sie kümmerte. Thurid wurde ihr Leben lang vermutlich nur von einem Mann geliebt. Snorri der Priester hatte allen Grund, Thurids Vater zu hassen; die beiden waren über ihre Mutter nur Halbgeschwister, musst du wissen.

Aber das alles willst du bestimmt nicht hören. Als Halldis mich nach Frodahver mitnahm, war Thurid verheiratet worden, diesmal mit Thorodd, der durch seinen Handel mit Norwegen und den Inseln zu Wohlstand gekommen war. Wieder lebte sie mit ihrem Mann in Frodahver. Aber – und das habe ich erst Jahre später von der Schwester des Paten meines Sohnes Snorri erfahren, die ich einmal im Jahr beim Thing traf, als wir in Glaum lebten – Björn fing erneut an, Thurid zu besuchen, sobald sie wieder in Frodahver war. Wenn der eine Gemahl ihn schon nicht gekümmert hatte, wieso dann ein zweiter? Thorodd wusste, was gespielt wurde, und er war außer sich vor Zorn. Aber er stellte sich Björn nicht in einem fairen Kampf. Schließlich war Björn

Turniermeister von Breidavik. Nein, Thorodd lauerte ihm kurz vor Morgengrauen gemeinsam mit seinen Freunden, den Thorissons, und zwei Leibeigenen in einem Hinterhalt auf. Sie waren zu fünft. Björn war bei Thurid gewesen und ritt von Frodahver hinauf nach Digramull. Björn tötete die Thorissons und Thorodd – dieser stolze, seefahrende Händler – ergriff die Flucht. Björn kam dermaßen blutüberströmt nach Hause, dass man dachte, er sei tödlich getroffen. Doch er erholte sich bald von seinen Wunden und wurde anschließend ins Exil geschickt. Zuerst ging er nach Norwegen, dann reiste er weit nach Osten und kämpfte in verschiedenen Kriegen für den König. Neun Monate nach der Nacht, in der Björn in den Hinterhalt geriet, brachte Thurid in Frodahver ein Kind zur Welt: Kjartan Thoroddsson.

Björns Heimkehr nach Breidavik war für mich eins der schönsten Erlebnisse meiner Kindheit. Ich habe dir doch von den Spielen erzählt, nicht wahr? Ich habe diesen Mann geliebt, Agnar, wenn man von einem kleinen Mädchen überhaupt sagen kann, dass es einen Mann lieben kann, der nicht sein Vater ist. Er nahm sich Zeit für mich und doch umgab ihn die Aura eines Mannes, der viel mehr von der Welt gesehen hatte als wir – ein Hauch der Ferne und des Außergewöhnlichen, von seltsamen Gegenden, ganz anders als unsere kleine Halbinsel. Nun, nachdem er zurückgekehrt war, ging er nirgendwo mehr hin – außer über den Berg nach Frodahver, und darüber erfuhren Kinder nichts. Doch vermutlich habe ich es geahnt. Ich weiß nicht mehr, wer mir gesagt hat, wer Kjartan wirklich war. Das liegt wohl daran, dass diese Auskunft ohnehin nur bestätigt hätte, was ich tief im Innern bereits wusste. Aber ich wollte über meine erste Begegnung mit ihm sprechen, damals, als Halldis mich mit nach Frodahver nahm.

Kjartan hatte eine Schachtel voll bunter Kieselsteine, Muscheln und Treibholz. An jenem Abend spielte ich mit ihm neben der Aschengrube, baute ihm Türme, und er warf sie um. Sobald meine Burgen in die Asche fielen, quiekte er vor Lachen. Es war nicht schwer, gleichzeitig den Gesprächen der Frauen zu lauschen. Halldis wusste, dass ich ein gutes Gehör hatte, doch Thurid nahm offenbar an, dass ich, wie das kleine Kind, ganz und gar auf das Spiel konzentriert war. Beinahe kränkte mich das; ich wollte beachtet werden. Doch bald war ich nur noch erpicht darauf, mir kein Wort der Unterhaltung entgehen zu lassen. Die Worte ängstigten mich und bereiteten mir zugleich ein widernatürliches Vergnügen, wusste ich mich doch an einem warmen, sicheren Ort.

»Niemand traut sich, nach Sonnenuntergang im Tal sein Haus zu verlassen«, sagte Thurid. »Wenn sich je ein Mann geweigert hat, still im Grab liegen zu bleiben, dann er. Und seht mal, diese Perlenschnüre hier habe ich von Thorgeir dem Hausierer, ihr wisst schon, der, der jetzt jeden Sommer an der Küste des Breidafjord entlangkommt. Gefallen sie euch?«

Halldis warf einen kurzen Blick darauf. »Was hat Thorgeir über den Spuk gesagt?«

»Es fing an mit den Ochsen, mit denen sie die Leiche durch das Tal hinauf zum Grab zogen. Sie brachten ihn möglichst weit weg von den Höfen, doch die Leiche wurde unterwegs immer schwerer, bis die Tiere schließlich nicht mehr ziehen konnten. Sie mussten ihn an Ort und Stelle begraben, mitten im Lavafeld, und haben einen großen Steinhaufen über ihm errichtet, um ihn unten im Erdreich zu halten. Aber es hat nichts genützt, ebenso wenig wie die Zauberformeln. Noch in derselben Nacht wurden die Ochsen wahnsinnig und wüteten auf den Klippen. Am nächsten Morgen fand man ihre Kadaver. Thorgeir sprach mit dem Schäfer, der sagte, es gäbe nichts Schöneres, als auf dem Berg zu sein. Aber der Schäfer ist Arnkels Leibeigener und hat keine andere Wahl. ›Thorgeir‹, sagte er noch, ›ich bin dem Verderben geweiht, du wirst schon sehen.‹«

»Sobald jemand an seinen eigenen Tod glaubt, ist er verdammt«, stellte Halldis fest. »Arnkel sollte ihn fortgehen lassen.«

»Nachts hören sie, wie der Geist umgeht«, fuhr Thurid fort. »Er sitzt rittlings auf dem Dach, trommelt mit den Fersen auf die Grassoden und erschüttert das ganze Haus. Seine Witwe hält es kaum aus. Sie zieht sich die Decken über die Ohren und rührt sich nicht von der Stelle, bis es draußen hell ist. Er wird sie noch zu Tode reiten, sagt Thorgeir. Das schwarze Gespenst ihres Mannes wird ihr den Verstand rauben.«

In jener Nacht lag ich neben Halldis auf dem Schlafpodest und flüsterte ihr ins Ohr: »Gehen die Toten überall um? Haben wir zu Hause auch Gespenster?«

Es dauerte eine Weile, bis sie mir antwortete. Ein Stück Grassoden, mit dem das Feuer belegt war, fiel herunter und gab den Blick auf die glühende Asche frei, die mich wie ein rotes Auge anstarrte. »Überall, wo es Lebende gibt«, wisperte meine Pflegemutter, »gibt es auch Tote. Niemand will in die Dunkelheit jenseits der Welt gestoßen werden. Unsere Eigenliebe ist einfach zu groß. Deshalb bleiben die Toten so lange wie möglich bei uns. Dort, wo man sie liebt und achtet, kommen sie vielleicht eine Zeit lang zur Ruhe. Dort, wo man sie gehasst hat, kämpfen sie so lange wie möglich weiter. In Island sind uns die Toten zahlenmäßig bereits überlegen, denn wir sind die dritte Generation. Sie versuchen zu bleiben, bis wir sie verbannen.«

»Wie geht das?«

»Indem wir sie vergessen. Aber auf diese Weise narrt uns das Schicksal. Man kann nicht absichtlich vergessen, so sehr man sich auch bemüht. Vergessen kann man nur, wenn man in die andere Richtung schaut, nach vorn. Vergessen ist die einzige Möglichkeit, einen Geist für immer zu bannen, aber gerade dann, wenn man es am dringendsten braucht, gelingt es am wenigsten. Es gibt auch andere Zauber, aber keiner ist so wirkungsvoll. Sie wirken eine Zeit lang, manchmal so lange, bis keiner, der sich erinnert, mehr am Leben ist.«

»Ist meine Mutter jetzt ein Gespenst?«

»Deine Mutter war eine gute Frau, die ihr Bestes für dich getan hat.«

»Danach habe ich nicht gefragt.«

»Es ist die einzige Antwort, die ich dir geben kann.«

Ich dachte nach und schauderte. Ich begriff nicht ganz, aber ich war sicher, dass ich nicht unter Gespenstern leben wollte. »Halldis?«

Sie fuhr zusammen. »Ich dachte, du schläfst. Komm zur Ruhe jetzt oder kannst du nicht?«

»Wenn jemand in ein unbewohntes Land geht, wo niemand vorher gewesen ist, dann gibt es doch dort auch keine Gespenster, oder?«

»Nur die, die du mit dir nehmen musstest. Und jetzt, um Himmels willen, Kind, schlaf ein.«

Orm und Halldis hatten keine eigenen Kinder. Dennoch lernte ich von Halldis magische Beschwörungen, die einer Frau zur Empfängnis verhelfen, einer Fehlgeburt vorbeugen und ein Kind gesund zur Welt kommen lassen. Ich weiß nicht, ob sie je versucht hat, sie bei sich selbst anzuwenden. Ich hätte sie fragen können – schließlich hatte ich keine Angst vor ihr –, doch bis mein Sohn geboren wurde, kam mir das nie in den Sinn und dann war es zu spät, Halldis noch irgendetwas zu fragen. Ich habe mir später oft gewünscht, sie könnte mir einen Rat erteilen; zuweilen habe ich mich sogar noch, als wir wieder in Glaum waren, gefragt, was Halldis im einen oder anderen Fall getan hätte. Ein Leben lang habe ich ihre Arzneien angewandt, obwohl ich heute mit den Zaubermitteln vorsichtig bin. Halldis machte in aller Unschuld davon Gebrauch, wir wussten damals noch nichts von der neuen Religion. Seither indes habe ich Kenntnis vom Guten und Bösen erhalten und gelernt, vorsichtig zu sein.

In einem Sommer gingen wir noch einmal nach Frodahver, als dort ein großer Jahrmarkt abgehalten wurde. Thorgeir der Hausierer und viele andere Händler waren da und stellten derart feine Waren aus, wie ich noch nie welche gesehen hatte. Es fanden auch Spiele statt und man feierte unter freiem Himmel. Thurid war in Rot gekleidet und trug Broschen aus echtem Gold und eine Bernsteinkette. Sie sprach mit unserem Nachbarn Björn, der damals gerade aus Norwegen zurückgekehrt war, und beachtete mich überhaupt nicht.

Ich entdeckte Kjartan, doch er war kein kleines Kind mehr und wollte nicht mit mir spielen. Er war blond und rundlich und schon ein halber Erwachsener. In seinem Gürtel steckte eine kleine Axt. Er schlenderte umher und beobachtete die Männer.

Es kam zu einem Kampf. Nichts von Bedeutung, nur hatte ich noch nie zuvor erlebt, wie ein Mann umgebracht wurde. Sein Schädel wurde mit einer Axt gespalten. Einfach aufgeknackt wie eine Haselnuss, mit dem Unterschied, dass das Innere nicht weiß und fest war, sondern flüssig und rot. Man verbarg die Leiche in einem Weidengestrüpp. Irgendetwas zog mich gegen meinen Willen dorthin. Ein paar Männer lungerten in der Nähe herum und redeten leise miteinander. Plötzlich schoss Kjartan an mir vorbei und tauchte seine Axt in das Blut des Toten. Er war verschwunden, noch ehe mir bewusst wurde, was geschehen war. Kjartan strahlte, als er an mir vorbeihuschte, und an seiner kleinen Axt glitzerte Blut. Das war das Letzte, was ich von ihm sah, bis ich Jahre später mit Karlsefni zum Thing ging und ihn dort traf. Er war zu einem kräftigen, vernünftigen Mann herangereift und war Björn sehr ähnlich. Der Hof in Frodahver gedieh unter seinen Händen. Die Zaubermächte machten ihnen sehr zu schaffen, nachdem wir ins Grüne Land gegangen waren, doch Kjartan hat all dem ein Ende gesetzt. Ein- oder zweimal hat er uns in Glaumbær besucht. Karlsefni mochte ihn.

Mein Vater kam oft nach Arnarstapi, aber er hatte mir nie viel zu sagen. Björn von Breidavik war ebenfalls häufig da und drängte meinen Vater, ihn bei dem einen oder anderen Vorhaben gegen die Männer aus Thorsnes zu unterstützen. Saßen nur mein Vater und Orm zusammen, sprachen sie mehr über den Hof als über Fehden. Vielleicht gab es von mir nichts zu berichten. Ich war gesund. Halldis lehrte mich alles Notwendige. Aber ich sehnte mich danach, von meinem Vater beachtet zu werden, und war insgeheim wütend, wenn er das nicht tat. Ich hatte keine Ahnung, was ich seiner Meinung nach sein oder tun sollte, doch ich hätte alles getan, um auch nur einen Augenblick lang seine Aufmerksamkeit zu erregen. Der Gedanke daran ärgert mich heute noch.

Inzwischen ist mir klar, dass er mit mir zufrieden war. Du kannst es wahrscheinlich nicht mehr sehen und musst es auch nicht, aber als junges Mädchen sah ich gut aus. Und Halldis hatte dafür gesorgt, dass ich es auch wusste. Allerdings bedeutete es mir nichts, denn mein Vater würdigte mich nie eines Blickes.

Dafür aber andere. Als ich fünfzehn war, wandten sich mehrere Männer an meinen Vater, um herauszubekommen, wie seine Pläne hinsichtlich meiner Vermählung aussahen. Natürlich brachte ich ein großes Anwesen mit in die Ehe, es hätte also ein guter Handel werden können; dennoch kursierten stets Gerüchte, mein Vater habe kein Geld. Nie hatte sein Herz dem Hof gehört; als Eirik nach Westen fuhr, ging ein Teil meines Vaters mit ihm. Er hatte nie sesshaft werden wollen, war jedoch andererseits nie sehr tief in die Fehden im Breidafjord verwickelt. Das glich er mit großzügiger Bewirtung aus und bei seinen Festen beschenkte er seine Gäste im Übermaß, so dass man noch monatelang darüber sprach. Auch so kann man Ruhm erlangen, aber für den, der nicht wohlhabend ist, ist es kaum empfehlenswert. Thorbjörn hielt sich für reich. Immerhin war mein Großvater noch Leibeigener gewesen, obwohl das niemand mehr erwähnte.

Thorbjörn war doppelt so wohlhabend wie sein Vater, aber er interessierte sich nicht für sein Land und war kein guter Farmer. Das ist meine heutige Sicht der Dinge. Als Kind, das in Arnarstapi aufwuchs, hatte ich Orms vorbildliche Hofführung vor Augen. Orm und Halldis, beide waren wie der Mann aus der Geschichte, der sein Haus auf Fels baute. Das Haus meines Vaters dagegen war auf Sand gebaut, und als ich zu ihm zurückkehrte, war dieser Sand schnell zerronnen.

Ein Haus, auf Fels gebaut. Du sagst, der Fels sei der Glaube, und ich sage dir, ja, das stimmt, aber der Glaube an Gott fängt damit an, dass man an sich selbst glaubt. Nur zu, schreib das ruhig auf. Du zögerst und jetzt hast du einen dicken Fleck gemacht, weil du die volle Feder so lange über dein Pergament gehalten hast. Ich lästere nicht. Ist Gott nicht in uns allen? Ich wiederhole, Orm und Halldis haben ihr Haus auf Fels gebaut und dieser Fels war bereit, als die Nachrichten über die neue Religion uns erreichten. Glaube an sich selbst, vorbildliche Hofhaltung, Großzügigkeit, die nicht auf Prahlerei, sondern auf Greifbarem beruht. Das habe ich bei ihnen gelernt.

Ich war vierzehn, als Thangbrand der Missionar in Arnarstapi an Land ging und auf dem Weg zum Haus meines Vaters zunächst bei uns vorbeischaute. Das war an sich schon ein Wunder: Wäre er direkt nach Laugarbrekka gegangen, wir hätten vielleicht nie etwas von der neuen Religion erfahren. Thangbrand hatte schon den größten Teil Islands bereist und viele Menschen bekehrt, manche durch das Schwert, andere durch Magie. Bei uns brauchte er keines von beiden. Halldis war bereits interessiert. Über die neue Religion wurde schon seit geraumer Zeit gemunkelt. Halldis und Thurid hatten in Frodahver darüber gesprochen, als wir dort waren. Thurid war damals argwöhnisch, doch meine Ziehmutter hatte offene Ohren.

»Wir leben in einem Land voller Gespenster, aber die Götter haben andere Sorgen«, sagte Halldis. »Für einen Mann auf hoher See ist es schön und gut, wenn er Thor anbetet, aber hier an Land wimmelt es von Dämonen und immer mehr Menschen werden von den Toten, die einfach nicht zur Ruhe kommen, aus ihrem Land vertrieben. Diese neue Macht ist vielleicht genau das, was wir brauchen.«

»Das ist nur Politik«, hielt Thurid dagegen. »Björn hat mir erzählt, was jetzt in Norwegen passiert. Der König interessiert sich nicht für Gespenster. Er will unser Land.«

»Aber vielleicht hat dieser Gott ein besseres Schicksal anzubieten als die alten Götter. Vielleicht lässt er uns im Leben freiere Hand.«

»Halldis!« Noch nie hatte ich Thurid so aufgebracht erlebt. Ich kroch näher zur Feuerstelle. »Wie kannst du es wagen, über Freiheiten zu reden! Man kann nie wissen, wer oder was uns in der Dunkelheit zuhört!« Ich schrak zurück, obwohl ich wusste, dass sie nicht mich meinte. »Was maßt du dir an, so mit dem Unsichtbaren zu spielen?«

»Ich möchte eben mehr von Thangbrands Christus wissen. Außerdem habe ich Angst um Gudrid. Sie erfährt und sieht schon zu viel und ich weiß nicht, wie ich sie schützen soll.«

Vermutlich hatte Halldis keine Ahnung, dass ich zuhörte. Ich zog mich noch weiter hinter die Wandteppiche zurück, doch die Bewegung entging ihr nicht. »Bist du das, Gudrid?«, rief sie. »Komm ans Feuer und zeig uns, was du auf dem Jahrmarkt gekauft hast.«

Ich hatte eine Silbermünze bekommen und mir ein Messer gekauft, das ich mir an einer Kordel um den Hals hängen konnte. Halldis bewunderte es, aber Thurid sagte: »Du eiferst zu sehr deiner Ziehmutter nach. Du bist schön und solltest dir hübsche Dinge kaufen. Hast du dir denn die Ketten bei Thorgeir nicht angesehen?«

Ich gab keine Antwort, sondern sah zu, wie Halldis mein Messer mit dem Daumen prüfte und zustimmend nickte. »Eine gute Wahl«, sagte sie und ich war zufrieden.

Als Thangbrand nach Arnarstapi kam, nahm Halldis von ihm an, was sie brauchte – und fand einen Gott, der ihr zusagte. Sie hätte uns alle auf der Stelle taufen lassen, doch Orm war vorsichtiger. Er nahm Thangbrand zuerst mit zu meinem Vater. Thorbjörn hatte über die Götter keine Meinung, doch er war in jenem Sommer beim Thing gewesen und wusste, woher der Wind wehte. Das Christentum wurde in Island zu einem politischen Faktor. Thangbrand war persönlicher Gesandter vom norwegischen König und wäre ein mächtiger Verbündeter.

So hatte jeder seine eigene Ansicht, als wir an einem Nachmittag um die Sommersonnenwende gemeinsam zum Sandstrand von Arnarstapi hinuntergingen.

Das Meer ist grün. Abgerissene Rotalgen schlängeln sich über welligen Sand. Eine Brise vom Meer erfasst die kleine Gesellschaft. Der Wind ist kalt wie das Meer und der nasse Sand unter den Füßen ebenso. Der Mann, der bis zur Brust in der schwachen Brandung steht, schaudert und hat die Zähne vor Kälte fest zusammengebissen.

Das Mädchen ist an der Reihe. Es schreitet in die glasgrünen Wellen. Hoch oben in der blassen Sonne schimmern die letzten Schneeflecken auf dem Stapafel. Der Mann im Meer berührt sie mit der Hand oberhalb ihres Brustansatzes, mit dem anderen Arm fasst er sie am Rücken.

»Im Namen des Vaters, des Sohnes und des Heiligen Geistes.«

Als sie hintenüber ins Wasser gestoßen wird, muss sie keuchen und japsen. Wasser rauscht ihr in den Ohren. Dann steht sie wieder auf den Beinen. Wellen klatschen ihr gegen die Brust, Salzwasser rinnt ihr aus dem langen Haar. Der Strand ist ein Band aus kaltem Licht. Mühsam geht sie darauf zu. Das Hemd klebt ihr am Leib und sie versucht, sich mit den Armen zu bedecken. Warme Hände strecken sich ihr entgegen und führen sie auf den trockenen Sand.

Dort wurde ich zum christlichen Glauben getauft. Weit weg von hier. Aber du bist auch auf Island getauft worden. Oder willst du das jetzt vergessen? Was hast du empfunden, als der Kardinal nach dir sandte, weil nur du die Geschichte einer alten Frau aus Island, die die Grenzen der vertrauten Welt hinter sich gelassen hat, schriftlich festhalten kannst? Du weißt doch gewiss, dass sie meine Geschichte deshalb aufschreiben lassen? Du bist nicht wie die vielen jungen Männer, die ich gekannt habe. Die für ihre Waffenkünste, ihre Freundschaften und ihre Großzügigkeit berühmt sein wollten. Aber du bist genauso ehrgeizig. Ich vermute, du bist jetzt lieber in Rom als sonst irgendwo in der christlichen Welt. Und du magst Frauen nicht so sehr. Habe ich Recht? Vielleicht ist das Klosterleben gerade das Richtige für dich. Ich hätte es nicht gewollt, als ich jung war. Heute ist das natürlich anders. Es gibt nichts mehr, was meine Leidenschaft entfacht.

Es ist falsch von mir, dich zu quälen. Du antwortest mir nicht, nur deine Ohren sind sehr rot geworden, und du beugst dich über das Manuskript, als wärest du kurzsichtig, und du kratzt mit der Feder, als hinge dein Seelenheil davon ab. Beachte mein Gespött nicht. Ich bin eine senile Alte, magst du denken. Einst war ich jung und hübsch und es hat einmal Männer gegeben, die ihren Blick nicht von mir abwenden konnten.

Jetzt bin ich verbraucht. Ich habe gesagt, wir sollten am Nachmittag aufhören, aber sieh nur, die Sonne ist aus dem Innenhof verschwunden und bald ist es dunkel. Die Dunkelheit kommt hier immer so überraschend plötzlich. Ich habe Hunger und du bestimmt auch. Wir haben viel zu lange gearbeitet, das sollten wir nicht zur Gewohnheit werden lassen. Hör auf zu schreiben, um Himmels willen, Junge, ich gebe nichts Sachliches mehr von mir. Deine Hand muss vollkommen steif sein. Hör auf, habe ich gesagt!

9. Juli

Mit fünfzehn habe ich meine erste Beschwörung ausgeführt. Das habe ich noch nie jemandem erzählt. Ich wusste, es war ein gefährliches Unterfangen, aber ich glaubte damals, ich könnte mir mein Leben nach eigenem Gutdünken einrichten. Mein Schicksal, stellte ich mir vor, läge in meinen Händen, obwohl ich im Leben meiner Mitmenschen dafür keine Beweise fand. Hochmütig findest du das? Vielleicht suchte ich nur eine Möglichkeit zu überleben. Der Gedanke, dass Männer meine Reize abschätzten, um sie dann gegen die Reize des schwindenden Anwesens meines Vaters abzuwägen und sich zu fragen, ob sie mit ihm verhandeln sollten, gefiel mir ganz und gar nicht. Ich wollte etwas ganz anderes. Zauberkräfte, die einen selbst betreffen, neigen dazu, das Gegenteil zu bewirken. Heute würde ich so etwas nie wieder machen.

Den Platz suchte ich mir sorgfältig aus. Zuerst dachte ich an die Riesenhöhlen hinter dem Stapafel, doch dann verwarf ich den Gedanken mit Schaudern. Ich wollte eine gutartige Macht beschwören und ich hatte Angst vor den Dämonen in jenem wilden Land. Stattdessen entschied ich mich für den heiligen Brunnen in Laugarbrekka. Er ist Freya geweiht und ich kenne ihn von Kindesbeinen an; er ist nur ein paar Meter vom Haus meines Vaters entfernt. Frauen pflegten dorthin zu kommen, wenn sie ein Kind wollten. Ich hätte die Stelle beinahe verworfen, weil sie so nahe an meinem Zuhause lag und ich etwas Aufregenderes wollte, das eher zu mir gehörte, doch zum Glück war ich nicht so hochmütig, mich über die anderen Frauen zu erheben. Sonst hätte mir das Schicksal noch viel übler mitgespielt.

Kaltes Wasser schießt unter dem Fels hervor und gurgelt über schwarzes Gestein. Auf den Moosflecken glitzern Tautropfen wie Edelsteine. An den feuchten Stellen wachsen Blumen aller Art: Hahnenfuß, Butterblumen, Weidenröschen. In der Senke riecht es nach nasser Erde. Es ist Mitternacht, die Sonne ist hinter dem Snæfel verschwunden. Graue Wolkenstreifen werden wie von aschfahlen Fingern über den Himmel gezogen. Im Westen ist der Himmel rosa.

Das Mädchen steht an der Quelle. Es ist groß, das Haar reicht ihm bis zur Hüfte. Es ist mit einem roten Band nach hinten gebunden. Das Mädchen steht sehr gerade. Es ist kein Kind mehr; sein Gesicht ist schmal und geheimnisvoll. Es gibt Augenblicke, in denen das Mädchen so aussieht, wie es im Alter aussehen wird.

Jetzt, da die Sonne untergegangen ist, liegt frostige Luft über den Weiden. Der Gletscher dahinter ist kalt und düster. Das Mädchen beginnt, leise zu singen. Eine kleine Brise fährt ihm ins Haar. Es nimmt eine Silbermünze aus dem Beutel, der an seinem Hals hängt, und wirft sie ins Herz der Quelle. Die Münze verschwindet, ohne noch einmal aufzublitzen.

Das Mädchen kniet nieder und beugt sich dicht über das Wasser. Kieselsteine glitzern wie Juwelen im Schlamm. Schatten huschen über die Wasseroberfläche. Es schaut auf. Ein Schwarm Seeschwalben zieht über das Mädchen hinweg, dreht dann weiß aufblitzend nach Westen ab und verschwindet im Dunst.

Das Mädchen war noch nie auf dem Meer, weiß aber, dass Seeschwalben unsichere Lotsen sind, da sie nicht immer hin zum Land fliegen. Das muss das Zeichen sein, um das es gebeten hat. Das Mädchen begreift es noch nicht, doch der Zauber ist vollbracht.

In jenem Herbst würde alles anders werden. Wir waren daran gewöhnt, dass Thorgeir der Händler zu dieser Jahreszeit auf seinem Weg nach Laugarbrekka in Arnarstapi vorbeikam. Doch in diesem Jahr kam sein Sohn Einar, weil es Thorgeir nicht so gut ging wie sonst. Obwohl er schon mit seinem Vater in Arnarstapi gewesen war, ehe er ins Ausland ging, konnte ich mich nicht mehr an Einar erinnern. Auch er erinnerte sich nicht an mich, und selbst wenn, hätte er ein vorwitziges kleines Mädchen gewiss nicht mit der jungen Frau in Verbindung gebracht, die jetzt vor ihm stand.

Wie dem auch sei, wenn ein Mann eine Frau in einer gewissen Weise ansieht, hat sie in seinen Augen weder Vergangenheit noch Zukunft, ist ganz Gegenwart. Einar war ein paar Jahre zwischen Island und Norwegen hin- und hergereist und hatte den einen Winter dort, den nächsten hier verbracht – auf Island, meine ich. Auch er war, wie andere Isländer, innerhalb einer Generation reich und erfolgreich geworden. Thorgeir war der Sohn eines Leibeigenen und hatte als Hausierer angefangen. Sein Sohn war Schiffseigner und seefahrender Händler. Seinem Vater zuliebe hätte Orm Einar ohnehin eingeladen, bei uns zu bleiben, doch natürlich war er an dem Mann selbst interessiert. Für uns Isländer ist Erfolg immer interessant.

Ich wusste, dass der Händler eingetroffen war, doch Halldis hatte mir draußen zu tun gegeben. Als Kind konnte ich nach Belieben im Haus ein und aus gehen. Damals konnte ich mich an jede Feuerstelle heranmachen wie ein Tier, dem man keine Beachtung schenkt. Wenn jetzt Männer ins Haus kamen, hielt Halldis mich am Webstuhl oder beim Milchvieh fest, so dass ich nicht einmal mehr den Gesprächen lauschen konnte. Mein Lieber, es ist hart, eine junge Frau zu sein. Man muss sich an die Regeln halten. Ein Kind kann die Regeln brechen und eine alte Frau wie ich kann einfach tun, was ihr gefällt. Doch ein junges Mädchen zieht die Männer an und muss vorsichtig sein. Nicht, dass ich ungern hübsch gewesen wäre. Es hat seine Vorteile – aber es ist zugleich eine Art Gefängnis. Da war nun also Einar, der im Langhaus seine Waren aus Norwegen vor meinem Ziehvater ausbreitete; und da war ich, draußen auf dem Feld mit Melkschemel und Eimer, und molk unsere Kuh. Es war ein grauer Abend, kurz vor dem Wechsel der Jahreszeiten, wenn der Wind zum ersten Mal einen Hauch von Winter mit sich führt und der Tag nicht länger ist als die Nacht. Ein leichter Regen kam mit der Abenddämmerung vom Meer herein und ich spürte die Kälte auf meinem gebeugten Rücken. Ich lehnte den Kopf an den warmen Bauch der Kuh, während die Milch in den Eimer sprudelte. Im Zwielicht schimmerte sie wie Eis. Ich konnte es kaum erwarten, mir die Waren des Händlers anzusehen. Noch immer verachtete ich Frauen wie Thurid, die sich so viel aus feinen Kleidern und Schmuck machten, doch zugleich bewunderte ich ihren Mut. Thurid trotzte der Welt, in der sie lebte. Wir alle hatten nicht genug Farben und doch bestand sie darauf, welche zu bekommen. Während ich den weißen Schaum im Eimer betrachtete, merkte ich, dass auch ich Farben haben wollte. Die Farben sehen und fühlen, die der Händler mitgebracht hatte. Meine eigenen Farben kaufen.

Das war mein einziger Gedanke. Auf dem Rückweg zum Haus kam ich an der Tür des Langhauses vorbei und hörte Männerstimmen, wandte aber nicht den Kopf, sondern ging direkt in die Milchküche und schöpfte den Rahm vom Vortag ab. Mir oblag die Herstellung der Molke. Doch noch ehe ich hinein an die Feuerstelle gehen konnte, um die gekochte Milch zu holen, brachte Halldis sie mir heraus. Während ich die Labmagenhaut einrührte, vernahm ich aus dem Langhaus ein Raunen. Ich weiß noch, dass ich mich fragte, ob ich mich wohl anders fühlen würde, wenn ich zum ersten Mal im Leben gefärbte Kleider trüge. Ob die Farben, in die sich die Menschen kleiden, deren Gedanken veränderten? Ich hatte nie die Möglichkeit gehabt, das herauszufinden.

Der Bauer und der Händler sitzen im Langhaus. Der Händler hat seine Ballen aufgeschnürt und Längen gefärbten Tuchs ausgebreitet, Wolle und Leinen, hat Tabletts mit Bernsteinkugeln und Bronzebroschen, bunten Ketten und Schmuckstücken aus Pechkohle und Silber ausgelegt, Messer in verzierten Scheiden, Amulette, die man sich um den Hals hängen kann, ein Sortiment aus Fibeln und Stecknadeln in Kästchen aus poliertem Horn, emaillierte Kreuze, um Geister und Teufel fern zu halten. Der Händler trägt eine rote Tunika und eine grüne Hose und an den Fingern goldene Ringe. Sein Gürtel und die Messerscheide sind aus weichem Leder geflochten und in seine Stiefel sind gewundene Muster eingraviert. Er ist groß und blond und hat hellblaue Augen. Er hat seine Waage auf dem Tisch vor sich aufgebaut, und während er mit dem Bauern redet, jongliert er zerstreut mit den Gewichten.

Orm der Bauer trägt eine grob gewebte Hose und eine Tunika aus Schafswolle. Seine schlammigen Stiefel hat er draußen vor der Tür abgestellt. Die kahle Stelle auf seinem Kopf ist viel weißer als sein Gesicht, denn im Freien trägt er einen Hut. Schmutz sitzt in den Linien seiner Hände, seine Fingernägel sind schwarz und brüchig. Sein Hund liegt ihm zu Füßen.

Das Mädchen kommt auf dem Weg zur Milchküche an der Tür des Langhauses vorbei. Sein Haar hat die Farbe herbstlicher Weidenblätter und fällt offen herab bis auf die Hüften. Es geht sehr aufrecht, obwohl es Melkschemel und Eimer trägt. Scheinbar hat es die Männer überhaupt nicht bemerkt.

Der Händler stutzt und hört auf zu jonglieren. Ein Gewicht rollt über den Tisch.

»Orm, wer ist das Mädchen? Doch nicht etwa deine Tochter?«

»Welches Mädchen?« Orm schaut sich um, sieht aber niemanden. Aus der Milchküche dringt ein schwaches Klicken. »Oh, das ist meine Ziehtochter. Sie ist die Tochter von Thorbjörn in Laugarbrekka.«

Einar nimmt das Gewicht wieder an sich und dreht es in der Hand. »Sie muss eine gute Partie sein«, meint er. »Vermutlich haben bereits einige um ihre Hand angehalten?«

»Klar. Aber es wird nicht leicht sein, sie zu bekommen. Gudrid ist wählerisch, was Männer angeht, und ihr Vater auch.«

»Ist das wahr?« Einar reihte seine Gewichte ordentlich vor sich auf. »Wenn ich einen Heiratsvertrag vorschlüge, würdest du dann bei ihrem Vater ein gutes Wort für mich einlegen?«

Orm zieht die Augenbrauen hoch. Ansonsten ist seine Miene ausdruckslos. Unmöglich, zu sagen, ob ihn Einars Worte überraschten.

»Ich werde es dir mit meiner Unterstützung vergelten«, drängte Einar. »Thorbjörn muss glauben, es sei eine gute Partie. Es ist doch ein offenes Geheimnis, dass er sein Geld durchbringt. Alle reden darüber, welche Unsummen er ausgibt, und der Hof kann nie und nimmer so viel abwerfen. Ich aber besitze gutes Land und weiß nicht wohin mit meinem Geld. Und meinem Vater geht es ähnlich. Da kann Thorbjörn kaum nein sagen. Nur ein solcher Vertrag, den ein Mann wie ich ihm anbietet, rettet ihn vor dem Ruin.«

»Ich bin mir nicht sicher, ob Thorbjörn das auch so sieht.« Orm hält inne und legt die Stirn in Falten. »Vielleicht hast du Recht. Ich will nicht sagen, dass du dich irrst. Ich bin in dieser wie in jeder anderen Angelegenheit dein Freund, aber Thorbjörn ist ein stolzer Mann.«

»Er hat nicht mehr als ich, worauf er stolz sein kann. O ja«, fügt Einar hinzu, unterschwellig angriffslustig. »Du denkst an meine Vorfahren. Ist Thorbjörn etwa besser? Wenn mein Großvater Leibeigener war, nun, seiner war es auch. Und meine Familie hat zumindest das Beste aus ihren Möglichkeiten gemacht.«

»Du hast das Mädchen kaum gesehen.«

»Ich habe sie gesehen und das reicht. Ich weiß, was ich will, Orm, und ich habe keine Angst, es mir zu nehmen. Es ist für mich an der Zeit zu heiraten. Wenn du deiner Ziehtochter einen Gefallen tun willst, verwendest du dich bei Thorbjörn für mich. Würdest du sie nicht gern an der Seite eines wohlhabenden Mannes sehen, der ihr ein *angenehmes Leben ermöglicht? Du weißt, dass ich besser für sie sorgen werde als ihr Vater.«*

»Ich denke darüber nach.« Das ist alles, was Orm sagen will, doch sein Interesse ist ihm deutlich anzumerken.

Vermutlich war Einars unverhohlene Bewunderung das, was mich an ihm reizte. Ich kann mich noch an das Essen erinnern, das wir an jenem Abend einnahmen. Er saß neben Orm und jedes Mal, wenn ich ihn ansah, ruhte sein Blick auf mir. Ich achtete darauf, nicht allzu oft hinzuschauen, doch den ganzen Abend war ich so befangen wie nie zuvor. Während ich um den Tisch ging und Milch austeilte, war ich mir meines Körpers bewusst und der Wirkung, die er auf Einar haben mochte. Als ich ihm einschenkte, sah er mein Haar an, das ganz dicht vor seinem Gesicht herabhing, als wollte er es berühren. Ich war erregt und mein Herz schlug derart, als befände ich mich in Gefahr. Ich glaube, weder vorher noch nachher war ich jemals wieder so zurückhaltend.

Es stellte sich jedoch heraus, dass nicht ich in Gefahr war, sondern Orm. Am nächsten Tag ging Einar fort, ohne auch nur ein Wort mit mir geredet zu haben. Ich weiß heute nicht mehr, wie viel Orm mir erzählt hat, aber ich wusste, was vor sich ging. Halldis war damit nicht einverstanden und vielleicht wusste sie auch zu viel. Als ich versuchte, mit ihr über den jungen Mann zu sprechen, der uns besucht hatte, schürzte sie nur die Lippen und wandte sich ab.

Ich hoffte, Einar in der darauf folgenden Woche auf dem Herbstfest meines Vaters zu treffen, doch er war nicht da. Das Fest war noch großartiger als sonst. Mein Vater, dem im Hinblick auf Gastlichkeit niemand das Wasser reichen konnte, hatte sich selbst übertroffen und das Ergebnis war beachtlich. Dabei hieß ich es, sei es in Erinnerung an die Zeit der Knappheit oder in Vorahnung der bevorstehenden Hungersnot, nicht gut. Thorbjörn begrüßte mich warmherziger als sonst. Vielleicht hatten meine neuen Kleider und die Bernsteinkette damit zu tun, vielleicht fing er auch an, eigene Pläne für meine Zukunft zu schmieden. Als wir eintrafen, war er allem Anschein nach mit mir und meinen Zieheltern zufrieden.

Mein Vater und Orm saßen zusammen am schmalen Ende des Tisches und steckten die Köpfe zusammen. Plötzlich sprang Thorbjörn mit einem lauten Ausruf auf. Er hob die Faust und ich dachte, er wollte meinen Ziehvater schlagen. Thorbjörn war größer als Orm, doch Orm stand einfach unerschütterlich vor ihm. Meine Ziehmutter schob die Leute auf den Bänken zur Seite und stellte sich neben die Männer. Sie packte meinen Vater am Arm und ich dachte, er würde sie schlagen, doch er schubste sie einfach weg. Die anderen Gäste riefen ihm zu, er solle sich beruhigen, und ich zwängte mich durch die Menge, bis ich ihnen am Tisch genau gegenüberstand. Mein Vater würdigte mich keines Blickes.

»Ich habe also kein Geld, wie?«, tobte er. Er kam Orm mit dem Gesicht ganz nahe und schrie ihn an. Mein Ziehvater schaute einfach nur mürrisch drein, so wie ich es an ihm kannte. »Soso, ich bin also ein armer Mann, der froh sein sollte, vom Sohn eines Leibeigenen gerettet zu werden? Willst du das sagen? Ich sollte froh sein, meine Tochter dem Sohn eines gewöhnlichen Hausierers zu geben? Du glaubst doch nicht im Ernst, dass ich so tief gefallen bin! Du wagst es, mir das anzubieten, in meinem Haus, als mein Gast, der von meinen Vorräten isst und mein gutes Ale trinkt? Du wagst es, dich mit Dienern zu verschwören, um dich meiner Tochter zu entledigen? Dir habe ich sie anvertraut. Du hast sie all die Jahre bei dir gehabt und wagst es nun, mir das auf diese Weise heimzuzahlen!«

»Ich meine es nur gut mit ihr und mit dir«, erwiderte Orm, ohne laut zu werden.

Meine Ziehmutter stand zwischen ihnen und ihr Blick schoss von einem zum anderen, als wartete sie darauf, einen Schlag abfangen zu müssen. Zum ersten Mal im Leben fiel mir auf, wie viel größer sie war als Orm, und nebeneinander kamen mir die beiden ein wenig lächerlich vor. Ich hatte das nie gemerkt, bis sie dort vor meinem Vater standen und über meine Zukunft stritten.

»Du meinst es gut?«, schnaubte mein Vater. »Wer gibt dir das Recht, überhaupt etwas zu meinen? Niemand außer mir und das Recht kannst du ab sofort vergessen. Du kannst mein Haus verlassen und deine Frau mitnehmen. Aber nicht meine Tochter. O nein, Gudrid bleibt hier, damit ich selbst ein Auge auf sie haben kann. Von deinen Machenschaften will ich nichts mehr wissen. Und verbreite nicht noch mehr Gerüchte über meine Armut. Du hast mein Fest gesehen, hast die Geschenke gesehen, die ich verteile. Also geh nicht herum und erzähle den Leuten, ich sei arm!«

Orm machte den Versuch einer Antwort. Ich schaute Halldis an und Halldis schaute mich an. Zwischen uns stand der Tisch. Sie versuchte, sich mir zu nähern, und ich streckte den Arm nach ihr aus. Anders konnte ich mich nicht verständlich machen, es war zu laut. Die Männer auf den Bänken riefen durcheinander und versuchten einzuschreiten. Einigen gelang es, sich zwischen Orm und Thorbjörn zu schieben. Steinthor von Eyr hielt meinen Vater zurück und schrie, er solle sich zusammenreißen. Die anderen bugsierten Orm und Halldis zur Tür. Ich versuchte, ihnen zu folgen, doch Halldis sah mich an und schüttelte beinahe unmerklich den Kopf. Dann waren sie fort.

Den ganzen Winter lang hasste ich meinen Vater. Unser Verhältnis von einst hatte sich ins genaue Gegenteil verkehrt. Er buhlte um meine Gunst und ich wollte nichts mit ihm zu tun haben. Sobald er mich ansprach, saß ich nur da und starrte wie versteinert auf die Wandteppiche. Nach dem Abendessen wollte er, dass ich neben ihm sitzen blieb, bis wir zu Bett gingen, und versuchte, mich zum Antworten zu bringen. Aber ich blieb stumm. Ich versuchte auch nicht, nach Arnarstapi zu gehen; das Vergnügen, mich davon abzuhalten, wollte ich ihm nicht gönnen. Unser Hof lag weitab von den Hauptstrecken, die über Snæfelsnes führten; dennoch hatten wir zuweilen Besuch und in jenen Nächten hörten wir Geschichten und Gesang. So fiel mein Schweigen weniger auf. Ich begegnete den Gästen meines Vaters höflich und wartete ihnen stets respektvoll auf, wie man es mich gelehrt hatte, doch ich stand im Ruf, kalt und unnahbar zu sein. Hin und wieder war jemand dabei, der mir nachsah, wenn ich durch den Raum ging, so wie Einar es einst in Arnarstapi getan hatte, doch ich glaube nicht, dass ein Mann sich an meinen Vater gewandt hat. Die Gerüchte über Thorbjörns Vermögenslage haben sicher jeden potentiellen Werber zu äußerster Vorsicht angehalten. Ich dachte, es läge an mir und sie könnten mich nicht leiden. Man hatte mir oft gesagt, ich sei schön, doch ich kam zu der Überzeugung, dass etwas anderes mit mir nicht stimmte.

Ich habe viel an Einar gedacht. In einem Tagtraum stellte ich mir vor, er würde eines Tages vor das Haus meines Vaters reiten und um mich anhalten. Das war natürlich mitten im Winter nicht sehr wahrscheinlich, doch abends im Bett malte ich mir aus, dass er käme, sobald der Schnee geschmolzen wäre. Einar würde sich vor Thorbjörn aufbauen und mein Vater wäre vor Überraschung sprachlos. Ich rückte das Bild so lange zurecht, bis es stimmig war. Schließlich würde Einar sich mir zuwenden und mich auffordern, mit ihm zu kommen, und ich würde auf eins der Ponys steigen, die er mitgebracht hatte, und von Laugarbrekka fortreiten, ohne mich auch nur einmal umzudrehen. Der nächste Teil der Geschichte war undeutlicher, denn ich hatte Einar erst einmal gesehen und wusste nicht, wer er war. Gelegentlich reichte meine Vorstellungskraft so weit, bis ich neben ihm im Bett lag, doch dann blieb ich stecken, denn da wollte ich eigentlich nicht hin. Ich wollte nur davor gerettet werden, meinen Vater zu hassen, und niemand außer Thorbjörn selbst hätte das zustande bringen können. Ich muss ihm allerdings zugute halten, dass er sich in jenem langen Winter die größte Mühe gegeben hat.

Im Frühling veranstaltete mein Vater sein bis dahin größtes Fest. Die Menschen kamen aus ganz Snæfelsnes und von weit hinter dem Breidafjord. Alte Zwistigkeiten schienen vergessen: Die Männer aus Breidavik waren natürlich da und Steinthor von Eyr, aber auch Snorri der Priester und sogar ein oder zwei der ärgsten Feinde von Eirik Raudi, die Thorbrandssons. Ich hatte keine Ahnung, was mein Vater im Sinn hatte, bis er zu seiner Rede ansetzte. Das Langhaus war so voll, wie ich es noch nie erlebt hatte. Draußen regnete es in Strömen und drinnen war es stickig. Es war so ein Tag, an dem man schlafen möchte, auch wenn man weder zu viel gegessen noch getrunken hat. Mir war der Kopf schwer und ich sehnte mich danach, die Augen schließen zu können. Doch sobald mein Vater zu reden anhob, war ich wieder hellwach. Und so erregt wie an dem Tag, als Einar in Arnarstapi war: Ich spürte ein Kribbeln im Bauch und mein Mund wurde trocken. Ich hatte die leise Hoffnung gehegt, Einar möge zum Fest erscheinen und den Zorn meines Vaters herausfordern. Doch hier wurde ein anderes Abenteuer geboten. Einar mit seinen feinen Kleidern und seinen Waren verschwand für immer in den Nebeln der Erinnerung.

»Ich habe lange Zeit hier gelebt«, begann Thorbjörn. »Ich habe eure Freundschaft und eure Unterstützung genossen und ich schätze mich glücklich, sagen zu können, dass ich mit den meisten meiner Nachbarn hier immer gut ausgekommen bin.« Falls manch einer merkte, dass mein Vater seine Worte ironisch meinte, so ließ er es sich nicht anmerken. »Ich werde meine Jahre in Laugarbrekka in guter Erinnerung behalten.

Für die meisten unter euch wird es nicht neu sein, zu erfahren, dass für mich die Dinge in finanzieller Hinsicht nicht gut stehen. Ich war immer großzügig in materiellen Dingen. Wir haben gut gelebt und unsere Gäste stets aufs herzlichste willkommen geheißen. Es wäre eine Schande für mich, wenn ich es anders machen müsste. Ich will den Hof, will Island lieber verlassen, als plötzlich anfangen zu knausern.

Vor zwölf Jahren hat mich mein bester Freund eingeladen, mich ihm zu einer großen Unternehmung anzuschließen. Nur widerwillig kehrte ich um, als ich sah, wie mein Freund Eirik Raudi zum Grünen Land aufbrach, das er im Westen hinter den Gunnbjörnschären entdeckt hatte. Jedes Mal, wenn ein Schiff mit Nachrichten von ihm kam, spürte ich die alte Versuchung. Noch bin ich kein alter Mann; ich bin jünger als Eirik. Warum sollte ich nicht auch ein großes Abenteuer unternehmen?

So ist dieses also mein letztes Fest und ich habe euch eingeladen, um euch mitzuteilen, dass ich in diesem Sommer auf der Suche nach dem Grünen Land westwärts fahre. Euch allen also Lebewohl.«

Mich erwähnte er nicht, doch zweifelte ich nicht einen Augenblick lang daran, dass sein Abenteuer auch meines wäre. Alle waren sprachlos, so sehr staunten sie; und niemand fragte, was mein Vater mit mir zu tun gedachte. Vermutlich hat man noch Jahre danach über das Fest gesprochen. Mein Vater schickte alle großzügig beschenkt auf den Weg, so dass für uns am Ende fast nichts übrig blieb. Thorbjörn kümmerte das nicht. Die große Geste bedeutete ihm mehr als Wohlstand.

10. Juli

Erinnern dich Tage wie dieser nicht an Island? Als ich heute Morgen aufwachte und den Regen auf dem Dach und im Innenhof hörte und sah, dass es nur langsam heller wurde, da dauerte es eine Weile, bis ich wusste, wo ich war. In Island sind die Tiere im Freien, auf grünen Weiden. Fehlen dir diese Dinge nicht manchmal?

Du hast genickt. Du hast tatsächlich genickt. Du verstehst, was ich meine. Hier sitzen wir nun, zwei Menschen aus demselben Land. Aus einem Land, so weit von hier entfernt, dass es zuweilen wie ein Traum anmutet. Für die Leute hier könnte Island ebenso gut eine andere Welt sein. Da tut es gut, hin und wieder mit einem Landsmann zusammen zu sein. Hat man dir aufgetragen, nicht mit mir zu reden?

Du brauchst keine Angst vor mir zu haben. Ich bin so alt, dass ich deine Großmutter sein könnte. Vielleicht bist du so zurückhaltend, weil ich von der Gegend spreche, aus der du kommst, und das erinnert dich an zu vieles. Ja, das ist es. Ich erkenne es an deinem Schweigen. Ist dir die Entscheidung, Mönch zu werden, schwer gefallen? Hat man dich von zu Hause fortgeschickt, als du noch sehr jung warst?

Mit zehn. Ja, das ist früh. Hat es dir etwas ausgemacht? Kleine Jungen wollen für gewöhnlich Krieger oder Seefahrer werden oder fremde Länder erkunden. Ich habe noch nie ein Kind kennen gelernt, das sich danach sehnte, über Pergament gebeugt in einem Kloster zu sitzen. Wohin hat man dich geschickt?

So weit fort! Warst du dort glücklich?

Na schön, ich frage nicht mehr. Es war freundlich von dir, mit mir zu sprechen. Seitdem ich hier bin, habe ich kein Isländisch mehr gehört, außer meiner eigenen inneren Stimme. Du hast keine Ahnung, wie viel es mir bedeutet, wenn du ein oder zwei Wörter in meiner Sprache mit mir wechselst. Ich bin dankbar dafür. Und jetzt fahren wir lieber mit unserer Arbeit fort.

Ich schiebe es hinaus, weil es mir schwer fällt, zu erzählen, was als Nächstes kommt. Ich mache mir heute noch Vorhaltungen. Schau einmal aus dem Fenster. Es regnet noch immer, aber die Finken sind wieder da. Ich glaube, sie bauen ein Nest an der Wand. Dieser Hof ist selbst für die Vögel ein Zufluchtsort. Im Wald haben sie genug zu fürchten, so wie wir. Hat die Reise nach Rom dir Angst gemacht, als du zum ersten Mal herkamst? Ich fürchte mich nicht mehr vor dem Wetter oder dem Meer, ich fürchte mich vor den Menschen. Als damals die Menschen – zumindest glaube ich, dass es welche waren – nach Hop kamen, da hatte ich Angst, da wusste ich, dass unsere Siedlung dem Untergang geweiht war. Das Land hier ist schon so lange bewohnt, dass die Menschen vergessen haben, wie es war, als sie zuerst herkamen. Es ist voller Geister, aber ich bin alt und es macht mir nichts mehr aus. Die Räuber machen mir mehr zu schaffen. Die Wälder in Europa sind so dicht. Selbst in Hop waren sie nicht so dicht. Jeder kann sich in der Wildnis verstecken und bei jeder Rast, die wir auf unserem Weg hierher einlegten, war die Rede von Hinterhalt und Mord. Selbst nach allem, was ich mitgemacht habe, ziehe ich das Meer vor.

Du schreibst das doch nicht auf! Das ist gar nicht nötig, ich will nur nicht zur Sache kommen. Junger Mann, würdest du bitte einen Augenblick aufschauen?

Du hast dieselbe Augenfarbe wie mein Sohn.

Anfang Mai setzten wir in Breidavik die Segel.

Alle Vorzeichen waren gut. Einige Pächter meines Vaters und ein paar Freie entschieden sich, mit uns zu kommen, auch die Leibeigenen, die er aussuchte. Drei seiner Pächter brachten ihre Familie mit. Die Sklaven waren zum größten Teil Paare. Eines der wenigen nützlichen Dinge, die mein Vater mir beibrachte, war die Erkenntnis, dass es gut ist, wenn man seinen Hörigen erlaubt, zu heiraten und treue Familien zu gründen. Es ist nicht nur die Versicherung, dass eine nächste Generation heranwächst; die Menschen sind auch zufriedener, wenn sie verheiratet sind. Ich wünschte, dasselbe könnte man auch von Freien behaupten, doch mir ist noch kein Krieger untergekommen, der von häuslichen Einflüssen gezähmt worden wäre. Du weißt bestimmt, dass ein Bulle sicherer ist, wenn er bei den Kühen ist und nicht weitab von der Herde – obwohl du dich natürlich nie mit Vieh auseinander setzen musstest.

Das Beste, so erschien es mir an jenem blauen Maimorgen, war, dass Orm und Halldis auch bei uns waren. Sobald sie die Nachricht erhalten hatten, dass wir fortgingen, kam Halldis zu meinem Vater und bat für Orm um Vergebung, was Orm niemals selbst getan hätte. Sie fragte, ob sie sich der Expedition anschließen könnten. »Seit ihrem fünften Lebensjahr sind Gudrid und ich bis auf den vergangenen Winter noch nie getrennt gewesen«, sagte sie. »Du weißt, dass du eine Frau brauchst, die ihr Gesellschaft leistet. Und eine junge Magd, die nur eins im Sinn hat, nämlich sich einen Mann zu suchen, willst du nicht. Du willst eine Mutter für Gudrid. Denk an all die jungen Männer im heiratsfähigen Alter, die es dort im Grünen Land gibt. Eirik Raudi hatte drei kleine Söhne, als er fortging. Für die wird er zwischen Seehunden und Felsen wohl kaum Frauen gefunden haben. So ist es eben in einem neuen Land. Du wirst auf deine Tochter Acht geben müssen, und wenn du vorsichtig bist, kannst du sie sehr vorteilhaft verheiraten.« Halldis kannte meinen Vater; der Gedanke, mit Eirik Raudi verwandt zu sein, war ein Köder, der ihn unweigerlich anbeißen lassen würde. Halldis erwähnte natürlich nicht, dass ich keine lohnende Partie mehr war, seitdem mein Vater alles fortgegeben hatte, was meine Mitgift hätte sein können. Der verschmähte Einar war wahrscheinlich zehnmal reicher als mein Vater zur damaligen Zeit. Doch mir gegenüber erwähnte sie unter vier Augen, dass ich auf Grönland, wo Frauen rar waren, bestimmt eine günstigere Verbindung eingehen würde. Land gab es im Überfluss; man musste also da draußen nicht in Ländereien einheiraten. Aber eine Frau, die ein Anwesen bewirtschaftete, das war etwas anderes ... Wie Halldis sagte, war ich gesund und wusste, wie man haushaltet. »Die Männer da draußen«, sagte sie mir, als wir uns wieder treffen durften, »wollen eine Frau, die ihnen den Haushalt gut führt und Kinder zur Welt bringt. Auch Schönheit verachten sie in einem wilden Land nicht. Ich glaube, du musst dir um die Mitgift keine Gedanken machen.«

Sie überredete meinen Vater und vielleicht säte sie auch das erste Samenkorn einer Idee, wie meine Zukunft wohl aussehen könnte. Womöglich hatte auch mein Vater bereits daran gedacht. Ich werde es nie erfahren, doch Eiriks Söhne waren in meiner Familie sicher als Möglichkeit in Betracht gezogen worden, ehe ich ein Auge auf einen von ihnen warf. Ich war damals gar nicht abgeneigt.

Ich glaube nicht, dass Orm nach Grönland wollte. Natürlich hatte er Sorge, was aus seinen Ländereien werden würde, wenn Laugarbrekka an einen unbekannten Käufer ging. Vielleicht hielt er die Reise ins Grüne Land für das kleinere Übel. Er kam nicht, wie Halldis, aus Liebe zu mir mit, sondern aus Liebe zu Halldis.

Bevor ich getauft wurde, erklärte uns Thangbrand der Missionar das Jüngste Gericht. Noch heute träume ich vom Ende der Welt. Vermutlich sollte ich jetzt mehr denn je daran denken – mein Tod ist sicher nicht mehr allzu fern. Aber mit zunehmendem Alter hoffe ich immer stärker auf einen gnädigen Gott. Auf Island ist der Tod keine große Sache. Männer müssen töten; das liegt in ihrer Natur. Ich glaube, Frauen leiden stärker darunter, wenn durch ihr Verschulden jemand zu Tode kommt. Für Männer gibt es immer noch den Traum von der letzten Schlacht. Sie fürchten sich nicht vor dem Jüngsten Gericht, sondern hoffen nur auf den Kampf, der bis zum Ende aller Tage andauern wird. Doch wenn ich vom Jüngsten Gericht träume, erheben sich die Geister meiner geliebten Zieheltern und schweben drohend und anklagend über mir. Kein Kampf, keine festliche Halle. Das Meerwasser rinnt von ihren Leichnamen, die ausgemergelt und bläulich aussehen. Sie sagen, sie hätten all die langen Jahre über nicht geruht, weil sie kein Grab hatten; sie sind ausgestoßen, verloren in den Wassern, die die Welt umgeben. Und ich ganz allein trage daran die Schuld, ich, die ich zuließ, dass sie mir folgten, nur weil ich sie brauchte.

Jetzt weiß ich also, was ich erzählen muss. Wir stachen unter blauem Himmel und bei günstigem Wind in See; das Land roch bereits nach Frühling. Das Vieh graste auf den vom Schnee befreiten Weiden. Unter den Tieren, die wir mit an Bord nahmen, waren sogar ein paar Lämmer. Das Schiff war zum Bersten voll: Rinder, Schafe und Geflügel mittschiffs, die Leibeigenen und ihre Familien suchten bei den Tieren oder vorn vor dem Segel Schutz. Wir hielten uns achtern unter einer Persenning auf, denn zunächst bestand keine Notwendigkeit, das Deck freizuhalten. Wir hatten Wasser und Futter für zehn Tage, außerdem Proviant. Es erschien uns mehr als genug. Bei gutem Wetter würden wir in einer

Woche dort sein. Als wir in Breidavik ausliefen, hing nicht eine Wolke über dem Gletscher und das Eis leuchtete in der strahlenden Sonne.

Du hast vielleicht von jenem Frühjahr gehört, obwohl du noch nicht geboren warst. Es ist inzwischen zur Legende geworden. Wir waren nicht die Einzigen, die es da draußen erwischte. Weißt du, was die Leute sagen? Sie sagen, es sei das erste Jahr gewesen, in dem Christen zu den Ländern jenseits dieser Welt aufbrachen, und die alten Götter seien zornig gewesen. Man hatte sie aus Norwegen verbannt, dann von Island. Deshalb gingen sie an Bord von Eiriks Schiff oder flohen vor ihm und fanden einen Ort jenseits der Grenzen dieser Welt, die ihnen einst gehörte, jetzt aber christlich genannt wurde. Dort, in diesen menschenleeren Gegenden, fanden sie einen ruhigen Platz. Soviel ich weiß, spuken sie in jenen Bergen noch immer.

Doch als sie Schiffe mit Christen an Bord sahen, die ihnen zu ihrem neuen Zufluchtsort folgten, wurden sie böse. Von den Gletschern über den Gunnbjörnschären schleuderte Thor seinen Hammer herab, der im Meer zwischen Grönland und Island landete und einen Wasserstrudel erzeugte. Eis, das jahrhundertelang ruhig dagelegen hatte, brach in riesigen Blöcken ab und begann zu treiben, wahre Monster erhoben sich aus der Tiefe, und Wellen, so hoch wie der Snæfel, wälzten sich über das Meer im Westen, bis sie sich krachend an den Klippen Europas brachen.

Ich erzähle dir dies und ich erzähle dir jenes, aber wie es an Bord unseres Schiffes war, erzähle ich dir nicht. Armer Junge. Du bist so jung; aber auch über dich wird gerichtet werden, wie über uns alle. Hattest du jemals Angst? Hast du je etwas getan, das dich verfolgt? Nein, du musst mir nicht antworten. Ich habe schreckliche Reisen unternommen. Ich kenne das Meer. Kein richtiger Feind, aber stärker als wir alle und ganz und gar unzuverlässig. Manchmal ist seine Oberfläche glatt wie ein Spiegel, dann wieder öffnet sich der Höllenschlund. Meine erste Reise war die schlimmste.

Es ist kalt, ringsum nur das schreckliche Wasser, alles wird zu Wasser. Die Menschen verlangen nach etwas Hartem, Greifbarem, nach einer Kante, aber da ist nichts, was sich irgendwie abhebt, nur Stumpfsinn und fühllose Hände. Die Toten werden ins Meer geworfen; die Lebenden sind kalt wie die Toten. Das Wasser gibt nicht zu erkennen, wer noch da ist und wer gegangen ist. Gäbe es ein Morgen, müssten sie trauern, doch Zeit und Empfinden sind verschlungen. Sie werden im Meeresbauch zermalmt, in die Tiefe gerissen, mitten hinab in das Meer. Das Wasser schluckt sie mitsamt ihren Seelen.

Der Himmel wird schwarz, wo es Abend werden sollte, und von Westen rollt eine hohe Woge heran, die mit ihrem weißen Kamm an den Snæfel erinnert. Das Schiff hebt sich. Die Taue sind wie Bogensehnen gespannt, sie geben den Ton vor, unter dem das Boot zerbricht. Die Welle überschlägt sich und hinterlässt Chaos und Schäumen. Schafe werden wie Gischt von Bord gespült, das Segel zerfetzt. Und weiter heult der Wind.

Tage und Nächte sind Wasser. Nirgends eine Veränderung. Die Rinder verloren, die Menschen im Sterben. Ihre Namen längst ohne Bedeutung. Es gibt nichts zu tun noch zu denken, es gilt nur, durchzuhalten. Orms Leichnam wird über Bord geworfen; der von Halldis folgt. Es ist weder hell noch dunkel, es gibt nur den Durst der Hölle. Sterben ist gleichbedeutend mit Trinken, Überleben bedeutet, ohne Wasser zu sein. Nirgends eine Veränderung, nirgends Gnade. Das Schiff treibt weltenlos, zeitenlos.

Als wir aufs offene Meer kamen, verließ uns der günstige Wind. Wir gerieten in schreckliche Stürme und kamen den ganzen Sommer fast nicht von der Stelle. Wir hatten kaum Wasser zu trinken; Krankheiten brachen aus. Und es war so kalt, so unvorstellbar kalt. Die Hälfte unserer Gemeinschaft starb. Orm starb. Halldis starb. Das Meer indes wurde nur noch wüster. Wir litten entsetzlich, hatten Durst und waren den Unbilden der Witterung hilflos ausgeliefert. Sieh nur, ich habe noch immer Narben an den Händen. Damals waren es offene, schwärende Wunden. Doch schließlich, als wir die Hoffnung längst aufgegeben hatten, spuckte das Meer uns aus. Endlich sichteten wir Land. Es war Herjolfsnes im Grünen Land und der Winter begann.

11. Juli

Das von gestern tut mir Leid. Jetzt bin ich bereit, fortzufahren, doch ich möchte mich bei dir entschuldigen. Ich habe nicht das Recht, dir meine Gefühle aufzudrängen.

Die Nächte waren dunkel geworden, und als wir die Sonne wiedersahen, erkannten wir, dass wir zu weit nach Süden gesegelt waren. Also hielten wir Kurs nach Norden, soweit der Wind es zuließ, wohl wissend, dass das gesuchte Land beinahe so weit im Norden lag wie Reykjanes. Wir hatten keine Ahnung, ob wir uns westlich oder östlich davon befanden; mein Vater fragte sich sogar, ob wir nicht auf Island zusteuerten. Doch das Meer war allmählich viel kälter als das Meer zu Hause geworden und bald tauchten Eisschollen auf, zunächst klein und weiß, dann größer und zuweilen türkisfarben oder azurblau. Sie trieben an uns vorüber nach Süden, während wir uns bemühten, gegen die immer stärkere Strömung anzukommen. Die durchdringende Kälte des Wassers hüllte uns ein und jeder vorbeiziehende Eisberg blies seinen kalten Odem über uns, gleichsam ein Seufzer der Toten wie ein Zeichen aus der Totenwelt.

Schließlich sichteten wir Land und dieses Land war viel unwirtlicher als das, welches wir verlassen hatten. Nirgendwo sahen wir eine Möglichkeit, eine Siedlung anzulegen. Auf einem riesigen Gletscher glitzerte die aufgehende Sonne. Große Eisbrocken waren abgebrochen und bedrohten unser kleines Schiff. Die Berge waren blanker Fels, stellenweise mit Schnee bedeckt, und das Weiße dahinter hätte Eis sein können – oder Wolken. Das Einzige, was dieses

Land zu bieten hatte, war Schmelzwasser, das unter einer hohen, zerklüfteten Eisschicht hinweg ablief. Es war frisch und es rettete uns das Leben. Die Küste erstreckte sich nach Nordosten; mein Vater sagte, das sei merkwürdig. Eiriks Segelanweisungen hatten auf eine Küste mit vielen Fjorden hingewiesen, die sich nach Nordwesten zog. Als wir Kurs nach Südwesten einschlagen wollten, hätte die Mannschaft beinahe gemeutert. Der Winter stand kurz bevor und sie wollten nach allem, was wir durchgemacht hatten, nur noch nach Island zurückkehren.

Mit ungutem Gefühl fuhren wir die wilde Küste entlang. Mein Vater erinnerte uns daran, dass die Siedlungen weit hinten in den Fjorden lägen und vom Meer aus nicht einsehbar seien. Wir kamen an Küsten vorbei, die sowohl Inseln als auch Landzungen hätten sein können – nur blanker Fels und Eis. Tiefe Buchten führten ins Landesinnere. Wir wussten nicht, welcher wir folgen sollten. Es wurde wärmer und mit dem Ende der Taubheit stellte sich so etwas wie Verzweiflung ein. Weltweit bin ich die Frau mit der größten Navigationserfahrung und ich habe eins gelernt: Ähnlich wie Eisberge zeigt der Fahrtauftrag nicht einmal den Bruchteil dessen, was wirklich vorhanden ist. Dennoch haben sich Menschen weit ins Unbekannte vorgewagt und sich auf diese dürftigen Worte verlassen, die diese schreckliche Gegend nicht einmal annähernd beschreiben. Es wundert mich nicht, dass sich so viele Schiffe verirren; im Gegenteil, ich bin immer wieder erstaunt, wenn tatsächlich ein Boot ankommt.

Aber lieber würde ich die ganze Reise noch einmal erleiden und von neuem mein Leben aufs Spiel setzen, als zu Hause in Sicherheit auf Kunde von meinem Geliebten zu warten. Das habe ich nie zugelassen und ich bewundere die Frauen, die es Jahr für Jahr ertragen.

Ein gewisser Herjolf, der Vater von Bjarni, der Vinland als

Erster gesehen hat, hatte beschlossen, sein Gehöft auf Grönland an eine Meerenge zu bauen, die nach Südosten hinaus aufs offene Meer führte. Jeder andere Bauer hat den Schutz der langen Fjorde gesucht. Doch Herjolfs Kühnheit sollte sich auszahlen. Jedes Schiff, das die Küste von Grönland absuchte, würde die Siedlung auf Herjolfsnes sehen. Und tatsächlich wählte jeder abgehärtete Reisende Herjolfs Anwesen als ersten Anlaufhafen. Herjolf war Händler und er war bereit, Leben zu retten, wenn es sich lohnte. Er war unser Retter.

Ich werde den Anblick des Gehöfts auf Herjolfsnes nie vergessen. Wir hatten die Mündung eines langen Fjordes passiert und vor uns ragte steil eine Insel oder Landzunge auf. Dann, auf dem Kamm einer jeden Woge, erblickten wir ein Stück grünes Land. Jedes Mal, wenn wir aus einem Wellental auftauchten, strengten wir die Augen an. Langsam näherte sich das Schiff dem Ufer. Auf den Weiden zeichneten sich braune Flecken ab. Rinder. An einem Strand waren große Felsblöcke zu erkennen, die auch Boote hätten sein können. Dann noch etwas: eine zarte, graue Spirale, von Nebelfetzen, die über den Brechern am Strand hingen, fast ausgelöscht. Wir schrien alle gleichzeitig: »Rauch!«

Der Strand war steinig; das Schiff setzte hart auf dem Boden auf. Niemand wartete noch auf Befehle. Männer, Frauen und die beiden überlebenden Kühe kletterten mühevoll zum Bug, ein wirrer Haufen. Ich stand achtern und betrachtete das neue Land. Unter dem Rauch entdeckte ich ein lang gestrecktes Gebäude aus Grassoden, grün wie die Weiden ringsum. Dann sah ich, wie Menschen auf uns zukamen. Entsetzen packte mich und ich schlug die Hand vor den Mund. Alles sah so sehr nach Heimat aus und war doch eine andere Welt, und nach allem, was uns zugestoßen war, vertraute ich nichts und niemandem mehr.

Aber es war tatsächlich echt und vertraut. Thorkel begrüßte uns, der das Land nahe am Ufer bewirtschaftete, und er brachte uns zu Herjolf, der meinen Vater und seine Leute sogleich einlud, den Winter bei ihm zu verbringen. Wäre das Schiff noch intakt gewesen, hätten wir es vielleicht bis Eiriksfjord geschafft, nachdem wir von der Richtung wussten, doch das Ersatzsegel hielt kaum zusammen und wir hatten nicht genug Leute für eine Mannschaft. Es gab auch nicht mehr genug Mannen, um Ruderwachen zu stellen. Am Ende jener ersten Reise hatte ich gelernt, mit dem Steuer umzugehen. Später hat Karlsefni sich meine Fähigkeiten zunutze gemacht. Thorstein nie. Er weigerte sich sogar zu glauben, eine Frau könnte ein Boot steuern; allein der Gedanke schien ihm höchst unselig.

Als ich in Herjolfsnes an Land ging, konnte ich kaum laufen. Der feste Boden war heimtückisch und stand einfach nicht still. In Herjolfs Langhaus gab es frisches Wasser, Milch und trockene Kleider. Doch kaum hatte ich mich daran gewöhnt, da wurde mir klar, dass uns auch jetzt nichts geschenkt wurde. Wie immer waren die Geister schon vor uns da.

Das Gespenst des Hungers kannte ich gut. Gleich danach kommen die Gespenster des Verlusts und der Furcht, mir ebenfalls seit der Wiege vertraut. An Herjolfs Langfeuer, das mit Seetang und Treibholz unterhalten wurde, fiel die Benommenheit von mir ab und ich sah Herjolfs ausgemergelten Leuten an, dass eine Hungersnot wütete, die sich in ihren abgespannten Gesichtern und leidenden Augen eingenistet hatte. Als ich wieder zu Kräften kam, spürte auch ich den Hunger. Er verzehrte mich von innen und ich hatte Schmerzen, zuweilen dumpf, manchmal nagend, je nachdem, ob das Gespenst in mir schlief oder nicht. Der größte Segen, der einem Menschen zuteil werden kann, ist die Sicherheit, dass er immer etwas zu essen und zu trinken hat. Wenn du in der

Stunde meines Todes bei mir bist, erinnere mich bitte daran. Es wird mich trösten. Hoffentlich wirst du nie Hunger leiden, Agnar.

Jener Sommer war von einem Dämon beherrscht. Wir hatten auf See gegen ihn gekämpft, aber auch an Land hatten die Menschen gelitten. Das Vieh war größtenteils aus Mangel an frischem Gras gestorben, eine Jagdexpedition war nicht zurückgekehrt und kein einziges Schiff mit Vorräten hatte angelegt. In jenem Winter hatten wir nicht halb so viel Fisch, wie nötig gewesen wäre, und nur sehr wenig Rind- oder Hammelfleisch. Wir aßen hauptsächlich Seehundfleisch, von dem die Männer behaupteten, es würde uns stärken, bis wir wie Seehunde gegen die gefährlichsten Feinde im Grünen Land gefeit wären, gegen Meer und Wetter.

Der Winter hielt Einzug. Der Schnee lag bis unters Dach und drinnen saßen wir wie in einer Höhle, in der es trotz des Feuers dunkel, erdig, feucht und kühl war. Vor allem der Schmutz ist mir aus jenem Winter in Erinnerung. Alles war voller Ruß, Seehundfett, Rauch und Schlamm. Heißes Wasser gab es nicht. Am Leben in Glaumbær gefällt mir die warme Quelle so gut. Einmal in der Woche können wir uns waschen – vor dem Sonntag. Alten Schmutz abzuwaschen, ist ein wirksames Mittel gegen das Böse. Aber in Grönland war das kaum möglich. Dieses Land hier ist auch nicht sauber, aber in einer Gegend, wo die Sonne das Böse vertreibt, spielt das anscheinend keine Rolle.

In Herjolfsnes waren Schmutz, Hunger und Dunkelheit der Nährboden für die Gespenster. Dort gab es einen Besessenen, der immerfort schrie und gegen die Wände schlug. Nachts hastete er durch den Raum, zog den Schlafenden die Felle fort und forderte sie auf, sich zu erheben. Am Ende mussten wir ihn festbinden.

Für dich mag das wie ein Alptraum klingen. Doch die

Menschen verzweifelten nicht. Selbst damals begriff ich schon genug, um zu erkennen, dass wir das hauptsächlich Herjolf und seinem Sohn Bjarni zu verdanken hatten. Auf Island machen sich die Leute noch heute über Bjarni Herjolfsson lustig. Er hatte Vinland als Erster gesehen, doch es kam ihm nicht einmal in den Sinn, dort an Land zu gehen. Ich kann das verstehen. Bjarni ist ein Mensch, der nie mehr als einen Gedanken gleichzeitig verfolgte, und sein Ziel auf jener Reise war, seinen Vater zu finden. Du weißt, was damals geschah, nicht wahr? Herjolf war in jenem Sommer mit Eirik fortgegangen, als Bjarni in Norwegen war. Als Bjarni dann nach Hause kam, war sein Vater fort und hatte eine Botschaft hinterlassen, Bjarni solle ihm nach Grönland folgen. Und genau das und nichts anderes tat er. Mein Vater sagte, Bjarni hat keine Fantasie. Aber er war natürlich nur neidisch, weil er es nicht fertig gebracht hatte, Eirik zu begleiten. Der Preis dafür war ein geschmälertes Ansehen. Denn in Grönland zählte es viel, wenn man zu den ersten Siedlern gehörte. Bjarni hatte eine reiche Ladung für seinen Vater.

Es wäre dumm von ihm gewesen, das Risiko einzugehen, im fortschreitenden Herbst noch neue Länder zu erkunden. Er hat das Richtige getan, hat Karlsefni immer gesagt. Karlsefni meinte auch, wenn Bjarni das erste Land genommen hätte, dann gäbe es heute vielleicht eine Siedlung in Vinland. Damit will ich nicht behaupten, dass die Schuld allein bei Eiriks Familie liegt. Karlsefni hat dabei auch eine Rolle gespielt. Doch Karlsefni hatte keinen Grund, neidisch zu sein, er konnte freimütig zugeben, dass Bjarni in gewisser Weise der Überlegene war.

Jedenfalls stand ich in dem langen Winter unter dem Dach von Bjarni Herjolfsson mit einem Fuß im Grab. Ich fand Bjarni vertrauenswürdig. Er war Heide wie sein Vater, doch der Glaube schien ihm von Natur aus gegeben.

In Herjolfsnes war ein Christ gewesen, ein keltischer Freigelassener von den Hebriden. Dieser Mann war den Winter über nach Eiriksfjord gegangen, da Eiriks Frau Thjodhild nach ihm verlangt hatte. Herjolf sagte, Thjodhild wollte mit ihm über die neue Religion sprechen. Mein Vater war erleichtert. Er hatte befürchtet, in Grönland könnte es von Nachteil sein, dass er getauft war. Eirik war nicht der Typ, der neue Götter guthieß.

»Er akzeptiert sie noch immer nicht«, sagte Herjolf, als Thorbjörn ihn danach fragte. »Aber Thjodhild bohrt und will mehr darüber erfahren. Es ist keine glückliche Situation. Aber du wirst es selbst sehen. Ich glaube, es ist sicherer, wenn wir hier nicht über die Sache reden.«

Mein Vater mochte sich wohl überlegen, die Religion zu wechseln, wenn es zweckdienlich wäre, ich aber wollte klarstellen, dass das für mich nicht in Frage käme. Und zwar, so fürchte ich, nicht etwa, weil ich tief religiös gewesen wäre, sondern weil ich mich aus lauter Verachtung für meinen Vater wie ein Tugendbold aufführte. »Ich hoffe, in Eiriksfjord Christen zu treffen«, sagte ich. »Ich bin froh, dass ihr ihnen hier Verständnis entgegenbringt.«

Herjolf beachtete mich nicht, doch Bjarni schaute mich nachdenklich an. Als die anderen hinausgegangen waren, um das Schiff meines Vaters auf den Liegeplatz für den Winter zu ziehen, rief er mich zu sich und zeigte mir eine Inschrift auf dem Brett über seiner Schlafstelle. »Kannst du das lesen?«

»Nein.«

»Dann sage ich es dir auf:

›Ich flehe an meinen Herrn,
mich auf meinen Reisen zu geleiten.
Möge der Herr im Himmel
seine Hand über mich halten.‹

So heißt es, soweit ich mich erinnern kann. Ich bin kein Christ, doch ich achte den Verfasser dieser Verse. Er hat es für mich eingeritzt, ehe er nach Brattahlid ging. Es würde mich nicht überraschen, wenn Thjodhild sich dort von dessen Worten überzeugen lässt. Aber das wirst du sehen.«

Ich ließ mir die Worte von Bjarni so oft wiederholen, bis ich sie auswendig konnte, und ich habe sie seither immer wie eine magische Formel benutzt. Die besten Zauber sind einfach nur Worte. Man kann sie mit sich herumtragen und in der Regel verliert man sie nicht. Ich spürte, dass Bjarni seitdem mein Freund war. Auch Herjolf mochte ich. Er war tolerant und ein guter Hofherr. In jenem Winter stand er unter großem Druck, denn er sah wohl, dass das Schicksal der gesamten Siedlung in seiner Hand lag. Er war davon überzeugt, dass das Land von einem bösen Geist besessen war, und zur Wintersonnenwende schickte er nach einer Frau in Thorkels Haushalt, die für ihre Hexenkünste berühmt war.

Ich gebe zu, dass Thorbjörg die Hexe mich zunächst beeindruckte. Sie ihrerseits fühlte sich ganz bestimmt zu mir hingezogen. Ich glaube, sie wollte, dass ich ihr ähnlich würde. Sie war ganz anders als Halldis, denn sie machte gern viel Aufhebens um alles, und vermutlich genoss sie ihre Vorstellung mehr als den Inhalt. Doch ich kam nicht an ihr vorbei. Ich habe es versucht, denn schließlich hatte ich mich einem anderen Glauben verschrieben, doch ich erkannte, dass etwas in mir auf das, was sie tat, ansprach. Ich führte meinen Teil des Zaubers ebenso gut aus und ihre Sichtweise imponierte mir.

Ich will hier nichts beschreiben, was mit Hexerei zu tun hat. Das gehört nicht in dieses sonnige Kloster. Die Frau ist längst gestorben und das alles geschah in einem fernen Land. Außerdem sehe ich die Dinge zu sehr von ihrer Warte aus und das will ich nicht.

Ich, Thorbjörg, werde im Jahr der größten Hungersnot zur Wintersonnenwende in Herjolfs Langhaus gerufen und sehe:

Von meinem Ehrenplatz an Herjolfs Tafel sehe ich die Männer, die nie von der Jagd und vom Fischfang heimgekehrt sind, die Frauen, die gestorben sind, nachdem sie ihre Nahrung den Kindern gegeben hatten. Ich sehe die Säuglinge, die so jung starben, dass sie nicht einmal den eigenen Namen erfuhren. Auch Fremde sehe ich, durchweicht von Meerwasser, eine größere Anzahl als die unter uns lebenden Gäste. Zum ersten Mal sind in diesem neuen Land die Toten den Lebenden an Zahl überlegen. Die Zeit der Unschuld ist vorbei.

Die Lebenden und die Toten scharen sich um die Tafel, die fahle Haut spannt über den Knochen. Die Augen der Lebenden glitzern hungrig, die der Toten sind blicklos. Ich sehe ein junges Mädchen mit bleichem Gesicht und Wundschwären an den Händen. Zwei Gespenster schweben drohend über ihr, während sie neben dem Ehrenplatz sitzt und mich mit starrem Blick betrachtet. Als die Mahlzeit, wenn man sie denn so nennen kann, beendet ist, bereite ich die heiligen Dinge vor. Dabei beobachte ich ihr Gesicht und sehe, sie weiß sehr wohl, was ich vorhabe.

Ich frage nach einer Frau, die mir beim Zaubergesang hilft, denn ich weiß, dass sie als Einzige dazu in der Lage ist. Doch sie meldet sich nicht. Stattdessen senkt sie den Blick und verschränkt die Hände ineinander. Ich warte, dass jemand anders mit ihr spricht. Wie erwartet, wiederholt Herjolf meine Bitte. »Gibt es hier im Kreis jemanden, der die magische Formel anstimmen kann? Er möge sich melden, denn möglicherweise hängt unser aller Leben davon ab.«

Zögernd antwortet sie: »Ich bin keine Hexe, aber in Island hat meine Ziehmutter Halldis mir beigebracht, die magische Formel zu singen, die ihr meint.«

»Dann komm.« Ich spüre Herjolfs Unbehagen, und als sie antwortet, erfahre ich den Grund dafür.

»Ich habe dir gesagt, dass ich Christin bin. Ich kann daran nicht teilnehmen.«

Das sagt sie und bringt dennoch keine neuen Götter mit in Herjolfs Langhaus. Wir hatten zuvor bereits einen Christen hier und sein Gott hat mich nicht anerkannt. Im Gegensatz zu ihm weiß aber dieses Mädchen genau, was ich bin. Ich warte darauf, dass Herjolf ein Machtwort spricht.

»Gudrid, du bist unser Gast. Wir haben alles mit dir geteilt, was wir haben, und du weißt sehr gut, dass unser Überleben in Frage steht. Vielleicht kannst du uns alle retten. Ich verstehe nicht, wie du dich überhaupt weigern kannst.«

Sie schweigt einen Augenblick lang, die Hände ringend. »Du hast Recht«, sagt sie schließlich. »Ich kann mich nicht weigern.«

Ich ahne ihre Macht, noch ehe ich sie singen höre, doch sobald sie anfängt, durchfährt es mich bis aufs Mark. Die Melodie tönt durch unseren Kreis und jetzt sehe ich vor meinen Augen heilige Bilder, einen Baum, aus dessen dürren Zweigen zahlreiche Knospen sprießen. Ich sehe, wie der Winter zum Frühling erblüht, während Hunger und Krankheit in die ewige Finsternis fliehen. Ich sehe unsere Siedlung wachsen und gedeihen, bis die vorüberziehenden Generationen im Nebel verschwinden. Und ich sehe eine junge Frau, die auf einer schrecklichen Reise durch unser Grünes Land zieht, die sie hinter die Grenzen der bewohnbaren Welt führen soll. Ich sehe ein Schiff nach Osten segeln, bis es sich der Küste von Island nähert, gerade als die Sonne untergeht, und die Frau, nicht mehr jung, steht am Ruder. Ihre Macht ist um so vieles größer, als die meine je sein wird, und ich weiß, dass ich diesen langen Weg nur hergekommen bin, um sie auf den Weg zu bringen.

12. Juli

Ich konnte Thorbjörg nicht ausstehen. Sie stellte mich bloß, indem sie mich auf diese Weise benutzte, und dieses Ereignis hat mein ganzes späteres Leben geprägt. Ich war jung, vergiss das nicht; ich erkannte nicht, wie ernst es war, sondern hielt sie für eine dumme Alte, die mir verhasst war, weil sie vorgab, so zu sein wie meine Ziehmutter. Und ich hatte Halldis gerade erst verloren. Darüber fiel allerdings kein Wort. Mein Vater sprach nicht mit mir und in Herjolfsnes hatte niemand Halldis oder Orm gekannt. Der Tod ist in Grönland zu alltäglich, um viel Aufhebens davon zu machen. Manchmal frage ich mich, ob ich je über diese Reise und die Todesfälle hinweggekommen bin. Es war meine Schuld, weißt du. Halldis kam mit, weil sie mich liebte, und Orm, weil er Halldis liebte. Es war gefährlich für die Menschen, mich zu lieben.

Ich war verhext, heute weiß ich das. Das ist ein starkes Wort, ich sehe, dass du zusammenfährst. Hab keine Angst vor mir, Agnar. Jetzt gibt es nichts mehr zu fürchten. Karlsefni hat vor über vierzig Jahren den Bann gebrochen und dafür danke ich Gott. Jeden Tag. Er hat mich aus der Hölle befreit. Doch ich greife vor. Wo war ich stehen geblieben …? Ach ja, bei der Hexe in Herjolfsnes. Ich verabscheute sie, Agnar, ich verabscheute sie zutiefst.

Verzeih, was hast du gesagt? Habe ich geträumt? Tut mir Leid. Ja, sie hat mich den ganzen Winter über verfolgt. Zumindest hatte ich das Gefühl. Sie lebte eigentlich am anderen Ende der Siedlung, von Herjolfs Anwesen aus gesehen. Doch nachdem die magische Formel gesprochen war, kam sie immer wieder, um mich zu sehen. Damals erkannte ich nicht, was sie mir angetan hatte. Sie hat es nie erwähnt. Vielleicht weidete sie sich daran; ich empfand sie nur als lästig. Nein, nicht als lästig – aber ich verachtete sie und zeigte es auch, soweit ich das wagte. Es war eine verwirrende Zeit für mich, Agnar. Ich war so jung und war gerade durch diese grausame Reise ruckartig der Kindheit entrissen worden. Liebend gern wäre ich normal gewesen und nie konnte ich normal sein. In Herjolfsnes gab es auch Mädchen in meinem Alter. Ich gab mir die größte Mühe zu sein wie sie. Ich lernte, Männer von der Seite anzuschauen und danach über sie zu kichern. Wir saßen immer im Kuhstall, wo die Kühe Wärme verbreiteten. Ein Mädchen namens Inghild war so etwas wie ihre Anführerin. Sie pflegte sich auf den Rücken des Bullen zu setzen, der eingepfercht zwischen seinen Kühen stand, wahrscheinlich, um ihn zu ärgern. Er war derart eingezwängt, dass er sich nicht regen konnte, und die Tiere waren vor Hunger erschöpft. Hätten sie sich nicht gegenseitig aufrecht gehalten, ihre Beine wären zu schwach gewesen, sie zu tragen. Der Bulle verdrehte immer die Augen und schnaubte, wenn Inghild auf seinen Rücken kletterte, doch er hat nie gebockt. Wir anderen saßen auf den hölzernen Querwänden im Dunkeln. An den Geruch dort erinnere ich mich ganz deutlich. Das Dach war im Frühling nur knapp über unseren Köpfen, so hoch war die Schicht Dung geworden. Es war die einzige warme Stelle, an der sich keine Erwachsenen, vor allem keine Männer aufhielten. Wenn ich im Winter einen Kuhstall rieche, werde ich immer in diese Zeit zurückversetzt.

Wir sprachen über die Sache zwischen Mann und Frau. Von Halldis hatte ich natürlich alles darüber erfahren. Aber sie hatte mir immer nur Tatsachen erzählt. Ich habe Halldis nicht ein einziges Mal kichern sehen. Ob sie als junges Mädchen je gekichert hat? Das einzige Mal, dass ich über geschlechtliche Dinge Witze machte – die einzige Gelegenheit, die mir je beschieden war –, war in jenem Kuhstall. Das ist seltsam, wenn man es sich recht überlegt. Wir hatten immer Hunger, uns war kalt und wir hockten da im Schmutz und in der Dunkelheit beisammen, und doch herrschte diese heimliche Erregung unter uns, die viel erregender war als das eigentliche Ereignis, wie sich später herausstellte. Es war, als erwarteten wir, errettet zu werden. Nicht so, wie du vielleicht denkst: Für einen Mann wie dich mag Errettung aus dem Leben, das ich beschrieben habe, erstrebenswert sein. Aber die Mädchen auf Grönland kannten und erwarteten nichts anderes. Winter war eben Winter. Nein, ich spreche von einer anderen Art Errettung: Es war, als hofften wir, die Ehe mit einem langweiligen jungen Mann würde uns vor uns selbst retten. Der Einzige, dem ich das zutraute, war Bjarni Herjolfsson, doch er war schon verheiratet und hat mich sicherlich auch nie angesehen. Aber meine Unschuld hatte bereits Risse bekommen. Einige hatten mehr Erfahrung mit dem anderen Geschlecht als ich, aber keine war mit so viel Schuld behaftet wie ich. Habe ich ehrlich geglaubt, ein Mann könnte mich retten? Fast glaube ich, ich wusste bereits, dass ich verhext war.

Thorbjörg verfolgte mich regelrecht. Wochenlang war die Schneedecke zu dick, und als die Hexe nicht kam, versuchte ich sie zu vergessen. Doch sobald ein Pfad angelegt war, sah ich, wie sie sich einen Weg den Berg hinunter bahnte. In ihrem alten Mantel wirkte sie vor dem weißen Schnee wie eine große schwarze Krähe. Meine einzige Zuflucht war der Kuhstall, doch zum ersten Mal seit Wochen schien die Sonne und es war windstill. Ich roch am ganzen Körper nach der Luft im Langhaus und nach Kuhstall und ich wollte diesen Geruch an der frischen Luft loswerden. Es gab keinen anderen Weg als den Pfad, den die Männer gebahnt hatten. Deshalb fand sie mich und ich flüchtete in schlechte Laune. Ich wollte nicht mit ihr reden, aber sie sprach mich an. Wäre Halldis dabei gewesen, sie hätte Thorbjörg bald fortgeschickt. Doch ich war Gast in Herjolfs Haus und Herjolf hatte Angst vor der Hexe, denn seine Leute hatten Hunger, und sie hatte die Macht. Ich war gefangen wie eine Fliege im Spinnennetz und musste sie reden lassen.

In jener Nacht träumte ich, sie käme angeflogen und schluckte mich, dann war ich sie und die Flügel meines alten Mantels flatterten in der schneeigen Nacht.

Auch andere wussten es. Selbst Herjolf begann mich mit einer gewissen Ehrerbietung zu behandeln, die mich ängstigte. Ich wollte nicht abgesondert werden. An einem unserer letzten Abende, an denen wir im Kuhstall hockten, bat Inghild mich, wahrzusagen. »Ich?«, erwiderte ich. »Das kann ich nicht. Ich weiß nicht, wie das geht.« – »Klar weißt du das«, entgegnete sie. »Wir haben es doch alle gesehen. Du hast das Lied für Thorbjörg gesungen. Du bist eine Hexe, Gudrid. Tu nicht so unschuldig. Das ist doch so oder was meint ihr?« Der Herr stehe mir bei, sie stimmten ihr alle zu und sie meinten es ernst.

Schließlich schmolz der Schnee und des Nachts lag ich im Bett und lauschte dem Rauschen des Wassers. Mein Vater konnte es kaum erwarten, zu Eiriks Siedlung aufzubrechen, und obwohl Herjolf uns höflich begegnete, konnte auch er es kaum erwarten, uns loszuwerden. Ein hungriger Winter zieht ein noch hungrigeres Frühjahr nach sich und Herjolf hatte alles auf eine frühe Jagd gesetzt. Tag für Tag prüften die beiden Männer das Eis, und obwohl sie schwiegen, wusste ich genau, was in ihnen vorging. Ich war ebenso begierig wie mein Vater, fortzukommen, und eines Tages, als der Himmel klar und blassblau war und der Nordwind sich bis auf eine Brise gelegt hatte, beschloss ich, mit ihm zu reden. Ich erzählte ihm von der Hexe, von meinem Traum und von der Schuld, die mich verfolgte.

»Ich will das nicht mitnehmen«, sagte ich. »Ich will normal sein.«

Er schaute mich nachdenklich an. »Du bist ein hübsches Mädchen, Gudrid«, sagte er. Zum ersten Mal erwähnte er mir gegenüber mein Aussehen. »Es ist Zeit, dass du vermählt wirst. Das wird diesem ganzen Unfug ein Ende setzen. Wir müssen einen guten Mann für dich aussuchen.«

Ich baute mich vor ihm auf und verstellte ihm den Weg. »Das wird dir nicht gelingen«, sagte ich, »wenn sie mich für eine Hexe halten. Du darfst nicht zulassen, dass dieser Gedanke mit uns nach Eiriksfjord zieht.«

»Wenn du ihn zurücklassen willst, dann musst du ihn dir aus dem Kopf schlagen.«

»Es ist mehr als das. Hör zu, Vater, wir sind doch Christen, oder?«

Er schwieg eine Weile. »Ich bin mir nicht sicher, ob wir das Eirik gegenüber so hervorkehren sollten. Wir wollen sehen, wie es um die Sache steht.«

»Nein, hör mir zu. Wenn wir Eirik und seinen Leuten gegenüber klarstellen, dass wir Christen sind, können sie unmöglich denken, dass ich etwas mit Hexerei zu tun habe. Männer mögen christliche Frauen; das hast du doch auf Island gesehen. Das Christentum macht die Frauen sicher und selbstbewusst. Du musst Eirik Raudi ja nicht verraten, dass du ein Feind von Thor bist. Sag ihm einfach nur, du konntest als Christ die Hexerei auf Herjolfsnes nicht gutheißen und das gelte für deinen gesamten Haushalt.«

»Du meinst, das hilft?«

»Mir ginge es damit besser.«

»Du würdest den Gedanken an die Hexerei dann vergessen?«

»Ja.«

»Und wenn ich in Eiriksfjord für dich eine gute Ehe arrangieren kann, würde dir das gefallen?«

»Gewiss.«

»Na schön, aber du musst es mir überlassen, das Klügste zu tun.«

»Aber du sagst ihnen, dass wir Christen sind?«

»Ja.«

Noch nie hatte ich eine so zufrieden stellende Unterhaltung mit meinem Vater geführt. Sie sollte tatsächlich einen Wendepunkt in unserem Verhältnis markieren. Den ganzen Winter über waren wir unter Fremden gewesen und vielleicht hatte es damit zu tun.

Ich glaube, mein Vater war ebenso erleichtert wie ich, als wir Herjolfsnes verließen. Wir waren nicht undankbar. Herjolf hatte uns das Leben gerettet zu einem Zeitpunkt, als es um seine eigene Gemeinschaft nicht gut stand. Dabei waren wir durchaus nicht mittellos. Mein Vater beschenkte ihn großzügig, als sie sich trennten, doch Gold ist nicht von großem Nutzen, wenn man Hunger leidet. Doch Herjolf hat überlebt und konnte seinen Wohlstand noch genießen. Er hat das Glück, das ihm beschieden war, verdient.

Das Geschenk, das Bjarni mir machte, habe ich zum ersten Mal benutzt, bevor wir die Bucht in Herjolfsnes verließen. Es funktionierte auch. Unser Schiff war instand gesetzt und wir hatten zahlreiche Vorräte. Außerdem segelten wir in Sichtweite einer mehr oder weniger bewohnten Küste und Herjolfs Männer führten uns. Ursprünglich hatte Bjarni vorgeschlagen, ebenfalls mit uns zu kommen, doch Herjolf hatte gesagt: »Lieber nicht.« Ich sah, wie er Bjarnis Blick begegnete. Vater und Sohn sahen sich einen Moment lang an, dann sagte Bjarni: »Na gut. Lieber nicht.« Das tat mir Leid. Die Reise schien leicht zu sein, doch es war noch früh im Jahr und das Packeis in den Fjorden brach gerade erst ab. Wir folgten einer befahrbaren Spur zwischen Inseln, während im Norden die Eisberge Grönlands strahlten. Kurz darauf war die Küste außer Sicht und wir waren wieder auf offener See in Richtung Nordwesten. Der gute Geist des Bjarni Herjolfsson schien dieses Mal über uns zu wachen, der jene unbekannten Gebiete unbeachtet ließ und nach den vielen Stürmen eine perfekte Landkennung an der Stelle gemacht hatte, die sein Vater ihm beschrieben hatte. Ich sprach meine Zauberformel; die weißen Berge glitzerten in der Sonne und die Dünung wiegte uns gemächlich, während wir langsam auf neue Inseln zusteuerten, allmählich auf gleiche Höhe kamen und an ihnen vorbeifuhren.

Schließlich näherten wir uns dem Berg, nach dem wir Ausschau gehalten hatten. Er lag ein gutes Stück im Landesinnern und markierte die Einfahrt in den Eiriksfjord. Jetzt waren wir von Land umgeben und passierten die Insel, auf der Eirik überwintert hatte, als er das neue Land erschloss. Über dem Strand waren noch die Überreste seines Lagers zu sehen. Es gab kein Anzeichen für die Einfahrt in den Eiriksfjord, doch wir hatten unsere Segelanweisungen und bahnten uns im Osten des Berges einen Weg durch das Eis. Im letzten Augenblick, so schien es, öffnete sich eine neue Wasserrinne vor uns. Dann segelten wir mit dem Hauch einer Brise durch einen Fjord, wie ich nie zuvor einen gesehen hatte. Das Wasser zwischen dem zu beiden Seiten aufragenden Eis war grau wie Asche und die Oberfläche kaum gekräuselt. Zu unserer Rechten erhob sich ein großer, grauer Berg, der immer näher rückte. Wir umfuhren ihn und kamen an einem schmalen Fjord vorbei, der an einem steilen Gletscher endete. Blaue Eisberge ragten über uns auf und drohten uns den Weg zu versperren. Dann plötzlich war der Weg frei. Die Ostküste des Fjordes fiel jäh und abschreckend ab, doch im Westen erstreckten sich niedrige, graugrüne Hügel, hinter denen sich scharf eine Kette von Schneebergen erhob. Wir näherten uns dem Ufer und erblickten zwischen den Felsen einen sanften, grünen Hügel. Darunter befand sich ein steiniger Strand und bald erkannten wir, dass die unscharfen Gegenstände darauf keine Felsen oder Seehunde waren, sondern Boote. Die regelmäßigen, grünen Kuppen darüber waren Häuser mit Grassodendächern und aus dem ersten Haus stieg Rauch auf. Rinder und Schafe grasten auf einem Berghang, der bereits mit Löwenzahn übersät war, den ersten Frühlingsblumen, und als wir am westlichen Ufer Halt machten, erreichte uns der Duft von wachsendem Gras. Dieser heimatliche Geruch trieb mir die Tränen in die Augen.

Ich bin müde, Agnar. All diese Erinnerungen hatte ich so lange nicht hervorgeholt. Nutze den Rest des Tages für dich. Reite in die Berge. Es ist nicht normal für einen jungen Mann, den ganzen Tag drinnen zu verweilen. Geh, fort mit dir. Ich möchte jetzt allein sein, doch morgen triffst du mich hier an dieser Stelle wieder an.

14. Juli

Juli in Brattahlid. Gudrid Thorbjarnardottir sitzt mit Eiriks Tochter Freydis vor Eirik Raudis Haustür. Sie schaben Schafsfelle, um sie geschmeidiger zu machen, doch keine der beiden strengt sich sonderlich an. Weiße Wolken segeln gemächlich über den Fjord und zwischen ihnen scheint die Sonne hindurch. Der Fjord ist eisblau; kleine Wellen lecken an dem Eisberg, der an der Küste gestrandet ist. Am gegenüberliegenden Ufer, am Fuße des Burfjell, blockiert eine Reihe neu gekalbter Eisberge die Durchfahrt zum Meer, doch hier in Brattahlid herrscht Hochsommer. Die Türen des lang gestreckten Kuhstalls stehen offen und der Wintermist ist draußen aufgeschichtet, damit er verteilt werden kann. Die Heuwiesen duften und rings um das Haus scharren Hühner im festgetrampelten Boden. Der Engelwurz neben der Tür reicht hinauf bis unters Dach. Seine Blüten schwingen sich um die Schnüre, an denen der Fisch zum Trocknen hängt. Am Strand unterhalb des Hauses schwirrt ein Fliegenschwarm über trocknendem Seetang und zwei Männer dichten den Rumpf eines umgedrehten Bootes.

Gudrid Thorbjarnardottir ist glücklich. Eiriks Haus steht an sicherer Stelle, hinten durch einen Felsen geschützt, und seine Wände aus Stein und Grassoden sind solide gebaut. Die Weiden sind saftig; er hat siebenundzwanzig Kühe und mit den Lämmern von diesem Jahr an die fünfzig Schafe. Tag für Tag kehren seine Männer mit Booten voller Lachs oder Kabeljau heim und gestern haben seine Söhne eine Ladung Karibu, Seehunde und Walfleisch von der Jagd im Norden mitgebracht. Es wird reichlich zu essen geben, Hunger und böse Träume scheinen in weite Ferne gerückt.

Gudrid ist eine hübsche junge Frau und sie ist neu in diesem Land. Hier gibt es nicht genug Frauen und Eirik Raudi hat drei Söhne. Er *braucht Enkel, denn er beabsichtigt, hier eine Dynastie zu gründen, künftige Herrscher über das Grüne Land und über die Länder weiter im Westen, wo auf die Mutigen unsäglicher Reichtum wartet. Das Grüne Land wird für immer ihm und seinen Söhnen gehören. Doch jetzt hält er Ausschau nach geeigneten jungen Frauen. Sein Sohn Leif ist drei Tage, bevor Thorbjörn mit seiner Tochter auftauchte, nach Norwegen abgereist. Da war das Schicksal am Werk, wäre Leif zu Hause, hätte Eirik seinen Ältesten mit Gudrid vermählt, noch ehe der Sommer zu Ende ist. Er kann Gudrid immer noch Thorvald oder Thorstein zur Frau geben, doch sein Instinkt rät ihm, bis zum nächsten Frühjahr zu warten, wenn Leif zurückkehrt. Auch Eiriks Frau Thjodhild wartet auf Leifs Rückkehr. Zwar lacht ihr ältester Sohn über ihren neuen Glauben, doch er hängt an seiner Mutter und wird sein Versprechen halten, aus Norwegen einen Priester mitzubringen und die geheiligten Gefäße für eine Kirche. Eirik kennt sich in diesen Dingen nicht aus, doch er sieht deutlich, dass seine jüngeren Söhne Thorvald und Thorstein Gudrid bewundern. Außerdem gibt es hier noch andere Männer, die eine Frau suchen. Eirik behält Gudrid im Auge und heißt ihren Vater so herzlich willkommen, dass Thorbjörn ganz überwältigt ist. Er hatte keine Ahnung, dass er Eirik Raudi so viel bedeutete oder dass Eirik all die Jahre so sehnsüchtig auf ihn gewartet hat.*

Gudrid sitzt vor Eiriks Tür und denkt über die Bedeutung von diesem so überaus herzlichen Empfang nach. Das Geräusch trabender Hufe unterbricht ihre Gedankengänge. Auf dem Uferpfad taucht ein Pony auf und fällt in leichten Galopp. Der Reiter ist Eiriks jüngster Sohn Thorstein. Er reitet leicht ohne Steigbügel und hält die Zügel locker in einer Hand. Er schaut sich nicht um, sondern galoppiert quer über den Strand und verschwindet hinter dem Ufer des Flusses. Gudrid sieht ihm nach, bis er außer Sichtweite ist.

Gudrid Thorbjarnardottir ist glücklich. Aber ihre Zieheltern sind aus Liebe zu ihr gestorben und sie hat den Tod, den sie ihnen gebracht hat, nicht gesühnt. Seither ist erst ein Winter vergangen. Die Vergan-

genheit ist schrecklich, so schrecklich, dass Gudrid sie in einen Winkel verdrängt hat, aus dem sie vorläufig nicht entkommen kann. Nur manchmal wird sie sich bewusst, dass es da etwas gibt, das sie hätte tun sollen, aber nicht getan hat, und dass sie das Schicksal herausfordert, wenn sie in dieser sonnigen Welt lebt, als sei sie eine unschuldige Frau. Zuweilen hat sie schlechte Träume, doch wenn sie nachts aufwacht, sieht sie Licht durch das Loch im Rauchabzug und hört ringsum den leisen Atem der Frauen aus Eiriks Haushalt. Sie muss nur ihre Hand ausstrecken, um Freydis zu berühren, die neben ihr schläft. Freydis ist ein stämmiges, hausbackenes Mädchen mit dem Körperbau ihres Vaters, doch ohne dessen Anmut. Von ihrem ausgeprägten Eigensinn abgesehen scheint sie ziemlich harmlos. Es gibt keinerlei Hinweis auf böse Träume.

Manchmal ist Gudrid von ihrem Glück überwältigt. Sie ist jetzt einfach wieder ein junges Mädchen. Männer fühlen sich zu ihr hingezogen. Vielleicht wird sie einen von Eiriks Söhnen heiraten. Vielleicht wird sie Kinder haben und mit den anderen Frauen auf diesem Hof im geschützten Fjord unterhalb der Eisberge arbeiten und ein normales Leben führen. Die dunkle Macht, vor der sie sich fürchtet, scheint im Haushalt von Eirik Raudi in weite Ferne gerückt. Es gibt gewiss andere Gefahren, doch sie gehören in die sichtbare Welt: der Streit mit den Nachbarn, die Zwistigkeiten zwischen den einzelnen Familien. Doch im Grünen Land hat es noch keinen Mord gegeben. Sie träumen von Wohlstand und haben anscheinend keine Schuldgefühle. Im Augenblick leben sie in einer Welt des Greifbaren und Gudrid ist ruhig. Sie würde gern ewig dazugehören.

Agnar, würdest du von dir sagen, dass du glücklich bist?

Ich freue mich, dass du es nicht für falsch hältst, hin und wieder mit mir zu reden. Es sieht ganz so aus, als wäre das Glück für uns beide stark mit der Vergangenheit und mit einem bestimmten Ort verbunden. Ich war nicht immer glücklich in

Brattahlid, wirklich nicht, genauso wie du zuweilen in Reims unglücklich warst. Aber es gibt so etwas wie Zeiten der Unschuld. Das stellt man fest, wenn man alt ist. Manchmal sind jene frühen Jahre so nah, dass ich nicht überrascht wäre, wenn ich morgens die Augen aufschlüge und wieder dort wäre, ein Mädchen an einem Sommermorgen in Brattahlid. Das Mädchen gibt es noch, musst du wissen. Nicht nur im Geist und in der Erinnerung.

Ich denke auch an einen Jungen in der Kirchenschule in Reims, der mit dem neuen Lernstoff entdeckt, dass die Grenzen der Welt weiter gefasst sind, als er gedacht hatte. Ich habe noch nie Geschichten von den Verfassern gehört, die du erwähnt hast, aber du sprichst von ihnen wie Karlsefni über Bjarni Herjolfsson oder über Björn, den Kämpfer von Breidavik. Du bist Isländer und natürlich reagierst du auf Segelanweisungen. Die liegen dir im Blut. Diese Männer, von denen du sprichst – Cicero, Seneca und dieser andere –, haben dir Anweisungen für deine Reise in eine unbekannte Welt gegeben. Ja, und ich verstehe auch, wie man dich verletzt hat. Eigentlich sollte ich sogar sagen, es war unvermeidlich. Wir sind nur Menschen und wir verlangen nach einer Autorität, die uns zeigt, wo die Grenzen sind. Oh, ich sehe ein, dass du ungehorsam sein musstest. Wie hättest du auch anders handeln können? Eine weitere Landzunge, eine weitere Insel, der nächste Fjord: Verheißungen, stets bevorstehende Reichtümer vor Augen, und wenn man nur ein Stück weiterkommt, könnte der Traum wahr werden. Die Geschenke dieses Lebens sind grenzenlos. Aber noch immer ist es gefährlich, zu weit zu gehen.

Du sollst deine Taten nicht bereuen. Ich glaube nicht an Ratschläge. Niemand befolgt sie und für gewöhnlich verabscheut man den, der sie erteilt. Aber wenn du mein Sohn wärst, ich würde dir sagen, was ich denke. Du hättest dich mehr gestraft, wenn du dem Weg, der sich dir geöffnet hat, den Rücken zugekehrt hättest. Ich kenne deine Kluniazenser nicht; ich habe Fehden nie leiden können, doch Männer müssen offenbar Fehden austragen. Na schön, diese Männer behaupten also, es sei nicht recht von dir, heidnische Götter zu studieren. Dein geliebter Lehrer hat seinem Erzbischof getrotzt und ist so weit über die Grenzen des Erlaubten hinausgegangen, dass er schließlich vom Glauben abfiel und sogar ins Land der Sarazenen ging, um alte Schriften und die Sterne zu erkunden. Das hätte Karlsefni auch getan. Ich weiß, der Name sagt dir nichts. Karlsefni gehört nicht deiner Kirche an; er ist für dich nicht maßgeblich. Aber er kannte denselben Drang wie du, weiterzumachen und die Grenzen zu überschreiten, die wir uns selbst gesetzt haben. Er weiß, wie wichtig die Sterne sind, obwohl er das Wort Astronomie, das du benutzt, nie gehört hat. Du nennst sie eine Kunst. Für mich ist sie das Herz des Mysteriums, das, was allen Segelanweisungen eine Bedeutung verleiht, der wir uns in all unserer Unwissenheit tunlichst beugen sollten. Du zuckst zusammen; du denkst, ich verspotte Gott, und vielleicht stimmt das ja auch. Wir wurden gestraft, wie du noch erfahren wirst, nicht äußerlich natürlich; wir hatten weder Papst noch Kardinal. Aber ich glaube, du und ich, wir beide werden von derselben Sache verfolgt. Beide sind wir zu weit gegangen. Wir haben zu viele Geister gesehen. Du selbst, Agnar, hast jetzt weniger Schwierigkeiten damit, dass deine Kirche dich zurechtgewiesen hat, weil du heidnischem Wissen nachgegangen bist, als vielmehr mit dem Wissen, dass die Welt, an der du festhalten sollst, nicht die ganze Wahrheit ist. Du hast etwas aus der Wildnis mitgebracht, das deinen Glauben auffrisst. Ist es nicht so?

Verzeih, vielleicht hätte ich nichts sagen sollen. Wie bin ich denn darauf gekommen? Ach so, ja, das Glück. Ich habe dir über unser erstes Jahr in Brattahlid erzählt.

Ich war glücklich, wenn es auch um mich herum durchaus Spannungen gab. Erleichtert war ich nur, weil ich damit nichts zu tun hatte. Ich fühlte mich als Außenstehende und begann, das Schauspiel zu genießen. Es mag dir lasterhaft erscheinen, doch ich genoss auch die erotische Spannung. Noch nie hatten Männer um mich gekämpft. Ich war dumm genug zu glauben, ich würde ohne Narben davonkommen. Doch ich gehörte noch nicht zu Eiriks Familie und noch hielt ich mich für frei.

Eirik begrüßte meinen Vater, als wären sie bei denselben Zieheltern aufgewachsen. Mir war nicht bewusst gewesen, dass sie einander so nahe standen; tatsächlich war dem auch nicht so. Wenn man Eirik Raudi kennen lernt, scheint er ein rauer, einfacher Mann zu sein, doch in Wahrheit bewegt er sich auf krummen Wegen wie ein Lachs. Er beherrscht – beherrschte – sein Grünes Land mit einer Schläue, die deinem Papst zur Ehre gereicht hätte. Wenn ich sage, er herrschte, dann meine ich es auch so. Einige Siedler waren in ihren neuen Gebieten auch Anführer, doch so etwas wie die Thingversammlungen in den einzelnen Bezirken, die wir auf Island haben, gab es dort nicht. Als wir zum ersten Mal nach Grönland kamen, wurden Streitigkeiten in beiden Siedlungen an Eirik in Brattahlid verwiesen. Ein Anführer kann nicht das ganze Gesetz verkörpern und Eirik war so vernünftig, nie mehr sein zu wollen als ein Großbauer unter seinesgleichen.

Im ersten Sommer, den ich in Brattahlid verbrachte, fand tatsächlich das erste Thing auf Grönland statt. Man achtete sorgsam darauf, sich nicht bei Eirik zu versammeln, daher wurden die ersten Stände ungefähr eine Meile weiter im Süden errichtet, scheinbar im Niemandsland. Wer daran teilnahm? Einar von Gardar natürlich, mit seinem Sohn Thorkel, der später Freydis heiratete, der Herr sei ihm gnädig. Sie hatte schon damals ein Auge auf ihn geworfen, denn Gardar ist einer der reichsten Höfe auf Grönland, nach Trockenlegung der sumpfigen Ebene. Wer noch? Thorkel von Hvalsey, Ketil, Hrafn, Thorbjörn aus dem Siglufjord, Hafgrim von Vatnaherfdi und, was meinem Vater sehr peinlich war, Snorri Thorbrandsson und sein Bruder Thorleif, frühere Feinde aus den Fehden in Snæfelsnes. Sie waren im Vorjahr eingetroffen und hatten in Dyrnes überwintert. Eirik erwähnte den alten Groll nicht und mein Vater musste sich wohl oder übel fügen. Eirik lag mehr an der Neubesiedlung als am ehemaligen Zwist. Aus der Westsiedlung kam niemand, doch ich war ohnehin erstaunt, wie viele Nachbarn wir an den scheinbar menschenleeren Fjorden hatten. Eirik Raudi indes war stets der Anführer, nicht nur, weil er der erste Siedler war, sondern auch wegen seiner Persönlichkeit.

Er war mir aus meiner Kindheit noch gut in Erinnerung: der große rote Mann, der in unserem Langhaus alles überragte. Jetzt war ich eine Frau, doch der erste Eindruck verflüchtigte sich nie so ganz. Eiriks Familie war, gelinde gesagt, aufsässig und die anderen Siedler waren stolze, unabhängige Männer. Dennoch gelang es Eirik bis zu seinem Tode, sie zu beherrschen. Das musst du verstehen, wenn du unser Leben im Grünen Land verstehen willst.

In gewisser Weise war es lustig mit anzusehen, wie Eiriks Status sich verändert hatte. Obwohl mein Vater ihn immer bewundert hatte, betrachteten die meisten Menschen in der Heimat Eirik als berüchtigten Verbrecher. In Snæfelsnes waren wir froh, wenn er uns den Rücken kehrte. Er machte wirklich nur Ärger. Nachdem er fort war, hörte ich fast ausschließlich Schlechtes über ihn. Die Schar seiner Anhänger war bis auf Thorbjörn mit ihm gegangen. Es war typisch für meinen Vater, dass er als Einziger zwölf Jahre zu spät kam. Und Eirik begrüßte ihn wie das verlorene Schaf, das zur Herde zurückkehrt.

Eirik war immer noch der Unruhestifter aus den Westfjorden, aber er war in eine zusätzliche Rolle geschlüpft. Hier trotzte er nicht dem Gesetz, sondern er verkörperte es. Gesetzeshüter und Gesetzesbrecher – das sind nur zwei Seiten ein und derselben Münze. Jeder erkennt dieselben Grenzen an. Es hätte niemanden überraschen sollen und doch waren alle erstaunt, dass ausgerechnet der gesetzlose Eirik das friedlichste Land im Norden beherrschte.

Er hatte zwei Verbündete und damit meine ich nicht seine Söhne. Den ersten erkannte ich sofort, obwohl ich den Zusammenhang nicht herstellte. Auf Grönland gab es kaum gegorene Getränke. Verstehst du jetzt, warum die Aussicht auf Wein aus Vinland so viel bedeutete? Ich bin sicher, dass unsere Versammlungen deshalb so friedlich abliefen, doch vermutlich sehen Männer das ganz anders. Eirik herrschte also über ein Land, in dem es, soweit ich sehen konnte, keine Fehden gab. Sein zweiter Verbündeter war natürlich das Land selbst. Hätte es Streit gegeben, dann hätte eine Räuberbande nicht einfach ins nächste Tal galoppieren können. Sie hätten eine schwierige Fahrt über das Meer unternehmen müssen. Im Übrigen hatten sie zu tun. Im Sommer mussten sie auf die Jagd gehen, wenn die Gemeinschaft am Leben bleiben sollte. Der Winter hat letztlich den Frieden erhalten. Selbst an den lichtesten Sommertagen konnte man nie seinen grausamen Geist vergessen. Er lauerte zwischen unseren Blumen auf der Weide. Von allem, was wir aßen, mussten wir viel für die bevorstehenden langen Monate zurücklegen. Zu Hause sind die Rinder acht Monate im Kuhstall, und obwohl es im Sommer öfter regnet, haben wir mehr Zeit, Heu zu ernten, und die Winter sind nie so streng. Auf Grönland dagegen ist jeder Bissen, der über die schiere Notwendigkeit hinaus zur Verfügung steht, ein Geschenk Gottes. Eirik hatte also das Land auf seiner Seite und das war mehr wert als die Armee Karls des Großen.

Eirik war eine Art Kaiser. Hier in Rom sehe ich ihn als einen kleinen Anführer in einem fernen Land, so arm, dass er sich schämte, wenn er seine Gäste nicht auf traditionelle Weise bewirten konnte. Ich betrachte die große Kirche im Lateran und sehe vor meinem geistigen Auge ein Langhaus, dessen Grassodendach vielleicht bis an den Rand jener Bogenfenster reichen würde. Ich betrachte die Kornfelder und die Weinberge in der näheren Umgebung dieser Stadt und ich sehe einen Hügel, auf dessen Hängen vereinzelt Rinder weiden, eine grüne Insel inmitten einer Einöde aus Wasser und Eis. Im Winter lag die gesamte Siedlung in Brattahlid unter Schnee begraben. Kaiser müssen kämpfen und sich behaupten. In Europa kämpfen sie gegeneinander, während das arme Volk Mühe hat, zu überleben. Im Grünen Land muss ein großer Mann mehr sein als ein Kaiser. Er muss wie ein Bauer sein und gegen das Land selbst ankämpfen. Über Eirik Raudi wird man sich noch Geschichten erzählen, wenn Papst Leo und sogar dein Kardinal Hildebrand schon längst in Vergessenheit geraten sind.

Schau dich nicht so nervös um. Du weißt genau, selbst wenn uns jemand zuhört, er würde uns nicht verstehen. Du selbst hast das eine oder andere erwähnt, was den Heiligen Vater interessieren könnte. Niemand wird es je erfahren, Agnar, es sei denn, du bist so dumm, es niederzuschreiben.

Wenn ich dir etwas über Eirik erzähle, erscheint es mir so nah. Er strotzte vor Kraft, auch der Tod vermag sein Bild nicht zu zerstören. Gerade in diesem Augenblick steht er hinter dir in der Ecke. Du beugst dich über dein Pult, doch er steht aufrecht da und beobachtet uns scharf. Er lebte von seiner Menschenkenntnis. Und ich habe nicht ein einziges Mal erlebt, dass er sich irrte. Selbst seine Vorliebe für seine Söhne – ich kann es nicht Liebe nennen, denn Eirik liebte nicht – hat ihn nie zu einer Fehleinschätzung verleitet. Leif bewunderte er am meisten, glaube ich, vertraute ihm aber am wenigsten. Leif kam äußerlich sehr auf seine Mutter heraus.

Ich lernte Leif erst ein Jahr nach unserer Ankunft kennen und doch war ich mir seiner Gegenwart, seines Platzes in Brattahlid und seiner Wirkung auf die Familie vom Tag unserer Landung an stets bewusst. In gewisser Weise übte er in seiner Abwesenheit mehr Einfluss aus.

Eiriks Familie war überwältigend. Allem Anschein nach hatte sie so lange in der Öffentlichkeit gelebt, dass sie die Tatsache als solche nicht mehr beachteten. Wie Kaiser. Oft weilten Gäste in Brattahlid. Noch immer kamen neue Siedler an und zuweilen verbrachten sie den ersten Winter bei Eirik. Im Sommer herrschte ein ständiges Kommen und Gehen von Händlern und Jägern. Männer aus der Westsiedlung ließen ihre für Island bestimmten Waren in Brattahlid zurück, denn sie schenkten Eirik so viel Vertrauen, dass er in ihrem Namen Handel trieb. Daneben gab es noch die Gemeinschaft in Eiriksfjord. Eirik hatte seinen Freunden und Abhängigen Land geschenkt; Brattahlid selbst wurde von Eiriks Freien und Unfreien bewirtschaftet, die in der Umgebung wohnten. Das Langhaus bildete dabei den Mittelpunkt und dort führte Eiriks Familie ihr Leben. Andauernd brüllten sie sich an und zankten sich, was durch die Anwesenheit von Zuhörern einen zusätzlichen Anreiz erfuhr. Als mein Vater und ich in jenem ersten Jahr bei ihnen wohnten, merkte ich, dass sie ihre Streitigkeiten offenbar uns zuliebe ausfochten. Hin und wieder warfen Thjodhild oder Freydis einen Blick in unsere Richtung, um zu sehen, wie wir es aufnahmen. Eirik übersah uns geflissentlich und seine Söhne versuchten es ihm gleichzutun, doch ihre Vorstellung war weniger überzeugend.

Eiriks jüngere Söhne, Thorvald und Thorstein, waren zu Hause. Leif war drei Tage vor unserer Ankunft nach Norwegen abgereist. Wir müssen an seinem Schiff vorbeigefahren sein und wahrscheinlich hat er nur einen Tag nach unserer Abfahrt in Herjolfsnes angelegt. Manchmal frage ich mich, wie das zugegangen sein mag. Vielleicht lag unser Schiff über Nacht in einem Fjord beigedreht und Leifs Handelsschiff glitt in der Morgendämmerung unbemerkt an uns vorüber. Oder vielleicht hatte Leif, der wagemutigste aller Seefahrer, einen Kurs auf der Seeseite der schützenden Inseln gewählt, während wir uns nahe der Küste hielten und die ruhigen Durchfahrten zwischen den Inseln nahmen. Es war ja noch früh im Jahr und draußen auf hoher See war Eis eine ständige Gefahr. Ich weiß noch, dass der Wind aus Südwesten kam. Es war Schicksal, dass wir uns verpassten. Eirik dachte ebenso, dessen bin ich mir sicher. Er hätte mich mit Leif vermählt, wenn sich die Dinge anders zugetragen hätten. Aber so war es nun mal; Leif war auf dem Weg nach Norwegen und drei Tage nach seiner Abreise stand ein Mädchen auf der Schwelle in Brattahlid, das Eirik sowohl hübsch als auch vorteilhaft erschienen sein muss.

Halldis sollte Recht behalten. Auf Grönland spielte der Mangel an Mitgift kaum eine Rolle. Gleichbedeutend mit Wohlstand waren Kinder, die aufwuchsen, um große Ländereien zu erben; Kinder, die für ihre Eltern auf Jagd gehen, einen Hof bewirtschaften und Handel treiben konnten, wenn diese einmal alt waren. Doch für diese Art Wohlstand waren keine Mittel vorhanden – und damit meine ich: keine Frauen. Zu viele Siedler waren miteinander verwandt und natürlich gab es zunächst ohnehin mehr Männer. Nach zwölf Jahren brauchte eine junge männliche Generation neue Frauen. Das war einer der Gründe, warum Leif nach Norwegen ging. Thorstein war ziemlich sicher, dass sein Bruder mit einer Frau heimkehren würde. Das hätte er ohne Zweifel auch getan, wenn er die ganze Angelegenheit nicht völlig vermasselt hätte.

Eirik behandelte mich also ausnehmend freundlich und zeichnete meinen Vater vor allen anderen Gästen durch die zuvorkommendste Behandlung aus. Thorstein und Thorvald strichen umher wie zwei Bären auf einer Eisscholle und ließen mich nicht aus dem Auge. Ich bin keine Heilige, Agnar, und ich hatte bis dahin keine Jugend gehabt. Ich genoss es also in vollen Zügen und wahrscheinlich habe ich sie gnadenlos gereizt, ohne es zu merken. Und das, obwohl ich kaum ein Wort sagte.

Die Frauen waren komplizierter. Freydis war jünger als ich und konnte keine halbe Stunde mit ihrer Stiefmutter zusammen sein, ohne zu streiten. Ich fand ihre Grobheit abstoßend. Halldis hätte mich geschlagen, wenn ich ihr gegenüber einen solchen Ton angeschlagen hätte. Thjodhild dagegen überhörte es einfach. Freydis mochte mich nicht; ich glaube, sie war eifersüchtig, obwohl sie kaum die Aufmerksamkeit ihrer Brüder auf sich hat ziehen wollen. Oder vielleicht doch? Freydis würde ich alles zutrauen. Sie hatte auf jeden Fall etwas dagegen, dass ich mich im Haus ihres Vaters aufhielt, im Raum ihrer Mutter, in ihrem Bett. Aber ich merkte, dass noch etwas vor sich ging, und Thjodhild sagte mir recht bald, was.

Auf der Weide steht Thjodhild, Eiriks Frau, vor der Tür zur Hütte, in der im Sommer die Schafe gemolken werden. Es ist Abend und Zeit zu melken und sie hat Gudrid und Freydis gebeten zu kommen. Die ers-

ten Mutterschafe steigen über den felsigen Abhang. Hin und wieder stößt ein Huf klingend an einen Stein. Der Abend ist ruhig und die Sonne legt einen goldenen Schimmer auf die Weiden, ehe sie hinter den Bergen verschwindet. Sonnenlicht kann man nicht aufheben wie einen Schatz, nur als verblassende Erinnerung. Aber es gibt andere Schätze, die von Dauer sind. Hier an der Landenge zwischen zwei Fjorden gibt es die besten Weiden. Einst hat Eirik seiner Frau ein Land versprochen, wo Kühe reichlich Milch geben, wo die Jagd wie ein König zu leben erlaubt, wo die Menschen sich beliebig Weiden aussuchen und frei sein können. Sie hat sich von ihm hierher führen lassen, mit ihren Kindern, ihrem Milchvieh und all ihrem sonstigen Besitz. Es war eine beschwerliche Reise von der alten in die neue Welt. Zuweilen ist das Land das Einzige, was er von seinem Versprechen eingelöst hat; und manchmal ist es so grausam, dass sie vor Schwäche tot umfallen möchte. Doch nun hat Thjodhild von einer anderen verheißungsvollen Kunde gehört, die Herjolfs keltischer Leibeigener nach Brattahlid gebracht hat. Er hat ihr von jemandem erzählt, der die Toten wieder zum Leben erweckt und den Müden ewige Ruhe schenkt.

Der keltische Leibeigene ist mit Leif fortgegangen, der ihn auf dem Weg nach Norwegen wieder in Herjolfsnes absetzen will. Seine Abreise war ein schwerer Verlust, denn den ganzen Winter über, während Thjodhild an ihrem Webstuhl im Frauenraum stand, hatte Herjolfs Leibeigener mit ihr gesprochen. Thjodhild hat seine Geschichten so oft gehört, dass sie ihr jetzt geläufig sind. Sie kann sie sich selbst erzählen, aber nicht laut. Ihre Familie will ihr nicht zuhören, nur die Unfreien strömen herbei und wollen die neue Mär hören, die ihnen eine Freiheit bietet, die sie nie zu träumen gewagt. Thjodhild ist Eiriks Frau und sie kann sich nicht von ihren Leibeigenen leiten lassen. Selbst wenn sie sich in dieser Welt nur wenig um Anstand scheren würde, ist sie Eirik doch zu treu ergeben, als dass sie ihn auf diese Weise beschämen würde.

Die neue Verheißung wird ihm bereits bedrohlich. Er murrt: »Bin ich dir nicht gut genug? Hat Thor dich je enttäuscht? Hätte unsere Reise ins Grüne Land denn einfacher sein können? Siehst du nicht, dass uns immer Glück beschieden war und dass du es in Versuchung führst, uns im Stich zu lassen? Bist du verrückt, Frau? Was willst du noch?«

Ihre Kinder glauben nicht, das weiß sie. Nur Leif hat Verständnis. Er lacht sie jetzt an und legt einen Arm um sie, was sein Vater nie tut. Dann sagt er: »Wie du willst, Mutter. Du bist eine schlaue Frau. Du hast deine eigene Art, mit den Dingen umzugehen.«

Er hatte sie ungerechterweise in Verdacht, mehr im Schilde zu führen, als eine Vision zu verfolgen. Leif ist unredlich, doch er sollte sie eigentlich verstehen. Von all ihren Kindern hat Leif selbst die meisten Wunschbilder. Visionen von Wohlstand vielleicht, aber stets von einem mit gewissen Risiken verbundenen Wohlstand.

Thjodhild nimmt die Sonne auf den grünen Hängen in sich auf, als müsste sie den Rest ihres Lebens davon zehren. Das kostbare Licht. Sie schaut den Berg hinunter und sieht ein Mädchen rasch über die Weide heraufkommen, als bereite ihm der Steilhang keine Mühe. Thjodhild erkennt Gudrid und geht ihr still entgegen.

17. Juli

Als ich Thjodhild kennen lernte, erinnerte sie mich ein wenig an Halldis. Es dauerte eine Zeit lang, bis ich merkte, dass sie ganz anders war. Ich war noch von meiner Begegnung mit Thorbjörg erschüttert. Mir schien, eine Hexe wie sie hätte niemals im Grünen Land sein dürfen; sie ging mit unreinen Dingen um, die es in der neuen Welt nicht geben sollte. Thjodhild, Eiriks Frau, schien mir dagegen eine taghelle Lichtgestalt. Ich lernte sie ja auch im Frühjahr kennen. Sie war groß, ähnlich wie Halldis, und ihr Haar war so hellblond geblieben wie das eines Kindes. In Brattahlid wurde ich mir zuweilen meiner irischen Herkunft bewusst, denn mein Haar dunkelte nach. Hier in Italien würde man meine Haarfarbe allerdings als hell bezeichnen. Aber das spielt jetzt keine Rolle; alte Frauen sind auf der ganzen Welt gleich.

Was Thjodhild auch anpackte, gelang ihr. Sie hatte ein Händchen für Tiere und nie habe ich so viel Milch oder so große, runde Käse gesehen wie auf Brattahlid. Ihre Hühner legten bis weit in die dunklen Monate hinein Eier und über die Hälfte der Schafe brachten Zwillingslämmer zur Welt. Die Wolle, die wir in jenem Herbst schoren, war so dick und fettig, wie wir es von Island fast nicht kannten. Die meisten Menschen halten das Grüne Land für arm, doch ich habe nie einen so gut ausgestatteten Hof gesehen wie den Eiriks. Bis wir später nach Norwegen gingen. Thjodhild gehörte zu den Menschen, die sogar die Wüste zum Blühen bringen. Im Sommer sammelte sie Pflanzen und fand mehr, als man in einem solchen Land für möglich gehalten hätte. Natürlich hatte sie auch drei außergewöhnliche Söhne zur Welt gebracht, die selbst nach den Maßstäben unseres Landes zu starken Männern herangewachsen waren. Ich glaube, sie hätte gern eine Tochter gehabt. Sie arbeitete wie besessen. Spätabends noch sah ich sie draußen im Zwielicht das Heu auf den Hängen jenseits des Flusses rechen und wenden. Sie stand vor allen anderen auf, sogar noch vor den Unfreien. Sie wachte die ganze Nacht bei einer kalbenden Kuh, wenn die Geburt schwierig zu werden drohte. Eirik sagte immer: »Haben wir denn nicht genug Leibeigene? Komm ins Bett, Frau! Du lässt zu, dass diese Menschen mir die Haare vom Kopf fressen, und dann erledigst du noch die Arbeit für sie!« Aber er hatte große Achtung vor ihr, und das zu Recht. Eirik tönte zwar als Erster, das Land sei saftig und ergiebig, aber es war Thjodhild, die es dazu machte. Eirik verwendete Worte, um die Dinge nach seinem Dafürhalten zu gestalten. Thjodhild hingegen hatte für Worte nur Verachtung übrig. Sie hörte Männern zu, wie man Kindern zuhört, aufmerksam, doch ohne dem Gesagten allzu große Bedeutung beizumessen. So dachte ich jedenfalls. Aber das war ein Irrtum. Später erkannte ich, dass Thjodhild sehr wohl zuhörte. Wenn die Männer, die sie liebte, über ihre Träume sprachen, arbeitete sie wie eine Norne daran, dass diese Träume wahr wurden.

Was ich an Thjodhild liebte, war ihre Leistung. In jenen ersten Jahren in Brattahlid verwandelte sie die Wildnis in ein grünes Paradies. Ihr Haus war immer sauber und warm. Ob sie nun eine ganze Schiffsladung Siedler bewirtete, die von einer schweren Reise ausgelaugt waren, oder ob sie einem Kind einen faulen Zahn zog, wie ich es gleich am Tag unserer Ankunft erlebte – allem schenkte sie ihr Herz und ihre ganze Energie, und alles, was sie macht, macht sie genau so, wie es gemacht werden muss. Anfangs hatte ich Angst, nicht hart genug zu arbeiten. Schwäche ließ sie nur bei verwundeten

Männern oder schwangeren Frauen gelten. Oder bei sehr alten Menschen, vor denen sie große Achtung hatte. Alle anderen konnten nie genug tun. Aber meine Sorgen waren unberechtigt. In mir sah sie vermutlich alles, was Freydis nicht war. Kein Wunder, dass Freydis mich verabscheute. Das konnte ich zunächst nicht verstehen. Da ich in meiner Kindheit so allein gewesen war, hatte ich immer von Freundschaften geträumt. Nicht von der Freundschaft mit einem Mann, sondern mit einem anderen Mädchen. Hin und wieder schaute ich mein Spiegelbild im Wassereimer an und stellte mir vor, das wäre eine Freundin. Wenn ich allein war, unterhielt ich mich laut mit diesem Spiegelbild. Das einzige Mädchen in meinem Alter und meiner Stellung, mit dem ich je zusammenlebte, war Freydis. Doch sie sah mich als ihre Rivalin an und tat alles, um mich zu quälen. Heute sehe ich die Gründe dafür klarer. Freydis war Eiriks Tochter, aber ihre Mutter war eine Unfreie. Thjodhild nahm Freydis in ihrem Hause auf, als wäre sie ihre eigene Tochter. Das ist typisch für Thjodhild. Wahrscheinlich hätte ich für ein uneheliches Kind von Karlsefni dasselbe getan. Ich weiß nicht, ob er welche hatte, niemand hat mir etwas gesagt. Aber Freydis war auf alle wütend. Ihre Halbbrüder waren Männer, noch dazu Eiriks legitime Kinder, und ihr deshalb verhasst. Tatsächlich verabscheute sie Männer, bloß weil es Männer waren, und sie hasste jede andere Frau, die mehr Glück hatte als sie. Trotzdem, wer könnte privilegierter sein als Eirik Raudis Tochter in Brattahlid? Ihr Haar war golden wie Butterblumen und sie hatte so eine Art, die Männer von der Seite anzuschauen und die Augen niederzuschlagen. Freydis war nicht besonders hübsch, doch sie hatte größere Macht über Männer, als es mir je gegeben war.

Eines Abends führte ich ein Gespräch mit Thjodhild. Ich begegnete ihr auf dem Weg zur Melkhütte oben am Berg.

Bisher hatte ich noch nie mit ihr allein gesprochen. Nie unterbrach sie ihre Arbeit für eine Plauderei, es sei denn, es gab etwas Bedeutendes zu sagen. Sie kam sogleich zum Kern der Sache.

»Gudrid, du bist Christin, nicht wahr? Bist du getauft?«

Ich erzählte ihr von Halldis, von Thangbrand dem Missionar und der Taufe in Arnarstapi.

»Also gehörst du dem rechten Glauben an. Was bedeutet er dir?«

Die Frage brachte mich in Verlegenheit. Ich schaute zu Boden und beobachtete, wie sich die Blütenkelche des Enzians in Thjodhilds Schatten langsam schlossen, als wäre der Abend angebrochen. »Ich weiß nicht«, murmelte ich, doch ich dachte an Thurids Geschichte von dem Dämon, der rittlings auf dem Dachfirst saß und mit den Fersen gegen die Grassoden schlug, dass das ganze Haus bebte. Thjodhilds Frage erinnerte mich daran, dass ich Angst vor Geistern hatte.

»Das reicht nicht. Du bist ein vernünftiges Mädchen und du hast Schweres durchgemacht. Hast du auf der Fahrt hierher deinen Glauben behalten?«

Vor meinem geistigen Auge sah ich, wie zwei Männer Halldis' in ihren nassen Mantel eingehüllten Leichnam hoben und über Bord warfen, während sich eine Woge reckte, um ihn zu verschlucken.

»Nein«, sagte ich. »Ich konnte an nichts denken.«

»Aber wenn du Christin bist, musst du nicht denken. All dein Wissen kommt von Gott.«

»Eine Sache weiß ich dann. Dass Thangbrand gesagt hatte, Luzifer sei ins Meer gefallen, als Gott ihn aus dem Himmel warf, und dass er noch immer dort liege. Er ist Jörmungand und ruht in den Tiefen der Gewässer, welche die Welt umgeben. Das Meer ist sein Reich, nicht das Reich Christi. Der Heiland war auf dem Schiff nicht mit uns.«

Thjodhild packte mich an der Schulter und zwang mich, sie anzusehen. »Aber du irrst, Gudrid, du irrst! Herjolfs Sklave hat mir eine ganz andere Geschichte erzählt. Als die Jünger im Sturm um ihr Leben bangten, da hat Christus zu ihnen gesagt: ›Was seid ihr so ängstlich? Habt ihr noch immer keinen Glauben?‹ Und er sagte zu dem Wind und den Wellen: ›Schweig und verstumme!‹, und der Wind legte sich und es entstand eine große Stille.«

»Hm«, murmelte ich, »auf unserem Schiff war er nicht. Ich glaube nicht, dass er unsere Meere je befahren hat.«

»Aber gewiss war er auf eurem Schiff! Thangbrand hat ihn euch gebracht. Er hätte in deinem Herzen sein sollen!«

Ich wand mich aus ihrem Griff. »Nein!« Plötzlich weinte ich und das machte mich wütend. »Nein! Nein! Nein! Ich habe diese Dinge nicht geschehen lassen! Es ist nicht meine Schuld. Nein, das ist es nicht!«

Ich wäre fortgelaufen, doch trotz ihres Leibesumfangs war sie stets sehr schnell, außerdem hielt sie mich fest. »Warte, Gudrid. Ich gebe dir nicht die Schuld an den Ereignissen. Ich sage nur, dass uns die Macht Christi in die Hände gelegt wurde. In deine und meine. Wir sind Frauen, was können wir tun? Wir leben hier in einem harten Land, aber wenn wir glauben, können wir Berge versetzen. Er hat mir das gesagt!«

Plötzlich machte mich diese gesunde Frau ganz krank. Wäre ich ein Mann, dachte ich, hätte ich meine eigene Macht und ich würde mit aller Kraft um den Erhalt dieser Macht kämpfen. Ich würde meine Feinde töten und den Eisfeldern meinen Lebensunterhalt abringen. Ich würde mich nicht auf Geister einlassen, seien sie schwarz oder weiß. Ich wäre nicht so schwach, mich darum kümmern zu müssen. Ich wollte Thjodhild schlagen. Ihr Glaube machte mich krank. »Nein«, sagte ich. »Mein Wille ist nicht so stark. Ich kann nichts dafür.«

»Begreifst du denn nicht?«, fragte sie leise. »Wir sind alle schwach, weiß Gott. Aber ich will dir noch etwas sagen. Mein Sohn Leif hat mir versprochen, mit dem König von Norwegen zu reden. König Olaf will die ganze Welt zum Christentum bekehren. Leif wird ihn bitten, uns einen Priester zu schicken. Wir können dann eine Kirche bauen, unsere eigene Kirche hier im Grünen Land. Wenn Gott hier sein Haus hat, kann er über uns wachen. Er wird unser Hirte sein und er wird die Schwachen und auch die Starken behüten.«

Obwohl ich wütend war, tröstete mich dieser Gedanke und ich schloss Thjodhild wieder ins Herz. Ich war einsam, Agnar. Meine Ziehmutter fehlte mir. Ich hatte Angst, so ganz allein in dieser Welt ohne jemanden, der mich führte. Ich hatte Angst vor meiner eigenen Stärke. Berge bewegen sich zuweilen, das Eis bricht und das Meer schickt große Wellen, die das Land fortspülen, auf dem wir unser kärgliches Dasein fristen. Ich habe nachts in einem Holzschiff gelegen und das Eis ringsum krachen gehört und die Welle gespürt, die es aufwirft, wenn es abbricht und ins Meer fällt. Soll ich dir sagen, was am schlimmsten ist, wenn man im Sturm auf einem Schiff ist? Wovor ich mich eigentlich fürchte? Vor dem Bedürfnis, mich selbst über Bord zu werfen. Ich sehe das Wasser bis zum Bootsrand steigen oder die Wellen an den Bug klatschen, so dass wir durch und durch nass werden; ich sehe, wie sich tiefe Wellentäler vor unserem Bug auftun; ich sehe riesige Wassermassen wie rollende Berge über uns hereinbrechen; und am liebsten würde ich dann aufgeben. Keinen Widerstand leisten, nur noch ins Wasser. Mich kopfüber in das Chaos stürzen, das unsere kleine Welt umgibt.

»Eine Kirche würde mir gefallen«, stimmte ich Thjodhild zu, obwohl immer noch missmutig. »Eine Kirche auf einem Fels, wie das Haus, das im Sturm stehen blieb.«

Sie hakte sich bei mir unter und führte mich zur Melkhütte hinauf, wo sich die Mutterschafe sammelten. »Schon gut, Gudrid, wir werden unsere Kirche bekommen.«

Thjodhild hatte es so eingerichtet, dass alle Christen in Brattahlid sonntags gemeinsam beten sollten. Bei schönem Wetter taten wir das deutlich sichtbar im Melkpferch mitten in der Siedlung. Nur wenn wir nicht ins Freie konnten, zogen wir uns in den neuen Frauenraum zurück, der in jenem Sommer an das Langhaus angebaut worden war. Diese öffentlichen Versammlungen brachten meinen Vater in eine sehr peinliche Lage. Allein bei der Erwähnung eines neuen Gottes geriet Eirik außer sich. »Geht doch fort mit euren Milch- und Wassergöttern, euer Gott ist was für Kinder!«, pflegte er zu brüllen. »Was für einen Mann wollt ihr erst, wenn ihr an einen Gott glaubt, der nicht den Mumm hat, die Hand zu erheben, um sich selbst zu retten? Und erzählt mir nichts von Schafherden! Ich will Männer wie Wölfe! Was glaubt ihr denn, in welchem Land wir hier leben?«

Thorbjörn hielt also den Mund und nahm an Thjodhilds Versammlungen von Leibeigenen und Frauen nicht teil, auf denen wir unseren Trockenfisch und die Buttermilch teilten, denn im Grünen Land gibt es weder Brot noch Wein. Ich ging trotzdem hin, aber die Versammlungen machten mich wütend. Eines Tages war ich so gereizt und verwirrt, dass ich die Siedlung verließ und den Berg hinaufging, wo ich eine andere Art von Zauber ausführte.

Die Verwirrung war nicht nur geistlicher Art. Auch mein Körper lehnte sich auf. Ich war jung. Wenn man jung ist, steigen im Frühling die Körpersäfte wie der Saft in den Pflanzen, und wenn man ein junges Mädchen ist, will man einen Mann. Eine junge Frau empfindet denselben urwüchsigen Trieb, wie ihn auch das Vieh im Frühjahr fühlt; jede Kreatur spürt es und ich kann mich noch gut daran erinnern. Nachts träumte ich, einen Mann zu lieben, und dann wachte ich erhitzt und feucht auf und wusste genau, wonach ich mich sehnte. Ich war wütend auf Thjodhild, weil sie immer über ihren Christus sprach und nie bemerkte, dass ihre beiden Söhne mich wie hungrige Wölfe beobachteten. Ich weiß noch, wie ich bei ihrem christlichen Fest der Liebe saß und mir vorstellte, wie Thorstein Eiriksson sich an mich presste, und als sie mir das heilige Sakrament reichte, hätte ich es ihr am liebsten vor die Füße gespuckt. In mir steckte ein widerspenstiger Geist, der befreit werden wollte, und diese Frau, die mich offenbar die ganze Zeit in ihrer Nähe haben wollte, lud den steinernen Ballast ihres Glaubens auf mir ab.

Als wir alle gemeinsam das Heu einbrachten, hielt ich es nicht mehr länger aus. Ich lief den Berg hinauf und schaute auf die winzigen Gestalten hinab, die das Heu zu großen Haufen rechten. Vor dem riesigen Burfjell auf der anderen Seite des Fjordes wirkten sie wie Mäuse. Ich breitete Salz und Eis sowie Zunder und Feuerstein vor mir aus, um Feuer anzuzünden. Den Gesang, den ich anstimmte, hatte Halldis mir vor langer Zeit beigebracht. Es war ein Erntelied, das bewirken sollte, dass die Vorräte in der bevorstehenden dunklen Jahreszeit ausreichten. Ich veränderte die Worte, denn die Erfüllung, die ich anstrebte, war nur für mich gedacht. Ich wollte eine Verheißung für meinen Leib, nicht für meine Seele. Mit unsichtbaren Mächten wollte ich nichts mehr zu tun haben. Ich wollte Liebe, eine Liebe ganz von dieser Welt. Das Schicksal hatte mir Halldis und Orm genommen und ich trug daran keine Schuld. Die Stärke liegt im Ertragen. Der Mensch will nur aus Angst vor dem Schicksal die Oberhand über die eigenen Angelegenheiten haben, nicht wahr?

Gudrid Thorbjarnardottir steht hoch über Brattahlid und schaut über den Fjord auf die einsamen Berge. Sie hält die rechte Hand von sich und in der Handfläche einen kleinen Salzbrocken. In der Linken hat sie eine Fackel aus Stroh. Eine schwache Flamme brennt langsam und flackert ein wenig im leichten Lufthauch. Gudrid singt leise, beinahe unhörbar, doch ein kleines Echo verleiht ihrer Stimme einen Klang, als gäbe es noch einen zweiten Sänger, der in ihren Gesang einstimmt. Die Gudrid in Brattahlid ist dünner als die Gudrid in Arnarstapi. Sonne und Wind haben ihrer Haut eine goldene Tönung verliehen und ihr Haar hat die Farbe von Herbstblättern. Zwischen ihren Augenbrauen deutet sich eine Falte an, die sich in den folgenden Jahren noch tiefer eingraben wird. Gudrid Thorbjarnardottir trägt ihre Jungfräulichkeit wie eine Last. Geister machen ihr zu schaffen. Sie bittet um einen Anker, der sie in dieser Welt hält. Die Flamme erlischt. Gudrid legt das Salz ab und geht in die Hocke, legt die Hände auf den Fels zu ihren Füßen. Sie bittet darum, der Erde anzugehören, die sie vor sich sieht. Sie bittet darum, dass nur noch greifbare reale Dinge wie der Fels von jetzt an ihre Wirklichkeit bevölkern mögen. Sie bittet um Schutz vor den unsichtbaren Mächten. Und sie bittet darum, die Frau eines starken Mannes zu sein, der seine Feinde bekämpft und sich um die Seinen kümmert. Sein Leib möge sich mit dem ihren vereinen und sie mögen Kinder zeugen, die ein neues Land erben, reich mit dem Wohlstand dieser Welt gesegnet und frei von allem, das jenseits des Körperlichen haust.

Gudrid Thorbjarnardottir tritt aus dem Kreis, den sie gezogen hat, und lässt die Mächte frei, die ihn zusammenhielten. Sie entlässt sie mit einem Segen, steckt das kostbare Salz in den Beutel, der ihr um den Hals hängt, und macht sich auf den Weg über Felsen und Grasbüschel bergab. Sie springt und rennt so leichtfüßig wie die mageren Schafe, die weiter unten grasen. Eigentlich müsste sie bei der Ernte helfen, aber sie ist Thjodhild entkommen, der Arbeit, dem Gutseinmüssen. Sie ist frei wie ein Vogel am Ende der Brutzeit. Eine schwere Last ist ihr von den Schultern genommen und sie sieht vor ihrem geistigen Auge, wie diese

Last den Berg hinunter zu den Kuhweiden purzelt und die menschlichen Bedenken beiseite stößt, die zwischen den Häusern kauern. Sie lacht laut auf und springt von einem großen Felsen in ein Blütenmeer aus Frauenmantel und Gänseblümchen. Sie schaut auf und will schon weiterlaufen, da sieht sie Thorstein, Eiriks jüngsten Sohn vor sich, erhitzt von der schweren Heuernte. Das feuchte Haar klebt ihm an der Stirn und das Hemd hängt ihm über der Hose.

20. Juli

Wir sollten lieber aufhören zu reden und mit der Arbeit fortfahren. Auch gestern haben wir nicht so viel geschafft, wie wir hätten schaffen sollen. Aber es freut mich, dass du mir noch mehr über die Ruinen dort oben auf dem Palatinus erzählt hast. Hat es vom Anbeginn der Welt an Imperien gegeben? Das wäre nicht verwunderlich; schließlich haben Götter und Riesen immer darum gekämpft, die Menschheit zu beherrschen. Also hat es in Rom auch Götter gegeben, ehe es Kaiser gab? Das habe ich nicht gewusst. Wie hießen diese Götter?

Ich weiß nicht, was du meinst, wenn du sagst, ich soll eine Sache glauben und nichts anderes. Du erzählst mir eine Geschichte von den römischen Göttern und dann sagst du, ich soll dir nicht glauben. Du musst dir nicht so viele Gedanken darüber machen, ob Dinge existieren oder nicht, sondern solltest dich lieber fragen, ob sie gut oder schlecht sind. Es kommt nicht auf das an, woran du glaubst, sondern auf das, worauf du vertraust.

Nein, bis zu jenem Tag hatte ich über Thorstein nicht oft nachgedacht. Meine Gedanken beschäftigten sich mit Leif, den ich nie gesehen hatte. Ich vermutete, dass Eirik mit meinem Vater vereinbart hatte, mich mit Leif zu vermählen, sobald dieser zurückkehrte. Eirik behandelte mich besonders zuvorkommend. Er ließ sich gern von mir den Becher nachfüllen. Ich pflegte mit einem Krug Buttermilch herumzugehen und den Männern auszuschenken, als wäre es Wein. Eirik sagte einmal, es schmecke wie Wein, wenn ich ausschenkte, und seine beiden jüngeren Söhne grinsten sich über den Tisch hinweg an.

An jenem Tag auf dem Berg hatte ich die erste ernsthafte Unterredung mit Thorstein Eiriksson. Er sagte nicht, er sei mir dort hinauf gefolgt, und ich erzählte ihm nicht, was ich gemacht hatte. Er sprach über seine eigenen Sorgen, doch das ist bei einem jungen Mann ja nichts Ungewöhnliches.

»Bjarni hat das neue Land entdeckt«, sagte er. »Das ist an sich schon ein eigenes Schicksal. Vorher hat er nicht im Traum daran gedacht! Er wollte nicht einmal bis zum Grünen Land kommen. Er kehrte einfach Ende des Sommers wie gewöhnlich mit seiner Ladung von Norwegen nach Island zurück und stellte fest, dass sein Vater fort war. Man übergab ihm die Nachricht von Herjolf, er solle ihm ins neue Land folgen. Da er ein pflichtbewusster Sohn war, brach er auf. Er ist ein Klotz von einem Mann, ohne jeden Grips im Kopf. Wie wäre es sonst zu erklären, dass er tatsächlich ein neues Land sichtete, Wälder und weiße Strände, dass er an den Küsten entlangsegelte und keinen Wert darauf legte, an Land zu gehen! Immer nur mit dem einen Gedanken im Kopf, zu Papa zurückzukehren!«

»Aber Thorstein, der Sommer war zu Ende und der Laderaum an Bord war voll. Er musste Herjolfsnes finden, ehe das Wetter umschlug.«

»Aber er hatte eine neue Welt zum Greifen nah! Hätte er sie damals für sich in Anspruch genommen, er könnte der Reichste und Mächtigste von uns allen sein!«

»Das würde dir nicht gefallen.«

»Nein, aber er wäre in meinen Augen ein ganzer Kerl.«

»Ich mag Bjarni.«

»Mögen!« Thorstein schnaubte. »Aber mehr auch nicht.«

»Und ich habe Achtung vor ihm. Wir hatten einen schlimmen Winter – das musst du doch wissen, hier kann es ja nicht viel besser gewesen sein. Wir hatten Hunger. Die Leute wurden krank. Da hat er sich als guter Anführer erwiesen und das ist viel schwieriger. Es ist schön und gut, neues Land zu entdecken, aber Hunger und Krankheit und Winter und Tod begleiten dich, wohin du auch gehst. Und du meinst, dass du damit besser zurechtkämst als Bjarni?«

Ich wollte ihn nicht verhöhnen, doch er packte mich am Arm und zwang mich, ihn anzusehen. »Ich bin mehr wert als Bjarni Herjolfsson, Gudrid, und ich werde es dir zeigen!«

Empört wand ich mich aus seinem Griff. »Rühr mich nicht an! Ich habe ja nur gesagt, dass du ihn falsch beurteilst.« Ich konnte es mir nicht verkneifen, hinzuzufügen: »Seine Mannschaft ist da anderer Meinung als du. Sie sagen, er sei ein großartiger Seefahrer, ein ganz ausgezeichneter sogar. Sie dachten schon, sie hätten völlig die Orientierung verloren, doch Bjarni hat die Situation gerettet. Obwohl die Winde gegen ihn waren, fand er doch den Weg zurück. Es ist viel schwieriger, ein einzelnes Gehöft zu finden, als einen ganzen Kontinent, weißt du.«

Thorstein wurde rot wie ein Mädchen. Er hatte helle Haut und errötete leicht, bis an sein Lebensende. »Du hast gut spotten«, sagte er. »Du weißt genau, dass ich kein Schiff habe. Es ist nicht anständig, mir das unter die Nase zu reiben.«

»Das habe ich auch nicht!«

»Doch. Du lachst über mich, weil ich noch nichts geleistet habe. Wie sollte ich auch? Leif hat Bjarnis Schiff gekauft und ist jetzt damit nach Norwegen gesegelt. Aber ich werde mehr tun, das verspreche ich dir. Meine Brüder und ich haben jahrelang darüber geredet. Wir hatten noch nicht die Gelegenheit, doch eine Stelle am Rande einer unberührten Welt gehört uns. Wir werden dieses Land für uns in Anspruch nehmen, das sage ich dir, und die ganze Welt wird es erfahren!«

»Ich lache nicht über dich.«

»Wir haben die Segelanweisungen. Bjarni hat sie meinem Bruder geschenkt. Hätten sie uns gehört, dann hätten wir eher unser Leben gelassen, als sie dem Nächstbesten für nichts zu überlassen. Hätten wir ein Schiff gehabt, hätten wir es im darauf folgenden Sommer seeklar gemacht. Leif wollte sofort das Schiff meines Vaters nehmen. Doch mein Vater behält es für die Jagd im Norden, denn er sagt, alles, was wir haben, hängt davon ab und das Wichtigste ist, die Stellung unserer Familie im Grünen Land abzusichern. Aber das Grüne Land ist nichts im Vergleich zu dem, was dort im Westen liegt!«

»Woher willst du das wissen?«

»Weil Bjarni meinem Bruder Leif beschrieben hat, was er fand.« Thorstein packte mich an beiden Schultern, so wie seine Mutter es zwei Wochen zuvor getan hatte, und schaute mir in die Augen. »Gudrid, da liegt ein Land, das wir nur in Besitz zu nehmen brauchen. An der gesamten Küste gibt es Strände, an denen Schiffe anlegen können. Die Wälder haben mehr Holz, als man fällen kann. Landeinwärts streifen Wildherden umher und auf allen Inseln vor der Küste nisten Scharen von Vögeln. Es gibt Robben und Wale und Kabeljau. Im Meer sind so viele Fische, dass nicht einmal alle Netze der Welt sie aufnehmen können. Verglichen mit dem Leben, das wir dort führen könnten, kann man das hier, im Land meines Vaters, kaum Leben nennen.«

»Und kein Mensch ist dort je an Land gegangen?«

»Es gab keinerlei Anzeichen für eine menschliche Behausung.«

»Das ist zu schön, als dass es wahr sein könnte.«

»Es ist mir gleichgültig, wie du es findest, das Land gehört uns. Ich werde dort hingehen, Gudrid. Ich träume von einem Schiff, jede Nacht. Wenn Leif aus Norwegen zurückkehrt, gibt es zwei Schiffe in meiner Familie. Das eine für Leif, das andere für Thorvald, aber eines Tages wird es auch eins für mich geben. Ich bin der Jüngste, doch der Jüngste hat am Ende das meiste Glück von allen dreien. Du wirst schon sehen, Gudrid. Würdest du mit einem Mann in ein neues Land gehen? Würdest du einen Mann heiraten, der eine ganze neue Welt sein Eigen nennt?«

»Vielleicht«, sagte ich und wich seinem Blick aus. »Wenn es je dazu kommt.«

Er dachte eine Weile nach, doch dann konnte er nicht mehr an sich halten und verriet sich. Sein Verlangen war zu stark. »Dein Vater hat noch ein Schiff«, platzte er heraus.

Agnar, für alle jungen Frauen, die ihre Schönheit für unwiderstehlich halten, gibt es eine Moral.

Der arme Thorstein, sein Leben lang kam er zu spät. Leif schnappte ihm jeden Traum vom Ruhm vor der Nase weg, noch ehe Thorstein etwas unternehmen konnte. Nach jenem Tag habe ich oft mit Thorstein geredet. Du weißt ja, wie es so geht. Wenn man einmal jemanden kennt, fragt man sich, wieso der erste Eindruck so falsch sein konnte. Anfangs hatte ich Thorvald und Thorstein für mehr oder weniger austauschbar gehalten, für zwei junge Wölfe eben. Doch so war es ganz und gar nicht. Thorvald starb einen Heldentod, doch Thorstein war ebenso tapfer. Das ist das Urteil einer Frau, ich weiß. Thorvalds Tod war eine große Geste, der Thorsteins war die klaglose Hinnahme eines Schicksals, das ihm nicht nur das Leben, sondern auch den Ruf nahm. Der arme Thorstein! Nie hatte er die gleichen Chancen. Aber etwas hat er gewonnen, das seine Brüder nie bekamen. Weißt du, was das war?

Du bist heute nicht sehr scharfsinnig, Agnar. Nun gut, ich werde jetzt mit dem darauf folgenden Sommer fortfahren. Denn auf Eiriks drängende Einladung verbrachten wir einen weiteren Winter in Brattahlid. Mein Vater wandte ein, wir sollten unverzüglich unser eigenes Land in Besitz nehmen, doch Eirik redete es ihm aus und sagte schließlich, sein Plan sei, uns das Land am Fluss auf der anderen Seite des Fjordes gegenüber von Brattahlid zu geben, einen Teil des riesigen Anwesens, das er ursprünglich für sich in Anspruch genommen hatte. Das Geschenk war ein Zeichen großer Gunst. Eirik trennte sich nur ungern von seinem Land. Daher wurde es umso deutlicher, dass er meinen Vater und dessen Haushalt in seiner Nähe haben wollte. Ich bin sicher, Eiriks Berechnungen liefen darauf hinaus, dass das Land ohnehin in der Familie bleiben würde, denn Thorbjörn hatte außer mir keine Kinder, und für Eirik stand fest, dass ich so oder so seine Schwiegertochter würde. Ich wusste, was Thorstein wollte, und sein Vater gewiss auch, doch niemand verlor ein Wort darüber. Wir alle warteten stillschweigend auf Leif.

Es war noch Winter, als Thorbjörn und ich einen ersten Blick auf unser neues Anwesen warfen. Thorstein fuhr uns auf dem großen Schlitten über den Eiriksfjord. Auf der anderen Seite verließen wir die bereits gezogene Hufspur und gelangten auf eine unberührte weiße Ebene. Thorstein sagte, es handele sich um ein Flussbett, durch das in jedem Frühjahr Wasser strömte, doch jetzt war es glatt und leer wie unbeschriebenes Pergament und unser Schlitten zog eine einsame Spur durch den jungfräulichen Schnee. Steile, weiße Hänge ragten ringsum auf und es war kaum auszumachen, wo man ein Gehöft errichten könnte. Auf dem Rückweg bewölkte es sich, und als wir in Brattahlid eintrafen, trieben uns die ersten Schneeflocken vor einem Sturm ins Gesicht. Die Aussichten, den gemütlichen Herd in Brattahlid gegen jene leeren Hänge einzutauschen, waren düster, doch ich sagte mir, dass Brattahlid zwölf Jahre zuvor ebenso menschenleer gewesen war.

Leif kehrte in jenem Winter nicht zurück. Eirik lief murrend gegen den Sohn umher, der es wagte, einen Winter am Hof in Norwegen zu verbringen, wo es doch seine Pflicht gegenüber dem Vater war, so schnell wie möglich mit einer vollen Schiffsladung nach Hause zurückzukehren. Thjodhild sagte nichts, doch bei unseren Versammlungen pflegte sie alle Menschen auf hoher See und Männer in Gefahr in ihre Fürbitten einzuschließen, wenn sie ihren Sohn auch nie namentlich erwähnte. Ich glaube, sie wollte trotz ihres neuen Glaubens keine Norne herausfordern. Wenn man mit den Kräften am Ende ist, schieben sich gern grausame Schatten vor das Kreuz, dem man sein Herz anvertraut hat. Manchmal glaube ich, die Schatten der Nornen reichen bis hierher, mitten ins Grab des heiligen Petrus.

Jener zweite Winter war viel milder als der erste. Die Ernte war gut ausgefallen und auch ohne das Schiff aus Norwegen hatten wir reichlich Vorräte, da die Jagd im Norden erfolgreich gewesen war und ein gutes Heujahr hinter uns lag. Das Vieh war fett und gesund. Es war eine fröhliche Zeit. Im Frühjahr bereiteten Thorbjörn und ich unseren Auszug vor. Eirik schenkte uns Rinder, da unser Vieh die Reise ins Grüne Land nicht überlebt hatte, und ein paar zusätzliche Leibeigene. Mir wurde bange angesichts der Tatsache, dass wir nun tief in Eirik Raudis Schuld standen. Nicht, dass ich nicht bereit gewesen wäre, in seine Familie einzuheiraten, es war nur die Last der Verpflichtung, zu wissen, dass ich jetzt keine andere Wahl hatte. Mein Vater wirkte dagegen vollkommen unbekümmert. Du weißt, wie leichtsinnig er sein konnte, und wenn ich ihm gegenüber meine Befürchtungen geäußert hätte, dann hätte er nicht gewusst, wovon ich überhaupt sprach.

Als wir im Mai schließlich auf unser neues Land umzogen, hatte es ein ganz anderes Gesicht bekommen. Ohne Schnee wirkte der Berghang nicht halb so steil und jetzt sahen wir auch, dass er voller Bäume stand: Weiden, Birken, Erlen, sogar Ebereschen. Oft waren sie nur hüfthoch, doch an geschützten Stellen überragten sie uns. Anfangs hatten wir Mühe, uns einen Weg zu bahnen, und selbst als wir unsere Pfade gehackt hatten, fand ich den Bewuchs noch hinderlich; ich war an offenes Land gewöhnt, wo ich überallhin gehen konnte. Doch der Wald sollte sich als geschützter, fruchtbarer Platz für unser Zuhause erweisen. Zum ersten Mal im Leben würde es uns nicht an Brennholz mangeln. Wir konnten das Holz auch für den Hausbau und für Zäune verwenden. Schon bald nannten alle unser Anwesen Stokkanes, Stockspitz, und diesen Namen sollte es auch behalten.

Thorstein sollte Recht behalten, was das Flussbett betraf. Das gesamte Flachland verwandelte sich in ein breites Flussbett mit weißem Geröll, über das graues Schmelzwasser strömte, so dass wir unsere Habe über Land mit Ponys transportieren mussten. Zum Sommer hin war der Fluss seicht und mäanderte wie ein Band durch sein grünes Bett. Jetzt, da der Schnee geschmolzen war, hob sich der Gletscher weiß von den Hügeln ab. Zwei schneebedeckte Gipfel ragten hinter ihm auf. Das ganze Jahr über fächelte er den Ostwind zu uns herab. Infolgedessen war es in Stokkanes wärmer als anderswo, da der Wind vom Gletscher nicht so kalt ist wie der Wind vom Meer.

Wir schlugen unser Lager nahe an der Flussmündung auf und erforschten von dort aus das Tal, wobei wir uns mühsam durch den unberührten Wald kämpften. Wir beschlossen, unser Gehöft auf halbem Wege zwischen der Flussmündung und dem Gletscher zu errichten. Dort lag eine bewaldete Mulde, die nach Süden hin offen war. Die Bäume, die wir dort fanden, waren die größten, und als wir das Land gerodet und trockengelegt hatten, besaßen wir eine geschützte Senke für unsere Weiden direkt am Haus. Von den Klippen hinter uns stürzten Wasserfälle herab und zwischen diesen Klippen und dem Fluss gurgelte stets frisches Wasser. Nie hörten wir das Meer, obwohl wir von der Tür unseres Hauses über den Fjord hinweg auf Brattahlid schauen konnten. Dort, wo ich sonst die Wellen an den Strand hatte schlagen hören, erstreckte sich hier oft nur grauer Schlick mit Wellenmuster.

Sobald wir unseren Standort ausgewählt hatten, leiteten wir einen Teil des Flusses um, der unter dem Haus entlangfließen sollte, markierten die Stellen, an denen die Wände unseres ersten Gebäudes stehen sollten, schleppten Steine von den Weiden herbei, bis wir ein festes Fundament hatten. Es dauerte nicht lange, da standen die Grassodenwände. Wir mussten uns aus Eiriks Lager in Brattahlid Holz für das Dach leihen, da wir nicht die Möglichkeit hatten, an den offenen Stränden etwas zu sammeln. Nie werde ich den Tag vergessen, an dem wir in das Haus einzogen, als ich die Männer anwies – anscheinend war es immer mein Schicksal, nur wenige Frauen um mich zu haben –, alles an seinen Platz zu stellen: die Vorratsfässer, den Webstuhl, das Werkzeugregal, die Körbe und Specksteintöpfe, die Felle und Decken. Innerhalb von zwei Stunden war unser Haus so eingerichtet, wie ich es wollte, und soweit ich weiß, hat sich dort bis heute nichts verändert. Bei der Arbeit fehlte Halldis mir nicht. Sie war da, verstehst du, ihr Geist wirkte in mir, er war jetzt ein Teil von mir, und das ist er heute noch.

Mit dem Heu hatten wir wegen der Bäume in den ersten beiden Jahren Schwierigkeiten, doch nach einem oder zwei Sommern hatten die Rinder das Gebüsch niedergetrampelt und den Boden gedüngt, so dass Gras wachsen konnte. Letzten Endes kam unser bestes Gras von den Schlickfeldern jenseits des Flusses, obwohl wir es hin und wieder durch eine Flut einbüßten. Die Schafweide war steiler als die in Brattahlid und wir verloren ein paar Tiere auf den Klippen in der Nähe des Gletschers. Außerdem machten uns Füchse zu schaffen. Wir stellten viele Steinfallen auf und nach dem ersten Winter konnte ich für meinen Vater einen Mantel aus Fuchspelz anfertigen, mit einer Kapuze aus weißem Hasenfell verziert.

Ich war glücklich in Stokkanes. Mit jedem Wechsel der Jahreszeiten fanden wir neue Schätze, die uns das Land bereithielt. Im Juli stellte sich heraus, dass wir an einem der besten Lachsflüsse im Grünen Land lebten. Die ganze Fangzeit über legten wir Netze an der Flussmündung aus. Unsere einzigen Rivalen waren die Seeadler, die vom Burfjell herabstießen, um dort zu fischen. Gegen Ende des ersten Sommers entdeckte ich eine kleine heiße Quelle in der Nähe des Gletschers. Als der Herbst kam, erstrahlte das Land in all seiner Pracht, ganz in Rot und Gold getaucht. Wir hatten mehr Beeren, als ich je gesehen habe, und jeden Abend gab es Fruchtsuppe. Außerdem legten wir die Früchte für den Winter in zwei Fässern Molke ein. Unsere Fallen und Netze waren nie leer und selbst die Sonne schien in unserem Tal noch eingefangen, wenn die ersten Schneestürme bereits den Winter in den Fjord geweht hatten. Es war mir wichtig, dass unsere Boote eine oder zwei Meilen entfernt lagen. Im Laufe der Zeit war unsere Seite des Fjordes weniger abgelegen. Es dauerte nämlich nicht lange, bis neue Gehöfte entstanden, direkt an der Mündung des Fjordes, und ich konnte die Strecke leicht zu Fuß zurücklegen. Es war eine Zeit voller Hoffnung, alles war neu und wir hatten die Zwistigkeiten in Island anscheinend hinter uns gelassen. Doch das sind Frauensachen, über die ich hier rede, nichts, was dich interessieren dürfte. Ich war dabei, dir von diesem ersten Winter zu erzählen.

Einen Tag vor Michaelis kam unser Hirte heim, um uns zu sagen, ein großes Handelsschiff sei den Fjord heraufgekommen und habe vor Brattahlid angelegt. Am nächsten Tag, fast hatten wir es schon erwartet, erreichte uns die Einladung zu einem Fest anlässlich der Heimkehr von Leif Eiriksson.

Vergiss nicht, dass ich Leif Eiriksson nie zuvor gesehen hatte. Mein Vater hatte mir gesagt, er habe inzwischen offen mit Eirik über eine Vermählung gesprochen, und ich hatte bereits eine rege Fantasie entwickelt. Mit Thorvald und Thorstein hatte ich mich angefreundet, doch Leif hatte, was sie nicht hatten: ein eigenes Schiff und beachtliche bestandene Abenteuer sowie erheblichen Einfluss. Thorstein hatte uns häufig besucht, seitdem er wieder im Süden war, Thorvald dagegen nicht so oft. Doch ich wich ihnen stets aus, spielte den einen gegen den anderen aus und war immer in der Milchküche beschäftigt, wenn sie mit meinem Vater redeten. Ich hatte zu lange auf Leif gewartet. Unwissentlich hatte ich mir einen Traum zurechtgelegt, der nicht der Wirklichkeit entsprach. Letzten Endes mochte ich Leif und ich bin sicher, ich habe ihn nie merken lassen, wie sehr das Trugbild meine Fantasie angeregt hatte. Doch vielleicht wäre es für uns alle besser gewesen, wenn man mich ermutigt hätte, einen Mann so zu nehmen, wie er war, und nicht die Wirklichkeit einer Idealvorstellung unterzuordnen, der kein Mann aus Fleisch und Blut je gerecht werden konnte.

Thorbjörn und ich zogen daher am nächsten Tag unsere besten Kleider an und überquerten den Fjord in den Klauen eines Windes, der bereits nach Winter roch. Jenes Fest in Brattahlid ist mir im Gedächtnis geblieben, doch ich kann mich nicht mehr an den Augenblick erinnern, da ich Leif zum ersten Mal sah. Gewiss, ich weiß noch, dass er dort am Kopf des Tisches neben seinem Vater saß, ein mächtiger Mann, der seinen Brüdern ähnelte, aber hochmütiger und mit hellerem Haar. Ich sehe ihn deutlich vor meinem geistigen Auge, aber nicht als einen Fremden. In diesem ersten Augenblick der Erinnerung habe ich ihn anscheinend schon immer gekannt.

Es war ein üppiges Fest. Wir aßen weder Hammel noch Rind, sondern nur Wild: Karibu, Ente, Schneehuhn und Robben. Als wir Platz nahmen, waren unsere Becher leer. Dann schickte Leif seinen Leibeigenen Tyrkir um den Tisch herum, damit er allen ausschenkte. Die Aufgabe erschien schwer für einen alten Mann und mir fiel auf, dass Eirik die Stirn runzelte. Doch Leif erhob eine Hand, um den Protest seines Vaters zu unterbinden. »Lass Tyrkir tun, was ich ihm aufgetragen habe.«

Verwirrt sah ich zu, wie Tyrkir am anderen Ende des Tisches Eiriks Becher füllte. Anschließend füllte er den Becher, den sich Thorvald und Thorstein teilten. Das Getränk war keine Buttermilch. Es war rot. Eirik grinste und sagte: »Du hast also guten deutschen Wein aus Norwegen mitgebracht, trotz der langen Reise. Gut gemacht!«

»Nein«, entgegnete Leif leise. Diese Stimme, mit der er einen Raum voller Männer zum Schweigen bringen konnte, nur damit sie ihn reden hörten, sollte ich später so gut kennen lernen. »Nein, das ist kein Wein aus Europa.«

»Nicht?« Eirik starrte ihn ungläubig an. Natürlich wusste Eirik, was uns noch nicht bekannt war, wo nämlich Leif in jenem Sommer gewesen war. Eine Erkenntnis, die ich nicht begriff, malte sich in seinem Gesicht. »Willst du damit sagen ... ist das etwa Wein aus dem neuen Land?«

»Probier ihn!«, forderte Leif ihn auf. »Probiert ihn alle! Haben wir nicht gut daran getan, euch Wein aus einem Land mitzubringen, von dem ihr euch nicht hättet träumen lassen? Nehmt und trinkt! Ich bringe euch Wein aus dem Land hinter dem Ende der Welt.«

Das war Leif, wie er leibt und lebt. Man musste ihm nur zu seinem Auftritt verhelfen und man konnte sicher sein, dass er ihn nutzte. Manche hielten ihn für einen Scharlatan und mich brachte er oft in Verlegenheit, denn ich mochte ihn. Doch wenn er es darauf anlegte, waren wir wie Butter in seinen Händen. Inzwischen ist er tot; er starb hochbetagt in seinem Bett, der einzige von den Brüdern, der lange genug lebte und in all seinen Unternehmungen Erfolg hatte. Es fällt mir schwer zu glauben, dass er nicht mehr da ist. So geht es, wenn man alt wird; die Menschen, die man kennt, sterben einer nach dem anderen und es scheint unmöglich, dass man so allein sein kann. Ich habe mich Leif nie so nahe gefühlt, dass ich ihn liebte. Ich kannte ihn nicht so gut wie meine Ehemänner und doch fällt es mir jetzt so schwer zu glauben, dass Leif von uns gegangen ist. Er hielt die Zukunft in Händen und mit ihr alle Möglichkeiten. Das alles ist jetzt dahin. Ich wünschte, du hättest ihn sehen können, damals bei dem Fest in Brattahlid, als er gerade von dieser ersten Reise zurückgekehrt war, auf der Höhe seiner Macht und noch jung.

Vier Dinge waren es, die unser Leben veränderten, als Leif heimkehrte.

Erstens hatte er der Bitte seiner Mutter entsprochen und einen christlichen Priester mitgebracht. Ich werde nie erfahren, ob er es allein für sie getan hat. Leif war stets pragmatisch und ich bin sicher, er hat in Windeseile herausgefunden, woher der Wind an König Olafs Hof wehte. Wollte man den König für sich gewinnen, musste man sich taufen lassen, und Leif hat damit bestimmt nicht einen Augenblick gezögert. Ich glaube, sein Vater hat ihm das nie ganz verziehen, und die Ironie des Schicksals ist, dass Leif als Einziger die unverbesserliche heidnische Seele von Eirik geerbt hatte. Es scheint dich zu erschrecken, aber es stimmt, Agnar. Leif und Eirik sind jetzt tot, und wenn wir je erfahren, wie die Geschichte derjenigen ausging, die jene Grenze überschritten haben, werden wir eines Tages herausfinden, ob ich Recht habe oder nicht. Aber ich wette, wir fänden Leif Eiriksson kaum Psalmen singend im Himmel. Auch bei Hel wird er nicht sein, denn obwohl er verschlagen und oft verletzend war, hatte er ein großes Herz. Er gehörte zur alten Welt, wenn er Eirik auch noch so oft trotzte. Leif wütete und brüllte nicht wie Eirik. Seine Wut war weiß statt rot und doppelt so schrecklich. Schade nur, dass Eirik die Taten seines Sohnes liebte, aber den ausgewachsenen Mann nicht zu lieben vermochte. Er war nie imstande, sich selbst in ihm zu sehen, obwohl die Ähnlichkeit für alle anderen auf der Hand lag.

Also kam der Priester und danach war das Grüne Land für immer gespalten.

Zweitens. Leif berichtete uns in jener Festnacht in Brattahlid von seiner Reise und wir erfuhren, warum sie so lange gedauert hatte. Er verließ Norwegen ein Jahr zuvor Anfang Juli und er brach auf, um zu tun, was Bjarni getan hatte – nur vorsätzlich. Er rüstete sein Schiff aus und versorgte es mit Proviant, und nachdem er in Bergen abgelegt hatte, segelte er zunächst zu den Hebriden, wo er in einer Angelegenheit zu tun hatte, die ich dir gleich beschreiben werde, und von dort direkt nach Westen. Das Schicksal war ihm günstig, wie immer. Selbst die Westwinde ließen ihm die Vorfahrt. Drei Wochen lang segelten sie über das offene Meer, ohne das geringste Anzeichen von Land. Wer außer ihm könnte eine Mannschaft so weit aus der bekannten Welt führen und ihr am Ende der Fahrt Sicherheit in Aussicht stellen? Doch Leifs Glück hielt an. Er fuhr so weit nach Süden, dass nachts die Sterne zu sehen waren, und die Sonne schien fast jeden Tag, so klar blieb das Wetter.

Nach drei Wochen fanden sie Bjarnis Land. Leif hat es folgendermaßen beschrieben:

»Als Erstes sichteten wir das Land, das Bjarni zuletzt erreicht hatte. Es war ein unwirtliches Land. Gletscher bedeckten die Berge und die Wind und Wetter ausgesetzte Küste war blanker Fels. Wir ankerten und gingen an Land, aber dort wuchs nichts, kein Grashalm. Aber immerhin waren wir an Land und das war mehr, als Bjarni getan hatte. Aber in Helluland, wie ich es genannt habe, lohnte es sich nicht zu bleiben, denn es bestand hauptsächlich aus nacktem Fels. Deshalb stachen wir wieder in See und folgten der Küste südwärts.

Unterdessen veränderte sich das Land. Die eisbedeckten Berge verschwanden und wurden von flachem, grünem Land abgelöst. Nach ein paar Tagen kamen wir an den längsten weißen Strand, den ich je gesehen habe. Wir folgten ihm meilenweit und legten schließlich an einer Stelle an, wo eine Landzunge in Form eines Schiffskiels eine Landmarke bildete. Wir überquerten den Strand und entdeckten ein flaches Land mit Wäldern und Sümpfen. Die Baumstämme waren nicht so groß wie in den norwegischen Wäldern, aber es gab sie im Überfluss, so weit das Auge reichte. Wegen der Bäume habe ich das Land Markland, Waldland, genannt. Wir gingen wieder an Bord und segelten weiter nach Süden.

Allmählich zog sich die Küste nach Westen. Dabei sichteten wir eine weitere Küste im Südosten, als liefen wir in einen großen Fjord ein. Da der Wind aus Nordost wehte, entschied ich, das weiter entfernt gelegene Ufer anzusteuern. Mitten im Fjord befand sich eine hohe Insel, die wir erkletterten. Von dort überblickten wir die gesamte Küste im Norden, von wo wir gekommen waren, und ein anderes lang gestrecktes Land im Süden. Wir segelten weiter und landeten schließlich an einem Strand, der so sanft ins Meer abfiel, dass unser Schiff schon weit draußen auf Grund lief. Wir wateten an Land und waren mit einem Mal in einem grünen Land mit natürlichen Weiden, Wiesen und Wald. Das Gras war saftig wie auf unseren Heuwiesen und voller Tau. Unsere Hände wurden nass, und als wir ihn probierten, schmeckte er süß wie Milch.

Eine Zeit lang haben wir die Umgebung erkundet und in einem Fluss in der Nähe Lachs entdeckt, außerdem Hinweise auf Wild im Wald. Mir schien, dass wir dort gut überwintern könnten, wenn wir den restlichen Sommer auf Jagd gingen und fischten, um im Winter etwas zu essen zu haben. Wir legten daher das Schiff aufs Trockene und bauten uns oberhalb des Strandes Unterstände. Anschließend begaben wir uns auf Nahrungssuche und bauten Häuser, die uns vor der Kälte im Winter schützen sollten. Ich teilte die Mannschaft in zwei Gruppen, so dass immer ein paar Männer unterwegs zur Jagd waren, während die anderen Häuser bauten.

Den Unfreien Tyrkir habe ich mit der anderen Gruppe geschickt, obwohl sie sich darüber beschwerten, dass er für die Jagd nicht tauge. Als sie am zweiten Tag ohne ihn zurückkehrten, war ich ihnen und mir böse. Er ist nicht so jung wie wir anderen und hätte diese Reise vielleicht gar nicht mitmachen sollen, doch er war mir seit meiner Kindheit ein treuer Diener und ich wollte ihn nicht verlieren.«

Aller Augen richteten sich auf Tyrkir, der hinter Leif stand, bereit, ihm den Becher mit Wein zu füllen. Der Mann schlug bescheiden die Augen nieder, doch Leif drehte sich um und rüttelte ihn an der Schulter. Er forderte ihn auf, mit der gebührlichen Achtung den Kopf zu heben.

»Sag ihnen, was du gefunden hast, Tyrkir.«

Der Deutsche erwiderte Leifs Lächeln und begann zu reden – selbstbewusster, als ich erwartet hatte. Obwohl er in einem nordischen Haushalt gelebt hatte, seit er erwachsen war, hatte er nie seinen schweren Akzent verloren, und es fiel schwer, ihm zu folgen. »Ich bin in einem Weinland geboren«, hob er an. »Im südlichen Rheinland. Mein Vater besaß einen Weinberg. Wein war für mich wie Milch, bis ich in diese gottverdammten Länder kam.«

Mein Vater sah mich über den Tisch hinweg mit hochgezogenen Augenbrauen an. Doch ich warf ihm nur einen kurzen Blick zu und beobachtete Leif. Es gefiel mir, dass dieser Mann ein so entspanntes Verhältnis zu seinem Lieblingssklaven hatte. »Und dann ans Ende der Welt verschleppt zu werden und in einem unwegsamen Land wie ein Wolf Nahrung suchen zu müssen!« Tyrkir zuckte mit den Schultern. »Da kam ich nicht mit. Die jungen Männer, die auf die Jagd gehen, laufen und kämpfen sich durch Wälder und Dickichte und klettern Klippen hinauf und hinunter. Das ist nichts für mich. Ich fiel hinter ihnen zurück und begann mich umzuschauen. Und da sah ich etwas, was den anderen in ihrer Hast entgangen war. Beeren. Ich habe noch nie solche Beeren gesehen, wie sie in Leifs neuem Land wachsen. Alle möglichen Sorten. Ich habe sie vorsichtig probiert und wieder ausgespuckt für den Fall, dass sie giftig waren. Dann fand ich Trauben.« Er sah uns der Reihe nach an und genoss diesen Augenblick offenbar. »Ja, Trauben. Nicht solche wie bei uns im Rheinland, das kann ich euch versichern, aber die Früchte sahen genauso aus, große blaue Beeren in dicken Trauben an Büschen. Die Blätter und Stämme waren anders, aber der Geschmack war mir so vertraut, obwohl es inzwischen dreißig Jahre her ist, seit ich frische Trauben gegessen habe. Deshalb füllte ich meine Kapuze mit Beeren und brachte sie Leif. Aber diese dicken Nordmänner haben immer noch nicht begriffen.« Er schenkte seinem Herrn ein Lächeln, bei dem er seine Zahnlücken entblößte. »Ich musste ihnen erklären, was es zu bedeuten hatte. Aber sobald Leif verstanden hatte, begann er zu handeln. Wir hatten Fässer mit Korn und Salz an Bord. Den

Inhalt schütteten wir in Gruben und ich zeigte den Männern, wie sie die Trauben pflücken und pressen mussten, und dann dichteten wir die Fässer so gut wie möglich ab und ließen den Saft gären. Wein sollte älter sein als ein Jahr und ich hatte nicht alles zur Verfügung, was ich brauchte. Vor allem Eisenbänder wären gut gewesen. Die nächste Ernte aus Vinland wird besser, das verspreche ich euch.«

»Vinland!« Zum ersten Mal hatte Thorstein das Wort ergriffen. »Habt ihr es so genannt?«

»Ja«, sagte Leif. »Das ist mein neues Land, eine Verheißung, mit Wein besiegelt. Das Land hier ist grün und hat gute Weiden, aber mein Land hat alle Früchte der Erde.«

Eirik warf ihm einen finsteren Blick zu. »Und wie war der Winter?«

»Milder als hier«, sagte Leif herablassend. Plötzlich erkannte er, dass er vielleicht zu weit gegangen war, stand auf, nahm Tyrkir den Weinkrug aus der Hand und bediente seinen Vater eigenhändig. »Du wirst uns auf unserer nächsten Reise führen, nicht wahr?«

»Nein, das werde ich nicht«, sagte Eirik. Aber die Zornesröte wich bereits aus seinen Wangen. »Mir ist nicht bestimmt, mehr als das Land zu entdecken, in dem wir uns jetzt niedergelassen haben. Aber du wirst es fortführen, mein Junge, du machst weiter.«

Leif, der immer dann taktvoll war, wenn es zu spät war, schaute daraufhin von seinem Vater auf seine Brüder. Thorstein war rot angelaufen und schaute finster drein; Thorvald schlürfte seinen Wein und starrte die gegenüberliegende Wand an. »O ja«, sagte Leif zuversichtlich. »Das werden wir sicher. Alle drei, wir machen weiter.«

Und das bringt mich auf die dritte Sache.

Mir war zunächst nicht aufgefallen, dass nicht alle fremden Männer im Langhaus zu Leifs Mannschaft gehörten.

Nachdem Leif seine Geschichte erzählt hatte, prosteten sie einem Mann namens Thorir zu, den ich zu Leifs Männern gezählt hatte, und sprachen über sein glückliches Entkommen. Ich fragte Thorstein, der sich zu mir und meinem Vater gesetzt hatte, was das zu bedeuten hatte.

»Hast du das denn nicht gemerkt?«, fragte er. »Nein, nein, das da am Ende des Tisches sind nicht unsere Leute. Mein Bruder Leif hat sie auf den südlichen Schären aufgelesen. Sie waren zu nahe an der Küste gesegelt und liefen auf ein Riff auf. Thorir ist ein norwegischer Kaufmann. Er war schon einmal hier und kannte den Weg, doch sie gerieten in Stürme und wurden auf die Leeseite der Inseln getrieben. Thorir hatte nur die Wahl, an der günstigsten Stelle Schiffbruch zu erleiden. Doch das alles war Leifs Glück. Unsere Männer holten so viel Ladung von Bord, wie sie konnten, und natürlich gehört nach dem Bergungsrecht alles meinem Bruder. Die Hälfte hat er Thorir als Geschenk zurückgegeben. Auf diese Weise hat er seinen Profit eingestrichen und sich gleichzeitig den Ruf erworben, großzügig zu sein. Typisch.«

»Hält Thorir ihn für großzügig?«

»Was bleibt ihm anderes übrig? Mein Bruder hat ihm das Leben gerettet, und statt all seinen Besitz zu verlieren, verlor er nur die Hälfte.«

Leif der Glückspilz. In jenem Herbst hörten wir nichts anderes. Aber ich habe dieses Glück kennen gelernt, Agnar. Ich habe erfahren, was es wirklich bedeutete. Niemand hat je geglaubt, dass Leif Böses im Schilde führte, doch das Glück, das er brachte, war zweischneidig. Nicht für ihn, nein, Leif Eiriksson war unter einem günstigen Stern geboren. Er segelte durch das Leben, doch alle, die ihm folgten, hatten in seinem Fahrwasser zu kämpfen, und ich kann dir sagen, es war eine beschwerliche Reise. Thorstein hatte Recht; Leif war auf seine Weise großzügig, noch wichtiger aber war sein Ruf, großzügig zu sein. So machte er seinen Gewinn und die Menschen liebten ihn darum nicht weniger. Genauso war es, als er Karlsefni die Häuser in Vinland lieh. Großzügig, gewiss, doch für uns ein zweischneidiges Geschenk.

Dasselbe geschah mit Thorir. Leifs Rettungsaktion war erstaunlich, und ob es nun aus Großmut geschah oder weil ein schiffbrüchiges Handelsschiff für jeden Opportunisten großen Wohlstand bedeutete, das überlasse ich dir zu beurteilen. Er segelte nahe an eine Leeküste heran, doch er hatte den großen Vorteil zu wissen, wo die Riffe lagen. Er ließ die Männer an den Rudern, um sein Schiff frei schwimmen zu lassen, warf eine Leine ans Ufer und holte Männer und Ladung in sein Schiff und in Thorirs Boot. Ein solches Risiko hätte kaum ein anderer auf sich genommen und kaum einer wäre mit heiler Haut davongekommen. Aber Leifs Glück brachte Thorir nichts Gutes und Brattahlid noch weniger. Diese Männer schleppten eine Krankheit ein. Leifs große Geste kostete in jenem Winter fünfzig Menschen das Leben. Thorir war einer der Ersten, der krank wurde und starb. Er bekam zunächst Hautausschlag, dann konnte er kein Wasser lassen und schwoll an wie ein Bofist. Thjodhild sagte, er sei so heiß gewesen, dass Butter auf seiner Haut schmolz. Tagelang rang er mit dem Tode und am Ende fiel er in einen Fieberwahn und fürchtete sich, denn er sah die neun Schicksalsgöttinnen, die anzüglich grinsend und kichernd über seinem Bett schwebten.

Der größte Teil von Thorirs Mannschaft starb und die Krankheit breitete sich in der Siedlung aus. Thorstein kam auf einem Schlitten zu uns herüber und rief uns von weitem zu, er wolle nicht hereinkommen. Ich unterhielt mich von der Türschwelle aus mit ihm. Er warnte uns, wir sollten uns den Winter über von Brattahlid fern halten. Wir folgten seinem Rat und sahen Eiriks Familie erst im Frühjahr wieder.

So kam es, dass ich von der vierten Sache erst erfuhr, als der Schnee schmolz und das Packeis knirschend im Fjord vorüberzog. Wieder war es Thorstein, der zu uns herüberkam. Mein Vater schimpfte mit ihm, weil er über das brüchige Eis gekommen war, hieß ihn jedoch willkommen, als Thorstein ihm mitteilte, die Krankheit sei mit der winterlichen Dunkelheit verschwunden. Das stimmte natürlich nicht. Es war eine hartnäckige Krankheit, die sich seither im Grünen Land eingenistet hat. Ein Geschenk von Leif hat, wie du noch hören wirst, mein Leben vollkommen verändert.

Ich hatte gehofft, Leif würde persönlich kommen. Er hatte mir zwar nur wenig Beachtung geschenkt, doch als wir uns kennen lernten, hatte er so viele andere Dinge im Kopf. Er hatte mich ein- oder zweimal anerkennend angeschaut, dachte ich. Doch Thorsteins Neuigkeiten bereiteten allen Tagträumen, denen ich in der langen Einsamkeit des Winters nachgehangen hatte, ein jähes Ende.

»Leif hatte eine heftige Auseinandersetzung mit meinem Vater, kurz nachdem ihr in Brattahlid wart. Das ist nichts Neues; meine Familie streitet sich immer, aber wir kommen schnell wieder darüber hinweg. Wenn jemandem etwas zustößt, helfen wir uns bis in den Tod.«

»Dessen bin ich mir sicher.«

»Eirik hat mit Leif über dich gesprochen«, sagte Thorstein. »Weißt du, dass er ihm befohlen hatte, dich zur Kenntnis zu nehmen, als du zum Fest kamst?«

Mein Vater richtete sich auf seiner Bank kerzengerade auf. »Eirik hat also mit ihm gesprochen?«

»Ich weiß nicht, was er gesagt hat«, berichtete Thorstein missmutig. »Wenn Leif nach Hause kommt, scheint mein Vater zu vergessen, dass Thorvald und ich existieren. Doch welchen Plan Eirik auch hatte, er kam nicht zum Tragen. Ich dachte, es ist besser, wenn ihr es wisst. Mein Bruder Leif ist auf seinem Rückweg von Norwegen auf den Hebriden an Land gegangen und hat dort die Tochter eines Häuptlings verführt. Ich weiß nicht, was er ihr versprochen hat, aber er hat sie schwanger zurückgelassen. Sie besteht darauf, mit ihm verlobt zu sein, und hat damit gedroht, dass ihre Brüder ein Schiff ausrüsten und sie zum Grünen Land bringen, mitsamt ihrem Kind.«

»Na und?«, fragte mein Vater ungehalten. »Jeder Mann, der einmal in die Ferne gesegelt ist, kann dieselbe Geschichte erzählen. Was kümmert uns ein irischer Häuptling? Er könnte sie doch als Leibeigene nehmen und damit wäre alles geregelt!«

»Du verstehst meinen Bruder Leif nicht.«

»Ich habe ihn gesehen. Ich kann nicht glauben, dass er sich von einem Mann bedrohen ließe.«

»Da liegst du richtig. Von einem Mann nicht. Aber Thorgunna, diese Frau, ist eine Hexe und sie hat ihm prophezeit, dass ihr Kind sie rächen wird, wenn er ihr Unrecht zufügt. Das Kind werde ganz bestimmt hierher kommen, wenn es ihr schon nicht gelänge, und wenn eine andere Frau den Platz seiner Mutter eingenommen habe, werde sie, Thorgunna, es sofort erfahren. Und sie hat geschworen, dass keine Frau, die Leif heiratet, ihre Wehen überleben, geschweige denn ein lebendes Kind zur Welt bringen würde.«

Entsetzt bekreuzigte ich mich. »Wie konnte sie so etwas tun?«, flüsterte ich. »Welche Macht hat sie?«

»Leif scheint sich ihrer Macht sehr sicher. Wir haben darüber gesprochen. Kein Mann könnte meinem Bruder je Angst einjagen – er hat auch jetzt keine Angst. Aber er hat ernsthafter als je zuvor mit mir geredet und er sagte, es sei besser für ihn, nicht zu heiraten, solange diese Sache über ihm schwebte. Er wolle niemanden zur Frau nehmen, bis dieser Junge gekommen sei, und dann könne er immer noch sehen, wie die Dinge liegen. Aber wenn Thorgunna gehofft hatte, ihn so einzufangen, dann hat sie den falschen Weg eingeschlagen. Ich kenne Leif. Sie hat sein Glück ins Wanken gebracht und das verzeiht er ihr nicht. Ich bezweifle auch, dass er sie je wiedersehen wird.«

»Das ist ein furchtbares Schicksal für einen jungen Mann«, sagte mein Vater. »Und Leif ist in dem Alter, in dem er eine Frau braucht.«

»An Frauen wird es ihm nicht mangeln, falls dir das Sorgen bereitet.« Thorstein lachte kurz auf. »Aber er ist wütend. Er will einen Erben. Und mein Vater auch. Und nachdem Eirik seine Wut an Leif ausgelassen hatte, fiel ihm ein, dass er noch zwei Söhne hat.«

Ich dachte an die Frau, die einen solchen Fluch ausgesprochen hatte, und fragte mich, wie sie es wohl angestellt hatte. Es musste ein mächtigerer Zauber sein als alles, was mir bekannt war, allein schon, wenn er eine so große Entfernung überwand. Halldis hatte mir natürlich keine schwarze Kunst beigebracht, ich wusste also nicht viel darüber, wie man jemandem Schaden zufügte. Jung wie ich war, dachte ich, Thorgunna müsse eine böse Frau sein. Ich habe sie nie kennen gelernt; ich habe ihren Namen kaum ein zweites Mal vernommen, denn es brachte kein Glück, wenn man in Brattahlid über sie sprach. Doch heute, nach all den Jahren, fühle ich mich jener Frau seltsam verbunden, die so viel Macht besessen hat und doch nicht bekam, was sie wollte. Sie muss verzweifelt gewesen sein, Agnar, was meinst du? Vermutlich hat sie Leif geliebt. Warum hätte sie sonst alles ihr Mögliche getan, damit er sie mit nach Grönland nahm? Keine Häuptlingstochter, die bei Verstand ist, würde aus ihrer eigenen Welt in das Land eines fremden Mannes gehen wollen, unter Menschen, die ihr Volk verachteten und sie für Sklaven hielten. Jedenfalls hat ihr Fluch letzten Endes nichts bewirkt. Ich glaube, sie ist ein paar Jahre später gestorben, und natürlich hat Leif geheiratet. Thorkel, der heutige Anführer in Brattahlid, kam neun Monate später zur Welt. Leifs Glück hielt also an. Leif war ein sehr attraktiver Mann, Agnar. Ich glaube, das habe ich noch nicht erwähnt. Aber mein Glück war, dass ich nie mit ihm verheiratet war. Er wurde mein Bruder und kein anderer Mann hat je eine Schwester besser behandelt. Leif wusste genau, was er seiner Familie schuldete. Ich würde es jederzeit wieder vorziehen, mit ihm verwandt statt mit ihm verheiratet zu sein. Als junges Mädchen sah ich einen gut aussehenden Mann, der sich bewährt hatte, neben zwei jungen Männern, die nichts vorzuweisen hatten. Ich hätte Leif haben wollen, wenn es möglich gewesen wäre, aber jetzt ist mir klar, dass das ein Irrtum gewesen wäre.

»Woher weiß sie«, fragte ich Thorstein, »dass das Kind ein Junge wird? Wenn sie wirklich verlobt sind, dann dürfte er der Erbe deines Vaters sein.«

»Sie sind nicht verlobt«, sagte Thorstein kurz angebunden. »Außerdem wird der Junge – und sie hat Leif gesagt, es würde bestimmt ein Junge – niemals unser Erbe.«

»Kann sie euch alle nicht dafür verfluchen?«

»Sie hat nichts von mir in der Hand«, sagte Thorstein. »Wie kann sie mich dann mit ihrem Zauber treffen?«

Das stimmte wohl. Von Leif besaß sie vermutlich genug, um ihn sogar im Grünen Land zu erreichen. Eine Locke von seinem Haar vielleicht, ein Hemd, ein Ring, wer weiß? Doch von Thorvald und Thorstein wusste sie womöglich nicht einmal, dass es sie überhaupt gab. Ihr Zauber konnte niemals so weit reichen. Und doch habe ich heute meine Zweifel. Damals hielt ich die Welt für sehr groß. Doch jetzt bin ich mitten in ihrem Zentrum, und wenn ich morgens erwache, habe ich zuweilen das Gefühl, als müsse ich nur die Hand ausstrecken, um Zeit und Raum zu überwinden. Es würde mich nicht überraschen, wenn Karlsefni plötzlich neben mir läge und ich das Heulen der eisigen Winde von Vinland über das winterliche Eis ins Landesinnere vernähme. Das alles trage ich ständig in mir und manchmal scheint es mir näher als das, was man das Hier und Jetzt nennt.

»Ich will ehrlich sein«, sagte Thorstein und räusperte sich. Er schaute weder meinen Vater noch mich an und beeilte sich vorzubringen, was er zu sagen hatte. »Ich weiß, worauf du gehofft hast, Thorbjörn. Ich weiß, was du mit meinem Vater ausgehandelt hast. Ich weiß, dass Eirik Gudrid als Schwiegertochter haben will. Während ihr alle an Leif gedacht habt, habe ich gewartet. Aber Leif wird jetzt jahrelang nicht heiraten. Keine Frau würde einen solchen Fluch riskieren und kein Mann würde es von ihr verlangen.«

»Jede Frau geht dieses Risiko ein«, entgegnete mein Vater wider Erwarten. »Jeder Mann, der sie heiratet, verlangt das von ihr.«

Thorstein hörte ihm nicht zu. »Ich würde es nie verlangen. Ich habe mich nicht so bewährt wie Leif, aber ich bin einer von Eiriks Söhnen und ich habe nichts getan, was ihm zur Schande gereicht, und ich werde noch viel mehr tun, um seinen Ruf zu verbessern, das verspreche ich. Ich bin einer der Erben dieses Grünen Landes, und im Gegensatz zu meinem Bruder kenne ich Gudrid und ich will sie zur Frau nehmen.«

Nun, ganz so einfach war es natürlich nicht. Es dauerte lange, bis mein Vater sich entschieden hatte. Er hatte den Verdacht, die Geschichte von Thorgunna könnte eine List sein, um ihn zu beeinflussen. Doch als das Eis schmolz und wir wieder über den Fjord segeln konnten, führte Thorbjörn lange Unterredungen mit Eirik, mit Thjodhild, mit Thorstein und sogar mit Leif. Er ließ sich nie gänzlich davon überzeugen, dass Leifs Angst vor Hexerei wirklich echt war, doch er vergewisserte sich, dass Leif als Schwiegersohn nicht zu haben war, aus welchem Grund auch immer. Indessen belagerte Thorstein unser Haus, bis es Zeit war, nach Norden auf die Jagd zu gehen. Im Herbst kehrte er zurück, ausgemergelt und zäh, mit einer Bootsladung Fell von Bären, Karibus, Mardern und Füchsen, Stoßzähnen von Narwalen und Walrossen sowie ebenso viel Fleisch. Das alles brachte er auf direktem Weg nach Stokkanes und legte es meinem Vater zu Füßen. Mein Vater bewirtete ihn großartig und hörte sich seine Geschichten von fernen Gegenden und den Spuren unheimlicher Bewohner an, die ihre Steinhaufen an den entlegenen Küsten des unbewohnten Nordens hinterlassen hatten. Auch ich hörte zu und nahm Thorstein genau in Augenschein, während er mit meinem Vater redete. Mir schien, als wäre er im Laufe des Sommers älter geworden. Er redete nicht viel über seine Familie und der gefährliche Zauber menschenleerer Gegenden haftete ihm noch an wie etwas Neues und Begehrenswertes. Das alles fiel mir auf und ich dachte an das, was ich meinem Vater nach diesem Gespräch sagen würde, unabhängig davon, ob er mich nach meiner Meinung fragte oder nicht.

21. Juli

Es ist Juni. Die Flut hat fast ihren Höhepunkt erreicht. Das Meer wogt über schmelzendes Eis, das den Strand säumt. Gudrid ist dieser Anblick inzwischen ebenso vertraut wie der Anblick des Gletschers von Arnarstapi. Manchmal ist Brattahlid nicht zu sehen, verloren in Nebel, Zwielicht oder Regen; zuweilen sind die Berge eine dünne graue Linie am Horizont. Dann wiederum ist das gegenüberliegende Ufer eine purpurne Silhouette. Und es gibt Tage wie diesen, an denen das Land auf der anderen Seite des Fjordes nur einen Steinwurf entfernt scheint. Gudrid sieht jede Vertiefung im Berg, jeden Fels und jedes Gebüsch auf der Weide, während das Morgenlicht an jeder Erhebung lange Schatten wirft. Sie sieht vereinzelte Häuser und die Grassodendächer von Eiriks Anwesen, die Rinder, die schon zwischen den Schneeflecken grasen. Sie hört die Hunde bellen und einen Mann rufen. Eis säumt das Ufer, doch im tiefen Wasser des Fjordes hat sich ein dunkler Kanal aufgetan und der Weg nach Süden zum offenen Meer ist frei. Unterhalb des Strandes ist Eis aufgebrochen worden, um einen Weg ins schwarze Wasser freizulegen.

Leifs Schiff war mit Hilfe von Rundhölzern auf zerstampftem Eis und Kies über den Strand gezogen und zu Wasser gelassen worden. Das Meer hebt und senkt sich schwerfällig, denn in der Brandung bricht knirschend das Eis. Das Schiff wirkt winzig, zerbrechlich wie Kinderspielzeug, aus einem Stück Treibholz geschnitzt und mit einer Hand voll ausrangierter Wolle als Segel ausstaffiert. Vor der Masse der fernen Berge und angesichts des Ozeans jenseits des Fjordes scheint die Verheißung unwirklich. Dennoch wird das Versprechen Jahr für Jahr gehalten. Das Schiff erscheint fragil wie die Träume seiner Besatzung, dennoch kommt es durch. Leifs Schiff hat inzwischen eine unsichtbare

Linie über die Welt gezogen, von Island über Grönland nach Norwegen, zu den Hebriden, nach Vinland und wieder nach Grönland, ein feiner Faden, der die Weltenteile miteinander verbindet.

Leifs Schiff ist ein nordischer Knorr, ein stabiles Handelsschiff mit hohem Bordrand und in Klinkerbauweise, bei der sich die Planken überlappen. Vorn und achtern hat es einen hohen, geschnitzten Schnabel. Es übersteht die Wucht des Ozeans, indem es sich anpasst. Seine Form macht es geschmeidig und die Querhölzer sind durch elastische Materialien mit den Planken verbunden. Bei günstigem Wind segelt es rasch dahin; bei Gegenwind ist das viereckige Segel allerdings schwer zu handhaben; das Schiff muss mit dem Wind drehen oder abwarten, bis er wieder aus der richtigen Richtung weht. Auch die überschaubare Größe des Knorrs ist ein Zugeständnis an die Elemente; das Schiff kann die Dünung glatt überwinden, das Wasser abschütteln und auf seinem unsichtbaren Kurs bleiben.

Der Knorr ist der Traum aller Männer; Schiff und Traum haben sich gegenseitig erschaffen. Es ist Leifs Schiff, doch Leif bleibt in diesem Jahr zu Hause, um die Rinder seines Vaters zu hüten und die Jagd in den hohen Norden anzuführen. Vielleicht hat er auch eigenen Angelegenheiten nachzugehen. Sein Vater ist ihm böse wegen der Frau, die ihn verhext hat, und wegen des Priesters aus Norwegen, der alles daransetzt, Leifs Mutter zu verhexen. Eirik hat häusliche Probleme und Leif ist sich bewusst, dass er zu Hause bleiben und seine Position stärken muss.

Doch Leif ist stets großzügig. Den ganzen Winter über wurden in Brattahlid die Möglichkeiten erörtert, die Leifs Entdeckung von Vinland eröffnet hat. Falls die Siedlungen ihren Bedarf in Vinland decken könnten und Eiriks Familie das gesamte Land unter Kontrolle hätte, dann würde Grönland ihnen für alle Zeiten gehören. Gäbe es in Vinland Wein und Bauholz für Island, zusätzlich zu den Gewinnen aus der Jagd im Norden, dann wäre Eiriks Familie die reichste auf der ganzen Welt. Alles, was das Erdenleben zu bieten hat, gehört ihnen, aber es ist wichtig, dass sie sich nicht streiten. Leif war immer von allen der

Großzügigste. Er hat angeboten, sein Schiff und seine Hütten in Vinland seinem Bruder Thorvald auszuleihen – wohlgemerkt, zu borgen, nicht zu schenken. Deshalb stechen Thorvald und seine Mannschaft heute vom Eiriksfjord aus in See. Die Durchfahrt ist frei, der Wind günstig.

Gudrid sieht das Schiff wie einen schwarzen Fleck in trübem Wasser voller Packeis vor Anker liegen. Sie strengt die Augen an. Boote fahren hin und her, um das Schiff zu be- und entladen. Von ihrem Standpunkt aus kann sie niemanden erkennen, aber Thorvald ist gewiss bereits an Bord, und Thorstein und Leif werden dort bei den Booten sein und Eirik wird sie vom Ufer aus dirigieren. Die Frauen werden von der Siedlung aus zuschauen und so tun, als gingen sie ihrer täglichen Beschäftigung nach, als ginge nichts Außergewöhnliches vor. Selbst eine christliche Frau wie Thjodhild behält an einem solchen Tag ihre Gebete für sich. Beim Stapellauf haben neue Götter nichts verloren. Falls Gudrid für Thorvald betet, so betet sie im Stillen. Sie ist sich ihrer Macht nicht sicher: Sie kann nur einen Wunsch äußern, der weder Gebet noch Magie ist. Er ist der einzige Sohn Eiriks, den sie nicht als Ehegatten in Betracht gezogen hat, aber er soll ihr Bruder werden, und er und Thorstein haben sie einst mit gierigen Blicken verschlungen, als sie die beiden noch nicht auseinander halten konnte. Sie wünscht ihm alles Gute.

Die Ebbe setzt ein. Eisstücke bröckeln am Ufer und ziehen mit dem Strom, der nach Süden aus dem Fjord hinausfließt. Die Sonne steht hoch. Langsam wird das Rahsegel gehisst. Gudrid kneift die Augen zusammen. Das Schiff legt ab, fährt durch das gebrochene Eis ins dunkle Wasser, wird dort vom Ebbestrom erfasst. Der Windzug, der vom Gletscher herabweht, füllt das Segel. Das Schiff wendet nach Süden und nimmt Fahrt auf.

Es ist so heiß heute, Agnar. Ich kann nicht einmal draußen im Schatten des Kreuzgangs sitzen. Hier drinnen ist es wenigstens etwas kühler. Das erinnert mich an Vinland. Auch dort war es heiß im Sommer und die Insekten waren eine Plage. Ich weiß noch, dass ich ins Wasser gesprungen bin – ins Meer, kannst du dir das vorstellen? –, um vor der Hitze und den Insekten Reißaus zu nehmen. Sie waren schlimmer als die Mücken in Rom. Wenn ich die Augen aufschlage, schmerzt mich die Helligkeit, die Wände blenden mich, wenn ich vorbeigehe. Abends gehe ich ein Stück zu Fuß, aber selbst dann strahlt jedes Gebäude noch die Hitze des Tages aus. Unter den Bäumen ist es kühler, nur ist der Boden so weiß und trocken. Wie kann darauf überhaupt etwas gedeihen? Du denkst sicher, ich klage zu viel. Und ich gebe zu, das Essen wiegt alles wieder auf. Pfirsiche und Aprikosen – hast du sie gekostet, Agnar? Ja? Dann ist das Klosterleben wohl doch nicht so enthaltsam? Bei weitem nicht? Wirklich? Sag mir, was ihr zu essen habt.

Wein auch? Welche Sorten denn?

Ja, wir haben Wein aus der Toskana hier im Gästehaus. Das sind die besten? Man hat mir gesagt, die Weinberge hier in Rom seien nicht sehr gut. Natürlich kam der erste Wein, den ich je getrunken habe, aus Vinland, wo die Trauben anders sind. Ich glaube daher nicht, dass ich einen erlesenen Geschmack entwickelt habe. Diese Dinge sind hier so viel wichtiger als auf Island. Würde dir dieser Luxus dort fehlen? Dir würde die Sonne mehr fehlen? Schon möglich. Heute habe ich hier gesessen und mir kaltes Wasser vorgestellt, weiße Flüsse und die klare Luft des Nordens, einen leuchtenden, vom Regen sauber gewaschenen Himmel, nicht dieses ausgedörrte Blassblau. Aber wenn ich wieder zu Hause bin, werde ich mir in Erinnerung rufen, dass es Tage gegeben hat, an denen mir viel zu warm war, und ich werde mir vorstellen, wie das wohl gewesen ist. Ich verrate dir etwas über dieses Klima:

Es vertreibt die Schmerzen in meinen Gliedern. Vermutlich gibt es hier auch Rheuma. Die Alten schrumpeln wie Rosinen, aber ich sehe nicht so viele Krüppel. Kann das sein?

Ja, die Jungen sehen so gut aus. Es muss doch schwer für dich sein, Agnar, die vielen herrlichen, braunäugigen Mädchen auf der Straße zu sehen und mit keiner ins Bett gehen zu können. Oder?

Stimmt, das geht mich nichts an. Aber ich habe gestern eine junge Frau beobachtet, wie sie mit einem Wassertopf nach Hause ging. Sie zeigte mir mehr Haut, als ein nordisches Mädchen es je wagen würde; sie war braun gebrannt und sah gesund aus und schritt mit dem Topf auf der Schulter wie eine Königin einher. Da habe ich mir einen Moment lang gewünscht, meine Jugend wäre sonniger gewesen. Ich neige nicht zu Selbstmitleid, doch seit ich hier bin, hat es Augenblicke gegeben, in denen ich gedacht habe, dass meine Kindheit schwer war. Meinst du nicht auch?

Mein Lieber, ich will nicht, dass du Mitleid für mich empfindest! Gott bewahre! Ich war immer in der Lage, für mich selbst zu sorgen. Außerdem hatte ich ja Karlsefni. Ich weiß nicht, ob ich dir verständlich machen kann, was das bedeutete. Kann ich ihn vor deinem geistigen Auge erstehen lassen? Ich weiß nicht. Er war ein Nordmann durch und durch, ein Isländer ohnegleichen, aber er hatte einen gewissen Blick, wie man ihn auch hier in Rom antrifft. War es sein Lächeln? Er konnte raffiniert sein und nicht jeder traute ihm über den Weg. Er hatte eine Art, mich anzuschauen, dass mir die Haut vor Verlangen kribbelte. Thorvald und Thorstein waren lüstern und räuberisch, aber Karlsefni war anders. Er mochte Frauen. Nicht nur das Geschlechtliche, nein, er mochte die Frauen an sich. Verstehst du, was ich meine?

Ich glaube, dir hätte Karlsefni von allen am besten gefallen. Und Karlsefni hätte Rom genossen. Er hätte zu schätzen gewusst, was du mir vom Wein erzählt hast. Womöglich hätte ihm sogar die Hitze gefallen. Er war nie faul, aber wenn es nichts zu tun gab, genoss er das Nichtstun. In Vinland haben wir zuweilen die Nachmittage verschlafen, so wie es hier üblich ist. Leif hätte seine Männer niemals tagsüber schlafen lassen, aber Karlsefni hat es erlaubt und er hat dennoch immer alles erreicht, was er sich vorgenommen hatte.

Ich wünschte, ich könnte einfach vorgreifen und dir von jener Zeit erzählen, doch der andere Teil kommt zuerst. Es ist eine schlimme Geschichte, Agnar. Und vielleicht ist es gut, dass der Sonnenstrahl dort durch die Tür fällt. Vielleicht ist es gut, dass ich Staub und Zypressen rieche und die Fliegen an der Decke summen höre. Es tröstet mich, weiche italienische Stimmen im Kreuzgang zu hören. Bald, wenn die Abendmahlzeit angerichtet wird, duftet es nach Essen. Zuerst nach Olivenöl, dann nach Zwiebeln. Ich freue mich über all diese Dinge, Agnar, denn jetzt müssen wir an einen ganz scheußlichen Ort gehen.

In dem Sommer, als Thorvald fortging, wurde ich zu Lammas, dem Erntefest, mit Thorstein vermählt. Er zog zu mir und meinem Vater nach Stokkanes. Du wunderst dich vielleicht, warum wir nicht in Brattahlid blieben, aber der Haushalt dort war immer groß, während mein Vater außer mir kein Kind hatte, und wenn ich ihn verlassen hätte, wäre keine Frau mehr da gewesen, die sich um Haus und Hof hätte kümmern können. Eigentlich hatte ich dort vom Tag unseres Einzugs die Zügel in der Hand gehalten. Damit meine ich nicht nur die Frauenarbeit; ich meine die gesamte Aufsicht über den Hof. Die Sklaven holten sich bei mir ihre Arbeitsanweisungen ab, sobald klar war, dass ich wusste, was ich tat. Ich wäre nicht glücklich gewesen, wenn Thorstein nach Brattahlid gezogen wäre. Dort war Thjodhild für die Frauenarbeit zuständig und ich hätte außerdem mit Freydis auskommen müssen. In Brattahlid gab es zu viele willensstarke Persönlichkeiten. Mein Vater Thorbjörn war mit der Zeit verträglicher geworden und ich wusste, wie ich mit ihm umzugehen hatte. Und ich liebte unser Anwesen.

Stokkanes gefiel auch Thorstein. Da er mit mir vermählt war, ging er davon aus, dass er es eines Tages erben würde, und zeigte Interesse am Hof. Ich glaube, auch er war froh, von seiner Familie fort zu sein. Wenn man der Jüngste ist, kann es sein, dass man sein Leben lang auf etwas wartet, was doch nie eintritt, wenigstens schien es in Eiriks Familie so zu sein. Thorstein träumte noch immer von einer weiten Reise, doch in der Zwischenzeit gab er sich damit zufrieden, im Winter bei uns zu leben und im Sommer zur Jagd in den Norden zu gehen.

Die Jagd im hohen Norden war der Schlüssel zu Thorsteins Seele. Das war so fern von häuslicher Frauenarbeit, dass es für mich unerreichbar war. Ich habe ihn einmal gefragt, was ihn denn am Norden so reize. Er dachte eine Weile nach und sagte dann: »Der Raum.« Das war merkwürdig aus dem Munde eines Mannes, der immer nur über die Jagd sprach und sich an Winterabenden keine bessere Unterhaltung vorstellen konnte, als mit anderen Jägern entsprechende Geschichten auszutauschen.

Er wollte eine Frau, weil er einen Erben und eigenen Besitz haben wollte. Er hat keins von beiden von mir bekommen, aber er war in den drei Jahren in Stokkanes auf seine Art glücklich, glaube ich. Danach schien es mir, als hätte ich ihn nie richtig gekannt, und selbst heute fällt es mir schwer, dir zu sagen, wie er war. Wir waren jung und heißblütig und fühlten uns zueinander hingezogen. Eine Zeit lang war ich zufrieden und mein ruheloser Körper hielt mich nachts nicht mehr wach. Zwischen uns ging nichts vor, was wir nicht im Bett hätten lösen können; erst später wurde mir bewusst, dass in der Lust keine Sicherheit liegt. Damals fühlte ich mich in seinen Armen geborgen, obwohl eine innere Stimme mir sagte, dass ich in einer ganz anderen Welt lebte als er und ein paar hundert Jahre älter war. Aber er war tapfer und tüchtig und er war sehr stark. Er gewann alle Ringkämpfe in Brattahlid. Ich glaube, er hätte auch Leif besiegt. Leif wollte aber nicht gegen ihn antreten, vermutlich aus genau diesem Grund.

Am nächsten fühlte ich mich ihm, wenn wir zusammen auf dem Hof arbeiteten. Das war meistens im Frühling, ehe er fortging, wenn die Schafe ihre Lämmer bekamen und die Kühe kalbten. Wir waren gute Geburtshelfer. Bei diesen Gelegenheiten liebte ich ihn mehr als im Bett, glaube ich. Im Bett hätte er ein Beliebiger sein können; aber wenn wir zusammen bei Tageslicht auf den Feldern waren, dann sah ich, dass es Thorstein war. Ich erinnere mich noch an sein Stirnrunzeln, wenn er mit einer Arbeit beschäftigt war. Er redete nicht viel, doch er war praktisch veranlagt und hatte ein Händchen für die Tiere. Diese Eigenschaft hat mir an einem Mann immer gefallen. Thorstein rettete eine unserer besten Milchkühe durch seine bloße Manneskraft. Das Kalb lag seitlich und er langte in die Kuh hinein, drehte das Kalb und zog es an den Vorderbeinen heraus. Ich habe das auch schon gemacht. Es kostet einige Kraft, wenn die Kuh nicht helfen kann. Aber Thorstein war zäh, obwohl er für sein Alter noch jung wirkte. Sein Haar dunkelte nie nach, sondern blieb hell wie Kinderhaar, und er hatte noch immer die Pausbacken eines Jungen. Man hat mir gesagt, er sei der beste Jäger im Grünen Land gewesen, und das bedeutet, der beste auf der Welt.

Ich habe ihm nie von den bösen Geistern erzählt, die mich in der Vergangenheit heimgesucht hatten. Ich habe nie mit ihm über die Dinge gesprochen, die ich von Halldis gelernt hatte. Thorstein hatte, wie alle Jäger, Respekt vor allem Unsichtbaren. Ich habe nie an seinem Mut gezweifelt; seine Gefährten erzählten mir genug von seinen Taten, doch mit der Zeit lernte ich seine persönlichen Ängste kennen. Ich wusste besser als irgendjemand sonst, dass er böse Träume hatte. Für gewöhnlich handelten sie von seinem Bruder Thorvald. So wenig Thorstein Leif liebte, so sehr liebte er Thorvald. Thorstein wusste, dessen bin ich mir sicher, dass sein Bruder dem Untergang geweiht war. Vielleicht wusste er schon beim Abschied, dass sie sich nicht wiedersehen würden. Natürlich sagte er dies nicht laut, da er nie etwas getan hätte, das dem Schicksal erlaubt hätte, seinen Bruder ins Verderben zu stürzen. Nur nachts wälzte er sich im Schlaf und rief seinen Bruder beim Namen. Ich vernahm dann ein Echo, als hörte ihn jemand in der Wand über seiner Bettstelle und verspottete ihn oder als käme seine Stimme von weit her. Er klang wie ein Ertrinkender und machte mir Angst. Doch am Morgen schien Thorstein sich nicht an seine Alpträume zu erinnern und ich fragte nie danach. Nur manchmal, wenn wir abends zu Bett gingen, klammerte er sich an mich mit einer Kraft, die nicht seiner Leidenschaft entsprang, und nahm mich mit Gewalt, als könnte er das, was die Einsamkeit der Nacht barg, damit abwehren.

Als Thorvalds Schiff am Ende des dritten Sommers mit der Nachricht von seinem Tod zurückkehrte, kam es für uns in Stokkanes nicht überraschend. Die Wolken hingen tief und wir hatten das Schiff nicht anlegen sehen. Erst als Leif zu uns kam, um Thorstein zu holen, hörten wir, was geschehen war. Hier das Wesentliche von Leifs Bericht:

Thorvald folgte Leifs Segelanweisungen und kam ohne große Schwierigkeiten nach Leifsbudir in Vinland. Das klingt so einfach – aber erst als ich die Reise selbst unternahm, lernte ich, was diese schlichten Sätze wirklich bedeuteten. Sie hatten vor Wintereinbruch nicht viel Zeit für die Jagd, aber sie hatten Glück beim Fischen und lebten daher in jenem Winter hauptsächlich von getrocknetem Fisch. Sobald das Eis im Frühjahr schmolz, ließen sie das Schiff zu Wasser und segelten nach Westen. Später erkannte ich, dass sie weit in den Straumfjord hineingefahren sein müssen, so wie Karlsefni später, und die Beschreibung, die ich von Leif vernahm, deckte sich mit dem, was wir vorfanden: ein warmes, bewaldetes Land mit langen Sandstränden, die zum Anlegen geeignet waren. Es gab keinerlei Hinweise auf Menschen, doch weit hinten im Straumfjord entdeckten sie ein schlichtes Gebäude, eine Art Trockenschuppen. Hätten wir nur gewusst, was das bedeutete! Aber damals waren wir ahnungslos; die neuen Länder erstreckten sich einladend vor unseren Augen.

Thorvald überwinterte wieder in Leifsbudir und im darauf folgenden Sommer segelte er ostwärts. Die Ostküste war rau und Wind und Wetter ausgesetzt. Ein kalter Strom führte Eisberge aus dem Norden mit sich, die das Segeln im dichten Nebel vor jenen Küsten zu einem Wagnis machten. Doch dann wurde die Landschaft lieblicher. Lange Fjorde zwischen bewaldeten Hängen reichten weit ins Land hinein. Inzwischen war Hochsommer, und weil ich es gesehen habe, weiß ich, was Thorvald an der Gegend so reizvoll fand. Offenbar hat er zu seiner Mannschaft gesagt: »Hier sind wir richtig. Hier baue ich meine Siedlung.«

So traf ihn sein Schicksal. Es war nicht in die Bestimmung unseres Volkes eingewoben, dieses Land zu bewohnen. Am

Tor zu diesem Land steht ein Engel mit Flammenschwert, und obwohl ein paar von uns die Schwelle überschritten haben, senkt sich das Schwert in dem Augenblick, in dem wir laut die Absicht äußern, dort sesshaft zu werden. Um uns davon abzuhalten, haben sie diese Welt mit Dämonen bevölkert, mit Halbmenschen, Kreaturen aus Jötunheim. Und dennoch, selbst als wir nach dem Abschlachten und Blutvergießen fortsegelten, schauten wir auf die grünen Ufer zurück und sahen sie, wie sie uns zuerst erschienen waren, ein Paradies. Aber wir waren ausgeschlossen.

Und Thorvald erging es ebenso. Als sie an jenem Abend weitersegelten, stießen sie auf drei Fellboote, die auf den Strand gezogen waren. Thorvald befahl seinen Männern, sich hinter den Bäumen zu verstecken und abzuwarten. Mit Anbruch der Dunkelheit kamen neun Wilde aus dem Wald. Sie schlenderten zu den Booten und trugen eigenartige Körbe auf dem Rücken. Irgendetwas muss ihr Misstrauen erregt haben, denn sie blieben plötzlich stehen, schnüffelten und schauten sich um. Thorvald gab das Zeichen und die bewaffneten Männer sprangen aus dem Wald. Die Wilden waren überrumpelt und es dauerte nicht lange, da waren acht von ihnen hingemetzelt. Einer war zu schnell. Er floh zu seinem Boot, das so leicht war, dass er es zu Wasser lassen konnte und verschwunden war, ehe man ihn fangen konnte. In den Körben war Honig und unsere Männer brachten ihn mit nach Hause. Leif gab uns etwas davon. Ich erinnere mich noch an den Geschmack; es war, als äße man die Sonne selbst.

Sobald es hell wurde, stieg Thorvald auf die Landzunge an der Mündung des Fjordes und sah, was er zuvor nicht bemerkt hatte: ein paar kleine Lichtungen an der Küste und kleine Buckel, die Hütten oder Boote hätten sein können. Vieh war nicht zu sehen. Vermutlich war sich Thorvald über die Hoffnungslosigkeit seiner Pläne kaum im Klaren. Ist erst einmal Blut vergossen, riechen es die Nornen und kommen dann schneller als der Blitz. Im Lager sanken die Männer tagsüber bei der Hitze in den Schlaf, denn sie hatten nachts kein Auge zugetan. Auch die Wachen schliefen ein. Die nachmittägliche Waldeshitze ist wie ein Zauberbann. Leif wollte herausfinden, welche Wachen auf ihrem Posten geschlafen hatten, um den Tod seines Bruders zu rächen, doch ich überredete ihn, es nicht zu tun, obwohl ich Vinland noch nicht kannte. Ich bin froh, dass er auf mich gehört hat; schließlich kannte er die Macht von Zauberbannen aus eigener Erfahrung.

Thorvald und seine Männer wurden von einer Stimme geweckt, die rief: »Wach auf, Thorvald! Wach auf und flieh! Rennt um euer Leben zu eurem Schiff und legt so schnell wie möglich ab!«

Mühsam rappelten sie sich auf und griffen nach ihren Waffen. Die Fellboote kamen über den Fjord wie ein Fliegenschwarm auf sie zu, der Aas gerochen hat. Thorvald und seine Männer erreichten das Schiff. Nicht der leiseste Windhauch regte sich. Also bemannten sie die Ruder und setzten sich langsam in Bewegung. Die Fellboote blockierten die Fjordmündung. Thorvald stellte Männer ab, die mit ihren Schilden den Bootsrand verteidigen sollten. Die anderen ruderten so schnell sie konnten. Die Wilden kamen längsseits und schossen mit Pfeilen, versuchten aber nicht, an Bord zu gelangen. So kam es, dass unsere Männer nicht kämpften, sondern nur unter dem Hagel von Pfeilen aufs offene Meer drängten. Sobald sie den Fjord verließen, drehten die Wilden ab.

Thorvald fragte, ob jemand verletzt sei. Niemand war ernsthaft verwundet. Es war Thorvald, der dann auf die Knie sank. »Mich hat es in der Achselhöhle erwischt«, sagte er.

»Nein, fasst mich nicht an. Da ist nichts mehr zu machen. Ihr könnt den Pfeil herausziehen, wenn ich tot bin, doch jetzt hört mich an.«

Sie legten ihn an Deck. Auf seinen Befehl hin versuchte niemand, die Wunde zu stillen oder den Pfeil herauszuziehen, was seinen sofortigen Tod bedeutet hätte. Thorvald flüsterte nur noch, denn seine Lunge füllte sich mit Blut. »Kehrt nach Leifsbudir zurück und versorgt euch mit Nahrung für den Winter. Im Frühling fahrt zurück nach Brattahlid, so schnell ihr könnt. Was mich betrifft, ich hatte Recht, als ich sagte, ich hätte den Ort gefunden, an dem ich für immer bleiben wolle. Bringt mich dorthin und begrabt mich. Stellt ein Kreuz an der Stelle auf und erzählt es meiner Mutter unter vier Augen. Und meinem Vater sagt, dass ich eines leichten Todes gestorben bin.«

So weit Leifs Geschichte. Thorvalds Mannschaft hatte dessen Befehle ausgeführt und war wohlbehalten nach Brattahlid zurückgekehrt. »Hat Thorvald mir keine Botschaft hinterlassen?«, fragte Thorstein.

»Nein, weder an dich noch an mich«, antwortete Leif.

Thorstein starrte ins Feuer. »Er wusste, dass es nicht nötig war«, sagte er schließlich. »Ich werde ihm folgen, Leif, ich werde den Ort finden, den er gewählt hat. Ich will ihn da draußen nicht allein lassen.«

»Du willst ihn doch nicht umbetten?«, fragte Leif verblüfft.

Thorstein schaute Leif merkwürdig abwesend an. »Umbetten? Wie meinst du das?«

»Unsere Mutter will, dass er hierher zurückgebracht wird.«

»Gegen seinen erklärten Willen?«

»Der Priester hat ihr gesagt, eine Seele sei verdammt, wenn sie nicht in christlichem Boden begraben wird.«

»Dann sind alle unsere Vorfahren verdammt?«, fragte ich.

Sie beachteten mich nicht. »Ich gebe zu, es ist keine besonders sinnvolle Idee«, sagte Leif. »Aber sie bittet uns darum.«

»Er hat es nicht gewollt«, sagte Thorstein. »Er hat gesagt, er will da draußen liegen. Aber ich werde ihn finden.«

»Und wie willst du das bewerkstelligen?«

»Leif, gibst du mir dein Schiff?« Thorstein legte seinem Bruder flehentlich die Hand aufs Knie. »Ich wusste, dass er nicht heimkommen würde. Ich wusste, dass es so enden würde. Ich muss gehen. Verstehst du das?«

Leif sah ihn nachdenklich an. »Um Thorvald zu finden oder ein neues Land?«

»Um Thorvalds Ruhestätte zu finden. Das ist dasselbe.«

Leif schüttelte den Kopf. »Ein treuer Bruder und ein geborener Gefolgsmann. Ist schon recht. Ich will dir mein Schiff nicht geben, sondern leihen. Ich leihe dir auch Leifsbudir, damit du in den Hütten überwintern kannst. Was willst du tun, wenn du Thorvalds Stätte erreichst?«

»Er hat die Stelle für eine Siedlung ausgewählt. Ich werde seinen Willen erfüllen.«

»Und die Wilden?«

»Ich werde vorbereitet sein.«

»Du wirst erst dann in Frieden leben, wenn du sie vernichtet hast.«

»Dann werde ich sie vernichten. Ein paar kleine Lichtungen, hast du gesagt? Das dürfte nicht allzu schwer sein.«

»Gib Acht, Thorstein, die Schicksalsgöttinnen haben gute Ohren.«

Dasselbe dachte auch ich und ich bekreuzigte mich.

»Eine Siedlung?«, fuhr Leif fort. »Bis dahin ist es ein langer Weg.«

»Das sagst ausgerechnet du, der du Leifsbudir gebaut hast!«

»Als Handelsposten.« Leif legte die Stirn in Falten. »Ich bin mir nicht sicher, ob Menschen in dieser Welt leben können.«

Thorstein wandte sich ihm zu. »Thorvald wollte dort leben! In Wahrheit willst du nicht, dass ein anderer es tut außer dir!«

»Nein.« Leif hatte als Einziger in der Familie ein ausgeglichenes Gemüt und das war gut so. »Nein«, wiederholte er geduldig. »Was ich besitze, teile ich mit meiner Familie. Aber ich will nicht beide Brüder verlieren.«

»Was hast du gemeint, als du sagtest, ich sei ein geborener Gefolgsmann?«

»Ich habe es nur gut gemeint. Thorstein, streite nicht mit mir. Ich leihe dir mein Schiff und Leifsbudir. Reicht dir das nicht? Wenn du sie nicht willst, nutze ich sie selbst. Ich habe jedes Recht dazu. Dein Glück liegt allein in deinen Händen; ich sage nur, dass du es dir gut überlegen solltest.«

Thorstein wandte sich plötzlich an mich. »Gudrid, der Hof deines Vaters hat uns beide gut ernährt. Jetzt bin ich an der Reihe. Willst du mit mir in ein neues Land gehen?«

»O ja.« Ich stimmte sofort zu, denn ich erkannte, dass mir all das bestimmt war. »Gewiss will ich das.«

24. Juli

Ehe ich Karlsefni kennen lernte, hat mich, sobald ich mich auf See begab, ein böses Schicksal verfolgt. Warum ich mehr als alle anderen dafür gestraft werden sollte, dass ich mich Wind und Wasser anvertraute, weiß ich nicht. Vermutlich stand noch vor meiner Geburt geschrieben, dass ich eine Landkreatur sein sollte. Das Grausamste war, dass es nie tödlich für mich ausging, sondern nur für die, die ich liebte. Deshalb habe ich zunächst so gezaudert, mit Karlsefni zu gehen. Nicht, dass ich nicht hätte bei ihm sein wollen, ganz im Gegenteil. Ich hatte Angst, dass ich ihn verlieren könnte, wenn wir uns dem Meer überließen. Er war für mich sicher das Beste, was das Schicksal für mich vorsah, nur die Vorstellung, ich könnte umgekehrt für ihn das Schlimmste sein, schreckte mich. Doch Karlsefni versicherte mir, sein Glück werde mein Pech überwiegen und der Fluch eines feindlichen Meeres sei ab sofort von mir genommen. Ich fürchtete, sein Selbstvertrauen könnte einen Rachegeist in Versuchung führen, doch er sollte Recht behalten. Seitdem ich mit ihm zusammen war, haben weder ich noch mir Nahestehende je wieder auf See gelitten. Und dazu habe ich in keiner Weise beigetragen. Ich habe eine gewisse Fähigkeit, was Unsichtbares betrifft, doch ich habe meine Grenzen, unter anderem die Meeresufer. Ich habe weder Macht über das Meer noch über das, was zum Meer gehört.

Aber ich greife vor. Thorstein ließ Leifs Schiff in jenem Winter sorgfältig instand setzen. Nach einer Reise von drei Jahren fielen einige Arbeiten an. Was zur Folge hatte, dass wir viel Zeit in Brattahlid verbrachten. Zum Glück war die Eisschicht in jenem Jahr dick und schon bald zog sich eine Schlittenspur, so breit wie eine römische Straße, von Stokkanes zu Eiriks Bootsschuppen. Ich habe ganz vergessen zu erwähnen, dass Thjodhild inzwischen ihre Kirche errichtet hatte. Sie war klein, nur ein paar Schritte in die Breite und in die Länge; die Grassodenwände nahmen beinahe so viel Raum ein wie das Innere. Die Kirche war so ausgerichtet, dass der Altar nach Osten blickte. Herjolfs Sklave hatte gesagt, die Kirchen in Europa müssten so gebaut werden, um nach Jerusalem zu schauen. Es war das einzige Gebäude in Brattahlid, dessen Tür nicht auf den Fjord ging. Stattdessen trat man aus der Kirche und sah den Wasserfall vor sich, wo der Fluss über eine kleine Klippe strömte. Thjodhild sagte, das sei richtig so – das Wasser der Taufe, des Lebens, solle am Eingang einer jeden Kirche sein. Wenn wir unsere Messe abhielten, ließen wir die Tür bei gutem Wetter offen, damit Tageslicht hereinfiel und das Rauschen des Wassers den Gesang des Priesters untermalte. Die Kirche versteckte sich hinter dem Kuhstall, damit Eirik sie vom Haus aus nicht sehen konnte. Thjodhild setzte alles daran, taktvoll zu sein, solange sie ihren Willen bekam. Sie versuchte auch, Leifs norwegischen Priester von Eirik fern zu halten, doch das war schon schwieriger, da der Mann schließlich auch essen musste.

Nun wollte sie, dass Thorstein die Leiche seines Bruders zurückbrachte, damit seine Seele durch ein Begräbnis auf geheiligtem Grund gerettet wurde. Eirik sagte, das sei Unsinn, sein Sohn solle in Frieden an der Stelle ruhen, die er selbst ausgesucht habe. »Welche größere Ehre kann einem Mann schon zuteil werden«, fragte er, »als ein neues Land sein Eigen zu nennen, ein Land, in dem Wein und Honig fließen? Ist Thorvalds Grab nicht ein größeres Denkmal zu Ehren seiner Taten als der höchste Grabhügel, der je aufgeschüttet wurde? Welcher Mann braucht sein gesamtes Hab und Gut mit sich im Grab, wenn er in seinem eigenen Land begraben liegt, wo Reichtümer ihn umgeben, nach denen er nur die Hand ausstrecken muss?« – »Ich rede nicht von weltlichen Dingen«, sagte Thjodhild. »Er war mein Sohn und ich will sichergehen, dass sein Seelenheil gewährleistet ist.« – »Du wirst ihm bestimmt keinen Gefallen tun, wenn du mit seinem Leichnam herumhantierst. Gibt es nicht genug Geister, die in dieser Welt umgehen, ohne dass du noch mehr ausgraben musst?«

»Es sind die Geister eines heidnischen Landes. Wenn du auf mich hören würdest, müsste es auch in Grönland keine Gespenster mehr geben.«

Sie versuchte immer wieder, mit ihm über ihren Glauben zu sprechen, doch am Ende verfiel er stets in Gotteslästerung, wie sie es nannte. Er fluchte im Namen Christi, so wie wir im Namen der alten Götter geflucht hatten. Heute ist das allgemein üblich und ich kann mich kaum noch erinnern, wie es auf mich wirkte, als Eirik es zum ersten Mal aussprach, um die Argumente seiner Frau zu entkräften. Er hatte Erfolg damit, denn sie fürchtete, er würde sich selbst verdammen, wenn sie ihn herausforderte. Letzten Endes sagte sie möglichst wenig. Sie hatte ihre Kirche. Mehr noch, sie schlief nicht mehr mit Eirik, weil er Heide war. Ich weiß nicht, ob er sich mehr über ihre Verweigerung ärgerte oder über die Tatsache, dass sie es anderen erzählte, und alle, selbst die Leibeigenen, wussten, dass er seiner Frau nicht mehr beiwohnen konnte. Er rächte sich, indem er ihr bei jeder erdenklichen Gelegenheit untreu wurde, was ziemlich leicht war, denn keine Unfreie hätte ihn abgewiesen.

Vermutlich haben sie, jeder auf seine Weise, um Thorvald getrauert. So sind Familien nun mal. Du glaubst, es gibt ein bestimmtes Verhaltensmuster und die Menschen tun bestimmte Dinge auf vermeintlich normale Weise. Aber ich habe nie einen Haushalt kennen gelernt, in dem ich nicht bald herausgefunden hätte, dass man sich nicht an die Muster hält. Alles, was Menschen tun, ist eigenartig und man kommt am Ende unweigerlich zu dem Schluss, dass es kein Muster gibt. Ich kenne keine Familie, die sich normal verhält. Du etwa?

Ja, deshalb sehnst du dich wahrscheinlich nach Erfahrungen, die dir fehlen. Meine Söhne sind heute beide starke Männer, viel zäher, sollte man meinen, als ein Kirchenmann wie du. Wir haben sie nicht zu Zieheltern gegeben, sondern zu Hause behalten. Aber in einem Kloster zu leben, ist wieder ganz anders. Natürlich hast du seit deinem zehnten Lebensjahr nie im selben Haus mit einer Frau gelebt. Diese Vorstellung fällt mir schwer. Hast du als Heranwachsender viel über Frauen nachgedacht?

Das stimmt. Mit Mädchen kommt man im Allgemeinen schlechter aus, aber Jungen denken in dem Alter ausschließlich an das Geschlechtliche.

Na schön, dann eben fast ausschließlich.

Ja, vermutlich muss das zwangsläufig so sein. Aber es ist auch unnatürlich. Agnar, ich an deiner Stelle würde nach Island zurückkehren, wo es Seelen gibt, die dich brauchen. Ich würde mir einen Hof zulegen und heiraten. Ich glaube nicht, dass du Ratschläge willst; niemand will das, aber vielleicht wirst du dich eines Tages meiner Worte erinnern. Wo waren wir stehen geblieben?

Ach ja, bei dieser schlimmen Reise. Thorstein und ich wollten zunächst zur Westsiedlung segeln, was ein paar Tage hätte dauern sollen. Diesen Teil der Strecke kannte er gut, denn er fuhr jedes Jahr auf seinem Weg nach Norden dort entlang. Außerdem hatte er sich in der Westsiedlung Land angeeignet, den Hof Sandnes, den er Pächtern überlassen hatte.

Am Ende des Eiriksfjordes schauten wir in Dyrnes vorbei. Snorri Thorbrandsson lebte dort noch immer gegenüber von Eiriks Insel und dem alten Winterlager. Sie veranstalteten uns zu Ehren am ersten Abend ein Festmahl. Am nächsten Morgen wachte ich früh auf und folgte einem Pfad, den Fischer am Fjordufer entlang angelegt hatten. Schwarze Klippen ragten über mir auf, doch ich lief durch frisches, grünes Gras. An einem von Schöllkraut und Weidenröschen gesäumten Bach blieb ich stehen und schaute in das Wasser, das klar wie die Luft war. Ich betrachtete den Pfad zu meinen Füßen und dachte: »Dieser Pfad ist zwölf Jahre alt. So lange sind wir in diesem Land. Und diese Stelle, eine Augenweide, gibt es schon seit Erschaffung der neun Welten. Von Anbeginn ist sie unverändert geblieben und dient allein dem Ruhme Gottes.« Unsere Welt besteht aus leeren Stellen, Agnar, und wir tasten lediglich die Ränder des Unbekannten ab. Das ist für mich der Beweis, dass die Welt nicht für uns erschaffen wurde.

Es stimmt, was du sagst. Aber Eden war ein Garten, der von Mauern umgeben war. Adam hat die Weite der Welten nie zu Gesicht bekommen. Er hat nie beim Namen genannt, was noch kein Auge gesehen hat. Das erkennen deine Theologen in Rom nicht. Von hier aus können sie nicht aus der Welt hinausschauen; sie wissen nicht, wie klein wir sind.

Wir segelten den Breidafjord hinab, wo das Eis noch sehr dick war, so dass wir schon dachten, wir müssten umkehren und noch länger warten. Doch dann fanden wir eine Durchfahrt ins offene Meer und Thorstein hielt Kurs auf Westen über eine komplizierte Route im Schutz zahlreicher flacher Inseln. Das Eis war hier nicht annähernd so dicht. Das Wasser war ruhig und dunkel; in der Ferne sahen wir wie Hundezähne geformte Berge und im Norden die Eiswüste, die das Herz des Grünen Landes bedeckt. Thorstein und seine Männer waren zuversichtlich und voller Hoffnung und allmählich entspannte auch ich mich. Ich hatte es nie erwähnt, aber ich hatte mich davor gefürchtet, wieder aufs Meer hinauszufahren. Einer Frau, die zu Hause in den Fjorden von Grönland bleibt, fällt es leicht, die Erinnerungen zu vergessen. Dafür gab es keine Entschuldigung – gerade ich hätte nicht vergessen dürfen. Trotzdem, als wir im Westen von Grönland aufs offene Meer hinausfuhren, war die See zunächst gnädig: Vor uns erstreckte sich eine grüne Weite, das silbrige Licht des Nordens und Eisberge, weiß wie Milchschaum. So sehe ich das Meer jetzt meistens vor mir: die Weite und das unermessliche Licht.

Die Westküste Grönlands ist im Vergleich zu Eiriks Land eine andere Welt. Der Berg, der Thorsteins Durchfahrt zwischen den Inseln markiert, sieht aus wie vier Trolle, die im Kreis stehen. Später sah ich das als eine Warnung an. Wir gerieten in einen Sturm und drehten nach Norden ab, entlang der unwirtlichsten Küste, die ich je gesehen habe – nur Eis und nackte Felsen, als hätte Gott diese Gegend am vierten Tag im Stich gelassen. Der Mond stand am Himmel, wir segelten in der Dunkelheit weiter. Ich legte mich unter die Persenning, eingewickelt in meinen Schlafsack aus Fell, und schlief.

Als ich wach wurde, tobte der Sturm. Das Schiff stampfte wild durch die Wogen, ohne irgendeinen Rhythmus. Es war so dunkel, dass ich daran zweifelte, die Augen aufgeschlagen zu haben. Ich streckte die Hände aus und fühlte nasses Fell, aber niemand war da. Das Schiff bockte, ich konnte mich nicht rühren. Wasser schwappte ringsum über die Planken. Ich blieb liegen, bis sich ein schwaches Licht zeigte. Ich kroch an den Rand der Persenning, wobei ich mich festklammerte. Sofort war ich nass bis auf die Knochen. Um mich herum war nichts als Wasser. Dann sah ich die Männer und entdeckte Thorstein am Steuerruder. Ich konnte nicht zu ihm. Wenn ich am Leben bleiben wollte, durfte ich nur nach Essen, Trinken oder dem Eimer greifen. Über alles, was zu tun war, musste ich stundenlang nachdenken. So ging es nicht nur einen Tag, sondern wochenlang. Jetzt ist es fast unvorstellbar. Die einzige Möglichkeit zu überleben ist, den eigenen Körper so wenig wie möglich zu bewohnen, wie ein Bär im Winter. Die Seele hängt in der Schwebe. Mit Thorstein habe ich die ganze Zeit kaum ein Wort gewechselt. Wenn er abgelöst wurde und sich eine kurze Verschnaufpause gönnte, hielt er mich in den Armen, aber das Reden fiel zu schwer.

Der Himmel weiß, wohin es uns verschlagen hat. Wir hatten zwei Kühe bei uns und ein paar Schafe. Thorstein hatte geplant, von seinem Hof in Sandnes genug Vieh nach Vinland mitzunehmen. Die Tiere starben jedoch schon früh in dem Unwetter, auch für uns war nur noch wenig Wasser übrig. Hätten wir kein Regenwasser gesammelt, wären wir wahrscheinlich gestorben.

Bei stürmischer See sah es so aus, als müssten wir sinken, und bei ruhigem Wetter setzten wir alles daran, weiterzusegeln. Doch da wir uns verirrt hatten und gar nicht imstande waren, einen geraden Kurs zu halten, habe ich keine Ahnung, ob wir überhaupt in irgendeiner Richtung vorankamen. Auf hoher See ist nichts da, wo es sein soll, und in der grauen Eintönigkeit hausen unvorstellbare Dinge. Zuweilen, wenn man angestrengt in den Nebel schaut, sieht man sie beinahe. Je schlimmer man leidet, umso deutlicher werden sie. Wie Aaskrähen warten sie auf das Ende der Schlacht, nur dass sie sich nicht allein an deinem Fleisch laben wollen, sondern auch an deiner Seele. Es heißt, Ertrunkene kämen nicht in den Himmel. Ich weiß nicht, wie du darüber denkst. Ich denke beim Beten immer daran und ich frage mich, ob das wirklich so ist, ob Christus, der den Sturm gestillt hat, es übers Herz brächte, die Ordnung der Dinge zu verändern. Vielleicht kann er es nicht; in den westlichen Meeren leben Dinge, die er in Galiläa nie kennen gelernt hat.

Mir ist Nässe noch immer zuwider. Du weißt, wie es auf einer langen Reise ist, wenn du nass bis auf die Haut bist, dir der Wind durch die Kleider dringt, die schwer an dir herunterhängen und scheuern, wenn du davon an Hals und Handgelenken wund wirst. Wenn du dich nachts in deinen Mantel wickelst und das Wasser um dich herum über das Deck spülen hörst und deine Sachen ein schmatzendes Geräusch von sich geben, sobald du versuchst, dich auf die andere Seite zu drehen. Ich verabscheue die Nässe ebenso, wie die Tiere sie verabscheuen.

So vergingen die Sommerwochen. Endlich bekamen wir eine Peilung und nahmen Kurs auf Westen, wo Thorstein auf eine Küste zu stoßen hoffte. Er dachte, wir könnten vielleicht in Vinland oder in Afrika an Land gehen, doch wieder zog Nebel auf, und als dann wieder eine Peilung möglich war, stellten wir fest, dass wir erneut viel zu weit nach Norden abgedriftet waren. Als wir am Ende tatsächlich eine Küste sichteten, erblickten wir als Erstes schneebedeckte Berge und Gletscher, die bis ans Ufer reichten. Wir näherten uns und dann rief einer aus der Mannschaft, die schon mit Leif gesegelt war: »Das ist das Grüne Land! Wir sind zu Hause. Wir befinden uns südlich der Gunnbjörnschären!«

Und so folgten wir schließlich der Küste bis zur Westsiedlung. Wir passierten die Einfahrt zum Eiriksfjord. Wir hätten heimkehren können, doch Thorstein wollte nicht. Er dachte an die Schande, mit leeren Händen nach Hause zu kommen. Daher zwang er die Männer, durchzuhalten, und wir fuhren langsam an der wilden Westküste entlang. Der Wind war ebenso wankelmütig wie das Schicksal, das uns folgte. Das Wetter war noch nicht fertig mit uns. Wir segelten durch dichten Nebel und konnten im Osten die Kälte des Eises spüren. Thorstein sagte, dies sei der Teil der Küste, der am weitesten herausrage und in dem die Eiswüste auf das Meer treffe. Blind segelten wir durch Nebel und schäumende See, doch der Wind ließ nicht nach, und wir behielten die Richtung bei. Die Dünung war mächtig, aber gleichmäßig und ich konnte aufrecht stehen und in den Nebel hinausstarren, statt mich im Schiffsbauch festzuklammern. Nach zwei Tagen gelangten wir an die Mündung des Lysufjordes, an dessen äußerstem Ende Thorsteins Gehöft lag. Der Wind wehte uns direkt entgegen und drohte uns wieder aufs offene Meer zu treiben, doch Thorstein kannte die Strömungen und so lavierten wir hin und her und tanzten wie ein Spielball auf den Wellen, während wir auf die Flut warteten, die uns in den Fjord beförderte. Einen Tag und eine Nacht setzten wir alles daran, zu kreuzen. Aber der Wind war gegen uns und die steigende Flut warf die Eisberge hin und her. Schließlich sichteten wir ein Gehöft am nördlichen Ufer, einen kleinen grünen Flecken am Fuße der Klippen, und da gingen wir an Land.

Wir setzten hart auf Steinen auf. Es knirschte verdächtig und das Schiff kam mit einem Ruck zum Halt. Unser Rumpf war genau an der Stelle beschädigt, wo der Bug in die Wölbung des Schiffsrumpfes übergeht. Zum ersten Mal in all den Wochen unserer Widrigkeiten war Thorstein wirklich außer sich. Wir waren hier, mitten im Fjord, gestrandet und unser

Hof, der warmes Essen und Wasser und Unterschlupf verhieß, war nur ein paar Reisestunden entfernt. In nur einer Woche würde der Winter anbrechen und am Ufer bildete sich bereits eine dünne Eisschicht.

Es war nicht Thorsteins Schuld. Den Fluch, der auf unserem Schiff lastete, hatte ich zu verantworten. Thorstein hätte mich niemals heiraten sollen. Ich wollte ihm die beste aller Frauen sein und am Ende habe ich ihn zugrunde gerichtet. In jenen Wochen auf See habe ich mehr Achtung vor ihm bekommen als je zuvor auf Stokkanes. Ich habe dir schon gesagt, dass ich ihn nie so gesehen habe, wie er wirklich war. Thorstein lebte während jener Jagden im Norden auf, glaube ich, und die Männer erzählen sich noch heute seine Abenteuer. Hätte er früher ein Schiff gehabt, wäre er ein ebenso großartiger Seefahrer gewesen wie seine Brüder. So aber kannte er nur die Küste bis hinauf zur Westsiedlung und zu den Jagdgründen, und die einzige lange Reise, die er je unternahm, war dem Untergang geweiht. Er war ein guter Kapitän. Er aß und trank nicht mehr als seine Männer und auch ich als seine Frau genoss keinerlei Privilegien. Das war auch richtig so. Aus Stolz trieb er die Mannschaft an, weiterzumachen, und vermutlich hatte er auch damit Recht. Er musste beweisen, wer er war, ehe er zu seinem Vater und seinem Bruder heimkehrte. Es kümmerte ihn nicht, ob er dabei ums Leben kam.

Nie hat er sich bei mir beklagt oder sich mir anvertraut. Manchmal kroch er zu mir in den nassen Schlafsack, wenn das Schiff durch die Dunkelheit stampfte, und liebte mich kurz und schmerzvoll. Dabei drückte er mich mit seinem ganzen Gewicht auf die harten Planken unter der dünnen Heuschicht. Ich kann nicht sagen, dass es mir Vergnügen bereitete, aber vielleicht half es ihm, durchzuhalten. Ich weiß nicht, ob ihm je in den Sinn kam, unser Pech könnte meine

Schuld sein. Natürlich wusste er, dass ich schon einmal an Bord eines glücklosen Schiffes gewesen war, aber er hat es nie erwähnt. Er wünschte sich sehnsüchtig einen Sohn. Ich weiß nicht, ob wir deshalb so regelmäßig miteinander schliefen oder ob er es einfach brauchte. Tagsüber begegnete er mir mit Achtung, aber darüber, wie es ihm ging, verlor er kein Wort. Ich glaube, er hatte sich an mich gewöhnt und verließ sich in Kleinigkeiten mehr auf mich, als ihm bewusst war. Jetzt, wo ich einfach da war, als seine Frau, machte er sich keine Gedanken mehr über mich. Aber ich mochte ihn und tat mein Bestes, um ihm zu geben, was er wollte. Ich wollte ihm nicht schaden und in meinen Gebeten bitte ich täglich um Sühne. Wenn eine Seele nicht weiß, welchen Schaden sie anrichtet, ist sie dann weniger schuldig?

Ich bin froh, dass du mir die Wahrheit gesagt hast, Agnar. Ich weiß, du hättest mir lieber eine nettere Antwort gegeben. Aber ich hätte dir nicht geglaubt. Du bist ein guter Priester. Hoffentlich kehrst du eines Tages nach Island zurück. Du wärest dort nützlich. Aber Thorstein. Mein armer Thorstein. Lass mich dir das Ende erzählen, dann kennst du meine Schuld.

Diesen Teil der Siedlung kannte Thorstein weniger gut und die Küstenbewohner waren arme Fremde. Sie begegneten uns freundlich und nahmen die Mannschaft in ihren Häusern auf. Auf Thorsteins Frage gaben sie die Auskunft, das Oberhaupt der Ansiedlung sei Thorstein der Schwarze, doch er wohne eine halbe Tagesreise mit dem Pony weiter hinten im Fjord. Thorstein schickte zwei Männer, die uns ankündigen sollten. In der Zwischenzeit wollte er sein Schiff nicht verlassen, denn er fürchtete, die Küstenbewohner könnten in seiner Abwesenheit unsere Habe plündern. Wir hatten viel Wertvolles – zumindest für Grönländer Wertvolles:

Eisenwerkzeuge für den Schiffsbau, für das Schmieden und Zimmern, zahlreiche Waffen und Fässer voll Molke und Öl. Thorstein und ich richteten uns ein Zelt aus Segeltuch her und kampierten auf dem Schiff, das auf den Strand gezogen worden war.

Drei Tage verbrachten wir dort. Es war die einzige Zeit, in der wir je allein waren. Unser Segel schützte uns vor Wind und Regen, und in der Nähe gab es einen Bach mit frischem Wasser, von dem wir ohne Unterlass tranken. Kein von Heiligen gesegnetes Wasser hätte wunderbarer sein können. Wir wuschen das Salz aus unseren Kleidern, hängten sie auf dem Schiff überall zum Trocknen auf und machten es uns gemütlich, soweit das ohne Feuer möglich war. Nun, da wir genug zu trinken hatten, überkam uns ein Bärenhunger. Am zweiten Morgen tötete einer unserer Männer einen Seehund und brachte uns frisches Fleisch, das in einer der Hütten abgekocht worden war. In der ersten Nacht fiel heftiger Regen, aber wir hatten wenigstens Land unter den Füßen. Am dritten Morgen hörte es auf zu regnen und es gelang uns, ein Feuer im Freien anzuzünden und unser Fleisch selbst zu kochen. Es war die erste warme Mahlzeit seit dem Frühjahr. Ich werde nie vergessen, was für ein Gefühl es war, dieses heiße Seehundfleisch zu essen, von dem das Fett nur so heruntertroff. Wir aßen von morgens bis abends und der Saft tropfte uns vom Mund, bis wir nicht mehr schlucken konnten. Es wurde früh dunkel, die Nacht war klar und kalt, und über uns funkelten unzählige Sterne. Wir hielten einander warm, eingemummt in unsere feuchten Mäntel. Thorstein war wieder guten Mutes, trotz allem. Er hatte sein Schiff und seine Männer gerettet. Wir konnten an diesem Ort überwintern und im nächsten Jahr einen neuen Anfang wagen. Das Glück stand ihm nicht näher als das Unglück, aber es ging ihm offenbar besser. Er war nie lange müßig, obwohl er erschöpft war. Er hatte bereits begonnen, ein Flickstück für das Loch im Rumpf zu schneiden, und erhitzte Robbenöl zum Abdichten über dem Wasser. Ich sehe ihn noch vor mir, wie er vor dem Feuer steht und mit jener äußersten Konzentration arbeitet, die er für jede Tätigkeit aufbrachte. Ich beobachtete ihn und wünschte mir so deutlich wie nie zuvor, ich könnte ihm einen Sohn schenken. Ich hatte nie etwas dafür getan. Vielleicht hatte ich von Halldis zu gut gelernt, einfach nur hinzunehmen, was gegeben oder vorenthalten wurde. Ich kannte gewiss zahlreiche Zauberformeln und ich habe sie auch benutzt – für andere. Erst an jenem Tag in unserem Zelt kam mir in den Sinn, ich sei es Thorstein schuldig, dafür zu sorgen, dass ich schwanger wurde. Aber es war bereits zu spät.

Es lag auf der Hand, dass wir nicht lange in unserem Unterschlupf bleiben konnten, denn der Sommer ging zur Neige. Aber weder Thorstein noch ich warteten allzu ungeduldig auf eine Nachricht. Nach so langer Zeit auf See waren wir beide unsicher auf den Beinen und hantierten in dem engen Raum ungeschickt. Wenn Thorstein schon so viel gesegelt wäre wie Leif, wäre er daran gewöhnt gewesen und hätte schon am ersten Tag sein Gleichgewicht wiedererlangt. Auf engem Raum ist es immer schlimmer und am ersten Tag gingen wir kaum ins Freie, es sei denn, um unser Zelt aus Segeltuch festzuzurren. Am vierten Morgen war die Erde mit Reif überzogen und in den kleinen Wellen, die sich am Strand unter uns brachen, knackte das Eis.

Die Erde war so hart, dass wir den Hufschlag hörten, ehe wir die Pferde sahen. Wir schauten über den Bordrand: Eine Herde Ponys, von denen drei einen Reiter trugen, trabte über das Weideland auf uns zu. Von unseren Männern war nichts zu sehen. Thorstein runzelte die Stirn. »Zieh dich zurück«, sagte er, nahm seinen Bogen zur Hand und legte einen

Pfeil ein. Er zielte nicht, doch er hielt den Bogen hinter der Bordwand außer Sichtweite.

Vom Zelt aus hörte ich, wie die Pferde längsseits kamen und stehen blieben. »Wer ist da?«, rief eine Stimme.

»Zwei Personen«, erwiderte Thorstein. »Wer will es wissen?«

»Ich bin Thorstein der Schwarze, der Häuptling dieser Siedlung. Und du bist Thorstein, dem Sandnes gehört. Das weiß ich, weil du mir eine Nachricht geschickt hast. Du wirst dein Schiff nicht rechtzeitig instand setzen können, um nach Sandnes zurückzukehren. Ich bin gekommen, um dich und deine Frau einzuladen, den Winter bei mir als meine Gäste zu verbringen.«

Thorstein warf mir einen kurzen Blick zu und hob fragend die Augenbrauen. Ich nickte. Thorstein legte seinen Bogen zur Seite, so dass die anderen ihn nicht sehen konnten, und erhob sich. »Wir nehmen dankbar an«, sagte er. »Aber ich möchte mein Schiff und die Ladung hier ungern unbeaufsichtigt liegen lassen.«

»Dein Schiff ist in Sicherheit, wenn wir es über Winter festzurren und ein Schutzdach bauen. Du kannst es von meinem Hof aus erreichen, wenn du daran arbeiten musst. Ich schicke morgen einen Karren, wenn du willst, dann kannst du deine Ladung zu mir bringen und dort lagern.«

»Dafür wäre ich dankbar«, sagte Thorstein kurz angebunden. Ich stellte mich neben ihn und erblickte zum ersten Mal Thorstein den Schwarzen. Er war ein großer, dunkler Mann mit verfilztem, schwarzem Haar und dichtem Bart. Er hatte die Kapuze abgestreift und den Mantel aus Lederflicken geöffnet, so dass darunter eine fleckige Ledertunika zum Vorschein kam. Verglichen mit den Männern in Brattahlid, war er dick und ungepflegt, wirkte aber trotzdem mächtig. Außerdem war er mit einem Schwert, das an seiner Hüfte baumelte, und einem Dolch, der ohne Scheide in seinem Gürtel steckte, gut bewaffnet. Ich betrachtete ihn nachdenklich und schloss mich Thorsteins Dank an. »Gott segne deine Großmut«, sagte ich, woraufhin sich seine buschigen Augenbrauen abrupt zusammenzogen. Er lachte.

»Was ist das für ein Gott?«, fragte er. »Ich habe Gerüchte vernommen, dass es da so einen geben soll. Tja, wir hier hängen dem alten Glauben an. Euer Gott ist ohne Zweifel besser als der meine, aber ihr müsst euch nicht bemüßigt fühlen, mir von ihm zu erzählen. Bleibt ihr hier, bis der Karren morgen kommt?«

»Ja«, sagte Thorstein.

»Dann komme ich morgen wieder.« Thorstein der Schwarze war im Begriff aufzubrechen, die Ponys sprangen bereits davon. Dann zügelte er sein Pferd und fügte hinzu: »Erwartet übrigens nicht zu viel. Meine Frau und ich sind allein und ich bin kein guter Gesellschafter. Es wird ein langweiliger Winter.«

Zum ersten Mal lächelte Thorstein. »Lieber langweilig als tot.«

»Im Frühjahr bist du vielleicht anderer Meinung.«

So kam es, dass wir in das Haus von Thorstein dem Schwarzen einzogen. Nicht einen Augenblick war mir bewusst, welch enge Freundschaft mich mit diesem Mann verbinden würde, obwohl ich oft eine Vorahnung von solchen Dingen habe. Anfangs stieß mich seine äußere Erscheinung ab. Er war groß und ungeschlacht und nicht zu Zugeständnissen bereit. Er stank und sein Haus stank, und die paar Flöhe, die wir mitgebracht hatten, waren nichts im Vergleich zu den Scharen, die uns erwarteten. Es waren die bösartigsten Insekten, die ich je erlebt habe. Das ganze Haus war fettig vom Kochdunst, denn Thorstein der Schwarze ließ sein Fleisch gern lange im Tran kochen – in jenen nördlichen Gegenden spendet Fett dem Körper Wärme für den langen Winter. Große Fleischstücke lagen im Haus herum und überall standen Kübel voll gegorener Buttermilch. Thorsteins Frau war ebenso groß wie er, eine stattliche, zähe Frau, die mich an ein Trollweib erinnerte. Doch ich schämte mich bald eines solchen Gedankens. Sie waren freundlich und teilten all ihren Besitz mit uns. Thorstein der Schwarze und mein Thorstein verstauten unsere Ladung sicher in der Scheune.

Thorsteins Frau Grimhild teilte uns einen Schlafplatz neben dem ihren zu. Grimhild und Thorstein der Schwarze schnarchten lauter als unsere gesamte Schiffsmannschaft. Thorstein und ich lagen zum ersten Mal seit Monaten in einem trockenen Bett und hatten uns kaum zur Ruhe begeben, da setzte das Schnarchen ein. Thorstein hatte mich in den Arm genommen, hielt jedoch inne und hörte verblüfft zu. Dann fing er an zu lachen. Das sah Thorstein gar nicht ähnlich; er war eher nicht zu Scherzen aufgelegt, sondern ging seiner Tätigkeit nach und überließ es anderen, sich mit Worten und Spielen abzugeben. Aber das Schnarchen brachte ihn zum Lachen. Ich hätte das kaum für möglich gehalten. Er konnte kaum an sich halten, barg sein Gesicht an meiner Schulter und zog sich die Decken über den Kopf, um leise zu sein. Ich spürte, wie er vor unterdrücktem Kichern am ganzen Körper bebte wie ein albernes Mädchen.

»Thorstein, hör auf!«, flüsterte ich. Aber ich lachte ebenfalls, so ansteckend war es. »Hör auf! Du weckst sie auf!«

Aber Thorstein konnte nicht aufhören. »Hör mal«, japste er. »Hör dir das doch nur mal an. Hast du so etwas je erlebt?«

Der arme Thorstein. Die Flöhe in jenem Bett waren riesig. Er fing sie und zerquetschte sie mit den Fingernägeln. »Das nehme ich alles in Kauf«, sagte er grinsend, »nur um wieder trocken zu sein.« Und als wollte er es feiern, zog er seine

Sachen aus und verlangte auch von mir, alles abzulegen, und wir lagen nackt nebeneinander, so wie wir es daheim in Stokkanes zu tun pflegten. Er liebte mich wie immer, ohne ein Wort zu verlieren. Doch danach flüsterte er mir ins Ohr: »Jetzt wird alles besser, Gudrid, nicht wahr?« Ich stimmte zu und er glaubte mir. Denn obwohl er nicht darüber sprach, achtete er mein Wissen über Dinge, die ihm unbekannt waren.

Kaum waren wir eine Woche in unserer neuen Unterkunft, da wurde Gardi krank, ein Aufseher auf einem der Höfe, die Thorstein dem Schwarzen gehörten. Die Bewohner dachten, auf ihm läge ein Fluch, denn er war hartherzig und bei den Leibeigenen unbeliebt. Im Glauben, es sei ein böser Zauber, machte sich niemand Sorgen. Nach einer Woche war Gardi tot. Dann erkrankten andere und wir erhielten die Botschaft, dass zwei Männer aus unserer Mannschaft das Lager hüteten. Thorstein borgte sich sogleich ein Pony und sah nach ihnen. Thorstein der Schwarze runzelte nachdenklich die Stirn, saß zu Hause und kaute an den Fingernägeln. »Im vergangenen Winter hatten wir auch eine Krankheit hier«, sagte er. »Ich hoffe im Namen eurer und meiner Götter, dass sie sich nicht wieder ausbreitet.«

Seine Hoffnung war vergebens und nach einer Woche waren die beiden Männer, die zuerst krank geworden waren, gestorben. Zur Zeit der längsten Dunkelheit hatten wir bereits mehr als die Hälfte der Mannschaft verloren und von den Bewohnern der Siedlung waren ebenfalls etliche tot. Thorstein und ich versuchten, unseren Männern in der Stunde ihres Todes beizustehen. Die Krankheit war weder durch Gebete noch durch Zauber zu bannen. Ich besaß keine übernatürlichen Kräfte, nur Mitgefühl, und auch davon nicht annähernd so viel wie mein Mann, der zwar nie jemanden zu Erfolg oder Ruhm geführt hatte, aber auch dem Geringsten unter ihnen beim Sterben beistand. Er konnte ihnen keine Hoffnung machen und sagte tatsächlich auch kaum ein Wort; aber er blieb bei ihnen. Und es dauerte nicht lange, da wurde auch er krank.

Die Herbstnacht ist bitterkalt und es ist taghell. Der Mond der Norne Urd, der den Tod ankündigt, ist in voller Größe aufgegangen, verhüllt in einen Nebel, der den Sternenglanz verwischt. Die Geister versammeln sich unter den Dachbalken. Sie sind schon vorher hier gewesen, sie haben den Kampf, die körperlichen Qualen und die seltsame Leere des Entrinnens bereits hinter sich. Die Geister schweben an den Grenzen der sterblichen Welt, denn über dem Land jenseits dieser Grenzen liegt Nebel und sie können keinen Weg erkennen. Deshalb hängen sie bedrohlich über dem Anwesen im Grünen Land und warten.

Die Geister beobachten die Ländereien Thorsteins des Schwarzen. In jeder Nacht gesellen sich neue Seelen zu ihnen. Die Krankheit breitet sich in der Siedlung aus, und sobald jemand stirbt, wird ihm die Seele entrissen und ins allgemeine Gedränge hineingezogen. Manchen hilft man mit Tränen und Segenssprüchen auf den Weg, über einigen schlägt man das Kreuz und alle werden im Schutz von Zaubern und Opfern auf ihren Weg geschickt. In dem dunklen Raum unter den Dachbalken entschwinden all diese Dinge in demselben Nebel, der sich gerade lange genug verzieht, um die neue Seele aufzunehmen, bevor er wieder undurchdringlich wird.

Im Haus Thorsteins des Schwarzen flackert ein Docht in seiner Öllache. Grimhild, Thorsteins Frau, liegt in ihrem zerwühlten Bett auf dem Rücken. Außer ihrem rasselnden Atem ist es still in dem Raum. Manchmal herrscht sekundenlang Stille, ja sogar eine Minute lang. Jedes Mal denken die Beteiligten, das furchtbare Geräusch habe aufgehört, doch dann setzen die langen Atemzüge wieder ein und vereiteln den Geistern ihren Plan. Im anderen Bett, abseits von der Lampe, liegt Thorstein Eiriksson im Dunkeln. Seine Frau hat sich neben ihm zusammengerollt. Sie hält seine trockene Hand leicht in der ihren, bei-

nahe widerwillig, als wolle sie ihn lieber gehen lassen. Er hat die Augen geschlossen. Seine Seele ist im Körper eingesperrt, tief verborgen. Die Geister regen sich; die Lampe flackert, als hätte jemand ausgeatmet, und lodert dann auf. Am Kopfende des Bettes bewegt sich eine Schattengestalt. Es ist Thorstein der Schwarze, der den Docht kürzen will. Wild tanzen die Schatten an der Wand, dann wandern sie wieder an ihren Platz. Die nächtliche Zeit steht still. Ein Augenblick dehnt sich zu einer gefrorenen Wüste aus. Draußen stehen die Sterne über den Gletschern und das Meer am vereisten Ufer ist regungslos. Die Geister waren hier, vom Anbeginn der Zeiten.

Grimhild tut ihren letzten, schrecklichen Atemzug und verstummt. Eine Ratte raschelt unter dem Bettpodest. Gudrid stützt sich auf einen Ellbogen und späht in die Dunkelheit. Thorstein der Schwarze steht auf. Seine Glieder sind taub und schwer; er bewegt sich nur langsam. An der Wand über ihm ragt ein Schatten auf. Seine Stimme klingt rostig, als hätte er sie lange nicht benutzt. »Sie ist tot, Gudrid, wir müssen sie aufbahren.«

»Soll ich es tun?« Gudrids Stimme ist kühl und jung, kostbar wie klares Wasser in diesem Haus voller Schmutz und Tod.

»Ich hole alles Nötige.« Thorstein der Schwarze zündet einen Kienspan an und kommt auf dem Weg zur Tür an Gudrid vorbei. Er beugt sich einen Augenblick lang über sie und drückt ihre Schulter.

Unwillkürlich berührt sie seine Hand. Ein kleiner Schatten hüpft plötzlich über die Wand. »Komm bald wieder, lieber Freund.« Vier Hände finden sich: Zwei Schatten vereinen sich an einer Steinwand, spüren die menschliche Wärme und erleben einen Augenblick des Trostes.

Thorstein schließt die Tür. Das Licht im Raum wird verschluckt. Gudrid richtet sich auf, setzt die Füße auf den Boden und schaut in die Dunkelheit. Schweigen starrt von dort zurück und sie schaudert. Jetzt, da Grimhild aufgehört hat zu atmen, kann sie Thorstein hören. Er atmet wie ein Mann, der schlecht träumt, in unregelmäßigen Zügen. Dann setzt der Atem ganz aus. Thorstein hat sich eingerollt, so wie er als Ungeborener gelegen haben muss. Gudrid berührt sein Gesicht; seine Haut ist trocken und heiß. Jetzt, da Thorstein der Schwarze fort ist, erfüllen die lauernden Schatten den Raum mit feuchter, fremdartiger Luft. Gudrid riecht den Tod und ihre Haut unter dem Hemd prickelt.

Thorstein keucht und schaudert. Dann richtet er sich halb auf. »Gudrid?« Seine Zunge ist schwer, als wäre er betrunken.

»Thorstein, ich bin hier.«

»Gudrid.« Er sinkt in das Kissen zurück, die Augen halb geschlossen. Dann spricht er, langsam und undeutlich. »Was macht die Frau da?«

Mit einem Ruck dreht Gudrid sich um und folgt seinem Blick. Grimhilds Leichnam richtet sich auf und stützt sich an den geschnitzten Pfosten am Kopfende ab. Gudrid stockt der Atem, sie weicht an Thorsteins Bett zurück. Ihre Glieder sind schwer wie Lehm und können sich nicht rühren. Unentwegt starrt sie der Toten ins Gesicht.

Grimhild setzt sich auf. Ihre weißen Beine schauen unter dem Hemd hervor. Mit bloßen Füßen hangelt sie nach ihren Schuhen. Gudrid versucht zu schreien, doch ihr Hals ist so trocken, dass kein Laut herauskommt. Die Tote steht auf, ist riesiger als Grimhild zu Lebzeiten. Ihr Schatten fällt auf Gudrid und Thorstein, und es wird dunkel. Gudrid weicht dem leeren Blick der Toten aus und der Bann bricht. Sie schreit laut auf. Die Tote fällt in sich zusammen und landet wie ein Baum quer über dem hilflosen Thorstein. Holz splittert, als eine Bettplanke entzweigeht. Gudrid spürt feuchtes Tuch im Gesicht, schlägt um sich und schreit noch einmal.

Das Licht kommt zurück und geht wieder aus. Thorstein der Schwarze brüllt vor Entsetzen. Der Leichnam wird hinweggehoben. Das Bett wackelt und scheuert an der Wand entlang, als ein Gewicht auf das Podest geworfen wird. Gudrid hat die Hände vors Gesicht geschlagen und lugt zwischen den Fingern hindurch. Riesige Schatten springen und krümmen sich. Im flackernden Lichtschein kämpft ein Mann gegen eine Tote. Er schiebt sie zurück, doch sie erhebt sich müh-

sam. Er versetzt ihr einen Hieb und sie taumelt. Zum dritten Mal versucht sie sich zu erheben, den Blick fest auf den Lebenden gerichtet. Der Mann zieht sich zurück an die Wand und breitet die Arme aus, als wären seine Hände an die Wand genagelt. Das Gespenst füllt den ganzen Raum aus. Als sein Schatten auf den Mann fällt, ist dieser vom Bann erlöst, reißt blitzschnell eine Axt vom Haken und trifft die Tote damit in die Brust. Sie fällt wie ein Stein zu Boden. Die Schatten vergehen; Stille breitet sich aus, ein Mann schluchzt. In den Atemzügen des Sterbenden im Bett findet dieses Schluchzen seinen Widerhall.

Nur die Geister sehen, was dann geschieht. Thorstein Eiriksson liegt auf dem Rücken, die Augen geschlossen. Seine Seele wandert wieder zu geheimen Orten, wo sie für diese Welt nicht zu erreichen ist. Gudrid kauert zusammengesunken vor dem Kissen, hat sich die Wolldecke über das Gesicht gezogen und hält sich die Ohren zu. Innerlich weint sie. Die gequälten Schluchzer drohen sie zu zerbrechen, doch kein Laut dringt über ihre Lippen. Die Geister unter den Dachbalken schauen unbarmherzig zu. Aus der Ferne sehen sie einen Mann, der den Leichnam seiner Frau aufhebt und auf das Bett legt. Eine Axtwunde klafft in ihrer Brust, blutet aber nicht. Der Mann holt ein Brett, das er an der Tür hat fallen lassen, und legt den Leichnam darauf. Dann streckt er die Glieder seiner Frau und bindet sie mit dem Leichentuch fest. Er schließt ihr die Augen und beschwert die Lider mit Silbermünzen. Danach spricht er einen Zauberspruch. Zuletzt bedeckt er ihr Gesicht. Er wirft einen Hilfe suchenden Blick ins Dunkle, wo Gudrid und Thorstein liegen, doch dort rührt sich nichts. Er steht auf und öffnet die Tür. Mit letzter Kraft gelingt es ihm, den Leichnam hochzuheben und in die Nacht hinauszutragen.

Der Raum ist leer. Gudrid blickt auf. Reglose Stille. Sie richtet ihren Oberkörper auf und hält sich zitternd die Hand vors Gesicht. Sie schaut zum leeren Bett hinüber, auf dem Grimhild gelegen hat. Dann erhebt sie sich, faltet die Decke und glättet die Laken. Als Thorstein der Schwarze hereinkommt, legt sie neues Seegras ins Feuer und bläst hinein. Sie geht ihm mit ausgestreckten Armen entgegen. Thorstein zö-

gert, nimmt sie dann in die Arme und drückt sie kurz an sich. »Sie war mir treu, Gudrid.«

»Ich weiß.«

»Sie hätte nicht gewollt, dass ich ihren Geist wandeln lasse.«

»Möge sie jetzt in Frieden ruhen.«

»Ich werde dafür sorgen, dass sie richtig begraben wird. Mehr kann ich nicht tun.«

»Niemand hätte mehr tun können.«

Thorstein der Schwarze schweigt einen Augenblick und sagt dann: »Gudrid, als ich gerade draußen war und das Brett aus dem Kuhstall geholt habe, habe ich die vielen Toten gesehen – all die Menschen, die in diesem Winter hier gestorben sind. Sie standen in einer Reihe vor der Tür, zwischen mir und dem Haus, und sahen mir zu. Sie standen genauso vor mir, wie sie im Leben waren, aber sie trugen ihre Leichentücher über den Kleidern und ihre Hüte waren aus Birkenrinde.« Gudrid schnappt nach Luft, erwidert aber nichts, und er fährt fort: »Ich denke, das solltest du wissen. Ich habe meine Frau Grimhild unter ihnen gesehen. Und deinen Mann auch. Thorstein Eiriksson stand mitten unter den Geistern. Traurig bin ich seinem Blick begegnet und dann traten sie zur Seite und ließen mich ins Haus.«

Die Nacht ist still. Gudrid wacht bei Thorstein und Thorstein der Schwarze wartet am Feuer. Nicht einmal eine Ratte huscht vorbei. Der Atem des Sterbenden wird rasselnd und abgehackt. Das Geräusch füllt die Stille. Gudrid berührt seine Hand, hält sie aber nicht fest. Niemand kann Thorstein Eirikssons Seele jetzt noch aufhalten. Sie wandelt in den namenlosen Gefilden am Rande der Welt. Thorstein wird weitergezogen, so wie er zu Lebezeiten vom Licht und der Leere des fernen Nordens angezogen wurde. Am Rande der Welt gibt es Berge aus Eis und gefrorene Meere und einen Himmel, so unendlich, dass alle Seelen der Welt ihn nicht einatmen könnten. Niemand ist so weit gekommen, nicht einmal in Gedanken. Und wenn, so wäre seine einzige Hoffnung, jenseits der Grenzen dessen, was existiert, nichts zu finden.

»Thorstein, mein Thorstein«, flüstert Gudrid. Sie glaubt nicht, dass er sie hört, sie kann kaum sein Gesicht sehen, doch sie ahnt, dass ihre Worte ihn dennoch erreichen. »Du warst mir ein guter Mann, Thorstein, und jetzt steht es dir frei zu gehen.« Tränen rinnen über ihre Wangen und tropfen von ihrem Kinn in sein Haar. »Ich dachte, mein Geschick wäre mit deinem verknüpft, aber das deine ist hier zu Ende. Ich weiß nicht, was aus mir wird, aber du wirst mir fehlen.«

Thorsteins Augen sind geschlossen, er rührt sich nicht mehr. Der rasselnde Atem bricht ab, Thorstein ist verstummt. Gudrid legt ihre Hände auf seine Brust, und obwohl seine Haut warm ist, spürt sie kein Leben mehr in ihm. Sie kann nicht mehr an sich halten. Sie wirft sich über ihn und weint bitterlich und das Geräusch hallt in dem dunklen Raum unter den Dachbalken wider. Thorstein der Schwarze kommt an der Feuerstelle vorbei zu ihr, schließt sie in beide Arme und trägt sie zur Bank auf der anderen Seite des Raumes. Er hält sie fest in den Armen und wiegt sie und Gudrid drückt ihr Gesicht in seine fleckige Tunika und schluchzt, dass sie am ganzen Leibe zuckt.

Thorstein Eirikssons Leichnam liegt ausgestreckt auf dem Rücken, die Augen geschlossen, als schliefe er. Die Brust ist entblößt, wo Gudrid das Hemd geöffnet hat, um ihm ihre Hand aufs Herz zu legen. Es ist ein kräftiger, junger Körper, aber weiß und still wie Wachs.

Schließlich lässt Gudrids Schluchzen nach und Thorstein der Schwarze spricht leise mit ihr, um sie zu trösten. Er bietet ihr an, Thorstein eigenhändig nach Brattahlid zu bringen, sobald es Frühling wird, damit er am richtigen Ort auf christliche Weise begraben werden kann. Gudrid hört nicht auf seine Worte, doch sein Tonfall und seine Berührung trösten sie. Schließlich steht sie auf und geht zum Bett hinüber, um den Toten zurechtzulegen. Sie hält inne und wendet sich an Thorstein den Schwarzen, der an ihrer Seite steht. Reumütig streckte sie ihm die Hand hin. »Du hast das für Grimhild getan und ich habe dir nicht geholfen.«

Thorstein ergreift ihre Hand. »Du hast alles getan, was du konntest. Es ist für uns beide ein hartes Schicksal.«

Die Geister sehen zu, wie der tote Thorstein Eiriksson für das Begräbnis hergerichtet wird. Der Mond von Urd ist untergegangen und hinter den Bergen im Osten leuchtet eine schwache Helligkeit über dem Eis. Die Nacht geht vorüber und der kalte Tag bricht an.

25. Juli

Thorstein klagte über Kopf- und Gliederschmerzen. Ich spürte sein hitziges Fieber sogar, ohne ihn zu berühren, und seine Haut war trocken wie altes Pergament. Er hatte Schmerzen beim Atmen und konnte kein Wasser lassen. Kurz darauf tat es ihm sogar weh, wenn ich ihn nur berührte, und das Gewicht der Decken bereitete ihm unsägliche Qualen. Er warf sie von sich, doch ich musste ihn wieder zudecken, denn wir wagten nicht, noch mehr Brennstoff zu verbrauchen, um den Raum zu heizen. Am Morgen waren die Wassereimer immer zugefroren; gleichwohl lag Thorstein im Delirium. Die Hitze zerfraß ihn förmlich. Auf seiner Haut bildeten sich offene Schwären und er hatte sogar Schwierigkeiten, Wasser zu trinken. Am vierten Tag fiel er in ein Koma, am fünften Tag starb er. Ich war allein mit Thorstein dem Schwarzen, als mein Thorstein starb. Thorsteins Frau starb in derselben Nacht. Die ganze letzte Nacht habe ich darüber nachgedacht, wie ich dir wohl erzählen soll, was in jener Nacht geschah, und nun glaube ich, mehr habe ich darüber nicht zu sagen.

Wir mussten natürlich bis zum Frühjahr warten. Thorstein der Schwarze und ich lebten allein in dem Haus. Niemand von seinen Leuten besuchte uns. Sie konnten nicht. Sobald sich jemand der Tür näherte, verstellten ihm die Geister der Verstorbenen den Weg. Thorsteins Frau Grimhild und mein Thorstein standen immer dabei, direkt neben der Tür. Man kann einen Toten im Grünen Land erst begraben, wenn das Eis schmilzt, und bevor die Toten nicht begraben sind, geben sie keine Ruhe.

Thorstein der Schwarze bot mir an, unser Schiff zu segeln und die Verstorbenen, meinen Gemahl und seine Männer, zurückzuführen, damit sie neben der Kirche in Brattahlid beigesetzt wurden. Vorerst nähten wir sie in ihre Leichenhemden und bedeckten sie mit Schnee. Ich konnte mir vorstellen, dass Thorstein in Frieden ruhen würde, wenn ihm ein christliches Begräbnis in der Kirche seiner Mutter zuteil würde, in der Kirche, in der wir geheiratet hatten. Thorstein hatte sich nicht zum Christentum bekannt. Er wollte sich nicht taufen lassen, obwohl seine Mutter ihn dazu zu überreden versuchte. Wie dem auch sei, er liebte Thjodhild und ich wusste, dass es ihr Wunsch wäre, ihn auf dem Kirchhof beisetzen zu lassen.

Inzwischen waren uns die Geister in jenem Haus an Zahl überlegen und die Nächte waren voller Geräusche. Die Geister murmelten im Gebälk und raschelten unter den Schlafpodesten. Als die Stürme kamen, schwoll das Raunen unter den Dachbalken an und übertönte das Heulen des Windes. Morgens standen Gegenstände an einem anderen Platz als am Abend zuvor. Die Körbe an der Wand waren umgedreht und ihr Inhalt auf dem Boden verstreut. Die Wassereimer waren umgestoßen, so dass Eisstücke herumlagen. Schränke standen offen und waren durchwühlt, als wäre die Hausherrin zurückgekehrt und hätte verzweifelt nach etwas gesucht, was sie zurückgelassen hatte. Die Asche an der Feuerstelle war wie von vielen Füßen zertrampelt.

In dem Bett, in dem Thorstein gestorben war, konnte ich nicht schlafen. Ich versuchte es in der ersten Nacht und zog mir die Decken fest über den Kopf, doch sobald mein Griff sich lockerte, wurde das Bärenfell fortgerissen und ich war schutzlos der Dunkelheit ausgeliefert. Als Thorstein der Schwarze aufwachte, fand er mich zusammengerollt auf der Bank neben der Feuerstelle. In der zweiten Nacht versuchte ich gar nicht erst, ins Bett zu gehen, sondern setzte mich an das Langfeuer und legte trockenen Seetang nach. Es war nicht genügend Brennstoff vorhanden, um die ganze Nacht ein ordentliches Feuer in Gang zu halten, aber schon eine kleine Flamme spendete mir Trost. Am nächsten Tag schlief ich tief und fest, während draußen ein Schneesturm tobte, und als ich wach wurde, waren wir zwei Meter tief eingeschneit und vom Rest der Siedlung abgeschnitten.

Das war der Tag, an dem Thorstein und ich die Toten tief unter dem Schnee begruben, wo sie bis zum Frühjahr liegen bleiben konnten. An jenem Abend habe ich Thorstein etwas gekocht. Wir hatten einige Tage lang nichts Richtiges zu uns genommen und wir waren beide seelisch zutiefst erschüttert. Mit der warmen Mahlzeit schien das Leben in uns zurückzukehren. In jener Nacht hüllte ich mich in meinen Mantel und legte mich auf die harte Bank an der Feuerstelle. Da sagte Thorstein von seinem Bett aus zu mir: »Gudrid, legst du dich nicht in dein Bett?«

»Ich kann nicht«, antwortete ich.

»Warum nicht?«

»Thorstein ist noch nicht fort.«

»Vielleicht will er dir etwas sagen. Vielleicht solltest du ihm zuhören, damit er ruhen kann.«

Ich schauderte. »Nein.«

»Du kannst aber nicht die ganze Zeit aufbleiben, Nacht für Nacht. Komm her und leg dich zu mir.«

Ich richtete mich auf. »Wie stellst du dir das vor, wo doch der Geist meines Mannes über mir wacht?«

»Das meine ich nicht. Ich will dich nicht anrühren. Aber wenn du nicht schläfst, stirbst auch du, und wenn ich den Winter über nur mit Toten verbringen soll, werde ich verrückt. Du tust uns allen einen Gefallen, Gudrid, wenn du dich hierher legst.«

Um ehrlich zu sein, ich ließ mich gern überreden. Wären die Geister nicht gewesen, ich hätte die Schicklichkeit wohl nicht einmal zum Schein verteidigt. Aber die Toten beobachteten alles und ich hatte Angst, sie könnten richten. Ich kroch zu Thorstein unter die Decken und war froh um seine menschliche Wärme.

Warum willst du das wissen? Was macht das für einen Unterschied? Wir taten, was notwendig ist, um zu überleben, mehr nicht. Es war dunkel, über uns lag der Schnee und die Toten waren bei uns, und wir haben die langen fünf Monate überlebt. Thorstein der Schwarze ist seither mein Freund geblieben. Wir kennen einander, wie sich kaum zwei Menschen kennen können. Er kennt mich in einer Weise, wie mich keiner meiner Ehemänner kennen gelernt hat. Er ist mein guter Freund und wir sind diesem Grab gesund an Leib und Seele entronnen. Ich werde niemals erzählen, was er tun musste, um den Geist seiner Frau zur Ruhe zu bringen, als sie von den Toten auferstand und ihm entgegentrat, und auch er wird mich nicht verraten, und wenn wir hundert Jahre alt werden. Den ganzen Winter über waren wir jenseits der Grenzen eurer Welt und eure Vorschriften galten nicht. Gut und Böse, hell und dunkel – in diesem Land hier sind das womöglich Selbstverständlichkeiten, doch in der Westsiedlung im Winter verhielt es sich anders. Manche Tage waren dunkel wie die Nacht, wenn Schneestürme über uns hinwegfegten, und manche Nächte, wenn der Mond auf den Schnee schien, waren mit unheimlichem Licht erfüllt. Wir fütterten die Rinder im Kuhstall, wir aßen selbst etwas und wir schliefen. Wir redeten miteinander und wir spielten Hnettafl. Thorstein der Schwarze hatte Figuren aus Karibu-Geweih geschnitzt und das Brett bestand aus einem Fassboden. An den kurzen Tagen saßen wir über dem Spiel, warfen den Würfel, setzten die Figuren und sprachen kaum ein Wort. Zu Anfang bekam er immer meinen König – ich spielte nie gut –, doch mit der Zeit bekam ich mehr Übung und am Ende waren wir ebenbürtig. Er erzählte mir, er habe dieses Brettspiel im Winter mit Grimhild jeden Tag gespielt. Um am Abend Licht zu sparen, saßen wir im Dunkeln und erzählten uns unsere Lebensgeschichte. Thorstein der Schwarze ist ein ehrlicher Mann. Er sagt die Wahrheit, ob sie den Menschen gefällt oder nicht. Jahr für Jahr ringt er dem Land hartnäckig seinen Unterhalt ab und er nimmt von seinem Schicksal alles an, was es ihm an Gutem und Schlechtem zu bieten hat. Er ärgert sich nie über sein Geschick, wie manche Menschen es tun. Gegenüber neuen Ideen ist er argwöhnisch – er ist kein Christ, auch heute nicht – und wird in dem Glauben sterben, in dem er geboren wurde, wird die dürftige Verheißung hinnehmen, die ihm für sein Leben nach dem Tod versprochen wird.

Es bekümmerte ihn, dass er mir keine Unfreien bieten konnte, die mir aufwarteten, und er sagte immer wieder, er wolle ein paar Landarbeiter holen, sobald der Schnee geschmolzen sei. Ich erwiderte ihm jedes Mal, der Mangel an Dienern sei das, was mir am wenigsten Kopfschmerzen bereite, und ich wolle niemanden bei mir haben, den man bestechen müsse, damit er sich in die Nähe einer Frau begab, die das Unglück mitgebracht hatte. Es bereitete mir keine Mühe, für uns beide zu kochen; ich war nur dankbar, dass die Vorratskammer dank seiner guten Vorsorge und Grimhilds Weitblick ausreichend mit Trockenfisch und Fleisch gefüllt war. Natürlich habe ich es nie gesagt, doch infolge meiner seelischen Überlastung war es eine gewisse Erleichterung für mich, das Haus zu säubern, was mir niemals möglich gewesen wäre, wenn Grimhild überlebt hätte. Meine Gefühllosigkeit scheint dich zu erschrecken. Und doch, wäre ich ein

Mann und erzählte dir, ich hätte im Zuge einer Blutfehde eine ganze Siedlung ausgelöscht, du wärst längst nicht so schockiert. Mein Mann war tot, ich saß in einem Haus fest, in dem es unendlich viel mehr Tote als Lebende gab. Du solltest mir nicht vorwerfen, dass es mich in gewisser Weise zufrieden stellte, schichtweise das Fett mit heißem Wasser von Specksteintöpfen abzuwaschen, die kein Wasser gesehen hatten, seitdem sie geschnitzt worden waren. Hin und wieder baute sich Thorstein der Schwarze vor mir auf, runzelte die Stirn und sagte: »Du bist mein Gast, du solltest so etwas nicht für mich tun.« Schließlich fuhr ich ihn an: »Und was würdest du tun, wenn ich es nicht machte?« Daraufhin begann er wieder mit seiner Litanei über die Leibeigenen und ich wünschte, ich hätte geschwiegen.

Dann wiederum war er einfühlsam wie eine Frau. Er hatte es nicht leicht mit mir, dessen bin ich mir sicher. Ich weiß, dass ich kein einfacher Umgang bin, ich war nie nachgiebig oder still, wie es die meisten Männer von ihren Frauen verlangen. Mein Gemahl Thorstein und ich zankten uns zuweilen heftig, weil ich gegen seinen Willen aufbegehrt hatte, und dann stritt ich so lange mit ihm, bis ihm die Worte ausgingen. Dann schlug er mich und ich schrie ihn an, so dass der ganze Haushalt die Schimpfwörter hörte, mit denen ich ihn bedachte. Karlsefni und ich zankten uns nicht, denn Karlsefni war ausgeglichen, und im Laufe der Jahre legte sich mein angriffslustiges Temperament, weil es nichts mehr gab, wogegen ich aufbegehren musste. Wenn ich Karlsefnis Zorn erregt hatte, was selten vorkam, bekam ich Angst. Er schrie mich nie an oder schlug mich, doch seine stille Wut war schlimmer. Ich erlebte das nur wenige Male und fast nie richtete er diese Wut gegen mich.

Thorstein der Schwarze war nicht mein Ehemann, doch wir mussten den ganzen Winter über allein leben. Er hatte ebenso viel gelitten wie ich und er sagte immer wieder, ich sei ihm ein Trost, doch ich erinnere mich nur daran, dass ich ihm das Leben schwer gemacht habe. Nachts wachte ich schluchzend auf und rief nach Thorstein, meinem toten Mann. In meinen Träumen brachte ich Thorstein eigenhändig um, Nacht für Nacht, und immer war es das Entsetzen vor meiner Tat, das mich weckte. Ich wünschte, ich hätte echten Kummer empfunden und ihn betrauern können, wie er es verdiente. Doch das war keine Trauer, das war ein Alptraum. Thorstein der Schwarze hatte eine Axt zur Hand genommen und den wandelnden Geist seiner Frau erschlagen, aber er hatte es nur getan, weil sie Thorstein und mich bedrohte. Es kann sein, dass sie nie gewandelt wäre, wären wir nicht da gewesen. Ich weiß noch, wie ich in Thorstein des Schwarzen Armen lag und schrie: »Ich habe ihn nicht umgebracht! Ich wollte ihn nicht töten!« Er hielt mich fest und sagte immer wieder: »Nein, Gudrid, du hast niemanden umgebracht. Du hast niemandem wehgetan. Es ist nicht deine Schuld.«

Eines Nachts, als er versuchte, mich zu trösten, sagte er: »Wenn Thorsteins Geist mit dir sprechen würde, fände er nur gute Worte. Du wirst seinen Leichnam im Frühjahr nach Brattahlid zurückbringen und er hat es dir zu verdanken, dass er in Frieden ruhen kann. Er würde das Schicksal bitten, dir gnädig zu sein, und ich glaube wirklich, dass dir nach allem, was geschehen ist, Besseres beschieden sein wird.«

»Wie kommst du darauf?«, fragte ich und wandte ihm das Gesicht zu, denn ich sehnte mich danach, dass mir jemand ein wenig Zuversicht vermittelte.

»Ich bin mir sicher, Gudrid. Du wirst wieder heiraten. Bestimmt wirst du Grönland verlassen, es ist nicht der Ort für eine Frau wie dich. Vielleicht heiratest du einen Isländer. Aber du wirst heiraten, dessen bin ich mir sicher, und ihr werdet ein langes, gemeinsames Leben vor euch haben und deine Kinder werden deiner wert sein. Du wirst eine Dynastie gründen, die viele Generationen bestehen bleibt.«

Ich lachte kurz auf, aber es war fast ein Schluchzen. »Du bist kein Seher, Thorstein. Du kannst es nicht wissen.«

»Nein, ich bin nur ein unwissender Bauer. Aber zuweilen wird die Sehergabe selbst Männern wie mir zuteil. Eine weitblickende Frau wie du mag über mich spotten« – dafür zwickte ich ihn –, »aber ich weiß, was ich weiß.«

Es stimmte, Agnar, er wusste es wirklich. Wenn nicht, hätte er kaum gewagt, einem unbekannten Schicksal zu trotzen, nicht einmal, um mich zu trösten. Hier in Rom würdest du Thorstein den Schwarzen für einen Wilden halten. Du würdest nur sein Äußeres sehen: schmutzig mit verfilztem Haar und einer runzligen, dunkel verwitterten Lederhaut. Gekleidet mit fleckiger Hose aus Seehundfell und Stiefeln, an denen noch Fell ist, einer dicken Bärenfelljacke, die einmal weiß war, und zwei Messern ohne Scheide im Gürtel. Du würdest zusehen, wie er sein Essen mit den Fingern zerreißt, statt ein Messer zu benutzen, und dich angeekelt abwenden, weil er die ganze Zeit rohen Talg kaut und danach stinkt. Du würdest ihn für ungehobelt halten, weil er selbst in seiner eigenen Sprache nicht viel über sich zu sagen hat, und du würdest auf ihn herabsehen, weil er auch in keiner anderen Sprache ein Wort herausbringen würde. Nein, wenn ich ihn mir in Rom nur vorstelle, ist es gerade so, als wollte ich die beiden Enden der Welt zusammenfügen.

Er hielt immer, was er mir versprochen hatte, und ich bin froh, dass ich etwas für ihn tun konnte. Im Frühling brachen wir auf, sobald das Schiff seeklar war und das Meer eisfrei, und wir hatten eine leichte Überfahrt nach Eiriksfjord. Als wir nach Brattahlid kamen, nahm Eirik mich in seine Familie auf, als wäre ich sein Eigen. Für seine Begriffe gehörte ich ihm tatsächlich. Nicht alle Witwen werden so behandelt, doch Eiriks Sippe lernte von ihrem Anführer, großzügig zu sein, und als es so weit war, arrangierte Eirik meine Vermählung, als wäre ich seine eigene Tochter – aber das kommt später. Als ich Eirik erzählte, was Thorstein der Schwarze für uns getan hatte, war er bereit, alles für ihn zu tun, was ich wollte. So kam es, dass Thorstein seinen Hof bekam und seit diesem Zeitpunkt wie ein Verwandter des Anführers behandelt wurde.

Ich hatte Angst vor der Rückkehr nach Brattahlid, weil wir schlechte Nachrichten mitbrachten. Doch bei unserer Landung hatte es den Anschein, als träfen wir die Bewohner nicht unvorbereitet. Es regnete, als die Menschen herunterkamen, um uns zu helfen, das Schiff an Land zu ziehen. Ohne überflüssige Worte wurden die Leichen ans Ufer getragen. In der feuchten Luft hing der Geruch des Todes, und sobald wir stehen blieben, sammelten sich Fliegen. Ich weiß nicht mehr, wie ich die Nachricht überbrachte, doch ich werde mich bis an mein Lebensende an die Gesichter von Eirik und Thjodhild erinnern, als sie es erfuhren. Keiner von beiden beklagte sich. Eirik Raudi stand ganz still da und starrte aufs Meer hinaus. Thjodhild schien in sich zusammenzusinken und ich weiß noch, dass ich über den feinen Runzeln ihrer Haut den Umriss ihres Schädels sah. Aber vielleicht hatte ich mich zu sehr daran gewöhnt, in allem den Tod zu sehen. Dann spürte ich, wie mich jemand an der Schulter berührte, und als ich aufschaute, sah ich Leif vor mir. Er sah ernst aus, aber nicht bekümmert; ich weiß, er empfand den Verlust seiner beiden Brüder, aber er zeigte nie jemandem seine Gefühle. Er sagte zu mir: »Es war schwer für dich, Gudrid«, was außer ihm niemand gesagt hatte, und dann, mit einem Blick auf seine Eltern: »Gudrid, kommst du einen Augenblick mit mir? Ich muss dir etwas sagen.«

Verwundert ging ich mit ihm über den sandigen Pfad oberhalb des Strandes zwischen Disteln und Gänsefingerkraut.

»Die Heimkehr muss hart für dich gewesen sein.«

»Für dich auch«, sagte ich.

»Gudrid, dein Vater ...«

Sobald er zu sprechen anfing, wusste ich, was er mir sagen würde, und ich merkte auch, dass ich es hätte wissen müssen. Wäre ich nicht so sehr mit mir selbst beschäftigt gewesen, so vergraben in mein eigenes, merkwürdiges Schicksal, hätte ich die Kraft besessen, zu wissen, dass auch Thorbjörn in jenem Winter das Schicksal ereilt hatte.

»Wie ist es passiert?«, fragte ich rasch und Leif schaute mich im Regen von der Seite an.

»Du hast es also gewusst?«

»Ich hätte es wissen sollen«, erwiderte ich unbestimmt.

»Er ging zu Thorkel in Hvalsoy auf Seehundjagd. Wir hatten kurz nach dem Julfest eine Schönwetterperiode. Er wählte ein Loch im Packeis, knapp eine Meile vom offenen Meer entfernt. Als er bei Einbruch der Dunkelheit nicht nach Hause zurückkehrte, haben sie ihn gesucht, und sein Diener fand ihn. Er war ins Wasser gerutscht und ertrunken. Die Leiche schwamm noch an der Oberfläche. Da ihr Christen seid, wurde er hierher zurückgebracht, und Eirik ließ zu, dass meine Mutter und ich ihn auf dem Kirchhof hier in Brattahlid begruben.«

Ich schwieg. Ich hätte weinen sollen, aber es kamen keine Tränen. Vielleicht hatte ich keine mehr. Ein Mann muss stundenlang an einem dieser Eislöcher stehen und den Speer wurfbereit halten, bis er den Seehund an die Oberfläche tauchen sieht. Dann hat er eine Sekunde Zeit, zuzustechen, und wenn es ihm misslingt, holt der Seehund Luft und ist verschwunden. Während all der Stunden auf dem Eis muss der Jäger wachsam das runde, dunkle Wasserloch beobachten. Karlsefni sagte immer, es sei, als beobachte man die Tore zur Hölle, denn man konnte unheimliche Wesen sehen, die sich bewegten und verschwanden, Seehunde, die ihre Gestalt veränderten und zu alptraumhaften Kreaturen aus unbekannten Meerestiefen wurden. Er sagte, man habe das Gefühl, das runde Loch werde größer und verwandle sich in einen Tunnel oder einen Spiegel; es wäre, als starrte man in die Iris des eigenen Auges. Es könnte schließlich geschehen, dass ein Mann darin verschwände, nicht weil er auf dem Eis ausrutschte, sondern weil sein eigener Wille ihn hinabzöge. Karlsefni hat meinen Vater nie kennen gelernt, aber ich habe ihm von Thorbjörns Tod erzählt. Im Laufe der Jahre habe ich mit ihm über alles gesprochen.

Ich bin mir auch nicht sicher, ob ich meinen Vater je gekannt habe. Thorbjörn hat sich immer beklagt, er habe seinen Vater nie gekannt, meinen Großvater Vifil, der Leibeigener gewesen war. Ich hatte das Gefühl, meinen Vater im Stich gelassen zu haben, weil ich nichts über seinen Tod wusste, und lange Zeit versuchte ich mir mit aller Macht vorzustellen, wie es sich zugetragen haben könnte. Ich habe die runden Löcher im Eis gesehen und ich habe die Seehunde gesehen, wie sie abgeschlachtet und nach Hause gebracht wurden. Den eigentlichen Tötungsvorgang habe ich nie gesehen. Die angespannten Stunden des Wartens liegen außerhalb meiner Erfahrung. Aber ich bin mir nicht sicher, ob die Art und Weise, wie Thorbjörn gestorben ist, überhaupt eine Rolle spielt. Seine ganze Gedankenwelt war mir fremd gewesen, bis zuletzt. Ich habe nie etwas aus seinem Blickwinkel gesehen und lange Zeit hatte ich das Gefühl, dass ich genau das hätte tun sollen, obwohl ich nicht begreife, wie ihn das hätte retten sollen.

Leif hatte seine Erzählung beendet und ich hatte keine Worte. Unter vier Augen konnte Leif überraschend freundlich sein und er hat mich in keiner Weise gedrängt, sondern ist schweigend mit mir zur Kirche hinaufgegangen, die versteckt hinter einem kleinen Hügel stand. Als ich an den frischen Grabhügel trat, unter dem mein Vater begraben wurde, sobald die Erde weich genug war, weinte und klagte ich nicht, sondern stand wie erstarrt, als wäre mir Eis ins Blut gedrungen und hätte mich in eine Tote verwandelt. Ich spürte nichts von meinem Vater, aber in mir eine große Leere. Ich sah ihn weder im Himmel noch an den Grenzen dieser Erde und seither habe ich ihn nicht einmal flüchtig erblickt.

Natürlich erbte ich alles, was mein Vater besaß, noch dazu Thorsteins Hof in Sandnes. Jetzt gehörte auch ich zu Eiriks Familie in Brattahlid und konnte zum ersten Mal in meinem Leben großzügig Geschenke verteilen. Aus diesem Grund habe ich meinen Reichtum genossen; ich habe den Stolz meines Vaters geerbt, freizügig zu schenken. Thorstein der Schwarze hatte mir gesagt, er habe nicht den Wunsch, zur Westsiedlung zurückzukehren. Er hatte Grimhild dort begraben, doch er sagte: »Sie ruht dort friedlicher, wenn ich nicht da bin und sie störe.« Ich glaube, der Kummer, den er mit ihrem Geist hatte, war ihm stärker zu Herzen gegangen, als ich ahnte. Und ich war dermaßen mit meinen eigenen Kümmernissen beschäftigt, dass ich nicht genug darüber nachgedacht hatte, was ihm das alles bedeutete. Aber ich habe ihm einen Hof besorgt. Ich fragte Eirik, ob Thorstein der Schwarze mein Land in Stokkanes bearbeiten könne, da ich nun in Brattahlid leben sollte, und Eirik war sogleich einverstanden. Thorstein der Schwarze hat seither dort gelebt. Als ich aus Grönland fortging, habe ich ihm den Besitz gänzlich übertragen. Ich habe keine Nachricht von seinem Tode, womöglich lebt er noch immer dort.

Thorstein Eiriksson wurde neben meinem Vater an der

Kirche begraben und seine Männer ein Stück weiter weg an der Mauer. So viele liegen jetzt dort, so viele Männer und Frauen, die ich gekannt habe. Für wen erzähle ich diese Geschichte, wenn keiner von ihnen sie je hören kann? Wen sollte sie interessieren? Es ist schlimm, Agnar, wenn man seine Freunde überlebt. Du kannst es dir jetzt nicht vorstellen, nicht wahr? Niemand kann das. Wer von denen, die mich kennen, lebt denn heute noch? Meine Söhne? Was bedeutet ihnen die Vergangenheit? Ein paar Geschichten, die ich ihnen erzählt habe, als sie noch klein waren, und von denen sie nur die Hälfte behalten haben. Und die Hälfte dieser Hälfte verwandeln sie in eine andere Geschichte, die sie ihren Kindern erzählen, und vielleicht wird ein Bruchteil dessen wieder in eine andere Geschichte einfließen und ihren Kindeskindern erzählt. Viele Generationen, hat Thorstein der Schwarze zu mir gesagt. Was gibt es Schöneres für eine Frau? Und dennoch, was bedeuten mir diese Menschen, die ich nie kennen lernen werde? Als junge Mutter dachte ich, das Wichtigste im Leben sei die Zukunft, vor allem die meiner Kinder. Doch jetzt erscheint mir, dass der wichtigste Teil meines Lebens in Grönland begraben liegt und die Zukunft anderen gehört. Wenn ich sterbe, möchte ich in Frieden ruhen. Ich glaube, das Schlimmste wäre, als Geist hier zu bleiben, an den sich niemand erinnern kann.

Ich bin eine armselige Alte, Agnar. Hör auf zu schreiben und erzähl mir etwas. Erinnere mich daran, dass ich eine Christin bin, wenn du willst, oder erlege mir eine Buße auf. Du kannst nicht? Macht nichts. Dann erzähl mir noch etwas über Wein, über die verschiedenen Weinberge, die du erwähnt hast, und was für einen guten Wein wichtig ist. Woher weißt du das alles? Probierst du sie alle? Komm, erzähl es mir.

28. Juli

Manche Menschen meinen, man könne die Schicksalsfäden in einer Hand lesen. Ich glaube ihnen das zwar, aber ich bin mir nicht sicher, ob es nötig ist. Wenn ich rückblickend mein Leben betrachte, sehe ich sehr deutlich, dass meine Schicksalsfäden nicht fest zusammengesponnen waren, sondern dass sie ihre Wege getrennt voneinander gewoben haben. Zuweilen kam der eine, dann wieder ein anderer zum Tragen. Bei meiner Rückkehr nach Brattahlid als Eiriks Schwiegertochter kam es mir so vor, als gäbe es im Leben nur den Tod. Das Leben schien nichts mehr für mich bereitzuhalten. Aber in Wahrheit war der Unglücksfaden ausgegangen. Warum ich diese Last zu tragen hatte, seit ich auf der Welt war, weiß ich nicht; die Geschicke sind unergründlich. Aber ich hatte alles erduldet und nun war es vorüber. Ich komme jetzt zu einer neuen Phase meines Lebens und rückblickend erscheint das so klar wie dass der Frühling auf den Winter folgt.

Es kommt mir noch immer eigenartig vor, dass die Sonne Tag für Tag scheint. Es ist, als lebte man in einer heißen Quelle. Doch mir fehlt der Kontrast; du weißt, wie es ist, in heißen Wassern zu liegen, während einem Schneeflocken um den Kopf wirbeln. Das ist sehr reizvoll. Hoffentlich gibt es im Himmel, falls wir uns dort wiederfinden, nicht nur Sonnenstrahlen, dann wäre die Ewigkeit ziemlich anstrengend.

Ich bin inzwischen Urgroßmutter, glaube ich. Snorris Tochter war schwanger, als ich aufgebrochen bin. Ich würde gern lange genug leben, um das Kind noch kennen zu lernen. Ich habe eine Messe für seine Seele lesen lassen. Vielleicht erhalten wir am Jahresende einen Brief aus Island.

Ist dir je in den Sinn gekommen, Agnar, was für ein kalter Ort dieser christliche Himmel ist? Für Sterbliche, meine ich. Manchmal frage ich mich, ob man nach dem Tod nicht von Zeit, sondern von Kälte frei ist. Geister spüren doch weder Wärme noch Kälte. Manche Seelen liegen zufrieden in ihren Gräbern, während die Erde gefriert, andere wandern über die Eisfelder, auf denen kein Lebender auch nur eine Nacht überstehen würde. Auf hoher See habe ich zuweilen die endlose nasse Weite und den kalten Himmel betrachtet und ich habe gedacht, das wäre wirklich der Himmel, wenn ich nicht erdgebunden wäre, wenn mir nicht kalt wäre und ich keine Angst hätte. Der Himmel liegt im Norden der Erde, außerhalb der Grenzen der menschlichen Welt. Für die Lebenden ist er gespenstisch in seiner erstarrten Einsamkeit, aber für einen Toten, den Winter und Nacht nicht schrecken, ist es der Ort ewigen Lichts, die Sonne, die nie untergeht. Aber kalt, Agnar, und so weit, dass du für immer auf und ab gehen könntest, ohne die geringste Spur einer anderen Seele, nicht einmal jener, die dir nahe standen. Wenn ich es so betrachte, würde ich wohl lieber sterben.

Ganz sicher bist du rechtgläubig, Agnar. Und was du sagst, mag sogar stimmen. Aber darum geht es nicht.

Ich habe Karlsefni dreißig Jahre lang so gut gekannt, seinen Körper und seine Seele, dass ich jetzt kaum das Gefühl habe, von ihm getrennt zu sein. Am Beginn unserer Ehe kamen wir nicht so gut miteinander aus. Er war so reserviert, dass ich meinte, ihn nicht beeindrucken zu können. Nie spielte er sich auf. Und vermutlich hat er über seine Wirkung auf andere überhaupt nicht nachgedacht. Er war erschreckend zielstrebig. Und er sorgte für die Seinen. Um die anderen kümmerte er sich kaum.

Wie also war er, als ich ihn kennen lernte? Es fällt mir schwer, so weit zurückzugehen, aber ich will es versuchen. Geh du solange ein bisschen im Kreuzgang spazieren, Agnar, und lass mich nachdenken.

Eirik Raudi sitzt in seinem Langhaus in Brattahlid. Sein Gesicht ist runzlig wie die Oberfläche eines Gletschers. Er ist zusammengesunken. Nur seine Augen sind dunkel und wachsam. Vor ihm schwelt noch immer das Feuer, das er vor zwanzig Jahren hier angezündet hat. Das Langhaus ist voller Männer, doch Eirik Raudi blickt in die Flammen und schweigt.

Heute Abend sind Gäste in Brattahlid. Ein isländisches Schiff ist direkt aus Norwegen eingetroffen, beladen mit Waren aus europäischen und anderen Ländern: Korn, Salz, Wein, Leinen und Gewürze, Luxusgüter, die man in Grönland selten sieht. Das Schiff hat die kühne Route direkt von Bergen hierher genommen. Vor zwei Wochen hat es ein einziges Mal Land gesehen, als nämlich die letzte Färöer-Insel im Norden auftauchte, halb hinter dem Horizont versunken. Leif hat vor fünf Jahren dieselbe Route genommen. Gerade in diesem Augenblick spricht er aufgeregt mit dem Kapitän des neuen Schiffes. Er heißt Thorfinn und hat vom König von Norwegen persönlich den Beinamen Karlsefni erhalten. Karlsefni, das bedeutet: ein ganzer Kerl.

Karlsefni antwortet Leif ruhig, aber seiner selbst sehr sicher. Er ist kleiner als Leif, stark und stämmig. Sein lockiges Haar ist kurz und sein Bart ist frisch rasiert. Seine Augen sind grau wie frisches Wasser unter einem bewölkten Himmel und seine Haut hat dieselbe Farbe wie seine salzverkrustete Ledertunika. Er hat eine der längsten Reisen in der Welt hinter sich und doch sieht er nach einem halben Tag an Land so sauber aus wie ein Mann auf dem Weg zur Messe an einem Sonntagmorgen. Er nimmt die saure Buttermilch entgegen, als wäre es der feinste Wein am norwegischen Hofe, und während er isst, beant-

wortet er gelassen Leifs Fragen. Er scheint genau zu wissen, was er will. Er ist nach Grönland gekommen, um möglichst großen Gewinn zu machen.

Drei Frauen aus Eiriks Haushalt sitzen bei den Männern am hohen Tisch. Thjodhild ist etwas in die Breite gegangen, ihre Erscheinung strenger. Sie sagt wenig, aber sie betrachtet den Neuankömmling und beobachtet ihren Sohn Leif. Von Zeit zu Zeit wirft sie einen Blick auf die unbeteiligte Miene ihres Gemahls. Eiriks Tochter Freydis ist an diesem Morgen nach Brattahlid gekommen, sobald die Nachricht in Gardar eintraf, dass ein Handelsschiff auf seinem Weg nach Brattahlid gesichtet worden sei. Ihr Mann Thorkel ist nicht mitgekommen, er ist für die merkantilen Ambitionen seiner Frau nicht von Belang. Die dritte Frau ist Eiriks Schwiegertochter Gudrid, seit fast einem Jahr verwitwet. Sie spielt ihre Rolle als Tochter des Haushalts mit mehr Anmut, als Freydis es je vermocht hat, aber sie und Freydis scheinen jetzt so gut wie Schwestern miteinander auszukommen. Freydis hat einen Mann und ist Herrin eines Anwesens. Gudrid hat beides verloren.

Am niedrigeren Tisch reißt die Mannschaft des fremden Schiffes mit Zähnen und Messern ganze Stücke aus frischem Seehundfleisch und Lachs und kippt die gegorene Milch hinunter, als wären ihre Mägen unersättlich.

Thorfinn Karlsefni ist schon lange Händler. Seine Miene ist undurchdringlich, sein Verhalten offen und freundlich. Aber er hat noch nichts über den Preis für seine Ladung gesagt oder über den Grund, warum er sich so weit ab von den Hauptseefahrtsstraßen begeben hat. Er scheint vertieft in die Unterhaltung mit Leif, aber gelegentlich schweift sein Blick durch den Raum. Er lässt ihn einen Augenblick lang auf Gudrid ruhen; kurz darauf schaut er noch einmal zu ihr hin, und noch zweimal.

Ende des Sommers traf er in Brattahlid ein und natürlich lud man ihn ein, den Winter über bei uns zu bleiben. Leif gefiel Karlsefni auf Anhieb – sie kannten einander vom Hörensagen – und er behandelte ihn äußerst freundlich. Eirik war inzwischen alt geworden und ziemlich aufbrausend, doch er fühlte sich bald zu Karlsefni hingezogen. Sie sprachen dieselbe Sprache; sie waren beide gerissen und sie wussten, wie man es anstellt, um alles zu bekommen, was man will. Wenn sie zusammen waren, war es, als sähe man einem Schachspiel zu. Eirik machte den Eröffnungszug. Eine Woche lang verhielt er sich schweigend und reserviert, bis Karlsefni ihn am Ende offen fragte, ob seine Anwesenheit in Brattahlid seinen Gastgeber beleidige.

»Nein«, antwortete Eirik, »ganz und gar nicht. Das ist es nicht. Ich schäme mich nur, dass ich dich nicht besser bewirten kann. Wir leben hier in ärmlichen Verhältnissen; mit trockenem Fisch, Seehundfleisch und Buttermilch schlagen wir uns durch den Winter. Du aber bist daran gewöhnt, in Norwegen zu überwintern, und ich weiß, ich kann dir nicht die Kost bieten, die du am Julfest für gewöhnlich zu dir nimmst. Es verletzt meinen Stolz, dich so schäbig behandeln zu müssen.«

»Wenn das alles ist, dann sehe ich keine Schwierigkeit«, sagte Karlsefni sofort. »Ich habe hier eine Ladung Wein aus dem Rheinland, Gewürze aus Russland und Korn der diesjährigen Ernte aus dem Baltikum. Was mein ist, ist auch dein, solange ich dein Gast bin. Ich würde dir gern die Verpflegung schenken, die wir für die Feste im Winter brauchen.«

Eirik ergriff sogleich Karlsefnis Hand. »Du bist ein Mann nach meinem Geschmack«, sagte er. »Ich nehme dein Angebot an und jetzt können wir dich so behandeln, wie ich es gern täte.«

So kam es, dass Karlsefni zum Preis seiner halben Ladung seinen Handelsposten für den Winter in Brattahlid einrichtete. Dabei war ihm ein guter Gewinn beschieden, da er von all den Siedlern um den Eiriksfjord mit weißen Bärenfellen,

Seehundfellen und Stoßzähnen von Walrossen und Grönlandwalen beliefert wurde. Alles lief so, wie er es vorausberechnet hatte, und er versäumte nicht, sich für die Zukunft das Wohlwollen aller zu sichern. Heutzutage kommt mehr als ein Schiff regelmäßig von Norwegen nach Grönland, eins davon gehört sogar meinem Sohn. Doch Karlsefni war der Erste. Niemand hatte die nötige Fantasie besessen, auf direktem Wege von Norwegen zur neuen Siedlung zu segeln. Gewiss hat die direkte Verbindung mit Norwegen das Leben der Menschen auf Grönland verändert. Sie war uns viel nützlicher als der Handel über Island, denn Island brauchte fast dieselben Waren wie wir, und das bedeutete, dass wir für alles den doppelten Preis zahlen mussten. Wir konnten ja kein eigenes Schiff schicken. Bei uns herrschte chronischer Mangel an Holz und demzufolge auch an Booten und die wenigen, die wir hatten, wurden für die Jagd im Norden gebraucht. Wir brauchten alle Männer für die Höfe und die Jagd, deshalb war Karlsefni auf bestem Wege, und das wusste er auch.

Er wollte nie weiter als bis Brattahlid, aber in jenem Winter eröffneten zwei Ereignisse andere Möglichkeiten. Erstens dauerte es nicht lange, bis Leif mit ihm über Vinland sprach. Leifs Pläne im Hinblick auf Vinland waren jahrelang aus demselben Grund vereitelt worden, aus dem wir nicht direkt mit Norwegen Handel trieben: Uns fehlten die Mittel. Karlsefni kam mit dem größten Schiff an, das Grönland je gesehen hatte, und einer kompletten Mannschaft, alle bei bester Gesundheit. Karlsefni ging mit seinen Männern und seinem Vermögen sehr sorgsam um.

Der erste Schnee war bereits gefallen, ehe wir herausfanden, wieso Karlsefni auf die Idee gekommen war, nach Grönland zu fahren. Er habe auf seinem Weg nach Brattahlid in Dyrnes vorbeigeschaut, um Snorri Thorbrandsson zu besuchen.

»Kennst du ihn gut?«, fragte Leif.

»Ich kenne ihn schon seit Jahren. Kurz bevor ich nach Norwegen ablegte, sah ich, wie er und Thorleif hierher aufbrachen.«

»Und du hast mit ihm darüber gesprochen, ihn in Grönland zu besuchen?«

»Wir haben diese Möglichkeit in Betracht gezogen.«

Kurz darauf fiel reichlich Neuschnee und Leif und Karlsefni gingen nach Dyrnes. Ich stand mit Thjodhild im Melkpferch und sah, wie sie sich auf Skiern entfernten, dunkel wie bewegliche, aus der Weiße des zugefrorenen Fjordes geschnittene Löcher. Sie blieben zwei Wochen fort und nach ihrer Rückkehr war nur noch die Rede von Vinland. Ich wusste natürlich nicht genau, was Snorri und Leif Karlsefni erzählt hatten. Karlsefni war ruhig wie immer und gab seine Gedanken nicht preis, zumindest nicht zu dem Thema.

Ich habe zwei Dinge erwähnt. Das andere, das Karlsefni umtrieb, war ich.

Als Eiriks Schwiegertochter war ich eine gute Partie. Mir gehörte Stokkanes, in bequemer Nähe zu Brattahlid und von Thorstein dem Schwarzen für mich bewirtschaftet, sowie ein großes Anwesen in Sandnes. Zu meiner Verwandtschaft gehörte der mächtigste Anführer auf Grönland. All das würde Karlsefnis Aussichten im Westen stark verbessern. Aber es war nicht nur das. Karlsefni hatte keine Heiratspläne, als er eintraf. Er schaute mich an, nicht hungrig wie Thorvald und Thorstein einst, sondern abwägend und nie länger als einen Augenblick. Am Tag seiner Rückkehr aus Dyrnes sprach er mich an. Ich war verblüfft. Ich arbeitete zufällig nicht im Raum der Frauen, denn ich schnitt ein Stück des neuen Leinenstoffes zu einer Tunika für mich zurecht. Da alle Männer draußen waren, benutzte ich einen der großen Tische im Langhaus, um den Stoff richtig auszubreiten. Als Karlsefni hereinkam, begann ich, meine Sachen zusammenzusuchen, um ihm den Raum zu überlassen, doch er hielt mich davon ab.

»Nein, bleib da. Du verdirbst den Zuschnitt, wenn du es jetzt zusammenlegst.«

Unwillkürlich musste ich lächeln. »Du kennst dich mit der Herstellung von Kleidern aus?«

»Gewiss.« Er setzte sich auf die Bank neben mir und sah zu, wie ich mit meinem Messer eine kleine Kerbe in den Stoff schnitt und ihn dann der Länge nach sorgfältig durchriss.

»Ich bin froh, dass du Leinen mitgebracht hast«, sagte ich nach kurzem Schweigen. »Ich habe es noch nie getragen.«

»Es wird dich hier nicht sehr warm halten.«

»Das soll es auch nicht. Ich kann darunter so viel Wolle tragen, wie ich will.«

»Es würde aber besser sitzen, wenn das nicht nötig wäre.«

Ich sagte nichts. Seine letzte Bemerkung erschien mir etwas frivol. Doch die Männer, an die ich gewöhnt war, waren noch viel direkter.

»Ich habe gehört, du hast in der Westsiedlung gelebt«, sagte er daraufhin.

»Ich habe einen Winter dort verbracht und das war der schlimmste in meinem Leben. Viel gesehen habe ich nicht.«

»Ja, ich weiß. Tut mir Leid. Aber du hast dort ein Anwesen. Wirst du eines Tages dorthin zurückkehren?«

»Ich habe Sandnes noch nie gesehen«, erklärte ich ihm. »Thorstein ist jedes Jahr dort gewesen. Leif war dieses Jahr im Sommer dort und hat uns alles Notwendige mitgebracht.«

Karlsefni nickte. »Ich fahre vielleicht im Frühjahr nach Norden. Ich dachte, du könntest mir etwas darüber erzählen.«

Ich sah ihn ungläubig an. »Was soll ich dir schon erzählen, was dir nicht auch Leif erzählen könnte?«

Er grinste. »Vieles. Leif hat zum Beispiel keine Meinung zu Leinenstoffen.«

»Und du?«

»Ich bin Händler. Ich setze mich mit meinen Waren auseinander.«

Ich wurde aus ihm nicht schlau. So hatte er nie mit mir geredet, wenn andere dabei waren. Doch nach diesem kurzen Gespräch wusste er es so einzurichten, dass er mich öfter allein antraf – ein schwieriges Unterfangen in einem überfüllten Anwesen zur Winterzeit. Aber er fand immer heraus, wo ich mich gerade aufhielt. Sobald er feststellte, dass ich morgens als Erstes die Hühner fütterte, tauchte er, als ich gerade den Eimer mit Fischresten vom Herd hinübertrug, im Stall auf. Wir führten eine dieser merkwürdigen Unterhaltungen, ein paar Sätze nur, dann lächelte er, hob zum Abschied die Hand und ging. Am zweiten Tag der Adventszeit hielt er mich an, als ich gerade ins Haus gehen wollte. »Kann ich mit dir sprechen?«

»Warum nicht?«

Wir gingen ein kleines Stück über den Pfad, der an Thjodhilds Kirche vorbei zur Weide führte. Die Schneedecke war fest und man konnte gut darauf laufen. Es war einer jener klaren Tage, an denen alles sehr nah scheint: Burfjell jenseits des Fjordes wirkte nur einen Steinwurf weit entfernt und ich konnte die Raben auf den Klippen bei Stokkanes hören.

»Ich will Eirik ein Angebot machen«, begann Karlsefni. »Und ich glaube, er wird einverstanden annehmen. Ich will wissen, ob du auch einverstanden bist.«

»Ich?« Mir wäre es lieber gewesen, wenn er bescheidener aufgetreten wäre, und deshalb machte ich es ihm schwer.

»Ja. Ich möchte dich heiraten. Wenn Eirik zustimmt, wärest dann auch du einverstanden?«

»Ich bin Witwe. Ich habe das Recht, meine eigenen Verträge abzuschließen.«

»Ich weiß. Aber ich will Eirik nicht kränken.«

»Ja, ich verstehe, warum dir das wichtig ist. Aber wenn du damit Erfolg haben willst, tust du gut daran, auch mich nicht zu kränken.«

»Ich will dich nicht kränken.« Als ich mich halb abwandte, packte er mich am Arm. »Gudrid, es ist nicht so, wie du denkst. Ich hatte keine Heiratspläne, ehe ich dich gesehen habe.«

»Es muss dir dann aber sehr bequem erschienen sein.«

»Nein«, sagte Karlsefni ernst. »Wenn es mir bequem erschienen wäre, eine Frau zu haben, hätte ich längst eine. Ich muss nicht heiraten, um zu bekommen, was ich will – nicht im geschäftlichen Sinn, meine ich. Aber ich will dich heiraten.«

»Warum?«

Karlsefni zuckte mit den Schultern. »Weil ich mit dir schlafen will. Ist es das, was du hören willst? Immerhin ist es die Wahrheit. Glaubst du nicht, dass ich ein guter Gemahl wäre?«

In Wahrheit glaubte ich es tatsächlich, aber ich wollte ihm keine Antwort geben, denn er hatte mich wütend gemacht, und ich wollte nicht, dass er mich anfasste. Vor dem Julfest machte er mir Geschenke: eine Bernsteinkette, ein silbernes Armband, Elfenbeinnadeln. Als ich nach Stokkanes hinüberging, um Thorstein den Schwarzen zu besuchen, bat er mich, mitkommen zu dürfen, und als wir allein im Schlitten saßen, war ich nahe daran, ihm zu geben, was er wollte. Aber es war zu kalt, selbst unter der Felldecke. Seit Thorsteins Tod hatte mir all das gefehlt. Ich wollte es Karlsefni nicht leicht machen, doch von diesem Zeitpunkt an wusste ich, dass ich nachgeben würde, und er wusste es zweifellos auch.

Eirik setzte alledem schließlich ein Ende. Er nahm Karlsefnis Vorschlag, mich zu heiraten, an und verlangte von mir eine direkte Antwort. Man spielte nicht mit Eirik und so kam die Verlobung zustande. Ich heiratete Karlsefni am letzten Tag des Julfestes. Diesmal machte Eirik von der christlichen Zeremonie keinerlei Aufhebens. Das konnte er auch nicht, denn Karlsefni war in dem Jahr, als das Christentum in Island gesetzlich eingeführt wurde, beim Thing getauft worden. Das Fest an jenem Abend war das schönste, das Grönland je gesehen hatte. Natürlich wurde fast alles von Karlsefni zur Verfügung gestellt. Die beiden für mich wichtigsten Gäste waren Thorstein der Schwarze, weil er mir ehrlich alles Gute wünschte, und Snorri Thorbrandsson, denn er war der Feind meines Vaters gewesen und war nun der beste Freund meines Gemahls. Er wurde auch Snorris Pate, doch davon später.

Eirik und Leif waren gezwungen, meine Vermählung mit Karlsefni gutzuheißen. Nicht nur der Mangel an Brot und Wein zur Bewirtung seiner Gäste war es, der Eirik verdross, sondern auch der noch dringendere Bedarf an Nutzholz. Tatsächlich brachten wir nie Holz aus Vinland mit, das sich für den Bau von Schiffen eignete. Wenn Eirik und Leif Karlsefni betrachteten, sahen sie die märchenhaften Reichtümer Vinlands, die zwar die ihren waren, aber dennoch unerreichbar. Leif ist nie wieder auf seinem Handelsposten im Westen gewesen. Seine Brüder waren tot und sein Vater war alt und er selbst an Grönland gebunden. Die einzige andere Person, die die Segelanweisungen für Vinland besaß, war Bjarni Herjolfsson. Leif sah ihn jedoch als Rivalen, nicht als Freund. Bjarni ging zu der Zeit, als ich Thorstein heiratete, nach Norwegen, und als er schließlich heimkehrte, zeigte er an den menschenleeren Ländern, die er einst gesichtet hatte, kein Interesse.

Ich war also der Grundpfeiler eines Bündnisses, das allen ideal schien, und doch sprach Karlsefni die Wahrheit, als er mir sagte, er brauche keine Gemahlin, um zu bekommen, was er wollte. Am Ende erkannte ich, dass ich ihn wirklich überrumpelt hatte. Er hatte nie geglaubt, dass er sich eines Tages verlieben könnte. Ich stellte fest, er hatte viel mehr Erfahrung mit Frauen als Thorstein. Und er war ein guter Liebhaber, denn er besaß eine Neugier, an der es Thorstein gemangelt hatte. Deshalb war er unendlich interessiert daran, wie es wäre, ein anderer zu sein. Freydis sagte, als ich ihr widerwillig ein paar Fragen beantwortete, ich könne mich glücklich schätzen. Karlsefni brachte mich regelrecht aus der Fassung. Verglichen mit Thorstein hielt ich ihn für kaltherzig, doch das stellte sich als Irrtum heraus. Nach außen hin kamen wir gut miteinander aus, aber ich hatte das unbestimmte Gefühl, ich könnte ihn nicht erreichen. Bis das mit den Geistern in Sandnes passierte. Aber davon später. Vorerst hatte ich nur den Eindruck, im Nachteil zu sein, und das sagte ich ihm auch.

»Aber du warst schon einmal verheiratet«, wandte er ein, »und das ist mehr, als ich vorzuweisen habe.«

»Aber du warst offenbar nicht dein Leben lang allein.«

Es war dunkel und ich konnte sein Gesicht nicht sehen. Wir flüsterten, denn obwohl wir eine innen liegende Kammer hatten, reichten die Wände nicht bis ans Dach hinauf, und wir konnten uns nur vertraulich unterhalten, wenn wir leise waren.

»Was soll ich dir erzählen? Zufällig war ich immer allein.«

»Nicht im Bett.«

Schweigen. »Nein, nicht, wenn sich die Gelegenheit bot. Was hast du erwartet?«

»Hast du zu Hause eine Frau?«

»Nein. Ich bin ja kaum da.« Er seufzte. Allem Anschein

nach war ihm diese Unterhaltung nicht recht. »Wenn es dich tröstet, es gibt nirgendwo eine Frau. Ich bleibe nirgendwo lange. Wenn ich mit einer Frau schlafen wollte, dann habe ich es getan, manchmal gegen Geld, manchmal nicht. Letzteres geschah für gewöhnlich mit der Frau eines anderen, deshalb wäre es nicht anständig, mit dir darüber zu sprechen.«

Diese letzte Bemerkung erschreckte mich. Er schloss das aus meinem Schweigen und lachte beinahe unhörbar. »Unverheiratete Mädchen zu verführen, ist gegen das Gesetz, meine Liebe, und das kann einen Mann in alle möglichen Schwierigkeiten bringen.«

»Ich verstehe.«

Plötzlich wurde er ernst. »Nein, du verstehst nicht. Das gehört der Vergangenheit an. Ich war damals nicht verheiratet. Wie hätte ich an dich denken sollen, wo ich doch noch nie von dir gehört hatte?«

Er hatte Recht, Agnar, und es stand mir nicht zu, dieses Thema auch nur anzuschneiden. Es war nicht meine Sache. Mich störten auch nicht die Frauen, die er gekannt hatte, sondern mich störte die Tatsache, dass wir uns nicht gut genug kannten. Das wusste ich, weil es Thorstein gegeben hatte. Karlsefni war auf seine Weise unzugänglich wie die Eiswüste im Herzen Grönlands. Ich merkte nicht, dass ich ihm umgekehrt ebenso kalt erschienen sein muss. Gewiss, er weckte in mir das Verlangen und er begehrte mich, aber ich wollte etwas anderes und so ärgerte ich mich über das Vergnügen, das er mir verschaffte. Kannst du das verstehen?

Nein, das stimmt nicht; er war ehrlich und das war mehr, als die meisten Männer zu bieten hatten. Er war rechtschaffen; du urteilst nach den falschen Dingen. Nicht umsonst hat der König von Norwegen ihm den Beinamen Karlsefni gegeben und einen goldenen Ring dazu, den Karlsefni immer am Mittelfinger der rechten Hand trug. Er war außergewöhnlich. Alle nannten ihn Karlsefni, weil sie erkannten, was der König in ihm sah.

Rückblickend muss ich heute sagen, dass es an meiner Unwissenheit gelegen hat. Tatsächlich – und so habe ich es noch nie betrachtet – hat Karlsefni mich wieder in die Welt zurückgeholt, herunter von den Bergen mitten zwischen die Häuser. Drei Jahre später, als Karlsefni mich mit nach Norwegen nahm, fand ich Gefallen daran. Am Königshof erwachte ich zum Leben. Ich hatte gleichaltrige Frauen als Freundinnen und ich lernte zu plaudern. Ich besuchte Feste und Spiele und Märkte, ich gab zum ersten Mal im Leben Geld aus und kaufte Dinge, die nicht lebensnotwendig waren. Ich aß in jenem Winter so viel, dass ich zum Frühjahr hin in das Fettpolster an meiner Hüfte kneifen konnte, und es war dick wie mein Handgelenk. Ich war nie zuvor pummelig gewesen. Mir gefiel es und Karlsefni mochte es auch. Ich kaufte neue Wolle und Leinen und bezahlte andere Frauen dafür, dass sie mir mehr Kleider anfertigten, obwohl ich bereits von jeder Sorte zwei hatte. Aber das war weit von Vinland entfernt, ich muss dir zuerst über Vinland berichten.

Er liebte mich wirklich, Agnar, von Anfang an. Er setzte seine ganze Erfahrung ein, damit ich ihn wiederliebte, und stattdessen nahm ich es ihm übel, dass er gelernt hatte, mit Frauen umzugehen. Inzwischen bin ich viel älter und ich muss sagen, damals war ich viel zu hart gegen ihn.

Jedenfalls wollte er, dass ich ihn nach Vinland begleitete, und ich war einverstanden, obwohl ich geschworen hatte, nie mehr jene westlichen Meere zu befahren. Nachdem ich einmal zugestimmt hatte, beteiligte ich mich an dem Vorhaben. Ich war nicht bereit, die Männer um mich herum Pläne schmieden zu lassen, als wäre ich nicht da, nicht, wenn wir

Schicksalsgefährten werden sollten. Als Snorri an Lichtmess durch den Isafjord über das Eis aus Dyrnes kam, ging alles sehr schnell. An diesem bestimmten Tag schneite es und alle saßen an der Feuerstelle. Ich verließ meinen Webstuhl, ging zu ihnen hinüber und stellte mich neben die Tür, um zuzuhören. Sie beratschlagten, welche Männer sie mitnehmen und welche sie zurücklassen wollten. Der Platz auf dem Schiff war nämlich sehr beengt. Karlsefni hatte damit gerechnet, dass Snorri sein eigenes Schiff mitbrächte, doch es stellte sich heraus, dass er es in jenem Jahr seinem Bruder Thorleif versprochen hatte. Ich wartete auf den richtigen Augenblick und sagte dann laut und deutlich: »Ich habe ein Schiff in Stokkanes liegen.«

Verwundert über die Unterbrechung, drehten sich alle zu mir um. Nur Karlsefni rührte sich nicht. Er saß ohnehin so, dass er mich sehen konnte, und seine Miene war undurchdringlich. Rechtlich gesehen war das Schiff, das meinem Vater und später Thorstein gehört hatte, nun in den Besitz von Karlsefni übergegangen. Doch in meinen Augen gehörte es mir, es war Teil meiner Vergangenheit, nicht der seinen. Es war Leif, nicht Karlsefni, der mir antwortete. »Das stimmt, Gudrid«, sagte er. »Was bietest du uns also an?«

»Ein Schiff«, sagte ich. »Unter gewissen Bedingungen.«

Snorri fluchte leise. Karlsefni schaute mich nachdenklich an und Leif sagte: »Das ist nur recht. Setz dich und sprich.«

Ich setzte mich an die Feuerstelle zwischen die Männer, wie es mir seit meiner Kindheit nicht mehr möglich gewesen war. Ich spürte, wie mein Herz klopfte, doch nach außen hin wirkte ich vollkommen selbstsicher, sagte Karlsefni mir später. »Das Schiff hat meinem Vater gehört«, begann ich. »Wir haben es von Island mitgebracht. Dann hat es Thorstein gehört und wir sind schon einmal zu dieser Reise aufgebrochen. Es hat mir gehört und ich habe Thorsteins Leichnam darin nach Hause gebracht. Es hat den ganzen Sommer über auf dem Trockenen gelegen. Thorstein der Schwarze hat es für mich repariert und instand gesetzt. Es ist ein schönes Schiff und es ist so gut wie neu.«

»Das ist richtig«, bestätigte Leif. »Ich habe es mit eigenen Augen gesehen.«

»Karlsefni hat sein eigenes Schiff«, fuhr ich fort, »und natürlich werde ich mit ihm segeln. Ich könnte Snorri Thorbrandsson das Schiff meines Vaters leihen; ich glaube, mein Vater hätte Verständnis dafür, dass sich die Dinge verändert haben. Als Gegenleistung verlange ich meinen Anteil an der Ladung, und da ich auch auf diese Expedition gehe, werde ich an euren Zusammenkünften teilnehmen.«

Leif lächelte mir zu und ich erkannte, dass meine Wünsche mit den seinen übereinstimmten. Denn wie kein anderer verkörperte ich die Interessen seiner Familie. Und er selbst würde ja daheim bleiben. »Das finde ich anständig«, sagte er. »Was sagst du dazu, Karlsefni?«

Karlsefni warf ihm einen kurzen Blick zu und schaute dann wieder mich an. »Ich finde es bewundernswert«, sagte er nüchtern und es blieb mir überlassen, herauszufinden, was das zu bedeuten hatte.

Die anderen Männer waren ungeachtet der Bedingungen so froh über das zweite Schiff, dass niemand etwas gegen meine Anwesenheit einzuwenden hatte. Agnar, ich weiß nicht, warum ich meiner selbst so sicher war, warum ich so fest überzeugt war, aber die Sache gelang und vielleicht verdanken wir meinem damaligen Standpunkt unser Leben. Hätte ich mir keine Autorität unter ihnen verschafft, wäre ich nur Karlsefnis Frau und nichts weiter gewesen, und der Tag, an dem die Skrælingjar kamen, wäre unser letzter gewesen. So arbeitet das Schicksal zuweilen mit uns, zu unseren Gunsten. Worauf man sich allerdings nie verlassen sollte.

Karlsefni sollte der Anführer der Reise sein und Snorri Kapitän des zweiten Schiffes. Snorris Sohn Thorbrand segelte mit ihm; er war ein netter junger Mann und ich denke noch heute höchst ungern an seinen Tod. Aber wie hätten wir das wissen sollen? Beide Schiffe sollten wenigstens einen Mann an Bord haben, der mit Leif gesegelt war, obwohl Leif seine Männer und seine Kenntnisse weniger gern mit Snorri als mit Karlsefni teilte, der jetzt immerhin sein Schwager war. Widerwillig stellte er beide zur Verfügung, bestand aber darauf, dass er Leifsbudir zur Verfügung stellte, um Karlsefni und mir einen persönlichen Gefallen zu tun. Die anderen durften sich nur als Karlsefnis Gäste dort aufhalten. Das löste Groll aus, doch Karlsefni ging damit nach altbewährtem Muster um und behandelte die Launen der Menschen wie das Wetter, nämlich als ein Problem, das der Lösung bedurfte, und nicht als etwas, worauf man stolz sein sollte.

Da Karlsefni und seine isländische Mannschaft noch nie in der Westsiedlung gewesen waren, gab Eirik uns einen Mann mit, der diese Küste gut kannte, da er oft mit Thorstein auf Jagd gewesen war. Wir hätten uns keinen erfahreneren Lotsen wünschen können, doch mir flößte dieser Mann Entsetzen ein. Man nannte ihn Thorhall den Jäger und er war groß und ungeschlacht und pflegte sich sein Getränk aus Wacholderbeeren zu brauen. Karlsefni sagte, es sei das stärkste Gesöff gewesen, das er je getrunken habe. Mir wurde davon nie etwas angeboten. Thorhall konnte andere betrunken machen, wenn er wollte; was ihn betraf, war ich mir nie sicher, ob er betrunken oder nüchtern war. Ich konnte auch seine Worte nicht verstehen und das ärgerte ihn. Ich mochte ihn nicht, er hingegen verabscheute mich abgrundtief. Er wurde allmählich alt und murrte, als er mit uns geschickt wurde. Doch Eirik bestand darauf und gab ihm Silbermünzen, um ihn zufrieden zu stellen. Er war mit Thorhall immer gut ausgekommen; sie tranken zusammen und schimpften auf die neue Religion, die Männer zu Lämmern machte, Frauen zu Richtern und den Tod zu einer Orgie aus Selbstmitleid und Schuldgefühlen. Doch ohne Thorhalls Segelanweisungen hätten wir uns niemals wohlbehalten so weit aus der Welt entfernt.

Du musst verstehen, Agnar, unser Plan war, einen Handelsposten in Vinland einzurichten, nicht nur ein einzelnes Gehöft. Außerdem wollte sich keiner von uns auf Dauer so weit außerhalb der Welt niederlassen, wenigstens nicht, bevor der Handel in Gang gekommen war. Dann erst könnte die Gegend auch Siedler anziehen. Zunächst wollten sich Leif und Karlsefni ihr Recht im neuen Land sichern. Wir sollten also Leifsbudir zu einer Wintersiedlung ausbauen, die eine Basis für alle zukünftigen Expeditionen sein könnte. Sie lag vor dem Tor nach Vinland und wir nahmen an, dass Vinland sich nach Süden zog, bis es sich mit Afrika vereinte und den Weltenkreis beschloss. Mit den Reichtümern eines solchen Landes könnten wir Grönland mit Nutzholz für den Schiffebau versorgen, und wenn die Jagd ebenso ergiebig war wie in Grönland, hätten wir noch Felle und Elfenbein für Norwegen. Leif war besessen von der Idee, Wein herzustellen. Karlsefni dagegen war skeptisch. Im Gegensatz zu uns hatte er den Wein aus Vinland noch nicht probiert.

Karlsefni band sich also in einer Weise an Grönland, die er bei seiner Ankunft nicht vorhergesehen hatte. Ich konnte ihm nicht alle Fragen in Bezug auf mein Anwesen in Sandnes beantworten und er wollte nicht mit Leif darüber sprechen; es wäre nicht taktvoll gewesen, zu viel Interesse an Thorsteins ehemaligem Besitz zu zeigen. Doch ich wusste, dass Karlsefni Pläne hatte. Das Anwesen lag sehr günstig an der

Route nach Vinland. Mir gefiel das nicht; für mich gehörte Sandnes noch immer Thorstein und ich spürte das Bedürfnis, die Vergangenheit zu beschützen, wenn Karlsefni darüber sprach. Sandnes und Thorstein – das war der eigentliche Kern der Sache. Aber ich bin müde. Lass uns morgen darüber sprechen.

3. August

Die unbeständigsten Gegenden befinden sich am Rande der Welt. Dort kann ein Weg in einem Jahr unpassierbar sein und im nächsten weit offen. Aber man darf nicht glauben, es wäre je anders gewesen. Meine zweite Reise zur Westsiedlung war nur Sonne, Wind und funkelndes Licht. Wir legten in Brattahlid ab und hatten vereinbart, dass wir uns in drei Wochen an der Mündung des Lysufjordes mit Snorri treffen würden. Das Meer war dunkelblau, die Eisberge glitzerten wie Edelsteine und ein frischer Rückenwind peitschte die Wellenkämme und füllte unser Segel. Die Berge sahen aus wie geschrubbt und die Vorgebirge warfen purpurrote Schatten, die sich im Laufe der langen Tage langsam drehten. Der Lysufjord war blau und unschuldig. Wir passierten den Hof von Thorstein dem Schwarzen, ein schmuckes Anwesen auf einem offenen Berghang, das aussah, als hätte es seit Anbeginn der Welt noch nie einen Winter erlebt. In einer plötzlich eintretenden, perlgrauen Stille gingen wir in Sandnes vor Anker und Frühlingsdüfte umfingen uns.

Mein Pächter in Sandnes war ein Mann namens Helgi, doch die eigentlich Verantwortliche war seine Frau Sigrid. Mir schien, sie freute sich, mich zu sehen, vor allem, da ich bei unserem Ritt über den Hof die geleistete Arbeit nur loben konnte. Das Vieh war draußen auf der Weide und fraß das frische Gras. Es schien bereits widerstandsfähig zu sein. Wir ritten ins Landesinnere zu den Schafweiden, auf denen das Blöken neugeborener Lämmer mit den Stromschnellen eines von Weiden gesäumten Flusses wetteiferte, der viel Wasser führte. Karlsefni ritt hinter uns und nahm alles in sich auf, während ich Sigrid und Helgi befragte; ich sah ihm an, dass er zufrieden war.

Wir suchten uns Schafe und Kühe sowie ein paar Ponys aus, die wir mitnehmen wollten, außerdem genügend Verpflegung für den Rest unserer Reise. In dem Frachtraum, den sie einnehmen sollten, hatten wir norwegische Güter mitgebracht, die Snorri und die Mannschaft ausgeladen hatten. Es gefiel mir, Sigrid dabei zu beobachten, wie sie in das Fass und die Seehundfellsäcke schaute, die wir ihr überließen. Ich habe immer gern den Leuten beim Auspacken meiner Geschenke zugesehen. Sigrid steckte eine Hand in den Kornsack und ließ die goldenen Körner durch die Finger rinnen und Helgi wog lächelnd die Roheisenstücke in den Händen. Karlsefni erteilte ihnen Anweisungen, den Rest seiner Waren gegen Felle und Elfenbein einzutauschen und diese bis zu unserer Rückkehr auf dem Hof zu lagern. Als Sigrid erkannte, dass wir die Absicht hatten, so bald schon nach Vinland aufzubrechen, nahm sie beunruhigt meine Hand und tätschelte sie. Niemand erwähnte Thorstein, doch die Bewohner von Sandnes hatten ihn gut gekannt und um diese Jahreszeit immer nach seinem Schiff Ausschau gehalten.

In jener Nacht hatte ich einen Traum. Die Tür des Langhauses wurde aufgerissen und mein Gemahl Thorstein und Grimhild, die Frau Thorsteins des Schwarzen, drängten sich an die Feuerstelle, warfen Sigrids Spindel und das Spielbrett zur Seite, um sich Platz zu schaffen. Schreiend fuhr ich hoch. An der Feuerstelle krachte es. Karlsefni war schon aus dem Bett gesprungen und griff unter das Kissen nach seinem Messer. Quer durch den Raum kam etwas auf ihn zu. Die Tür stand offen und die Zugluft ließ das Feuer erglimmen. Dann wurden Grassoden entfernt und eine Lampe flackerte auf. Ich sah einen riesigen Schatten an der Wand, doch ehe ich erneut aufschreien konnte, erkannte ich Karlsefni, der im Hemd an der Feuerstelle stand und die Lampe in die Höhe hielt. Das Licht fiel auf ein blasses Gesicht. Es war Helgi. Er zeigte mit seinem Schwert auf das Langfeuer und Karlsefni ließ die Lampe sinken. Der große Specksteintopf, in dem wir unser Abendessen zubereitet hatten, war in drei Teile zerbrochen.

In der zweiten Nacht hatte ich denselben Traum und diesmal wurde der große Schrank in der Ecke aufgerissen und das Schloss aufgebrochen. Winterkleider lagen schmorend in der Glut.

In der dritten Nacht ging Karlsefni nicht zu Bett, sondern setzte sich ans Feuer, das gezückte Schwert auf den Knien, die Lampe neben sich auf der Bank. Helgi wartete mit ihm. Ich hätte mich auch zu ihnen gesetzt, doch Karlsefni gebot mir zu schlafen, was mir zu meiner Verblüffung auch gelang, sobald ich mich hingelegt hatte. Später sagte er mir, er habe mir Mohnsamen gegeben, um sicher zu sein, dass ich wirklich träumte.

Der Traum jener Nacht war der schlimmste. Als die Tür aufflog, waren es nicht nur Thorstein und Grimhild, die hineinstürmten, sondern alle, die damals im Winter gestorben waren. Ich sah, wie sie über die Lebenden herfielen, und beim Erwachen fand ich mich allein im Bett. Ich sah die Lampe neben einem verlassenen Feuer brennen und glühende Asche war über den ganzen Raum verstreut. Sigrid trat weinend an mein Bett. Ich konnte mich nicht rühren und es erschien mir wie eine Ewigkeit, bis die Männer zurückkehrten, vom Regen durchnässt. Sie waren den Spottreden und Fußstapfen durch die Dunkelheit gefolgt, doch es war ebenso hoffnungslos, wie den Wind zu verfolgen.

Am nächsten Morgen weinte Sigrid wieder und sagte, wir brauchten einen Priester, um Weihwasser zu verteilen. Doch der nächste Priester war weit entfernt in Brattahlid. »So etwas ist hier noch nie passiert«, schluchzte sie. »Es war ein guter Ort und wir waren glücklich.«

»Und so soll es auch wieder sein«, beschloss Karlsefni. Den ganzen Morgen über saß er mit gerunzelter Stirn an der Feuerstelle und starrte ins Feuer, während draußen der Regen niederprasselte. Dann, als wir gegessen und die Mannschaft und die Leibeigenen zur Arbeit geschickt hatten, rief er uns vier zusammen. »Sigrid und Helgi«, begann er, »ihr wart Freunde des ersten Gemahls meiner Frau. Hört mir zu und sorgt dafür, dass der Gerechtigkeit Genüge getan wird. Gudrid«, er wandte sich an mich, »der Geist von Thorstein ist noch nie hierher gekommen, obwohl dies sein Hof ist. Warum, glaubst du, kommt er jetzt und erhebt wieder Anspruch darauf?«

Tränen rannen mir über das Gesicht; ich war hilflos. »Er war nie mein Feind«, sagte ich. »Ich habe ihn geliebt. Ich will ihm jetzt nicht wehtun.«

»Was also willst du für ihn?«

»Er soll in Frieden ruhen.« Ich versuchte, nicht laut zu schluchzen.

»Sehr gut.« Karlsefni stand auf und führte mich nach draußen. Die anderen folgten uns. Wir stellten uns so, dass wir die Haustür ansahen; der Regen wehte uns in den Rücken. »Wir haben keine übernatürlichen Kräfte«, sagte Karlsefni, »aber wir alle haben die Autorität unserer eigenen Gesetze. Das ist mein Haus, es gehört den Lebenden und die Toten haben hier nichts verloren.« Er rief in den leeren Raum hinein: »Thorstein, Eiriks Sohn, du hast hier kein Anrecht mehr. Ich klage dich an, unbefugt im Haus der Lebenden zu weilen, komm heraus!«

Das Haus war warm gewesen, als wir hinausgingen, aber der Wind, der uns jetzt daraus entgegenwehte, war feucht wie ein offenes Grab. Die Tür flog nach außen auf, dass sich die Angeln bogen. Sigrid schrie und klammerte sich an Helgi. Helgi zog das Schwert.

Karlsefni zuckte nicht mit der Wimper. »Thorstein, Eiriks Sohn, und all jene, die du mitgebracht hast, hört euer Urteil!« Er zog mich an sich. »Nur zu, Gudrid. Urteile!«

Ich weiß nicht, ob Karlsefni ihn sehen konnte, aber ich sah ihn: Thorstein, das Leichenhemd von Grabeserde beschmutzt, die Augenhöhlen leer. Weiße Knochen schimmerten unter seiner trockenen Haut. Neben ihm stand Grimhild mit gelber, bis auf die Knochen vertrockneter Haut und ich sah all die Toten hinter ihnen versammelt, zwischen uns und der Haustür, mehr als ich zählen konnte.

Meine Beine knickten ein und ich sank nach hinten gegen Karlsefni. Er hielt mich fest, zwang mich aber, sie anzusehen.

»Gudrid, sie sind meinem Aufruf gefolgt. Sie stehen da und erwarten ihr Urteil.«

Ich blickte in die dunklen Höhlen, die Thorsteins Augen gewesen waren, und sie schienen mich einzusaugen, damit ich hineinfiel und ertrank. Ich versuchte einzuatmen, doch die Kehle war mir wie zugeschnürt.

»Sprich das Urteil, Gudrid!«

Ich zwang mich, aufrecht zu stehen, und löste mit Mühe meinen Blick von den blicklosen Augen der Toten. »Ihr müsst jetzt zu der Stelle gehen, die für euch vorgesehen ist. Ihr müsst uns für immer verlassen und dürft nicht wiederkehren. Möget ihr in Frieden ruhen«, flüsterte ich. Aus den Augenwinkeln sah ich, wie Sigrid sich bekreuzigte, und auch ich schlug ein Kreuz, nicht an meiner Brust, sondern über den anderen, die uns gegenüberstanden. Sie neigten die Häupter, gaben auf und gingen langsam davon.

Thorstein war der Letzte. Er schwebte so nah an mir vorüber, dass ich ihn hätte berühren können. Ich wusste, dass ich das nicht durfte, und ließ ihn gehen.

Nun war der Blick auf die Haustür wieder frei. Ich drehte mich um, warf meinem Gemahl die Arme um den Hals und schluchzte, als wäre mir das Herz gebrochen. Er brachte mich ins Haus und führte mich in die Abgeschiedenheit unserer Bettstelle. Dort hielt er mich in den Armen und wiederholte so oft, dass er mich liebe, bis ich mich beruhigt hatte. Ich schämte mich des Durcheinanders, das ich verursacht hatte. Das habe ich ihm natürlich nie gesagt, niemals, aber noch während ich weinte, spürte ich, dass er zitterte. Unter normalen Umständen hatte er überhaupt keine Geduld mit weinenden Frauen. Sobald sich eine solche Situation anbahnte, verließ er den Raum. Ich habe ihm zwar nie auf diese Weise Ungemach bereitet; ich habe nicht nah am Wasser gebaut. Aber ich habe nie vergessen, was er an jenem Tag für mich getan hat. Und seitdem habe ich ihm nie etwas vorenthalten, was ich ihm zu geben vermochte.

Die Geister versammeln sich im Schatten des Berges und schauen auf Sandnes hinab. Sie sehen einen Flecken grüner Weide, Heuwiesen rechteckig wie zum Trocknen ausgebreitete Decken. Sie sehen Gebäude, die Spinnwirbeln gleich an den von Hufen und Füßen gewobenen Pfaden hängen. Ein kleines Stück Strand säumt die Siedlung und einzelne Boote, die wie Nadeln anmuten, sind dort vertäut. Die Geister sehen, wie sorgfältig die Gegend angelegt, wie sauber sie zusammengenäht, aber wie zerbrechlich das grüne Material ist, das an manchen Stellen zwischen blankem Fels und Meer wächst. Die Geister schauen durch den grauen Regen hinab, den sie nicht mehr spüren. Dann driften sie ins Landesinnere, wo es kein Grün mehr gibt, nur das ewige, unbarmherzige Eis. Im Norden leuchten die Wolken wie Diamanten, von der Spiegelung des Eises erhellt.

Die Geister können nie wieder zu den Häusern zurückkehren. Dort gibt es keine Feuerstelle für sie. Gefangen zwischen der Liebe, die sie an das Leben bindet, und der Verheißung eines Glanzes, den sie nicht spüren können, verschwinden sie in der Leere des Nordens, verloren im frostigen Licht.

7. August

Wir sollten heute hart arbeiten, um den gestrigen Tag aufzuholen. Aber ich habe unser Gespräch genossen und wir dürfen uns doch gewiss zuweilen entspannen. Die Geschichte wächst, nicht wahr? Du hast die Pergamentrolle fast voll geschrieben und bald den Stab erreicht. Kann ich dir beim Schreiben zusehen?

Jeder, der des Lesens kundig ist, kann sich das ansehen und meine Geschichte hören, so wie ich sie dir erzählt habe. Ein merkwürdiger Gedanke.

Nein, und er würde mich auch nicht sehen, wie ich hier stehe und dir über die Schulter blicke, und er würde weder die Zypressen noch die Küchendünste riechen oder das Huhn sehen, das auf der Schwelle zur Küche herumpickt. Er könnte an einem ganz anderen Ort sein, in einem anderen Land sogar und zu einer anderen Jahreszeit. Vielleicht sitzt er in einem kalten Skriptorium und trägt Wollhandschuhe, um sich die Hände warm zu halten, während draußen Schneeflocken wirbeln. Vielleicht ist er nicht imstande, sich vorzustellen, wie wir hier im Hof saßen und die Sonne so hoch am Himmel stand, dass der Kreuzgang kaum einen Schatten warf. Er wäre sicher nicht in der Lage, diese Walnüsse mit uns zu teilen – nimm noch eine Hand voll. Es muss merkwürdig sein, ein Buch zu lesen. Wie schaffst du das nur, ohne dass dich eine Stimme leitet? Woher weißt du, wer da spricht? Wohin schaust du, während du dir all das vorstellst?

Musst du die ganze Zeit auf die Schrift sehen, nur auf das Schwarz und Weiß? Wie kannst du dabei Bilder vor deinem geistigen Auge sehen?

Ja, vermutlich haben sich weise Männer in Italien sorgfältig mit all diesen Fragen beschäftigt.

Wie, verschiedene Farben? So wie die Bilder an einer Kirchenwand? Oder eher wie Gewobenes?

Das habe ich nicht gewusst. Ich habe nicht gewusst, dass ein Buch schön sein kann. Brauchen die Mönche lange dafür? Weißt du, wie man das macht?

Zum Ruhme Gottes. Ja, ich verstehe. Agnar, als Frau, die nie ein Skriptorium betreten oder am Lesepult in der Kathedrale stehen darf, gibt es da eine Möglichkeit … und wäre es überhaupt schicklich, als Frau einmal einen Blick auf eins dieser Bücher zu werfen?

Wirklich? Du würdest ihn fragen? Ich wäre dir ja so dankbar. Ja, das würde ich sehr gern. Es wäre etwas völlig Neues.

Wo waren wir also stehen geblieben? Eirik Raudi sah ich nie wieder, Agnar. Als wir heimkehrten, war er bereits seit zwei Jahren tot. Er war ein gesetzloser, gefährlicher Mann, als ich ihn kennen lernte, aber er hat sich Geltung verschafft. Da draußen auf seinem Außenposten am Rande der Welt war seine Bedeutung größer als die des heiligen römischen Kaisers hier. Er war nicht nur eine Vorstellung, verhüllt in Majestät und Politik. Es gab ihn wirklich und wir alle kannten ihn. Dabei war er alles andere als gutartig. Er war gewalttätig, voreingenommen und hochfahrend. Männer fühlten sich zu ihm hingezogen, weil er Mut besaß. Er gab sich den Anschein von Großzügigkeit, doch am Ende war der Vorteil immer auf seiner Seite. Die Wildnis hinter dem Ende der Welt verwandelte er in bewohnbares Land und vermutlich leben seine Nachkommen jetzt bis in alle Ewigkeit dort. Er hat also die Grenzen der Welt ein wenig weiter gesteckt.

Ich sollte etwas zu den Segelanweisungen nach Vinland sagen. Wir mussten unsere Reise in der Westsiedlung beginnen, um den Wind von der fernen Küste aufzunehmen. Vom Lysufjord segelten wir nach Westen, bis wir die hohen Berge von Helluland sichteten. Dann behielten wir die neue Küste an Steuerbord in Sicht und folgten ihr nach Süden, bis Felsen und Gletscher einem Waldgebiet wichen. Die Landmarke, nach der wir Ausschau hielten, war ein lang gezogener Sandstrand, den Leif Furdustrandir, Wunderstrand, genannt hatte. Aus seiner Mitte ragte eine unverkennbare Landzunge ins Meer, der wir den Namen Kjalarnes, Kielspitz, gaben. Von dort aus war es mit dem Schiff noch eine Tagesreise bis zu einer Stelle, an der die Küste nach Westen zurückwich. Dort hielten wir nach einer hohen Insel im Südwesten Ausschau. Hinter Kjalarnes brauchten wir also eine gute Sicht. Thorvald und seine Männer hatten dort tagelang gelagert und darauf gewartet, dass sich der Nebel lichtete. Nachdem wir die Insel Bjarney einmal erreicht hatten, war im Süden an einem klaren Tag die Küste von Vinland zu sehen. Diese Insel hieß Bäreneiland, weil Leifs Mannschaft dort einen weißen Bären zur Strecke gebracht hatte.

Anweisungen können so schlicht sein und bei klarem Wetter ist das Leben so einfach. Und doch kann das Wetter jederzeit umschlagen und der seidene Faden, an dem das Leben hängt, reißt. Später fand man heraus, dass es in manchen Jahren unmöglich ist, nach Vinland durchzukommen. Wir aber segelten über die Meerenge und die Tore zu dem menschenleeren Land standen weit offen. So kam es, dass zwei Holzschiffe mit neunundvierzig Männern, fünf Frauen, sechs Kühen und einem Bullen, einem Dutzend Schafen, sechs Pferden und einem Stall voll Hühner vergnügt aus der uns bekannten Welt hinaus in den sechsten Tag der Schöpfung segelten. Nur, ganz so war es trotzdem nicht; wir schleppten unsere Vergangenheit mit uns wie einen nicht bestatteten Toten. Wir sahen alles genau so, wie Leif es uns beschrieben hatte, und eine Woche, nachdem sich die beiden Schiffe in Lysufjord getroffen hatten, machten wir die erste Landkennung in Bjarney. Wir waren die ganze Strecke gesegelt, ohne uns zu trennen.

Das Wasser war tief, aber schließlich fanden wir die einzige Stelle, an der wir die Schiffe an einem flachen Felsen anlegen konnten. Vogelklippen ragten über uns auf und warfen unsere Stimmen als Echo zurück. Im Frühling kann man die Klippen von Bjarney wunderbar abernten. Noch reichhaltiger ist die Ausbeute jedoch bei den Eiderenten, die oben auf der Insel nisten, Karlsefni hat einen Weg hinauf gefunden, und während die Männer auf die Klippen stiegen, kletterte ich über die Bordwand in das andere Schiff, um mit den vier Frauen zu sprechen, die mit Snorris Mannschaft gesegelt waren. Es waren Bauersfrauen, die mir mit Respekt begegneten, aber nicht so unterwürfig waren wie Leibeigene. Helga war mit einem Schmied aus Snorris Anwesen in Dyrnes verheiratet. Ich mochte sie; sie war jung, schien aber zäh und vernünftig zu sein. Die Dünung wiegte uns leise und die Fender aus Seehundfell knirschten, wenn sie am Fels entlangscheuerten. Über uns kreischten Vögel und manchmal klatschte Kot neben uns auf die Planken. Die Klippen, in deren Schatten wir lagen, schienen sich über uns zu beugen. Das Meer war ruhig und schwarz wie Tinte.

»Ich habe schon auf eine Gelegenheit gewartet, mit dir

reden zu können«, sagte ich, nachdem wir ein wenig geplaudert hatten. »Hast du schon einmal ein Kind zur Welt gebracht?«

Helga riss die Augen auf und ließ den Blick auf meine Taille wandern. »Ich weiß, was zu tun ist«, sagte sie. »Ich habe ein paarmal bei einer Geburt zugesehen. Wann ist es denn so weit?«

»Am Julfest, glaube ich.«

»Am Julfest. Wo, glaubst du, sind wir dann?«

»In Leifsbudir, hoffe ich.«

»Das hoffe ich auch«, sagte sie. »Ist in diesem Land überhaupt schon einmal ein Kind geboren worden?«

»Ich weiß nicht. Aber Thorvald ist hier gestorben.«

Als Karlsefni mit seinen Männern von der Insel kam, sagten sie, man könne die Küste von Vinland im Süden sehen und das Land, das wir an jenem Morgen hinter uns gelassen hatten, verschwinde in einer grauen Wolkenbank. Man spüre die kalte Brise, die einem Wetterumschwung vorangehe. Danach brach auf beiden Schiffen Hektik aus und in wenigen Minuten hatten wir unsere Segel wieder gesetzt, diesmal gen Vinland.

Karlsefni und ich verstanden uns als Reisegefährten sehr gut. Diese erste Zeit sehe ich wie eine lange Reise vor mir, auf der wir nie unser nächstes Ziel kannten. Vier Jahre lang waren wir unterwegs, dann ließen wir uns in Glaum nieder. Mehr als die Hälfte meines Lebens war ich Herrin über ein großes Anwesen, war Frau und Witwe eines der am meisten geachteten Männer auf Island. Ich weiß, ich hatte Glück, aber manchmal musste ich auch gegen eine schreckliche innere Leere ankämpfen. Für gewöhnlich dauert es nicht lange. Oft geschah das im Herbst und ein paar Tage lang musste ich dagegen angehen. Ich habe es noch nie jemandem erzählt. Am schlimmsten ist es, wenn es nach dem Julfest auftritt. Dann setzt sich das Gefühl tiefer fest und ich trage es monatelang mit mir herum.

Es macht mich nervös, dir das zu erzählen. Mich fröstelt, und wenn ich meine Hand hochhalte, zittert sie – siehst du? Ist das Besessenheit? Eine innere Leere, habe ich es genannt. Manche Würmer dringen in die Eingeweide eines Menschen und fressen ihn langsam von innen her auf. Man kann sich so was einfangen, wenn man Kräuter von einer Weide isst, auf der Schafe gegrast haben. Schrecklich. Aber das, was ich habe, rührt von etwas anderem her. Es ist womöglich eine Art Seelenwurm. Er nagt unter meinen Rippen und ich habe in mir nichts, womit ich der Welt gegenübertreten könnte. Nur diese Leere, die ich unter allen Umständen verbergen muss. Heute weiß ich, dass sie immer wieder verschwindet. Ich kann sie ertragen, weiß ich doch, dass das Ding – wenigstens für eine Zeit lang – schmilzt, wenn das Licht zurückkehrt.

In Vinland war ich von diesem Dämon befreit; tatsächlich hatte er mich erst im Griff, als wir in Glaum in Sicherheit lebten und alles hatten, was wir uns nur wünschen konnten. Die Reisen nach Vinland waren oft beängstigend, gefährlich und unbequem, aber ich war innerlich zufrieden. Ich hatte nie das Gefühl, mehr zu brauchen. Ich kannte den Schmerz, aber die Enttäuschung war mir fremd.

Kurz vor Einbruch der Dunkelheit landeten wir in Leifsbudir; dort gibt es eine Dämmerung, sogar im Juni. Die Wolkenbank hielt Bjarney umschlossen, so dass sich die Strecke, auf der wir gekommen waren, in nichts auflöste. Doch vor uns lag Festland. Wir entdeckten die beiden Inseln vor der Küste, die wir so gut kennen lernen sollten, und sogleich sahen wir die Steinhaufen, die Leifs Männer auf der Hügelkette aufgeschichtet hatten. Tatsächlich lag die Bucht zwischen den Inseln und dem Bergzug versteckt und fiel so sanft ab, dass unsere Schiffe schon hundert Meter vor dem Strand auf Grund liefen. Sobald die Schiffe festsaßen, umhüllte uns Wärme und der Geruch nach Bäumen. Es gab keine Brandung, alles war still. Wir sahen sanfte, grüne Ufer und einen grauen Strand. Die Tiere witterten das Land und begannen, gegen die Holzverschläge zu drücken; die Schafe fingen an zu blöken und dann muhten die Kühe; der Bulle brüllte, trat wild gegen seine Box und riss den Kopf herum. Ein Seil riss entzwei. Jemand rief: »Er geht durch!«, und die Ponys im nächsten Verschlag schrien und zerrten an ihren Halftern. Uns blieb nichts anderes übrig, als schnellstens die Rampen herunterzulassen. Tieren geht es auf See sehr schlecht. Sie frieren und haben Hunger, deshalb machen sie nur wenig Ärger. Wegen der leichten Überfahrt war unser Vieh noch zu gut in Form. Ein solches Anlegen habe ich jedenfalls noch nie erlebt. Sobald der Bulle draußen war, schüttelte er die Männer, die ihn festhielten, mit einer heftigen Kopfbewegung ab und trottete zum nächsten Strand. Die Kühe schrien und zerrten an den Seilen, ihr Kot platschte ins Meer. Ein Pony sprang wiehernd ins Meer, erschrocken vom weißen Schaum, den es selbst erzeugt hatte, als drohe ein Ungeheuer es hinab in die Tiefe zu ziehen.

Als wir schließlich mit unseren Tieren am Ufer waren und die Leitkuh und die Ponys an den Vorderbeinen gefesselt hatten, waren wir vom Schweiß durchnässt. Der Bulle war verschwunden, doch er würde bald zu seinen Kühen zurückkehren. Die Entfernung zu den gefährlich klein wirkenden Schiffen, die in knietiefem Wasser lagen, erschien uns sehr groß. Wir standen an einem halbrunden Strand, der nach Osten blickte. Wir stiegen auf die Dünen, wo mich Strandhafer an den Beinen piekte – und noch etwas. Ehrfürchtig betrachtete ich die reifenden Ähren. Wilder Weizen, hatte Leif gesagt. Ich hatte noch nie im Leben Korn wachsen sehen. Jetzt, da ich die Felder in Europa gesehen habe, weiß ich, dass unser Weizen in Vinland ein anderer war, doch für uns bedeutete er Wohlstand. Ähren des sprießenden Korns streiften an meinem Rock entlang und ich dachte an Halldis und den Duft nach frischen, heißen Brotlaiben, und mit dieser tröstenden Verheißung schaute ich zum ersten Mal auf Leifsbudir.

Die Hütten standen auf einer grasbewachsenen Ebene. Durch das Marschland dahinter zog gemächlich ein Fluss. Zu unserer Rechten erhob sich die niedrige Hügelkette mit den Steinhaufen. Sanfte Hänge waren mit Bäumen bedeckt, nur vor uns nicht. Auf einer gerodeten Fläche waren drei Hütten im Halbrund errichtet, den Konturen des Strandes folgend: kleine, grüne vertraute Formen, genauso wie die Häuser, die wir zurückgelassen hatten, aber fremd in ihrer Leere. Noch nie hatte ich eine verlassene Siedlung gesehen. Noch nie im Leben hatte ich mich einem unbewohnten Haus genähert. Ich hatte Angst; die Hütten erschienen mir so geheimnisvoll und in sich gekehrt. Es war keine Tür zu sehen. Karlsefni ging um das mittlere Haus herum und ich folgte ihm. Natürlich gab es Türen, doch sie gingen nach Westen, vom Meer abgewandt. Bevor die anderen kamen, bekreuzigte er sich rasch und hob dann den Riegel. Die Tür schwenkte nach innen ins Dunkle. Daran hatten wir nicht gedacht und wir hatten weder Lampen noch Feuer bei uns. Karlsefni trat ein und ich folgte. Es dauerte eine Weile, bis wir uns an die Dunkelheit gewöhnt hatten. Dann erblickte ich die kalte Asche von dem Feuer, das Thorvalds Männer hier vor fünf Jahren unterhalten hatten. Karlsefni fand das Seil und versuchte, den Rauchabzug zu öffnen, doch er war zum Schutz vor dem Wetter mit Brettern vernagelt. Die Bänke waren blank und an den Wänden hingen Seile und Körbe und Werkzeuge. Die Kochmulde war voller kalter Asche; darüber waren Töpfe aufgestapelt. Ich tastete im Dunkeln nach dem Wasserfass, doch wenn es bei ihrer Abreise noch gefüllt war, so war das Wasser inzwischen längst verdunstet. Nach fünf Wintern roch es in den Häusern feucht und erdig, aber kalt war es nicht. Ich war die erste Frau, die dieses Haus betrat; ich betrachtete noch einmal die Kochtöpfe und dachte an die Männer, die hier überwintert hatten. Noch nie hatte ich einen freien Mann Essen kochen sehen, und so wie die Dinge liegen, werde ich wohl auch keinen sehen. Aber dort waren die Töpfe, die Kochmulde, die flachen Steine und die Feuerstelle, die mir eine Geschichte erzählten. Findest du das albern, Agnar? Ich habe nie daran gedacht, das jemandem zu erzählen.

Der Ort vermittelte mir nie wieder dieses Gefühl. Wir zündeten die Feuer an und zogen ein und nach einem Tag gehörten die Hütten uns. Karlsefni und ich bezogen Leifs Haus, das südlichste nahe beim Fluss. Unser Raum lag zur Flussseite hin und unsere Mannschaft war in der Halle neben uns untergebracht. Snorri und seine Leute belegten die beiden anderen Hütten, die auch als Werkstätten dienen sollten. Im ersten Winter lebten wir sehr beengt, deshalb bauten wir im darauf folgenden Frühjahr weitere Schuppen: einen am Ufer für den Bootsbau, zwei neben dem von Leif hinterlassenen Lagerhaus für andere Arbeiten. Im ersten Frühjahr setzten wir die Schmiede in Gang, die direkt gegenüber von unserem Haus auf der anderen Seite des Flusses stand. Mit uns war auch ein Schmied gekommen und in den Marschen ringsum fanden wir Sumpferz, so wie Leif es gesagt hatte. Doch trotz aller Mühe, die wir uns gaben, erhielten wir nie das Eisen, das wir uns erhofft hatten. Die Schmiede bereitete uns eine Enttäuschung nach der anderen. Snorri verlor die Geduld und wollte nichts mehr damit zu tun haben, aber Karlsefni war beharrlich. Doch davon später.

Unser erster Winter hätte viel besser sein sollen. Uns blieben noch drei Monate für die Jagd, doch obwohl Leif in der Nähe Karibus gefunden hatte, kehrten unsere Jäger mit leeren Händen zurück. Sie fanden alte Spuren, doch aus unerfindlichen Gründen waren die Karibus in jenem Sommer nicht so weit in den Norden gezogen. Wir hatten die Vogelzeit verpasst, aber wir kamen noch rechtzeitig für Lachs und Kabeljau. Die Beeren waren herrlich. So viele Sorten hatte ich noch nie gesehen. Hauptsächlich pflückten wir Gichtbeeren, Rebhuhnbeeren und Schellbeeren. Als wir einen halben Tag lang die Küste hinuntersegelten, fanden wir Blaubeeren, die die richtige Farbe für den Wein hatten, den Tyrkir hergestellt hatte. Karlsefni sagte, sie sähen wie Trauben aus, obwohl er nie frische, sondern nur getrocknete gesehen hatte. An frischem Fleisch mangelte es uns, da wir keine Rinder zum Schlachten übrig hatten, und als im Herbst die Seehunde an Land kamen, stand der Winter bereits vor der Tür. Karlsefni hatte den einen oder anderen erfolgreichen Tag, an dem er zwischen den Inseln Seehunde jagte, doch Snorri kehrte von seiner Fahrt entlang der Küste fast mit leeren Händen heim. Der erste Schneesturm kam Anfang Oktober. Er ließ die letzten Beeren an den Stängeln verdorren und tötete die letzten stechenden Insekten, die uns in jedem Sommer in Vinland geplagt haben. Mit dem Sturm kam die Kälte und setzte sich fest. Unsere Kühe gaben Tag für Tag weniger Milch. Leif hatte gesagt, der Winter bräche erst kurz vor dem Julfest an, und obwohl wir in unseren drei Wintern in Vinland nie mehr so viel Glück hatten, war der erste Winter sicher der schlimmste. Aber so ist das Schicksal nun einmal, es schenkt dir nur dann etwas, wenn du am wenigsten damit rechnest.

Mitte November blieb der Schnee liegen und mich verfolgten die Gespenster, die in unseren halb gefüllten Lagern lauerten. Wir alle hatten schon magere Winter erlebt, doch vielleicht hatte ich Grund, die vor uns liegende Dürre und Ausgesetztheit am meisten zu fürchten. Ich betete, wie alle anderen auch, aber in einem Land, in dem noch nie zuvor gebetet worden war, war Gott in weiter Ferne. In mir wuchs das Kind und bewegte sich – nachdem es einmal angefangen hatte, schien es kaum zu ruhen. Ich konnte den Gedanken nicht ertragen, dass es, kaum geboren, schon Hunger leiden müsste und schwach würde und all die Ängste kennen lernen sollte, die ich erfahren hatte. So kam es, dass ich eines Tages zu den Steinhaufen hinaufstieg, um einen Zauber zu sprechen. Es war nicht weit zu laufen, aber der Aufstieg fiel mir in meinem hochschwangeren Zustand schwer, zumal ich noch einen Topf Glut von unserer Feuerstelle mitgenommen hatte. Der Boden war hart und weiß. Die herbstliche Decke aus Rot- und Gelbtönen war spröde geworden und die kahlen Äste kratzten mich. Ich kroch zwischen Felsen und Wacholder hindurch und stand dann auf einem Felsplateau, das teilweise von Flechten bedeckt war. Unter mir stieg der Rauch von unseren Hütten auf und ich sah Helga und die anderen Frauen den Kabeljau wenden, der zum Trocknen auf dem Strand ausgelegt war. Männer waren nicht in der Nähe; das gute Wetter war inzwischen so selten, dass man es nutzen musste, also waren sie gemeinsam auf Jagd gegangen. Es war ein klarer Tag und man konnte Bjarney als dünne Linie am Horizont erkennen.

Es sollte ein Feuerzauber werden und ich verwendete Zweige von Sumpfmyrte und Wacholder, damit der Rauch duftete; ich beschwor Wärme und Wohlstand und Fülle aus der Winterluft. Ob ich erhört wurde, weiß ich nicht. Das Land erschien mir so leer und nicht bedrohlich – es gab dort nichts zu fürchten –, aber auch nicht gerade einladend. Wenn Gott dieses Land erschaffen hatte, dann hatte er es am sechsten Tag ohne eine Menschenseele verlassen. Ich glaube nicht, dass es von Vinland einen Weg in die Hölle oder in den Himmel gibt. Manchmal frage ich mich, ob Thjodhild vielleicht doch Recht hatte und Thorvalds Leichnam hätte nach Hause gebracht werden sollen. Vielleicht hätten wir Thorbrand mitnehmen sollen. Sein Tod schien so ungerecht: ein vergeudetes junges Leben. Ein paar Jahre nach unserer Abreise sollte Freydis die Leichen der Männer zurücklassen, die sie in Leifsbudir umgebracht hatte, und niemand wird sie je rächen. Jetzt gibt es bestimmt Geister in Vinland und sie haben allen Grund, sich zu quälen. Doch als ich dort war, starb niemand eines natürlichen Todes und ich würde gern glauben, dass wir den Ort so leer zurückgelassen haben, wie wir ihn vorfanden. Aber ich bin mir nicht so sicher. Kann sein, dass ich jenen Zauber zu sorglos ausführte. Der Ort schien unschuldig, aber wir haben ihn natürlich verändert.

Am selben Abend fiel uns auf, dass Thorhall der Jäger nicht da war. Beide Jagdgruppen hatten angenommen, er wäre mit der anderen gegangen. Drei Tage lang hockten wir in unseren Häusern, während ein Sturm gegen die Wände tobte, und alle dachten, Thorhall sei umgekommen. In der dritten Nacht sah ich ihn im Traum auf einem Kliff liegen und in den Himmel starren, Augen, Mund und Nase weit offen. Er zwickte sich und murmelte vor sich hin. Dann war Karlsefni auch dort und fragte Thorhall, was er mache, und Thorhall antwortete: »Kümmere du dich um deine Angelegenheiten. Ich bin kein Kind und ich brauche keine Aufsicht. Lass mich in Ruhe!«

Als ich wach wurde, war es stockdunkel und der Wind hämmerte gegen das Haus, dass das Podest unter mir bebte. Ich weckte Karlsefni und erzählte ihm meinen Traum. Er sagte, das wäre so bezeichnend für Thorhall, dass er gern an die Vorahnung glauben wolle. Ich schauderte. »Wenn Thorhall in Sicherheit ist«, sagte er, »dann ist das eine gute Nachricht. Ich möchte Eirik nicht gern berichten, dass ich den Mann verloren habe. Im Übrigen ist er nützlich für uns. Du solltest froh sein.«

»Ich lasse mich nicht gern benutzen.«

»Benutzen?«

»Und das auch noch in meinem eigenen Bett.« Meine Stimme klang hysterisch und ich zwang mich, zu flüstern. »Meinen Kopf. Kann ich denn nicht einmal meine Träume selbst bestimmen?«

Er nahm mich in den Arm und tröstete mich und ich spürte, wie mein Kind in mir gegen seinen harten Bauch trat. Ich war weniger verängstigt, sondern vielmehr wütend, und während ich mich in Karlsefnis Armen geborgen fühlte, wusste ich doch, dass er mich nicht vor Dingen zu beschützen vermochte, die er niemals sehen würde. Meine Träume waren mein Problem, woher sie auch kommen mochten. Karlsefni liebte mich und das ist eine mächtige Zauberkraft gegen das Böse. Das Dilemma war nur, dass er mir meinen Argwohn nahm. Ich hätte ihn nie wecken dürfen.

Am nächsten Morgen legte sich der Wind und die Sonne hing gleich einer Silbermünze an einem ausgewaschenen Himmel. Die Hügel waren weiß und die letzten Windstöße hatten einen wölfischen Biss. Ich kam gerade vom Misthaufen zurück, als ich Thorhall den Abhang herabschlendern sah. Widerwillig ging ich ihm entgegen, um ihn zu begrüßen. Er sah wild aus, die Augen rot gerändert und die Schaffelljacke steif gefroren. Mir schien, dass er den Sturm nicht in der Gestalt eines Mannes überlebt haben konnte, und noch immer haftete ihm etwas Fremdartiges an, ein räuberischer Gestank, ein Hauch Wolf oder Bär vielleicht, oder von einer Kreatur aus Vinland, die wir nicht kannten. Er kam direkt auf mich zu und ich begegnete seinem Blick.

»Soso, du zauberst, statt zu beten, Gudrid, und ich liege draußen in der Wildnis. Nur gut, dass wenigstens einige von uns das Notwendige zu tun wagen.«

»Ich weiß nicht, was du meinst.«

»Sag, was du willst, oder träume, was dir nicht gefällt«, entgegnete er. »Glaubst du mir, wenn ich dir sage, dass ein fast zwanzig Meter langer Wal vom Sturm an Land gespült wurde, gutes frisches Fleisch, nur zwei Buchten von hier entfernt?«

Ich verschränkte die Hände über meinem gewölbten Leib. »Wirklich? Stimmt das?«

»Du solltest es wissen.« Damit ging er an mir vorbei, ohne ein weiteres Wort zu verlieren.

Karlsefni nahm Thorhalls Nachricht mit freudiger Erleichterung auf. Wir machten uns gemeinsam auf den Weg, die beiden Ponys mit Seilen und Messern und Sägen beladen. Jeder trug einen leeren Korb auf dem Rücken. Wir gingen zwischen der Hochwasserlinie und dem Wald an einem grauen Strand entlang, wir kämpften uns durch Gestrüpp. Dort, am zweiten Strand, lag ein massiver grauer Wal, wie Thorhall ihn beschrieben hatte.

Kein Gestank lag in der Luft. Ich ging um den Wal herum an sein Auge, das recht klein war und in dem riesigen Tierleib fast menschlich anmutete. Es hatte noch einen Lebensfunken in sich. Als die Männer auf den Wal stiegen, zuckte der Schwanz leicht, und als sie den ersten Schnitt ansetzten, schlug das Geschöpf so stark um sich, dass ein Mann in den Sand stürzte. Karlsefni kletterte hinter den großen Kopf, zog das Schwert und stieß es in das Luftloch. Dunkles Blut ergoss sich über ihn und rann über den Leib des Tieres. Das Geschöpf zuckte noch einmal und lag dann still. Allmählich wurde sein Auge glasig. Karlsefni wischte das Schwert ab und steckte es in die Scheide. Dann glitt er von dem Tier herab und landete neben mir. Thorhall schlenderte zu ihm.

»Und was sagt ihr jetzt, ihr Christen? Hat sich der alte Rotbart nicht als nützlicher erwiesen als euer Christus? Seid ihr nicht froh, dass es einen Mann unter euch gibt, der noch immer Gedichte zu Ehren Thors verfasst?«

»Darüber solltest du lieber schweigen«, sagte Karlsefni nur.

»Ich sollte die Wahrheit verschweigen? Wieso?«

»Weil du ebenso gut weißt wie ich, dass die Männer das Tier nicht anrühren, wenn sie glauben, es sei das Werk des Teufels. Der Winter bricht an, und wenn wir das Fleisch nicht nach Hause schaffen und trocknen, ist es aus mit uns. Ergibt das einen Sinn für dich?«

»Und wie steht es mit dir, Karlsefni? Hast du keine Angst vor dem Teufel? Was glaubst du denn, was der Wal für ein Geschöpf ist?«

Karlsefni warf einen Blick auf den Wal, von dem die Männer bereits den Talg entfernten, und einen Augenblick lang sah ich Zweifel in seiner Miene, doch als er sich wieder an Thorhall wandte, war keine Spur mehr davon zu erkennen. »Ich glaube, es ist Fleisch«, schloss er und ließ Thorhall stehen.

In jener Nacht schliefen wir tief und fest. Bevor wir am nächsten Morgen aufstanden, fragte ich Karlsefni, woran er gedacht habe, als er den Wal auf diese Weise angeschaut habe. Er lag zusammengerollt mit dem Rücken zu mir und es dauerte eine Weile, bis er antwortete. »Nichts«, sagte er schließlich. »Nur hatte ich gedacht, jeden Wal im Meer zu kennen, aber so einen habe ich noch nie gesehen.«

»Was ist so anders an ihm?«

»Sie sind alle sehr verschieden. Aber dieser – hast du unter seinen Kopf geschaut? Grau auf der linken Seite, weiß auf der rechten. Und seine Flosse saß zu weit hinten. Von dieser Art habe ich noch nie etwas gehört.«

»Das Fleisch ist dasselbe wie bei allen anderen.«

»Das stimmt. Aber die Art und Weise, wie er hierher gekommen ist, macht mich stutzig. Was ist ein Ungeheuer, Gudrid? Vermutlich ein Tier, vielleicht aber auch ein Geist, und vielleicht gibt es im Meer merkwürdigere Zwitterwesen, als wir uns überhaupt vorstellen können.«

»So merkwürdig auch wieder nicht«, erwiderte ich. »Was ist der Mensch denn? Sind wir nicht auch halb Tier, halb Geist? Vielleicht fürchten wir uns nur deshalb vor Ungeheuern, weil wir zu genau wissen, woraus sie bestehen.«

»Ein Traum, meinst du?«

»Fleisch für einen Winter besteht nicht aus Träumen.« Ich zog ihn an der Schulter und zwang ihn, sich auf den Rücken zu legen und mich anzusehen. »Wir sind ziemlich weit im Süden und es heißt, in Afrika gebe es alle möglichen Arten von Tieren. Außerdem war es sein Namensvetter und auch deiner, zu dem Thorhall gebetet hat, zu deinem Gott, der dich das ganze Leben lang beschützt hat. Es sieht dir nicht ähnlich, verwirrt zu sein, Karlsefni.«

»Nein.« Er wickelte eine Locke aus meinem Haar um seinen Finger und wich meinem Blick aus. »Aber dieses Land hier hat nicht den alten Göttern gehört und das Christentum endet an Thjodhilds Kirche. Du weißt, dass ich mich ausschließlich auf mein eigenes Urteil verlasse, das habe ich immer getan. Meiner Ansicht nach ist Thorhall ein gefährlicher Mann.«

»Er hat den Wal gefunden. Wir brauchten etwas zu essen.«

»Und wie kam das Tier dorthin? Nein, antworte nicht, ich will es nicht wissen. Aber bitte, Gudrid, halte dich von ihm fern.«

Mir fiel der Traum von Thorhall ein und ich bekam Angst. Ich hatte keine Möglichkeit, ihn aus meinen Träumen zu verbannen, er hatte also seinen Weg in das innerste

Zentrum unseres Lebens gefunden. Karlsefni war nicht der Mann, der sich das gefallen ließ; er war noch eifersüchtiger als die meisten anderen Männer, wenn es um die Vertrautheit der Ehe ging, sowohl die geistige als auch die körperliche. Ich dachte an meinen Feuerzauber und fragte mich, wo Thorhall zu dem Zeitpunkt gewesen war und ob ich das Böse gründlicher hätte ausschließen sollen. Ich hatte mir nicht die Mühe gemacht, das Ritual so zu vollziehen, wie Halldis es mir beigebracht hatte, denn ich dachte, in Vinland wären wir vor Geistern sicher. Ich dachte an mein ungeborenes Kind und ich wünschte mir nichts sehnlicher, als dass Thorhalls Blick nie wieder auf mich fiele.

Karlsefni muss mein Mienenspiel beobachtet haben, denn er zog meinen Kopf zu sich an die Schulter und drückte mich an sich. »Es ist nicht deine Schuld«, wiederholte er. »Wirklich nicht. Und Gott sei Dank haben wir das Fleisch. Wenn es auf unheimlichem Wege zu uns gelangt ist, dann hat es nichts mit dir zu tun und wir können es ganz bestimmt nicht zurückweisen. Aber halte dich von Thorhall fern. Unternimm nichts, was ihn in deine Nähe führt. Wir haben jetzt genug zu essen. Du musst jetzt kein Risiko eingehen, verstehst du?«

»Ja.«

»Willst du dich daran halten?«

»Ja.«

»Schön. Keine Sorge, ich kümmere mich um den Rest.«

In der Tat bewies Karlsefni im Umgang mit dem Winter große Geschicklichkeit. Jetzt, da das Gespenst des Hungers verbannt war, entspannten sich alle, und als das Meer zufror, begann für unsere kleine Siedlung das Leben im Haus. Der Winter war strenger, als wir nach Leifs Erzählungen erwartet hatten. Es gab nur wenige klare Tage und ein Schneesturm nach dem anderen fegte über uns hinweg. Doch selbst zur

Julzeit war es tagsüber noch ziemlich hell und wir hatten guten Brennstoff. Der Geruch nach Holzfeuer erinnert mich immer an Vinland. Das Erste, was wir in unseren neuen Werkstätten anfertigten, waren ein paar Schlitten, auf denen wir an jedem schönen Tag Holz herbeischafften. In Vinland mussten wir nie Seetang oder Mist als Brennstoff verwenden und wir konnten das Feuer beliebig schüren. Mein Sohn Snorri wurde am letzten Abend des Julfestes geboren und er schlug die Augen zum ersten Mal beim Schein des Feuers auf. An den darauf folgenden Tagen, als seine Seele noch neu und fremd in seinem kleinen Körper schien, drehte er den Kopf immer herum und beobachtete das Feuer mit dem unbestimmten, blauen Blick, der Säuglingen eigen ist. Und manchmal tut er das noch heute. Er ist an Stelle seines Vaters Großbauer in Glaum, seine Söhne sind groß und es gibt nichts Unbestimmtes an ihm – er scheint die Dinge sehr klar zu sehen. Doch manchmal schaue ich über die Feuerstelle hinweg zu ihm hin und merke, dass er sich in eine andere Welt zurückgezogen hat, in die Flammen starrt, als wäre die menschliche Welt um ihn herum nur ein Schatten, der am Rand seines Gesichtsfeldes entlanghuscht. Dann frage ich mich, woher er kommt, welche fremden Orte sein Zuhause waren und woran er sich noch erinnert.

Da wir keinen Priester hatten, haben wir ihn selbst getauft und Snorri Thorbrandsson war Pate. Ich war erleichtert, als das erledigt war. Es wäre schrecklich, als namenlose Seele ewig in jenen Wüsteneien umherzuirren, und auf die Welt zu kommen, ist die gefährlichste aller Reisen. Es ist grausam, einen Gott zu haben, dem das alles gleichgültig ist und der nur den Schutz seines Namens anbietet, wenn das Schlimmste überstanden ist.

Selbst nachdem Snorri getauft war, hatte ich Thorhall nicht gern in unserer Nähe. Er wusste das und irgendwie war er immer bei uns. Obwohl sein Platz im Nordhaus war, das am weitesten von uns weg stand, hatte er häufig einen Grund, zu uns zu kommen und sich an unsere Feuerstelle zu setzen. Seine Anwesenheit wurde allgemein begrüßt, denn er war Dichter und pflegte uns an den Abenden mit Sinnsprüchen über einen jeden von uns und über alle Ereignisse in unserer neuen Siedlung zu unterhalten. Aber er war auch streitsüchtig und er ließ die Sache mit dem Wal nie ruhen. Ständig verfasste er Gedichte und Spottverse gegen das Christentum und verspottete die Menschen, die sich von Thor abgewandt hatten. Um Lichtmess herum brach die Ruhr unter uns aus. Zum Glück gelangte sie nicht in meine Milch und dem Kind ging es gut, doch über die Hälfte der Männer waren krank und Thorhall ergriff die Gelegenheit, Zweifel über das Walfleisch zu äußern. Vermutlich aus reinem Übermut, war er doch derjenige, der es überhaupt gefunden hatte. Doch bald weigerten sich viele, es anzurühren. Vielleicht war es nicht nur Aberglaube: Nahrungsmittel, die man mit Erbrechen in Verbindung bringt, sind einem ohnehin verleidet. Die Lage spitzte sich zu, als ein paar von Snorris Männern eines Abends das Lagerhaus plünderten und den Rest des Walfleisches ins Meer warfen.

Das war eine der Gelegenheiten, bei der ich Karlsefni wütend erlebte. Er zwang Snorris Männer zu sagen, wer es getan hatte. Als die Männer aus der Hütte gezerrt wurden, um ihm gegenüberzutreten, dachten sie bestimmt, er würde sie auf der Stelle umbringen. Nur einer wagte zu reden. Trotzig bestand er darauf, dass sie das Fleisch des Bösen fortgeworfen hätten, um uns alle zu retten. Er redete noch immer, als Karlsefni auf ihn zutrat und ihm mit der Faust ins Gesicht schlug. Der Mann fiel wie ein geschlachteter Ochse zu Boden und wand sich keuchend im Schnee. Blut schoss aus seiner gebrochenen Nase, doch niemand wagte sich zu rühren. Karlsefni trat ihm in den Rücken und hätte es noch einmal getan, wenn Snorri sich nicht zwischen die beiden gestellt hätte. Er packte meinen Mann beim Arm und schrie: »Das ist einer von meinen Männern! Fass ihn nicht an!«

Ich dachte schon, sie würden gegeneinander kämpfen, doch Karlsefni ließ langsam den freien Arm sinken, stand mit Snorri Brust an Brust und sah ihm in die Augen. Dann sagte Karlsefni: »Einer von deinen Männern. Und was wirst du tun, wenn er uns alle umgebracht hat?«

»Er hatte Angst.«

»Die darf er haben.«

»Sie sagen, das Fleisch sei uns vom Teufel geschickt worden.«

Der Mann auf dem Boden rollte sich herum und kam mühsam auf alle viere. Der Schnee ringsum war vom Blut rot gefärbt. »Du treibst also Teufel aus«, sagte Karlsefni leise zu ihm. »Du hast uns unsere Fastenzeit aufgezwungen. Und was ist mit Ostern? Schon Pläne für die Auferstehung gemacht?«

Die Männer waren verblüfft, zu Recht. »Habe ich mich nicht klar genug ausgedrückt?«, fuhr Karlsefni fort. »Na schön, vielleicht versteht ihr das: Wir haben Februar. Wir wissen nicht, wann das Frühjahr anbricht. Im Mai, vielleicht im Juni. Jetzt, da ihr das meiste unserer Nahrung fortgeworfen habt, haben wir kaum noch genug für einen Monat. Was werdet ihr also dagegen unternehmen?«

Snorri erwiderte: »Es hat keinen Sinn, jemandem für das, was einmal geschehen ist, die Schuld zu geben. Wir müssen eben nach allem jagen, was wir finden.«

»Da draußen?« Karlsefni vollführte mit dem Arm eine weit ausholende Geste und alle schauten gehorsam auf die weiße Welt, die uns umgab. In der plötzlichen Stille vernahmen wir das Klagelied des Windes über dem Packeis.

»Wir müssen uns Rationen einteilen«, sagte Snorri beharrlich.

»Stimmt. Und vielleicht müssen wir sterben.«

»Thorfinn«, setzte Snorri an. Er war einer der wenigen, die zuweilen Karlsefnis richtigen Namen benutzten. »Das führt doch zu nichts. Lass die Männer in ihre Häuser gehen. Wir beide müssen miteinander reden.«

»Reden!«

Aber Karlsefni ging mit ihm. Sie verschwanden in unserem Haus, von niemandem gefolgt. Ich nahm Snorri und ging zu Helgas Feuerstelle. Ich war erschüttert und ich hatte gelernt, der Kraft ihrer Sachlichkeit zu vertrauen, als Snorri geboren wurde. Helga reichte mir heiße Buttermilch und wir sprachen leise miteinander, damit die anderen es nicht hörten. Ich hatte nie mit jemandem über Karlsefni geredet; das wäre nicht loyal gewesen. Aber plötzlich sprach ich mit ihr über Thorhall.

»Wo ist Thorhall denn jetzt?«, fragte sie. »Er war nicht da heute Morgen, oder? Meinst du, es war sein Werk?«

Ich schüttelte den Kopf. »Warum sollte er so etwas tun? Er sagt, Thor hat uns das Fleisch gegeben. Dann wird er doch bestimmt wütend sein?«

»Ich bin mir nicht so sicher.« Helga schaute ins Feuer. »Er sagt, die Frauen hier verursachen den Ärger.«

»Wieso?«

»Oh, so denken viele. Wenn schon Frauen, sagen sie, dann für alle – Sklavinnen. Dass Männer ihre Frauen mitnehmen, sagen sie, und so weiterleben wie zu Hause, während andere Männer nichts haben, das sollte nicht sein. Es ist die schlimmste aller Welten, sagt Thorhall und ein Großteil stimmt ihm zu. Sie werden es kaum deinem Mann gegenüber äußern. Aber mein Mann ist einfacher Schmied, kein Anführer, und sie zögern nicht, an ihm herumzukritteln. Er hat Snorri gesagt, er würde ohne mich nicht mitkommen, und Snorri hat nachgegeben, weil er ihn brauchte.«

»Das habe ich nicht gewusst«, sagte ich bedächtig.

»Nein, du weißt vieles nicht. Aber du bist eben nicht die Frau eines gewöhnlichen Mannes.«

»Aber die Frauen hier haben nichts mit dem Fleisch zu tun.«

»Nein! Manche halten deine Kräfte für größer, als du zugibst, Gudrid.«

Das erschreckte mich. »Wie meinst du das?«

»Glaubst du, wir werden jetzt verhungern?«

»Nein.« Ich schüttelte heftig den Kopf. »Nein, es kann hart werden, aber wir werden bestimmt überleben. Zu sterben ist uns nicht bestimmt.«

»Siehst du! Woher willst du das wissen?«

Darauf hatte ich keine Antwort. Aber ich beharrte auf meinem Standpunkt, vermutlich, weil es Snorri gab und ich jeder Macht getrotzt hätte, um ihn zu beschützen. Das hat nichts mit Hexerei zu tun; das würde jede Mutter tun. Doch fortan wollte ich weniger denn je mit Thorhall zu tun haben. Er kehrte am darauf folgenden Abend zurück, und obwohl er gehört haben muss, was vorgefallen war, nahm er nie dazu Stellung. Die Nahrungsmittelknappheit, die wir für den Rest des Winters zu erleiden hatten, schien ihn nur noch fröhlicher und angriffslustiger zu machen.

Das Glück, das uns für kurze Zeit gutes Wetter brachte, war immerhin keine Zauberei. Die Männer konnten die Boote über das Eis ziehen und zwei Seehunde im offenen Meer erlegen. Und es war ebenfalls keine Zauberei, die einen schlaflosen Bären an unseren Misthaufen schnüffeln ließ, wo er gefangen und mit einem Speer getötet werden konnte. Es war keine Zauberei, dass Männer ihr Leben aufs Spiel setzten, um am Rande des Eises in einem gefrierenden

Meer zu fischen, das widerwillig ein paar Hundshaie hergab. Es war bestimmt keine Zauberei, als wir unsere abgemagerten, erbärmlichen Schafe schlachteten, die uns im nächsten Jahr hätten Lämmer werfen sollen. Ostern war noch lange nicht in Sicht, als der Winter erneut zurückkehrte, und wir hatten ihn bis Juni zu ertragen. Dann kam der Frühling mit Macht und mit ihm brach die während der hungrigen Monate angestaute Wut aus.

12. September

Ich habe mich über die Sachen, die du geschickt hast, mein Lieber, sehr gefreut. Der Wein schmeckt so lieblich und vollmundig – es ist der beste, den ich je getrunken habe. Stammt er von den Weinbergen deines Klosters? Es war nett von dir und auch die Trauben habe ich genossen, sie waren viel größer und saftiger, als ich erwartet hatte. Ob die Früchte, die wir in Vinland gepflückt haben, wirklich Weintrauben waren, frage ich mich. Wenn ja, dann müssen Hunderte von Jahren der Kultivierung die italienischen Trauben in einer Weise verändert haben, dass man sie nicht wiedererkennt. Wie lange essen die Menschen in diesem Land schon Trauben und trinken Wein, Agnar?

Seit der Sintflut? Und davor? Hat es im Garten Eden Weintrauben gegeben? Das kannst du nicht beantworten, oder? Rom ist so alt, dass ich mich hier nicht zu Hause fühle. So alt und so kultiviert; die Vergangenheit lastet auf der Stadt. Als ich krank wurde, war mein erster Gedanke, dass ich hier nicht sterben wollte. Ich beobachtete, wie die Sonne über die Wand meiner Zelle wanderte und die Risse im Putz sichtbar werden ließ, wie sie Staubwolken beleuchtete, die wir im Schatten nicht zu sehen bekommen. Staub aus der Vergangenheit, Staub von Menschen vielleicht oder von Dingen, die einst hergestellt wurden und nun längst verfallen und vergessen sind. Ich lag in meinem Bett und war zu schwach, um auch nur die Hand zu heben oder den Kopf zu wenden, und ich sah dem Staub zu. Unentwegt schwebte er in der Hitze und kam anscheinend nie zur Ruhe. Warum rühren wir die Vergangenheit auf, Agnar? Warum lassen wir sie nicht ruhen? Die Sonne zog ihre Bahn über die Wand, ich lag unter meinem Laken und fühlte mich nach all den Monaten in Hitze und stickiger Luft trocken und leicht wie Pergament. Wenn die Sonne ging, kam die samtene Nacht und hüllte mich sanft ein. Da hatte ich keine Angst, ruhig weiterzugehen in die Dunkelheit. Ich dachte an meine Liebe, als wäre ich wieder jung und ihm nahe, und mir war, als könnte ich eine Hand in die linde Nacht ausstrecken und fände die seine, die auf mich wartet. Er war da, das spürte ich. Ich dachte daran, wie sein Gewicht mich nach unten gedrückt hatte, wie er sich in mir bewegte. Es war, als wartete sein Körper auf mich, nicht seine Seele. Mag sein, dass es Zeiten gegeben hat, da wir körperlich und seelisch wahrhaft vereint waren. Vielleicht würde meine Seele ihn in dem Bild unserer sterblichen Liebe finden. Das Alter wächst wie eine Hülle um uns; aber hinter dieser Hülle bin ich noch ich selbst, und wenn ich sterbe, werde ich genauso sein, wie er mich in Erinnerung hat.

Ich wusste, dass er da war, und es spielte keine Rolle mehr, dass ich weit weg von zu Hause war. Wie es wohl für ihn sein mochte? Wie er wohl den Weg an diesen Ort gefunden hat, der so anders ist als alles, was ihm vertraut war? Hat ihm das Gedränge fremder Geister zu schaffen gemacht? Hatte er Angst, diesen weiten Weg von seinem Ruheplatz am anderen Ende der Welt zurückzulegen? Ich glaube nicht, dass er Angst hatte; vielleicht ist der Faden, der uns verbindet, kurz und gerade und er musste gar nicht die lange Reise unternehmen, die wir Lebenden zurücklegen, um von einem Ort zum anderen zu gelangen. Wir wollten einst ein neues Land finden, Karlsefni und ich, und vielleicht haben wir das auf unsere Weise auch geschafft. Ich glaube allerdings nicht, dass es so neu war, wie wir dachten. Vielleicht waren schon viele

Menschen vor uns da und noch mehr nach uns, als wir uns je hätten träumen lassen.

Jedenfalls bin ich zäher, als ich aussehe, Agnar, ich habe die Krankheit überlebt. Setz nicht so eine feierliche Miene auf, mein Lieber. Deine Geschenke haben mir große Freude bereitet. Ich glaube nicht, dass es mir bestimmt ist, hier zu sterben. Es wird Gott sei Dank Tag für Tag kühler, und obwohl die Luft erschöpft und trocken ist, rieche ich darin die Frische des Herbstes. Es bekümmert dich, dass der Geist eines Sterblichen mich getröstet hat, wo ich mich mit den letzten Dingen hätte befassen sollen?

Du hast Recht und du bist vernünftiger, als ich dir zugetraut hätte. Wozu sind die heiligen Sakramente gut, wenn sie uns nicht die Bürde abnehmen, die für unsere Seelen zu schwer ist? Ja, der Priester kam und übergab mich der Gnade eines Gottes, den ich noch immer nicht begreife. Ich habe jetzt größere Hoffnung, dass er so gnädig ist, uns einen Himmel zu schenken, der von Menschen bewohnt ist, die wir geliebt haben. Denn näher werden die meisten von uns der göttlichen Liebe nicht kommen.

Ich weiß. Weder Ehe noch Eheversprechen. Wie auch immer, letztlich war ich zweimal verheiratet und habe für jeden Gemahl mehr als eine Messe abhalten lassen. Also dürften beide im Himmel sein. Nein, nein, ich mache mir dabei keine Sorgen um die Logik. Aber ich musste ein paar Reisen allein unternehmen und einige mit einem Mann, der mich liebte, und obwohl ich ganz gut auf mich selbst Acht geben kann, gebe ich zu, dass ich lieber mit jemandem reise, den ich liebe. Ja, das gilt auch für die letzte Reise. Nun mach schon, bekreuzige dich. Ich kann dich also immer noch schockieren, obwohl du mich inzwischen recht gut kennen solltest.

Das stimmt, aber es ist lange her. Kummer vergeht und man erholt sich sogar so rasch, dass man beinahe Gewissensbisse bekommt. Heute weiß ich nichts mehr von Kummer. Der schlimmste Schmerz, an den ich mich noch erinnere, ist Zahnschmerz. Traurigkeit kommt und geht, zuweilen wohnt sie in deinem Kopf, dann wieder nicht, doch Zahnschmerzen bleiben und es verschafft einem auch keine melancholische Befriedigung, wenn man ihnen freien Lauf lässt. Als ich mit Snorri schwanger war, fiel mir zum ersten Mal ein Zahn aus – es heißt ja, jedes Kind kostet einen Zahn – und dann hatte ich lange Zeit Ruhe. In dem Jahr, als Karlsefni starb, fingen meine Backenzähne an zu faulen und fielen nacheinander aus. Es war eine Qual. Karlsefni zu verlieren, war auch eine Qual, doch an die Zahnschmerzen kann ich mich noch besser erinnern. Am liebsten wäre ich gestorben. Ein Leben ohne Karlsefni konnte ich mir vorstellen, wenn es sein musste, aber ein Leben ohne Zähne nicht. Es war, als stünde mein Ende kurz bevor. Aber wie du siehst, habe ich noch ein paar und das ist in meinem Alter eine Leistung.

Ich weiß, ich weiß. Wir müssen mit der Geschichte fortfahren. Wozu sind wir schließlich hier? Aber heute bin ich müde, Agnar. Sollen wir nicht einen Becher von deinem Wein trinken und uns hinaus in den Schatten setzen? Da draußen am Feigenbaum hängen reife Früchte und am Weinstock, der über das Klosterdach rankt, baumeln kleine grüne Trauben, und die Blätter beginnen gerade, sich gelb zu färben. Wir haben nicht viel Zeit und wir können es uns nicht leisten, sie mit der Niederschrift all dieser Dinge zu vergeuden. Überleg doch nur, wo wir jetzt sind! Ich soll dir etwas über Karlsefni erzählen. Er würde uns für verrückt halten, wenn er sähe, dass wir uns im Schatten verstecken. Er hätte nicht im Traum daran gedacht, seine Tage mit Geschichten über sein Leben zu verschwenden. Er würde an die Gegenwart denken. Er hätte mit mir über dich gesprochen, über Rom, über die Bedeutung dieser fremden neuen Welt, in der wir leben. In der Öffentlichkeit schien er ein stiller Mann zu sein, er hatte viel Selbstbeherrschung und ließ sich nicht viel anmerken. Er beobachtete. Selbst ganz zuletzt, als sein Körper ihn im Stich ließ, war er wissbegierig und versuchte noch immer, etwas zu erfahren. Selbst als er seine Feuerstelle nicht mehr verlassen konnte, wollte er Neuigkeiten hören und unterhielt sich mit jedem Fremden, der vorbeikam.

Durch Karlsefni wurde der Großbauer von Glaumbær zu einem der wichtigsten Männer Islands. Snorri hat geerbt, was sein Vater erschaffen hat, und er macht seine Sache gut. Obwohl Karlsefni aus guter Familie stammte, musste er sich seine Stellung erarbeiten. Als wir aus Norwegen zurückkehrten, kaufte er Glaum. Er zahlte einen guten Preis dafür, doch Vinland hatte uns reich gemacht, und Karlsefni gab diese Summe gerne aus. Er hat Island nie wieder verlassen, was merkwürdig erscheinen mag bei einem Mann, der in der ersten Lebenshälfte fast ausschließlich auf Reisen war. Er hatte gefunden, wonach er gesucht hat.

Inzwischen war es einfacher geworden, Fehden aus dem Weg zu gehen. Karlsefni ist es jedenfalls gelungen. Lediglich für einen Geächteten, dessen Namen ich dir nicht nennen kann, hat Karlsefni Partei ergriffen, sonst für niemanden. Diesen Mann hat Karlsefni heimlich mit Nahrung versorgt und ihm Unterschlupf gewährt, als er sich auf der Insel Drangey an der Mündung unserer Bucht versteckt hielt. Jedes Jahr gingen wir zum Thing – zumindest ging Karlsefni immer, und nachdem die Jungen groß genug waren, begleitete ich ihn – und Karlsefni erlangte den Ruf, unparteiisch zu sein. Manche behaupteten, er sei kaltherzig. Aber oft wandten sich Männer mit der Bitte an ihn, einen Streit zu schlichten, und tatsächlich bestand ein wesentlicher Teil unseres Einkommens aus Gebühren, die er auf diese Weise einnahm. Wir brauchten das Geld. Unser Haus stand immer allen offen; Karlsefni achtete stets auf sein Ansehen und ich gab gern gute Feste und verteilte Geschenke an unsere Gäste, obwohl ich viel sparsamer war als mein Vater. Karlsefni und ich hatten beide ein Händchen für die Hofführung und unser Hof wurde der beste auf ganz Island. Glaum ist ein breites, von zwei Hügelreihen gesäumtes flaches Tal, durch das sich ein Fluss schlängelt. Wir hatten reichlich Platz, uns auszudehnen. Im Lauf der Jahre kauften wir mehrere kleine Anwesen im Tal, das nun ganz uns gehört.

Karlsefni mochte schöne Dinge, vor allem aus kunstvoll gearbeiteten Metallen. In Norwegen kannte er einen Schmied, bei dem er fast jedes Jahr Waren bestellte – mit Edelsteinen besetzte Becher, Platten, Broschen, Amulette und dergleichen. Wäre er nicht Anführer gewesen, dann wäre er vielleicht auch Schmied geworden, obwohl einen der Versuch, aus dem Sumpferz in Vinland Eisen zu gewinnen, weiß Gott davon abhalten konnte. Er schenkte mir gern Edelsteine und gefärbten Stoff und es gefiel ihm, wenn er stolz auf meine Schönheit sein konnte. All die sehnlichen Wünsche, die ich als Kind gehegt hatte, gingen in Erfüllung – und dennoch, der Mensch ist wunderlich. Zuweilen dachte ich an Halldis in ihrer ungefärbten Tunika, wie sie das Vieh von unseren schlammigen Weiden trieb oder Schafgarbe und Thymian erntete und gebündelt über die Feuerstelle hängte. Dann hatte ich das Gefühl, in einer Falle zu sitzen, verkleidet als eine Frau, die ich nicht war. In diesen Augenblicken überkam mich der Wunsch, hinaus in die einsamen Hügel zu laufen. Zuweilen dachte ich in jenen Jahren auch an Thorstein und unseren Hof in Stokkanes, an die Tage, an denen wir das

Gestrüpp entfernten oder mit Mist und Seetang beladene Ponys vor uns hertrieben und Dung über die Heuwiesen verteilten. Ich dachte daran, wie oft wir beide nachts als Einzige wach waren, weil eine Kuh kalbte, oder an die Winterabende, an denen wir trotz Schneegestöbers hinaus zum Kuhstall gingen, um die Traufen nachzufüllen, oder an Tage, an denen wir uns durch Schneewehen kämpften und Schafe aus dem Schnee der vergangenen Nacht befreiten. Manchmal konnte ich mich kaum daran erinnern, wie Thorstein ausgesehen hatte, doch dann wieder träumte ich von ihm und sah sein Gesicht vor mir, natürlich nie gealtert, sondern ohne Furchen, so, wie ich ihn zum letzten Mal gesehen habe, mit Sommersprossen im Gesicht wie ein kleiner Junge, die Haare, die ihm in die Stirn fallen, noch hell und dicht.

Versteh mich nicht falsch: Karlsefni und ich waren Bauern, wie alle anderen auch, und keiner von uns scheute sich vor einem harten Arbeitstag. Doch auf Glaum hatten wir mehr Leibeigene als irgendwer auf Grönland oder als mein Vater je in Laugarbrekka besessen hatte und ein beträchtlicher Teil unseres Landes wurde von Pächtern bewirtschaftet. Wir waren nie ungestört. So, wie Eiriks Familie in Brattahlid unter den Augen der Öffentlichkeit lebte, genauso erging es uns in Glaum. Karlsefni hat nie verstanden, warum ich manchmal so verschlossen war. Gelegentlich sprachen wir über Vinland, doch in seinen Augen gehörte das der Vergangenheit an. Der Faden, der uns an Glaum band, war nach seinem Dafürhalten aus Gold gesponnen. Karlsefni liebte den Reichtum und er sorgte dafür, dass er ihm erhalten blieb. Er spielte in Männerangelegenheiten gern eine führende Rolle. In mancher Hinsicht waren seine Bedürfnisse viel einfacher als meine. Es gab Zeiten, in denen ich glücklich war, und er wusste immer, wann das der Fall war. Verstanden hat er es nie und er hasste jede Art von Theatralik. Ich habe nie vor ihm geweint, nachdem wir nach Glaum zurückgekehrt waren, bis auf die beiden Male, als ich nach Thorbjörn ein Kind verlor. Er war dann immer so freundlich, wie es ihm möglich war, denn er wusste, dass eine solche Sache eine Frau über alle Maßen mitnimmt. Ich habe ihn nicht mit meinen vagen Unzufriedenheiten behelligt und mit der Zeit waren sie mir auch nicht mehr so wichtig. Versteh mich nicht falsch, Agnar, ich beklage mich nicht. Nur hatte ich in den Wochen meiner Krankheit viel Zeit, um darüber nachzudenken.

Als ich dachte, ich würde hier sterben, habe ich mir zum ersten Mal eingestanden, wie sehr ich mir diese Pilgerfahrt wünschte. Mein letztes Abenteuer, weißt du, meine letzte Reise ins Ungewisse. Zum ersten Mal seit nahezu dreißig Jahren bin ich wieder an Bord eines Schiffes gegangen. Ich habe das Meer immer verabscheut und gefürchtet, aber es ist der einzige Weg, der aus Island hinausführt, und ich war zu lange in meiner kleinen Welt eingeschlossen. Ich wollte gern immer wieder reisen, doch Karlsefni war zufrieden. Er hatte alles gesehen, was er von Europa sehen wollte, noch ehe ich ihn kennen lernte, und er hatte keinen Grund, zurückzugehen. Er hatte Söhne, die ihre eigenen Wege einschlugen. Snorri und Thorbjörn gingen beide an den Hof in Norwegen und Thorbjörn sogar weit darüber hinaus. Junge Männer ziehen in die Welt hinaus, nicht ihre Mütter; so dachte Karlsefni darüber. Ich habe ihn geliebt, Agnar. Wir waren sehr glücklich miteinander.

Ich habe dir gesagt, dass ich Ende dieses Winters nach Glaum zurückkehre, und das werde ich auch. Wenngleich ich nicht wieder in unser Haus gehe. Snorri hat eine Frau und große Kinder, und sie brauchen mich dort nicht mehr. Nein, ich werde einen Ort für mich einrichten, diesem Frauenkloster hier möglichst ähnlich. Ich werde meine kleine Zelle haben, so wie hier, und die Nonnen werden ihre eigene kleine Welt erschaffen, so wie hier, und es soll eine sichere Zuflucht sein für alle, die es brauchen, so wie hier. Ich werde nicht in Rom sterben. Ich habe auf Island noch eine Aufgabe, abseits von meiner Familie.

Schreibst du das alles auf? Es ist nicht die Geschichte, die ich dir erzählen soll. Ich weiß nicht, ich kann einfach nicht mehr bei der Sache bleiben. Aber dir ist es wichtig, das weiß ich. Dir zuliebe werde ich mich morgen mehr anstrengen. Komm ein wenig früher, ehe die Sonne in mein Hirn dringt. Sonst bin ich dir nicht von Nutzen, weil ich nicht davon überzeugt bin, dass unsere Arbeit überhaupt etwas taugt.

13. September

Vinland. Leif hatte uns ein Land voll des süßen Weines versprochen, doch ich musste erst ins Herz der alten Welt kommen, um einen solchen zu finden. Vinland. Snorris Sohn ist dort gestorben. Thorbrand. Noch keine zwanzig Jahre alt. Er starb bei einer Rauferei, die nie hätte stattfinden dürfen. Ich bete zu Gott, dass keines meiner Kinder vor mir sterben möge. Snorri war ein harter Mann wie alle anderen, und als die Skrælingjar fort waren, nahm er seinen toten Sohn auf die Arme und trug ihn wortlos in die Hütte. Aber ich kannte ihn gut genug, um hinter seine undurchdringlichen Züge zu blicken. Vinland. Mein Sohn Snorri wurde dort geboren und ich habe allein für ihn gesorgt. Es hat Zeiten gegeben, da habe ich mich nach einer Familie gesehnt; das ist es, was ein Kleinkind und seine Mutter am meisten brauchen. Als wir in die Welt zurückkehrten, aus der wir gekommen waren, war er drei Jahre alt und sehr rege. Er konnte fließend sprechen. In Vinland schlief er noch an meiner Brust ein, und wenn sein Vater ins Bett kam, nahm er das Kind, legte es in seinen Korb und deckte es gut zu. Ich bin die Einzige, die Karlsefni je etwas so Zärtliches hat tun sehen.

Vinland. Weißt du, wie wichtig ein Schiff ist, Agnar? Nein, weil du nie in Vinland warst. Schiffe werden in Norwegen gebaut. Das weißt du natürlich. Ein Schiff in Vinland ist klein wie eine Nadel und die einzige Möglichkeit, den dünnen Faden quer über die Welt zurückzuverfolgen. Als im ersten Jahr in Vinland das Frühjahr anbrach, war mein Kind fünf Monate alt und man sah, dass es allmählich mit beiden Beinchen fest im Leben zu stehen begann, wie immer, wenn Kleinkinder anfangen, feste Nahrung zu sich zu nehmen. Ganz allmählich wagte ich zuzugeben, wie sehr ich ihn liebte. Unsere Nahrungsmittel waren sehr knapp. Als das Eis schmolz, ging Karlsefni direkt nach Bjarney, um Eiderenten und Eier zu sammeln. Ehe er zurückkam ... Aber halt. Ich muss dir zuerst von dem Streit erzählen.

Es war der erste Tag, an dem die Sonne ein wenig Wärme spendete. Das Land war stellenweise noch mit Schnee bedeckt, dazwischen trat plattes, gelbes Gras zu Tage. Das Licht zog mich ins Freie. Ich nahm ein Schaffell und setzte mich auf die Bank an der Südseite des Hauses, blinzelnd wie ein Bär, der gerade aus dem Winterschlaf erwacht ist. Es war so hell, dass ich leicht benommen war, wie trunken, und nicht sehr weit sehen konnte. Der Hof war ruhig, doch ich hörte Stimmen am Strand, wo die Männer die Schiffe aus den Winterschuppen holten. Ansonsten war nur das Rauschen des vom Eis befreiten Baches zu hören, der, vom Schmelzwasser angeschwollen, zu meinen Füßen vorbeiströmte. Ich war froh, allein zu sein, stillte gerade mein Kind und spürte die Sonne auf meiner Brust. Ich zog mein Schultertuch zurück, um noch mehr Wärme abzubekommen, lehnte mich zurück und schloss die Augen. Ich sah das rote Blut in meinen Augenlidern, wo die Sonne dagegen schien, spürte das Saugen meines Kindes, und alles andere erschien mir wie ein Traum in weite Ferne gerückt. Das Gurgeln des Wassers wob sich in meine Gedanken und löste sie bis hin zur Zusammenhanglosigkeit auf. Es war wie der Augenblick, in dem man erkennt, dass man einschläft.

Die Nornen schauen auf Leifsbudir hinab und finden die Menschen, auf die sie den ganzen Winter lang gewartet haben. Während die Nornen spinnen, entsteht ein Dreieck, in dem die drei, die nichts ahnend den ihnen bestimmten Platz einnehmen, mit einem einzigen Faden eng miteinander verwoben werden. Gudrid ist zuerst da, auf der sonnigen Bank an der Südseite des Hauses. Sie hält die Augen geschlossen und hat das Gesicht der Sonne zugewandt. Sie stillt ihr Kind, ihre Tunika ist über der Brust geöffnet und zurückgeschlagen, das Kleid darunter bis zur Hüfte aufgebunden. Sie zieht ihr Schultertuch von den Schultern, um die Sonne auf der Haut zu spüren. Nach dem langen Winter ist es wie ein Segen. Sie streckt sich in der Sonne aus, macht Beine und den freien Arm lang wie ein Seestern und lächelt.

Dann tritt Thorhall der Jäger in Erscheinung. Er kommt von den Steinhaufen auf dem Hügel, wo er sich eine Zeit lang aufgehalten hat, um die Männer auf dem Strand zu beobachten, wie sie Karlsefnis Schiff langsam an die Gezeitenlinie ziehen. Alle müssen mit anpacken. Thorhall macht als Einziger nicht mit. Er geht anderen Dingen nach, erreicht die Schmiede und folgt dem Fluss um das Haus herum zur Tür. Plötzlich aber bleibt er am Ufer südlich von Karlsefnis Haus stehen, gebannt vom unerwarteten Anblick von Karlsefnis Frau. Gudrid ist allein mit ihrem Kind und liegt in der Sonne wie in den Armen ihres Geliebten, so hingegeben und verletzlich, wie er sie wahrscheinlich nie wieder antreffen wird. Thorhall steht wie versteinert und kann den Blick nicht von ihr abwenden, wie ein Wolf, der seine Beute erblickt hat und nur auf den Rest des Rudels wartet, um zuzuschlagen.

Thorfinn Karlsefni hat sein Schiff sicher vertäut und ist auf dem Weg zum Lager, weil er eine Seilrolle braucht, die er dort verstaut hat, als das Schiff im vergangenen Herbst aufs Trockene gezogen wurde. Seine Gedanken sind ganz mit der Takelage beschäftigt, als er die Hügelkuppe neben der Schmiede erreicht und Thorhall den Jäger unten in Angriffshaltung sieht. Verwirrt und voller Argwohn schaut Karlsefni in dieselbe Richtung wie Thorhall. Er sieht seine Frau, wie er sie nur hat liegen sehen, wenn er sie ausgiebig geliebt hat, ohne sich dabei von ihr zärtlich berühren zu lassen. Das geschieht nicht oft, denn allein der Gedanke daran war ihr neu, als sie ihn heiratete, und sie lässt es nur selten zu. Es gehört zu seinen seltensten und vertraulichsten Freuden, umso pikanter, als er sie mit keinem anderen Mann teilt und niemand eine Ahnung davon hat.

Ich vernahm das widerliche Geräusch eines Schlages und einen Aufschrei. Ich sprang auf. Das Kind weinte. Ich konnte nichts erkennen; direkt auf der anderen Seite des Flusses kämpften zwei Männer miteinander, doch vor meinen Augen tanzten nur Sonnenflecken. Dann hörte ich Karlsefni: »Ich bring dich um! Ich bring dich um!« Schritte erklangen vom Hof und stürmten an mir vorüber. Das Kind schrie. Dann konnte ich allmählich etwas sehen. Karlsefni und Thorhall waren ineinander verkeilt, Karlsefni hatte Thorhall beide Hände um die Kehle gelegt. Ich sah, wie Thorhall ein Messer hob, um Karlsefni an der Schulter zu treffen, und ich glaube, ich stieß einen warnenden Schrei aus. Karlsefni drehte sich rechtzeitig und packte Thorhalls Handgelenk. Das Messer flog in hohem Bogen, als Thorhall seinen Arm nach unten zwang und Karlsefni dagegen hielt. Karlsefni hatte die andere Hand noch immer an Thorhalls Kehle, doch man kann einen Mann nicht mit einer Hand erwürgen. Thorhall versuchte, ihn abzuschütteln, doch Karlsefni ließ nicht locker, wie ein Hund, der sich in einen Bullen verbissen hat. Dann holte Thorhall ein zweites Mal mit dem Messer aus und zur gleichen Zeit lief Snorri an mir vorbei, setzte über den Bach und packte Thorhall von hinten. Das Messer fiel ins Wasser.

Sechs Männer waren nötig, um die beiden auseinander zu bringen. Thorhall zuckte mit den Schultern und gab nach, doch Karlsefni wollte ihn noch immer anfallen, wie ein verrückter Hund, bis er merkte, dass er gegen seine eigenen Männer kämpfte. Da hielt er keuchend inne und wischte sich den Schweiß aus den Augen. Das Kind schrie noch immer und ich war so entsetzt, dass ich unfähig war, mich zu rühren. Noch ehe ich reden konnte, ergriff Snorri das Wort: »Was geht hier vor?« Thorhall drehte sich um und sah mich an, und ich dachte an den Zauber, den ich ausgesprochen hatte, und an den Traum; daran, dass ich versäumt hatte, um Segen zu bitten. Da fiel mir ein, dass meine Tunika offen stand. Ich zog mein Schultertuch um mich und floh ins Haus.

Drinnen war es stockdunkel und ich tastete nach dem Bett. Zitternd setzte ich mich hin. Ich hielt das Kind an mich, wiegte den Kleinen und versuchte, ihn zu trösten. Ich wusste nicht, was geschehen war, doch ich kannte den Blick, den Thorhall mir zugeworfen hatte. Worauf ließ er schließen? Auf Komplizenschaft, darauf, dass wir etwas Unerlaubtes miteinander teilten. Mir fiel ein, wie er mir begegnet war, als ich vom Hügel herabkam. Ich dachte daran, wie Helga mich darauf hingewiesen hatte, dass die Männer meinten, wenn schon Frauen da seien, dann sollten sie für alle sein, und keine Ehefrauen. Ich wusste nicht, was ich getan hatte, doch ich wusste, ich war schuldig. Ich hasste diesen Mann und hatte dennoch nicht aufgehört, von ihm zu träumen. Er verfolgte mich und ich fürchtete mich vor ihm.

Karlsefni war wütend auf mich; das erkannte ich daran, dass er nicht mit mir über den Vorfall redete oder mir sagte, wie die Sache gelöst worden sei. In jener Nacht verschwand Thorhall mit ein paar anderen und Helga sagte mir, sie seien ins Landesinnere gegangen, um Karibus zu jagen. Karlsefni segelte am nächsten Tag nach Bjarney. Das musste sein, denn wir brauchten dringend Nahrung. Ich war bekümmert, denn er sprach kaum mit mir, ehe er ging, und ich hatte Angst, weil er fort war. Beide Empfindungen waren mir neu und ich ärgerte mich darüber. Ich fürchtete, Thorhall könnte als Erster zurückkehren. Das war auch der Fall, aber ich bekam ihn nie zu Gesicht, ebenso wenig wie Snorri. Wir alle rechneten damit, dass etwas geschehen würde, doch was dann tatsächlich geschah, hätten wir alle nicht für möglich gehalten.

Agnar, er hat das Schiff meines Vaters an sich genommen.

Du zeigst keine Regung. Verstehst du denn nicht? Weißt du nicht, was das bedeutete? Das Schiff lag vertäut in der Bucht. Das Wetter war ruhig. Wir stellten nachts keine Wache auf. Warum auch, in diesem menschenleeren Land? Thorhall kam in der Nacht zurück und nahm das Schiff. Neun Männer gingen mit ihm. Wir haben nie wieder etwas von ihm gehört.

Jahre später drangen Gerüchte zu uns nach Glaumbær, sie seien im nächsten Weststurm vom Kurs abgekommen und über das Meer nach Irland getrieben, wo die Überlebenden gefangen genommen und in die Sklaverei verkauft wurden. Wir erfuhren es nie mit Sicherheit. Ich weiß nicht einmal, woher das Gerücht kam. Seit dem Tag, als Thorhall heimlich aus Vinland verschwand und das Schiff meines Vaters mit Gott weiß welchen Plänen an sich nahm, hat es meiner Meinung nach keine Spur mehr von ihm gegeben. Vielleicht hat er in Vinland irgendeine Ladung aufgenommen und Europa angesteuert. Er hätte gewiss nicht gewagt, ins Grüne Land zurückzukehren, nachdem er das getan hatte, und selbst auf Island hätte ihn sein Verbrechen womöglich eingeholt.

Wie meinst du das, was er getan hat? Hast du es denn noch nicht begriffen? Oh, du hättest es sehr wohl begriffen, wenn du an jenem Morgen am Strand gestanden und zu der Stelle hingeschaut hättest, wo das Schiff hätte liegen sollen. Karlsefni kam drei Tage später zurück, viel zu spät, um Thorhall zu verfolgen, selbst wenn wir die Richtung gewusst hätten. Er hatte sein Schiff noch, das bis zu dreißig Menschen samt Ladung aufnehmen konnte. Wir waren fünfundvierzig und hinzu kamen unsere Tiere. Bei einer solchen Ladung hätten wir sicher sein müssen, dass uns unterwegs nur ruhige See erwartete. Eine ruhige See, in den Gewässern! Verstehst du jetzt?

Karlsefni schien nicht einmal wütend zu sein. Diesmal war es Snorri, der in ohnmächtiger Wut tobte. Karlsefni war reizbar, wie du weißt, aber seine Wut war nie ohnmächtig. Wäre Thorhall zur Stelle gewesen, hätte Karlsefni ihn vermutlich umgebracht. Doch nachdem der Vogel einmal ausgeflogen war, richtete er seine Aufmerksamkeit sofort darauf, den Käfig zu reparieren. Wir versammelten uns an jenem Abend im Langhaus, um zu entscheiden, was nun zu tun war. Während die übrig gebliebenen Männer Thorhall verfluchten und sich des Langen und Breiten darüber ausließen, es sei nicht ihre Schuld, dass Thorhall sich bei Nacht und Nebel davongemacht habe, blickte Karlsefni unverwandt ins Feuer und schwieg. Er schien mit seiner Aufmerksamkeit ganz woanders zu sein. Als er sich erhob, wurden alle still.

»Es ist nun mal passiert«, sagte er. »Wir können alle sagen, wo wir hätten sein sollen und was wir hätten tun sollen. Aber wenn wir darüber nachgedacht hätten, ich meine, welche Wahl hatte er denn? Er wusste, dass ich ihn umgebracht hätte, wenn es mir möglich gewesen wäre. Noch vor dem nächsten Winter hätte ich es bei passender Gelegenheit getan, weil ich keine andere Möglichkeit für uns sah, hier weiterzuleben. Er hat das Problem für uns gelöst. Jetzt müssen wir das unsrige lösen. Wir können nicht alle ohne ein zweites Schiff nach Hause zurückkehren. Wir müssen eins bauen.«

Er wartete, bis sich das Protestgemurmel gelegt hatte, und fuhr fort: »Es hat keinen Sinn darauf hinzuweisen, dass es schwierig ist. Das ist uns allen klar. Wir haben hier keine norwegische Werft. Aber haben wir eine andere Wahl? Nein, und das wisst ihr genau. Gut. Unsere Pläne für den

Sommer sind bekannt. Wir wollten mit zwei Schiffen in den Süden fahren, eine Ladung aus Vinland zusammenstellen und im nächsten Frühjahr nach Hause segeln. Das ist jetzt nicht mehr möglich. Aber ich werde wie geplant nach Süden segeln. Thorvalds Männer haben gesagt, dass dort im Herzen von Vinland große Bäume wachsen, groß genug, um einen Schiffskiel daraus zu schnitzen. Erzählt mir nichts von den Schwierigkeiten. Die kenne ich selbst. Wir können das Holz nicht lange genug ablagern. Vielleicht finden wir altes Holz. Ich weiß es nicht. Wir sind keine Schiffsbauer, aber einige unter uns haben beim Bau eines Schiffes zugesehen. Außerdem brauchen wir mehr Eisen. Jetzt ist Juni. Ich kann sofort aufbrechen. Ich werde weiter nach Vinland hineinsegeln und die Bäume suchen, die wir brauchen. Wir müssen sie fällen und spalten. Außerdem müssen wir Nahrung finden, denn wir haben keine Vorräte, die wir mitnehmen könnten. Wir werden in diesem Sommer nicht zurückkehren, sondern ein Winterlager in Vinland aufschlagen. Ihr müsst hier in Leifsbudir bleiben und selbst jagen und fischen. Wir lassen euch die beiden kleinen Boote hier. Ihr müsst die Schmiede in Gang setzen und so viel Eisen wie möglich herstellen. Wir kommen im nächsten Sommer so bald wie möglich zurück und im Winter bauen wir unser Schiff.«

Kaum war er verstummt, begannen alle auf einmal zu reden. Manche hielten sein Vorhaben für nicht durchführbar, manche sagten, es sei die einzige Möglichkeit. Es hieß, zwei weitere Winter in Vinland seien unerträglich. Dann fragte jemand, warum man nicht direkt nach Grönland zurücksegeln und im nächsten Jahr ein zweites Schiff schicken sollte, um diejenigen zu holen, die in Leifsbudir zurückgeblieben waren. Wieder andere hielten dagegen, dass niemand, der klar bei Verstand sei, damit einverstanden wäre, zurückgelassen zu werden. Karlsefni würde nicht fortgehen, ohne zu bekommen, wozu er hergekommen war. Das war mir klar und ich wartete ab, wie er mit ihnen fertig würde. Ich hatte Recht; er legte ihnen geduldig seine Gründe dar und natürlich hatten sie keine Alternative anzubieten. Niemand wollte in Leifsbudir zurückbleiben, wohin das Schiff auch fuhr. Aber angenommen, sagten sie, Karlsefni würde nie zurückkehren, was nur zu wahrscheinlich war? Dann wären sie zu lebenslänglichem Exil in Vinland verdammt oder, wie Karlsefni ihnen deutlich machte, bis Leif wiederkäme, was eines Tages durchaus der Fall sein könnte. Snorri fügte hinzu, sein Bruder Thorleif habe noch immer ein Schiff in Grönland und werde wahrscheinlich selbst nach Vinland aufbrechen, wenn Snorri und Thorbrand nicht in ein oder zwei Jahren zurückkehrten.

Das Streitgespräch dauerte bis tief in die Nacht und Karlsefni ließ jeden ausreden. Er wusste, es konnte nur eine Entscheidung geben, doch er wusste ebenso gut, dass er diese nicht erzwingen durfte. Vor allem die entbehrlicheren Männer, die in Leifsbudir bleiben sollten, mussten dem Plan innerlich zustimmen, um bereitwillig ihre Rolle zu übernehmen. Einige waren der Ansicht, Snorri solle ebenfalls in Leifsbudir bleiben und dort die Verantwortung übernehmen, doch Karlsefni hielt dem entgegen, Snorri wisse mehr über den Schiffsbau als er und er brauche ihn, um das richtige Bauholz zu finden. Er verschwieg allerdings, dass Snorri sein verschworener Freund war. Wenn Snorri in Vinland sterben sollte, würde Karlsefni Sorge dafür tragen, dass es in Ausübung einer Tätigkeit und nicht in hoffnungslosem Exil geschähe. Dieses Risiko wollte er nur für Männer eingehen, die ihn nicht kümmerten. Wenn es darauf ankam, konnte Karlsefni ebenso gerissen sein wie Eirik. Jetzt war keine Spur von Wut mehr in ihm. Ich beobachtete, wie er mit ihnen umging, nach außen hin bereit, jeden Standpunkt zu überdenken, der ihm dargelegt wurde. Doch am Ende erreichte er genau, was er wollte.

Die Trennung von Helga fiel mir schwer. Ihr Mann spielte jetzt eine gewichtige Rolle in Leifsbudir. Auch die anderen Frauen blieben mit ihren Männern zurück. Falls jemand der Meinung war, ich sollte ebenfalls bei ihnen bleiben, so wagte es niemand, das Karlsefni gegenüber zu äußern, und ich habe nichts dergleichen gehört. So kam es, dass ich an einem frischen Junimorgen, als hinter uns die Sonne über dem Hügel aufging und vor uns ein kalter Halbmond im grauen Meer unterging, erneut in See stach.

15. September

Das Herz von Vinland ist alt; seit die Erde erschaffen wurde, folgte hier eine Jahreszeit auf die andere, doch die Zeit stand still; niemand hat die Jahre gezählt, die seither vergangen sind. Niemand kennt die Grenzen dieses Landes; seine Küsten erstrecken sich ins Unermessliche, weit hinein in den Süden der Welt, und niemand ist bis an ihr Ende gesegelt. Keine Menschenseele ist bis zum Herzen des Landes vorgedrungen. Es gibt keinen Weg ins Innere.

Über zwei Monate folgt Karlsefnis Schiff den Küsten von Vinland; immer weiter führt sie das fremde Land. Es nimmt kein Ende. Sie folgen dem Straumfjord von Leifsbudir aus nach Westen, sie finden Hügel und Flüsse und Inseln, dicht mit Bäumen bewachsen, alle menschenleer und namenlos. Sie folgen der südlichen Küste des Straumfjordes zurück in östlicher Richtung und segeln über ein landumschlossenes Meer, in dem aus dem Dunst unerwartet Landzungen und Inseln aufragen. Als die Dünung ihnen sagt, dass sie wieder auf offenem Meer sind, drehen sie nach Südwesten ab und stoßen auf eine neue Küste, der sie bis weit in den Süden folgen, bis die Nacht nicht viel kürzer ist als der Tag. Sie erblicken ausgedehnte Sanddünen, die als offenes Gelände zwischen Wald und Meer liegen. Sie gelangen an einen breiten Fluss, der über den weißen Sand ins Meer strömt. Als sie an Land gehen, um Wasser zu holen, stellen sie fest, dass der Fluss aus einem Gezeitensee kommt, einem Hop, in den man ein Schiff bei Flut hineinsteuern und vertäuen kann. Keine andere Stelle ist besser für ein Winterlager geeignet, und als sich der Wald mit Rot- und Goldtönen überzieht, folgen sie ihrer Spur zurück nach Hop.

Ihre Entscheidung ist von einer wohlmeinenden Schicksalsgöttin gesegnet; am Rande des Waldes wachsen Beeren im Überfluss; dazwi-

schen gibt es echte Trauben, verwandt mit den Weinreben Europas. Als die Männer dem Fluss ins Landesinnere folgen, stoßen sie auf Karibufährten. Die Hufabdrücke im Schlamm sind noch frisch und die Spuren verlieren sich im Wald. Den ganzen Herbst über labt sich die Gemeinschaft an frischem Fleisch und rohen Trauben. Sie zünden riesige Lagerfeuer an, um die Mücken fern zu halten. Hier herrscht kein Mangel an Holz und bis zum Advent bleibt es nachts schön und trocken. Die Rinder grasen auf den Dünen, und obwohl es kein Heu gibt, mangelt es ihnen nie an Futter. Nach dem Julfest fällt der erste Schnee, aber er bleibt nicht lange liegen, und die Tage sind heller als jemals in einem Winter zuvor. Das Frühjahr setzt früh ein, und während noch reichlich Fleisch und Fisch an den Dachbalken der Hütten hängt, bringen die Männer bereits täglich frische Nahrung herbei. Inzwischen gärt der Traubensaft in den Fässern. Außerdem haben die Männer den ganzen Winter über neue Fässer aus Vinlandholz geschnitzt, bereit, im neuen Jahr eine noch reichere Ernte aufzunehmen.

Jetzt ist Sommer und die Sonne steht höher am Himmel, als die Neuankömmlinge sie je gesehen haben. Sie scheint herab auf eine Bucht mit weißem Sand, geteilt von grasbewachsenen Dünen. Auf der dem Meer zugewandten Seite türmen und brechen sich die Wogen; auf der Landseite schwappen die ruhigen Wasser einer Lagune über wellenförmigen Sand. Im Wasser ist der Sand fest und gelb. Am Strand ist er weich und locker und Vorübergehende haben ihre Fußspuren hinterlassen. Das Wasser der Lagune ist ruhig und klar. Vom Schiff aus, das darin vertäut ist, kann man sehen, wie der Schatten des Schiffes in kleinen Wellen über den Sand läuft; kleine Krabben huschen hin und her.

Der Wald reicht bis an die Dünen und an den Stellen, an denen das Meer den Sand fortgespült hat, sind Bäume umgestürzt. Ihre Stämme sind oberhalb der Gezeitenlinie wie Treibholz aufgeschichtet. Ihre stacheligen Zweige verbarrikadieren den Zugang zur Lagune. Doch am Fluss gibt es einen neu angelegten Pfad, im vergangenen Winter durch Dornengestrüpp und Kriechpflanzen gehauen, zwischen hohen Baumstämmen hindurch, deren Wipfel bis in den Himmel reichen. Im

Wald herrscht Zwielicht und er ist voller Geräusche. Fremde Vögel rufen; hoch oben und im Unterholz raschelt es. Fische springen aus dem braunen Fluss. Wendet man sich vom blendenden Strom ab, erscheint der Wald grün und undurchdringlich wie Meerwasser, wendet man sich vom Wald dem Licht zu, dann ist es, als tauche man aus dem Wasser in blendende Luft. Es fällt schwer, deutlich zu sehen, und wegen der Bäume kann man die Lage des Landes unmöglich bestimmen. Im Fluss hat man Schlangen schwimmen sehen. Karlsefni entdeckt eine, die zusammengerollt auf dem Pfad liegt, und tötet sie mit dem Schwert. Ihre Haut ist trocken, schuppig und gesprenkelt. Niemand aus der Gemeinschaft hat je eine Schlange gesehen, doch sie wissen alle, dass diese Geschöpfe des Menschen Feind sind und dass ihr Biss tödlich ist. Karlsefni hebt das tote Tier mit seiner Schwertklinge in die Höhe und wirft es in den Fluss.

Es ist nicht möglich, im Wald in die Ferne zu sehen. Und man kommt nur voran, wenn man sich mit Messern und Äxten einen Pfad schlägt. Früh am Morgen schreien und schnattern die Vögel, als befänden sie sich in ständigem Alarmzustand. Aber sowie die Sonne höher steigt, werden sie still, und gegen Mittag schläft der Wald in der eigenartigen, feuchten Hitze, die den Menschen die Kraft raubt, so dass sie am helllichten Tag ruhen wollen. Unsichtbare Insekten zirpen im Gras; Stimmen klingen laut in der brütenden Hitze. Das rhythmische Schlagen von Eisen auf Holz löst tief im Landesinnern ein beunruhigendes Echo aus. Aber es gibt Arbeit, der schwüle Nachmittag zieht sich dahin, bis der Abend früh und plötzlich hereinbricht und die nächtlichen Geräusche einsetzen.

Im Dunkeln ist nur das Heulen der Wölfe zu hören. Die anderen Rufe und Schreie sind unbekannt und könnten sowohl von Tieren als auch Dämonen herrühren. Tag und Nacht sind beinahe gleich lang, obwohl es kurz vor der Sommersonnenwende ist und die Nächte hier wärmer sind als die schönsten Tage in der Heimat. Nachts kann man vor Hitze kaum schlafen, daher schlägt der Schlaf unerwartet an sonnenhellen Nachmittagen zu.

Die Männer sagen nie, dass sie Angst haben; noch weniger geben sie zu, dass der Wald sie in einer Art Zauber hält. Sie sind zäh und rege; sie wissen hart zu arbeiten, ertragen die Kälte und die Gefahren des Meeres und nehmen sich erbarmungslos, was sie wollen. Aber an diesem Ort fällt im Sommer die Arbeit schwer. Die Luft saugt ihnen die Kraft aus und in der Hitze liegt ein Zauber, der sich um ihre Pläne legt und sie ganz allmählich lähmt. Es gibt Nachmittage, an denen nichts wünschenswerter erscheint, als in der Sonne zu liegen und zu schlafen. Die Männer haben bereits erfahren, dass die Sonne kein Mitleid hat, wenn man diesem Verlangen nachgibt. Der Schläfer wacht dann benommen auf, ihm ist übel, sein Kopf hämmert und er hat schrecklichen Durst. Seine Haut fühlt sich an wie verbrannt. Es gibt nur das dämmrige Mysterium des Waldes, voll süßer Düfte und fremder Geräusche. Man muss vor nichts auf der Hut sein, gegen nichts kämpfen und sich vor nichts fürchten. Nichts hält sie davon ab, sich zu nehmen, was sie wollen; und dennoch, als der erste große Baum unter ihrer Axt stürzt und durch das Unterholz kracht, als Holz splittert und Kriechgewächse reißen, stehen sie fassungslos. Schreiend flattern bunte Vögel auf. Allmählich kommt der Wald wieder zur Ruhe und ein Sonnenstrahl zeigt wie ein Speer anklagend durch das Loch im hohen Laubdach.

Das Lager wirkt sehr klein, gefangen zwischen Wald und Meer. Sie haben das Gestrüpp von den Dünen der Landzunge entfernt, welche die Lagune vom Meer trennt. Das Lager ist hundert Meter vom Eingang zur Lagune entfernt, durch den die Flut sich gleich einem Strom ergießt. Die Sanddünen zwischen der Lagune und dem offenen Meer bilden das einzige offene Gelände. Wilder Weizen wächst zwischen dem Gras, genauso wie bei Leifsbudir. In den Dünen findet sich weder Grasnarbe noch Stein zum Bauen. Die Sommerhütten bestehen aus gespaltenen Baumstämmen, überdacht mit Segeltuch, über entlaubte Äste gespannt. Die wenigen Rinder suchen zwischen fremden Blättern, Gräsern und Seetang nach Futter. Vielleicht fehlen ihnen die schönen Weiden des Nordens; aber das behaupten die Männer vielleicht nur, weil sie selbst manchmal Heimweh haben.

Wir nannten unser Lager Hop, nach der altnordischen Bezeichnung für eine kleine, geschlossene Bucht, weil es dort einen Gezeitensee gab, in dem wir unser Schiff vertäuen konnten. In dem Fluss dort lebten mehr Fische, als ich je gesehen hatte. Außer Forellen fingen wir an der Öffnung der Lagune auch Heilbutt. Es war sehr heiß. Wir bauten Hütten für uns und das Vieh ließen wir frei auf den Dünen grasen. Über Nacht trieben wir es allerdings zusammen, weil wir im Wald Wölfe hörten. Kurz nach Ende des Winters zerriss der Bulle seinen Strick und verschwand. Das war ein schwerer Schlag, aber keine Katastrophe; wir hatten zwei Kälber und hofften, dass die Kühe ein weiteres Jahr Milch geben würden, wenn der Bulle sie nicht erneut bestieg. Sobald wir uns in unserem Lager eingerichtet hatten, begannen wir, Holz zu schlagen. Verantwortlich für diese Arbeit war ein Mann namens Gunnar. Er hatte in einer Schiffswerft in Norwegen gearbeitet, ehe er sich Karlsefni anschloss, und Karlsefni hatte ihm eine hohe Belohnung geboten, wenn er Mitglied seiner Mannschaft würde. Somit hatte er einen Experten, der in Grönland die notwendigen Reparaturen durchführen könnte. Als Karlsefni mich heiratete und den Entschluss fasste, nach Vinland zu segeln, wurde Gunnars Rolle noch bedeutender. Karlsefni war ebenso wie Leif darauf gefasst, in Leifsbudir Boote bauen zu müssen, wenn auch keiner von beiden dabei an ein Handelsschiff gedacht hatte. Karlsefni hatte jedenfalls einen Schmied für den Vordersteven und er hatte die Werkzeuge.

Sobald wir in unser neues Lager eingezogen waren, nahm Gunnar Männer mit in den Wald und suchte nach geeigneten Bäumen. Es gab reichlich Bruchholz, daher hofften sie, Baumstämme zu finden, die kürzlich umgestürzt und schon abgelagert waren. Wir waren uns nicht sicher, um welche Baumarten es sich handelte. Gunnar sagte, viele seien anders als die in Norwegen, doch er sägte von verschiedenen Bäumen Äste ab und prüfte gemeinsam mit Karlsefni das Holz. Wichtig war vor allem, viele Eichen zu finden. Den Kiel fertigten sie aus einem einzigen großen Baumstamm an, Vordersteven und Heck aus einem anderen. Für die Planken mussten sie noch weitere Stämme der Länge nach spalten. Für den Mast wählten sie einen Kieferstamm, dünn genug, um ihn als Ganzes zu verwenden. Das neue Schiff musste viel kleiner ausfallen als Karlsefnis, sonst hätten wir das Holz dafür nicht einladen und nach Leifsbudir verschiffen können. Nach langem Hin und Her zimmerte Gunnar einen sieben Meter langen Kiel.

Wir konnten fast den ganzen Winter über draußen arbeiten, und als das Frühjahr kam, hatten wir eine gute Ladung Holz zum Ablagern aufgestapelt. Wir stellten auch Fässer her, denn in diesem Teil von Vinland gab es reichlich Trauben, und wer nicht mit Holzarbeit beschäftigt war, stellte so viel Wein wie möglich her. Ich übernahm diese Aufgabe und ließ mir von allen Männern helfen, die gerade zur Verfügung standen. Wir füllten die Fässer mit Trauben und zerdrückten diese mit großen Stößeln. Dann versiegelten wir sie mit Teer und ließen sie ruhen. Wichtig dabei ist, dass keine Luft eindringt. Aber in deinem Kloster wird Wein gekeltert, dir muss ich das kaum erzählen.

Im Sommer war es wirklich heiß, fast so heiß wie hier. Das Land kam uns sehr fremd vor. In Leifsbudir war es zwar anders als in Grönland, aber dennoch so, wie wir es gewöhnt waren. Das Herz von Vinland dagegen war eine andere Welt. Als wir nachts allein waren, gestand ich Karlsefni, ich sei mir sicher, dass wir nicht mehr in der menschlichen Welt waren. Er gab zu, der Gedanke sei ihm auch schon gekommen. »Aber«, fuhr er fort, »auch wenn diese Gegend nicht zur uns bekannten Welt gehört, muss sie noch lange nicht von Göttern, Riesen oder Toten bewohnt sein. Es ist ein Land wie das, aus dem wir kommen. Vielleicht ist die Welt einfach größer, als uns bekannt ist. Du hast selbst gesagt, dass Afrika südlich von uns liegt. Ich glaube, wir sind in den Gebieten, die die Welt umschließen, aber wir sind nicht darüber hinaus gesegelt.«

»Es ist weder Himmel noch Hölle«, stimmte ich ihm zu. »Aber fremdartig. Nichts, was mit uns zu tun hätte. Was auch immer in den Wäldern haust, ob Tiere oder Geister, wir kommen nur hinein, wenn wir uns den Weg freihacken. Ich frage mich, ob es uns je bestimmt war, hierher zu kommen.«

Er sagte, ich sähe Probleme, wo keine seien. Wo es gutes Holz gebe, sei das Land bewohnbar, und es habe keinen Sinn, Fragen zu stellen, die wir nicht beantworten könnten. Damit drehte er sich auf die Seite und schlief ein. Am nächsten Morgen in der Frühe kamen die Skrælingjar und setzten unserem unschuldigen Aufenthalt in Vinland ein Ende.

Ich war mit Karlsefni und Snorri draußen auf den Dünen und betrachtete den großen Eichenstamm, den wir aus dem Wald gezogen hatten. Mein Snorri lag schlafend in seinem Korb. Er war jetzt über ein Jahr alt und sehr unternehmungslustig. Er konnte laufen, war aber noch schneller im Krabbeln, und ich hatte das Gefühl, den lieben langen Tag damit zu verbringen, ihn vor Gefahren zu behüten. Nachmittags aber hielt er stets ein Nickerchen. An diesem besonderen Tag waren einige Männer unten am Strand, die anderen noch in den Hütten. Das Gras war noch von Tau benetzt. Das Meer war ruhig und die Wellen klatschten leise ans Ufer.

Der Lärm ließ mich aufblicken. Ein merkwürdiges Rasseln, wie von einer Schar Waldhühner oder wie von Steinen, die in einem Sieb gerüttelt werden – nein, das trifft es nicht. Es war zu laut, zu fremd. Ich fuhr mit einem Satz herum und schaute auf das Meer hinaus.

Da waren Boote. Nicht wie unsere, sondern kleiner, schmaler. Später sah ich, dass sie aus Fellen hergestellt waren, die auf Holzrahmen gespannt waren. Darin saßen Männer. Also waren es wirklich Boote und keine Tiere. Sie hatten Ruder, die sie rückwärts benutzten, ohne Dollen. Aber sie ruderten nicht, sondern beobachteten uns. Es waren Schwarze. In jedem Boot erhob sich einer von ihnen und schwenkte so etwas wie einen Dreschflegel über dem Kopf. Das verursachte den Lärm. Es waren neun Boote. Ich dachte an mein Kind und packte Karlsefni mit beiden Händen am Arm.

»Was soll das?«, fragte er scharf. »Was hat das zu bedeuten?«

Ich schüttelte den Kopf. Mein Mund war wie ausgetrocknet. Karlsefni wandte sich an Snorri und schob mich von sich. Die Männer unten am Strand hatten die Arbeit eingestellt, sie standen wie erstarrt und blickten unverwandt auf die fremden Boote. »Skrælingjar«, sagte Snorri. »Die Unheilsbringer. Skrælingjar. Erinnerst du dich an Thorvald Eiriksson?« Er erteilte einen lauten Befehl und die Männer liefen zu den Hütten, um die Waffen zu holen. Karlsefni wollte ihnen schon folgen, aber Snorri hielt ihn fest. »Warte!«

»Nein«, sagte Karlsefni. »Das sind Menschen.«

»Ich weiß. Aber der Lärm – vielleicht wollen sie uns damit sagen, dass sie in friedlicher Absicht kommen. Wir sind weit von der Stelle entfernt, an der Thorvald gestorben ist.«

Karlsefni zögerte. Die Boote waren fast am Ufer. Wir konnten die Männer deutlich sehen. In jedem Boot saßen sechs oder sieben. Es waren ihrer doppelt so viele wie wir. Sie hatten lange, schwarze Haare und dunkelbraune Haut. Die Dreschflegel rasselten, als liefe jemand über brechendes Eis. Jeder Mann hielt ein Ruder. Waffen sah ich keine, aber ich sah auch keine Frauen.

»Gudrid, geh zurück. Warte in der Hütte.«

Ich wollte nicht streiten, trat aber nur zehn Schritte zurück und blieb stehen. Karlsefni sah mich nicht an. Ich hatte nicht die Absicht, ihm zu gehorchen; es wäre viel schlimmer für mich, nichts zu sehen. Unsere Männer kamen wieder an den Strand, Schwerter und Schilde in der Hand. Nur Karlsefni und Snorri waren noch unbewaffnet. Das erste Fellboot wurde von der Brandung auf den Strand gespült, die anderen reihten sich daneben auf.

»Halt!« Unsere Männer zogen sich gehorsam zurück, die gezückten Schwerter in den Händen, die runden Schilde erhoben. Karlsefni berührte Snorri an der Schulter und gemeinsam gingen sie die Dünen hinunter. Sie streckten die leeren Hände aus, um zu zeigen, dass sie nichts bei sich hatten.

Die braunen Männer wateten durch die Wellen und blieben in aufrechter Haltung am Strand stehen. Die leeren Boote wurden von jeweils einem Mann im flachen Wasser festgehalten. Sie hüpften in der Brandung auf und ab; allem Anschein nach wogen sie fast nichts. Ich beobachtete die Szene, darauf gefasst, beim ersten Anzeichen eines Kampfes zurückzulaufen und meinen Sohn zu verstecken. Die Neuankömmlinge waren kleiner als unsere Männer und schwarz wie Teufel. Sie waren halb nackt und mit wenig Fell bekleidet. Sie hatten keine Schwerter, doch einige von ihnen hatten spitzen, kurzen Speeren ähnliche Stöcke bei sich. Mir fielen sämtliche Geschichten ein, die ich je über Dämonen gehört hatte, über Werwölfe und Halbmenschen, Geschöpfe der Höllenfeuer, die an den Rand der Welt kriechen und dort auf Sterbliche warten, um ihnen die Seele zu rauben. Ich bekreuzigte mich und sah, wie Karlsefnir den Strand hinunterging und sich dem ersten Mann bis auf zwei Meter näherte. Einen Augenblick lang wirkte Karlsefni, so vertraut er mir war, ziemlich fremd. Zum ersten Mal fiel mir auf, wie groß und hellhäutig er war. Er war von oben bis unten in ungefärbte Wolle gekleidet, trug Lederstiefel und am Gürtel ein Messer in einer Lederscheide. Blitzartig schoss mir der Gedanke durch den Kopf, dass er unter den Kleidern eine ebenso weiße und weiche Haut hatte wie sein Sohn, und einen Augenblick lang erschien er mir unschuldig und verletzlich.

Die Skrælingjar standen reglos da und betrachteten die beiden Männer, die vor ihnen standen. Sie blickten sich um und sahen unsere Leute, die weiter hinten mit gezückten Schwertern und den schützenden Dünen im Rücken warteten. Dann ahmte ein Skræling Karlsefnis Geste nach und breitete die Arme mit nach oben geöffneten Handflächen weit aus. Er trat vor, bis er auf zwei Schwertbreit an Karlsefni und Snorri herangekommen war. Ich hörte nichts, sah aber, dass er redete. Karlsefni schüttelte den Kopf. Der Skræling redete erneut und Karlsefni antwortete. Jetzt sprach der Einwohner lauter und diesmal hörte ich ihn. Es war eine Männerstimme, aber die Worte ergaben keinen Sinn. Karlsefni antwortete: »Ich verstehe dich nicht. Kannst du isländisch reden? Ich verstehe dich nicht.«

Offenbar gaben sie beide gleichzeitig auf. Karlsefni hob die Schultern und zugleich breitete der andere Mann die Arme in einer resignierenden Geste aus, und ich glaube, alle waren gleichermaßen verblüfft darüber, wie die beiden einander nachzumachen schienen. Auf beiden Seiten fingen die Männer an zu lachen. Daraufhin entspannten sich die Skrælingjar anscheinend und traten vor bis an die Stelle, an der unsere Männer standen. Sie versuchten nicht, mit ihnen zu reden oder sie zu berühren, sondern musterten sie nur, tuschelten untereinander und wiesen sich gegenseitig auf bestimmte Dinge hin. Sie vermochten den Blick nicht von den gezückten Schwertern abzuwenden. Unsere Männer beobachteten die Fremden wie wachsame Hunde und hielten die

Waffen bereit. Ich merkte, dass ich die Hände nervös ineinander verschlungen hatte und mein ganzer Körper angespannt war, wie ich die Männer mit meiner Willenskraft zwingen wollte, sich zu beherrschen. Nur eine falsche Bewegung und der Faden würde reißen. Ich traute denjenigen nicht, die ihn gesponnen hatten. Die Schicksalsgöttinnen gieren nach einem Kampf, damit sie die Toten in Besitz nehmen können, doch diese Männer gehörten zu mir, und ich betete zu einem barmherzigeren Gott, er möge sie mir noch nicht nehmen. Das Merkwürdige war, dass ich Angst um unsere eigenen Männer hatte. Es kam mir nicht in den Sinn, die Skrælingjar könnten ihre Meinung ändern und plötzlich angreifen. Ich kannte ihre Natur nicht, mein Volk indes kannte ich nur zu gut und dessen Friedfertigkeit war äußerst fraglich.

Vielleicht spürten die Skrælingjar das, denn plötzlich sagte einer von ihnen etwas und schon hatten sie sich bis an die Boote zurückgezogen. Noch ehe wir uns versahen, waren sie wieder im Wasser. Die sonderbaren Ruder tauchten ein und die ganze Flotte ruderte rasch fort, bis sie die Landspitze jenseits unserer Lagune erreicht hatten und dahinter verschwanden.

Dieser Vorfall mag dir nicht beunruhigend scheinen. Es gab kein Blutvergießen; niemand war verletzt; doch diese erste Begegnung hat alles verändert und niemand konnte danach noch so ruhig schlafen wie zuvor. Natürlich redeten wir unentwegt über die Fremden, vermutlich wussten alle, dass wir sie nicht zum letzten Mal gesehen hatten. Snorri drängte darauf, so schnell wie möglich abzulegen und jeden Gedanken an ein Winterlager aufzugeben. Hätten wir auf ihn gehört, wäre sein Sohn noch am Leben; allerdings ist es müßig, darüber zu spekulieren, was hätte sein können, und ein frühzeitiger Tod kann auch viel Leiden ersparen. Die Vorsehung hat zwei Gesichter, ein vertrauenswürdiges und ein launenhaftes. Vielleicht werden wir, wenn wir einst aufhören, sterblich zu sein, sehen, was die Götter jetzt sehen, und feststellen, dass die beiden Gesichter in Wirklichkeit eins sind.

Unweigerlich kehrten die Skrælingjar zurück. Seit der ersten Begegnung hatten wir eine Wache aufgestellt und daher sahen wir sie, sobald sie an der Landspitze in Sicht kamen. Es waren so viele Boote, dass es aussah, als wäre das Meer mit Holzkohlenstückchen übersät, und als die Skrælingjar ihre Dreschflegel schwangen, entstand entsetzlicher Lärm. Ein solch beunruhigender Anmarsch konnte nur einen Angriff bedeuten. Unsere Männer liefen zu den Waffen und warteten oben auf den Dünen. Die Skrælingjar waren stark in der Überzahl, doch die Flut stand kurz bevor, wir wären also in der Lage, sie von oben herab zu überrennen, falls sie ans Ufer kämen.

Mein Junge war wach. Ich stand vor der Tür und hatte ihn auf dem Arm. Ich dachte, meine Furcht könnte sich auf ihn übertragen, doch anscheinend spürte er sie nicht, denn er strampelte und wollte losgelassen werden, um nachzusehen, was am Strand vor sich ging. Nie habe ich mich so verwundbar gefühlt, wusste ich doch, dass er mir vollkommen vertraute, aber wenn unsere kleine kriegerische Truppe getötet würde, wäre ich vollkommen hilflos. Selbst wenn ich in den Wald liefe, käme ich nie von Vinland fort. Eine Gefangennahme wollte ich mir gar nicht erst vorstellen. In allen Geschichten, die ich über Gefangenschaft vernommen hatte, wurde zuerst das Kind getötet und dann die Frau vergewaltigt, dann erst wurde entschieden, ob sie am Leben bleiben sollte oder nicht. So hat es unser Volk in anderen Ländern gemacht; ich wusste nicht, ob die halb menschlichen Geschöpfe, die ich vor mir sah, genauso waren. Mein Messer hing mir an einer Kordel um den Hals. Notfalls wusste ich, was ich zu tun hatte, wagte aber nicht, es mir genau vorzustellen. In meinem Innern machte sich Eiseskälte breit, an meinen Händen haftete kalter Schweiß.

Doch die Skrælingjar waren nicht gekommen, um zu kämpfen. Sie kamen genauso an Land wie schon einmal und trugen keine Waffen bei sich. Die Anführer standen am Fuße der Dünen und redeten in ihrer fremdartigen Sprache auf uns ein, begleitet von wilden Gesten, mit denen sie unsere Männer zu sich hinunter baten. Andere luden die Boote aus. Es war ganz anders als der befürchtete Alptraum: Der kalte Knoten in mir taute auf und da erst spürte ich, wie mein Herz pochte und ich am ganzen Leibe zitterte. Ich holte tief Luft und reckte mich weiter vor, um besser sehen zu können. Jetzt war Snorri ruhig, da er etwas sah und die Szene unter uns mit weit aufgerissenen Augen betrachtete. Die Skrælingjar breiteten Sachen auf dem Strand aus und zeigten mit Nachdruck darauf. Felle. Sie hatten Felle mitgebracht. Ich hatte mit etwas ganz anderem gerechnet und versuchte, nicht laut aufzulachen, statt zu zittern. Ich musste hart schlucken, um nicht wie eine Idiotin zu kichern. Es war ähnlich wie damals, als Thorstein von der Jagd nach Hause zurückkehrte und seine Beute meinem Vater zu Füßen legte. Es gab Hirschleder, Seehundsfelle, große Braunbärenfelle, Fuchspelze, Wolfspelze und ein paar Felle, die ich nicht kannte. Später in Norwegen erfuhren wir, dass es sich um eine Art Katze handelte, doch damals hatte ich noch nie von einem solchen Tier gehört. Die Felle sahen wertvoll und fremdartig aus und der Stapel wirkte auf dem Strand in dem menschenleeren Land hinter dem Ende der Welt fehl am Platz. Ich dachte an Thorgeir den Hausierer und seinen Sohn Einar, die einst meinen Blick und mein Urteilsvermögen mit herrlichen Gegenständen aus fernen Ländern geblendet hatten. Plötzlich löste sich alles in Wohlgefallen auf, als wäre ich aus einem schrecklichen Traum erwacht. Karlsefni, der Händler war, begriff sogleich, denn er steckte abrupt sein Schwert in die Scheide, ließ seinen Schild in den Sand fallen und breitete die Arme weit aus, eine Geste, mit der er die Wilden schon einmal beruhigt hatte. Dann sprang er die Dünen hinab und blieb vor dem Anführer der Skrælingjar stehen.

Danach ging alles sehr schnell. Unsere Männer sprangen ebenfalls die Dünen hinab und lachten hysterisch über die unerwartete Wendung. Ich sah zu, wie sie sich auf dem Strand unter die Skrælingjar mischten, schwarz und blond, und wie sie laut redeten und mit den Armen wedelten, wobei jede Gruppe versuchte, den unverständigen anderen zum Verstehen zu bewegen. Ich erkannte, dass all das einem Muster folgte, denn ich stand außerhalb und hatte den Überblick. Jeder Skræling stand vor einem unserer Männer und deutete auf dessen Schwert. Manchmal streckte sogar einer die Hand danach aus, um es zu berühren. Offenbar waren sie sich des tödlichen Streiches nicht bewusst. Unsere Männer versuchten, ihre Schwerter außer Reichweite zu halten, und schützten die nackten Waffen so gut wie möglich hinter ihren Schilden. Zunächst dachte ich, die Wilden wollten damit zum Ausdruck bringen, dass die Waffen niedergelegt werden sollten. Tatsächlich steckten auch ein oder zwei Männer ihre Schwerter in die Scheide, doch darum ging es nicht. Die Skrælingjar wurden nur noch aufgeregter und schoben sich noch näher heran. Einer von ihnen packte Thorbrands Scheide und versuchte, sie ihm vom Gürtel zu reißen. Thorbrand schob ihn grob von sich. Beide Seiten begannen zu schreien und zu schubsen. Thorbrand zog sein Schwert wieder heraus. Ich schrie: »Thorfinn!«

Karlsefni wirbelte herum. »Gudrid! Geh zurück! Geh sofort zurück!«

»Es geht um die Schwerter!«, rief ich ihm zu. »Sie wollen eure Schwerter!«

Er schaute sich um und begriff sofort. Er zögerte noch, doch ich sah, was er nicht zu sehen vermochte, und deshalb konnte ich rascher denken. »Thorfinn!«

Er schaute zu mir auf und ich sagte ihm, was zu tun war. »Etwas anderes! Biete ihnen etwas anderes an! Schnell!« Ich sah, wie er es aufnahm, doch ich war flinker. Wir hatten ja nicht viel und ich betrachtete die Einwohner, die in ihrer Kleidung aus Fellen wie wilde Tiere aussahen. »Tuch!«

Einen Moment lang war er verwirrt, doch kurz darauf hatte er bereits Männer zu den Hütten geschickt. Alles, was wir hatten, brauchten wir für uns: Segeltuch, Decken, Mäntel, Planen. Dennoch trugen unsere Männer alles, was sie finden konnten, an den Strand und breiteten es im Sand aus. Es hätte nicht funktioniert, hätte Karlsefni nicht einen roten Mantel gehabt, der unter den anderen Sachen lag. Sobald die Skrælingjar die Farbe sahen, richtete sich ihre Aufmerksamkeit darauf. Zu mehreren packten sie den Wollmantel, breiteten ihn aus und betasteten ihn voller Bewunderung. Ich glaube, sie hatten noch nie zuvor Wolle in den Händen. Sie strichen mit den Fingern über das Gewebe, breiteten den Mantel erneut aus und waren über die Farbe offenbar hellauf begeistert.

Wir hatten kaum gefärbten Stoff bei uns, aber vielleicht war das auch besser so: Die Skrælingjar behandelten ihn wie eine seltene Kostbarkeit. Am Ende schnitt Karlsefni den Stoff mit dem Messer in Streifen und verteilte diese unter den Anführern. Inzwischen durchwühlten sie bereits den Rest des Stapels und zogen heraus, was ihnen gefiel. Die Schwerter schienen vergessen. Ich glaube, sie hätten sich eher daran erinnert, wenn wir nicht eine weitere Neuheit vorgeführt hätten. Das war unser Glück; keinem von uns war in den Sinn gekommen, dass Milch diesen Geschöpfen in Menschengestalt unbekannt sein könnte. Karlsefni schickte zwei Männer nach Buttermilch und sagte unseren fremden Gästen, wie sie den Becher ins Fass tauchen und trinken konnten.

Die Skrælingjar starrten auf die gelbe Flüssigkeit und tuschelten untereinander. Sie beobachteten Karlsefni, wie er den Becher leerte und erneut füllte. Er bot ihn dem Anführer an und bedeutete ihnen, sie seien alle eingeladen, davon zu kosten. Der Mann nahm den Becher entgegen und trank. Ein Laut der Überraschung kam über seine Lippen. Es schien ihm zu munden, denn er schickte sich an, alles zu trinken, tauchte den Becher dann erneut ins Fass und reichte ihn weiter. Die Skrælingjar scharten sich um ihn und natürlich war nicht genug für alle da, doch die ganze Sache schien sie zufrieden zu stellen. Ihr Verhalten war eigenartig zeremoniell. Danach waren sie offenbar weniger argwöhnisch. Ich fragte mich, ob sie es ebenso wie wir für falsch hielten, einen Mann zu betrügen, dem man Essen und Trinken angeboten hatte. Sie schienen anzunehmen, dass dieses neue Getränk mehr wert war als feste Gegenstände und erhoben keinen Widerspruch, als unsere Männer die Felle durchwühlten und an sich nahmen, was ihnen gefiel.

Mein Kind wurde immer unruhiger, also trug ich es zur Hütte zurück und setzte mich in den Schutz des Eingangs. Ich fütterte Snorri mit kalter Brühe und lauschte dem Stimmengewirr am Strand.

Was dann geschah, verfolgt mich noch heute. Es war an sich nichts Schreckliches, verglichen mit dem Entsetzen, das mich packte, als die Skrælingjar zurückkehrten. Doch von allem, was in Vinland passierte, war dieses Vorkommnis für mich das beunruhigendste. Ich werde ihr Gesicht bis zu meinem Tode vor mir sehen.

Ich bin immer eine einsame Frau gewesen, Agnar. Einsam als Frau, meine ich. An Gesellschaft hat es mir nie gemangelt: Vater, Ehegatten, Söhne, Freunde, Diener, ich war noch nie allein oder vernachlässigt. Dennoch war ich in gewisser Weise einsam. In den meisten Familien gibt es im Herzen des Haushalts eine Gruppe von Frauen. In meinem gab es das nicht. Ich hatte keine Mutter, ich habe Halldis verloren und keiner meiner beiden Ehemänner führte mich in ein Haus, in dem Frauen waren. Und ich hatte nie eine Freundin, so wie andere Frauen. Vielleicht ist das etwas, das man lernen muss, wenn man noch jung ist, doch aus irgendeinem Grund habe ich es nie geschafft. Ich weiß nicht, warum mir das misslang.

In Hop bekam ich über ein Jahr lang keine andere Frau zu Gesicht. Oder doch? War es ein Traum, eine Hoffnung, eine Einbildung oder war es Wirklichkeit? Es war heiß an dem Nachmittag. Ich hatte mich zu Tode erschrocken, war schwach und erschöpft. Ich pflegte noch immer am Tage zu schlafen, teils wegen der Hitze, teils weil mein Sohn nachts mehrmals aufwachte. Obwohl die Skrælingjar sich noch immer jenseits der Dünen aufhielten, wurde ich schläfrig, während ich meinem Sohn im Laubschatten des Eingangs zu essen gab.

Ich erzähle dir das Ereignis so, wie es mir in Erinnerung geblieben ist, Agnar, aber sei auf der Hut, ich kann mich für den Wahrheitsgehalt nicht verbürgen. Manchmal kommen die Worte dünn, klein und verzerrt aus deinem Mund, und noch während du sprichst, wird dir klar, dass deine Geschichte nutzlos wie ein Schatten ist. Vor dieser Schwierigkeit stehe ich jetzt. Vielleicht ist das, was ich dir erzählen will, überhaupt nicht wichtig, womöglich war es letzten Endes nur ein Traum.

Ich saß also am Eingang, als ein Schatten auf mich fiel. Ich schaute auf und erblickte eine Frau. Ich wusste, es war eine Frau, obwohl sie kein Kleid trug. Sie war mit einer Tunika aus Rehleder bekleidet, wie die Skrælingjar sie trugen. Sie war kleiner als ich und viel dunkler. Mag sein, dass ich überrumpelt war, doch ich sah deutlich, dass sie keine Wilde war. Womöglich, weil sie allein war und nicht in einer Menge auftrat. Ich weiß nicht, warum ich mir so sicher war. Ich betrachtete sie wie jemanden, den ich kennen könnte, und zuerst war ich nicht einmal überrascht. Mir schien beinahe, als würde ich sie erkennen.

Sie sprach mich an. Ich verstand sie nicht. Sie sprach in der Überzeugung, ich könnte sie verstehen, wenn ich es nur wollte. Sie brabbelte nicht oder sprach zu laut, so wie die Männer unten am Strand, sondern nachdrücklich und langsam, und sie schien ihre Worte sorgfältig zu wählen. Die einzige Fremdsprache, die ich je im Leben vernommen hatte, war Latein und auch das nur vorgelesen oder gesungen. Doch als sie mit mir sprach, hatte ich den Eindruck, als könnte ich sie beinahe verstehen, und mir wurde zum ersten Mal bewusst, dass jede Sprache der Verständigung dient. Die Skrælingjar verstanden einander, auch wenn ich ihre Sprache nur für ein plumpes Brabbeln hielt, und umgekehrt war mir nie in den Sinn gekommen, dass ihnen unsere Sprache ebenso abwegig vorkommen musste. Die Frau zeigte auf mich, sie schien mich etwas zu fragen.

Ich gab ihr die Antwort, die mir am sinnvollsten erschien. »Ich heiße Gudrid«, sagte ich langsam und deutlich. »Wie heißt du?«

Dann begriff ich, dass sie nicht wissen konnte, welches dieser Worte mein Name war, und ich wiederholte noch einoder zweimal »Gudrid«. »Wie heißt du?«, fragte ich erneut. »Wie heißt du?«

»Gudrid«, erwiderte sie, wie ein Echo.

In dem Moment, als sie den Namen aussprach, ertönte ein Geräusch, wie wenn Metall auf Metall schlägt, dann ein plötzlicher Aufschrei und die Schreie kämpfender Männer.

Meine Besucherin verschwand; ich sah sie nicht einmal fortgehen. Ich sprang auf die Füße und lief an den Rand der Dünen. Dort sah ich das Ende eines kurzen Kampfes: Die Skrælingjar rannten zu ihren Booten und ließen sie so schnell zu Wasser wie Seehunde, die nach einem Sonnenbad aufgeschreckt ins Meer springen.

Ich schaute auf das Knäuel von Männern hinab, die am Strand geblieben waren. Sie standen mit gezückten Schwertern da, offenbar zu überrascht von der plötzlichen Flucht, um die Skrælingjar zu verfolgen. Der Strand ringsum war mit Fellen und mit dem Wollstoff übersät, um den die Skrælingjar gefeilscht hatten. Sie hatten nicht mehr die Zeit gehabt, ihn mitzunehmen. Noch etwas lag dort unten, das kein Bündel Felle war. Ich schaute näher hin und sah den dunkelhäutigen Leib. Aus einer großen Schwertwunde lief ihm das Blut über den Hals. Einen Augenblick lang sah ich sehr deutlich, was das bedeutete. Ein Mann war wegen uns hier in Vinland gestorben. Ich drückte mein unschuldiges Kind an mich und mir war, als hörte ich das Echo des Lautes, der in diesem Land noch nie vernommen worden war, das Klirren von Schwert gegen Schwert, und ich hatte das Gefühl, dass vor unserer Nase eine Tür krachend ins Schloss fiel. Von nun an waren wir ausgeschlossen.

18. September

Wenn es nach mir gegangen wäre, wären wir sofort aufgebrochen. Es wäre mir völlig einerlei gewesen, ob uns die Skrælingjar für Feiglinge und sich für Sieger gehalten hätten. Was spielte das schon für eine Rolle? Ich weiß nicht einmal, was mein eigenes Kind oder mein eigener Mann denkt, und was in den Köpfen dieser Einwohner vor sich ging, weiß ich erst recht nicht. Fängt man an, sich um die Gedanken anderer Sorgen zu machen, findet das kein Ende. Aber du darfst mich nicht abschweifen lassen. Was war es doch gleich, das ich dir erzählen muss? Heute Morgen scheint das alles in sehr weiter Ferne. Ich glaube, ich kehre nach Hause zurück, wenn dieser Winter vorbei ist. Hast du letzte Nacht den Wind gehört? Erst dadurch fiel mir auf, dass der Wind hier so selten weht, und selbst wenn es im Sommer eine leichte Brise gibt, ist sie stickig. Ich bin froh, dass es auf den Herbst zugeht. Noch nie habe ich mich so auf den Winter gefreut. Heute Morgen, als ich die ersten braunen Blätter über den nassen Innenhof wehen sah und den Westwind roch, der noch Salz mitführte, hatte ich das Gefühl, wieder durchatmen zu können. Vergangene Nacht habe ich besser geschlafen und ich habe geträumt, wieder auf Island zu sein.

Ich bin müde, Agnar, und alles ist schon so lange her. Manchmal erscheint es mir wie gestern und ich habe es so lebhaft vor Augen, dass ich glaube, wenn ich die Augen aufschlüge, wäre alles wieder da. Du wirst sehen, mit das Beste am Altwerden ist die Erinnerung an Dinge, die man schon fünfzig

Jahre lang vergessen hatte. An meine Kindheit erinnere ich mich am deutlichsten, aber das habe ich dir schon erzählt, oder?

O ja, wir sprachen über Vinland. Mein Sohn war damals noch ganz klein. Er kam dort zur Welt, weißt du. Ja, natürlich habe ich es dir schon erzählt. Er war ein gesundes Kind. Ich glaube, es war ein guter Ort für ihn. Ein kleines Kind will nur seine Mutter und Snorri hatte von mir mehr als die meisten Kinder. Es gab ja sonst niemanden, der auf ihn hätte aufpassen können. Mit Thorbjörn war es anders. Thorbjörn wurde in Norwegen gezeugt und kam in Glaum zur Welt, und obwohl ich ihn liebte und gut für ihn sorgte, war ich nicht die ganze Zeit bei ihm. Wir hatten eine Dienerin, Inga, die nach ihm schaute. Er liebte sie. Ich sah ihnen immer nach, wenn sie Hand in Hand zum Melkpferch gingen, um beim Melken zuzusehen, Thorbjörn in seiner kurzen Tunika und mit den braunen nackten Beinen. Wenn die kleinen Jungen zum ersten Mal aus den langen Kleidern kommen, finde ich ihre kleinen Beine einfach liebreizend. Thorbjörn ging immer mit Inga fort und er machte nie viel Aufhebens oder weinte nach mir. Sobald er entwöhnt war, schlief er bei seinem älteren Bruder. Glaum war seine Heimat, das Haus und die Menschen dort, und das nahm mir eine Last von den Schultern. Doch zugleich hatte ich immer das Gefühl, Snorri und ich hatten einander etwas gegeben, das Thorbjörn nie zuteil wurde.

Sobald Snorri krabbeln konnte, musste ich die ganze Zeit auf ihn Acht geben. Er war stets auf Abenteuer aus, immer zog es ihn hinaus, er wollte sehen, was die Männer machten, und wenn er merkte, dass ich nicht da war, brach er plötzlich in Panik aus und schrie so lange, bis sie ihn wieder zu mir brachten. Sein Vater tolerierte dieses Verhalten, bis Snorri entwöhnt war. Karlsefni sah ein, dass ein Kind Milch brauchte, nicht aber, dass ein kleiner Junge ohne seine Mutter Angst bekam. Als der Sommer anbrach, badeten die Männer in der Lagune. Das hätte ich am liebsten auch gemacht, aber natürlich war das nicht möglich. Daher blieb es Karlsefni überlassen, Snorri ans Wasser zu gewöhnen, damit er schwimmen lernte. Zu Anfang war Snorri ganz begierig, mitzugehen, doch eines Tages flößte ihm irgendetwas Angst ein. Ich erfuhr es erst, als Karlsefni mit langen Schritten ins Lager kam und mir einen schreienden, prustenden, nassen, nackten kleinen Jungen auf den Schoß fallen ließ und dann, ohne ein Wort zu verlieren, davonstürmte. Ich hüllte Snorri in Decken und wiegte ihn. Schließlich beruhigte er sich, sein Schluckauf hörte auf und er schlief ein. Als Karlsefni wieder zurückkehrte, merkte ich, dass es keinen Sinn hatte, ihn anzufahren. Deshalb sagte ich nur, es sei nicht der richtige Weg, seinen Sohn das Fürchten zu lehren, wenn man ihm die Angst nehmen wolle. Er antwortete nicht und ich dachte, er sei zu wütend auf uns, um es zu verstehen.

Kurz darauf brach eines jener fürchterlichen, für Vinland typischen Gewitter über uns herein. Ein paar Männer suchten in unserer Hütte Schutz, in der es nass wurde, da der Regen durch das Dach tropfte und den Boden in Schlamm verwandelte. Der Junge stand an der Tür und hielt sich am Pfosten fest. Mit weit aufgerissenen Augen starrte er in die Sturzbäche. Trotz der Nässe war es noch immer heiß. In jenen Sommern in Vinland pflegte ich Snorri nur ein Hemd anzuziehen, damit ich mich nicht um die Windeln kümmern musste. Wie auch immer, er stand dort und schaute hinaus, als ein Blitz wie ein Dreizack in den Wald fuhr und zur gleichen Zeit ein Donnerschlag krachte – so laut, dass es sich anhörte, als sei das Ende der Welt gekommen. Ich glaube, wir sind alle zusammengefahren und Snorri verzog das Gesicht.

Er drehte sich um und wollte zu mir laufen, halb geblendet vom grellen Licht. Ich rief ihn und streckte die Arme nach ihm aus, doch sein Vater war schneller. Er nahm Snorri an die Hand. Zu mir sagte er vorwurfsvoll: »Er hat keine Angst; das bisschen Gewitter macht ihn nicht bange.« Der eine oder andere unter den Männern machte verstohlen Thors Zeichen, als Karlsefni das sagte, doch Snorri blieb wie erstarrt stehen und sah seinen Vater unverwandt an. Dann ließ er Karlsefnis Hand los und ging sofort wieder an seinen Platz an der Tür, ohne mir auch nur einen Blick zuzuwerfen. »Wenn man ihm die Angst nehmen will«, erklärte Karlsefni mir freundlich, »darf man ihn nicht ängstigen.« Ich sagte kein Wort, Agnar, ich war schon zu lebensklug.

Da ich keine anderen Kinder kannte, nahm ich Snorri so, wie er war. Vor seinem dritten Lebensjahr sagte er nichts, nicht ein einziges Wort, doch er verstand uns sehr gut, viel besser als die meisten Kleinkinder. Vielleicht wusste er nicht, wie er sein sollte, schließlich war er das einzige Kleinkind in der ganzen Umgebung. Er hörte uns zu und in gewisser Weise war er frühreif, aber ich glaube nicht, dass es ihm in den Sinn kam, selbst zu reden. Als er dann in jenem letzten Winter in Leifsbudir damit anfing, konnte er schon bald ganze Sätze sagen. Sein erstes Wort war »Boot«, dann »Stein«. »Mutter« und »Vater« kamen später. Rückblickend wird mir klar, wie sehr ich durch die Tatsache, dass er die ganze Zeit über bei mir war, eingeschränkt war. Damals fiel es mir nicht auf, es war eben so, doch tatsächlich habe ich mich kaum eine Meile von unserem Lager entfernt. Alles, was ich tat, schien in Zeitlupe vor sich zu gehen. Stundenlang spielte er am Strand, zufrieden mit seinen Steinen und Muscheln und Holzstückchen, doch wenn ich ihn einen Augenblick lang aus den Augen ließ, konnte es durchaus passieren, dass er geradewegs ins Meer lief. Deshalb blieb ich bei ihm und beobachtete ihn. Heute frage ich mich, was mir in all den Stunden wohl durch den Kopf gegangen sein mag. Ich weiß es nicht mehr. Als wir schließlich wieder in See stachen, legten wir ihm einen Gurt an und banden ihn fest. Am liebsten stand er neben dem Rudergänger am Steuerruder und half ihm, das Boot zu lenken, vor allem, wenn sein Vater dort stand. Bei rauer Witterung fiel es schwer, ihn im Bauch des Schiffes ruhig zu halten; er war nie seekrank.

O ja, die Skrælingjar. Wir hätten verschwinden sollen, Agnar, nachdem wir einen von ihnen getötet hatten. Ich habe nicht gesehen, wie es passiert ist. Karlsefni sagte, einige der Skrælingjar seien hinüber zum Holzstapel gegangen. Als Snorri sah, dass sie die dort abgelegten Werkzeuge berührten, sei er hinter ihnen hergelaufen. Noch ehe er hinzukam, hatte einer der Skrælingjar eine Axt gepackt und prüfte das Blatt. Thorbrand versuchte, ihm die Axt abzunehmen, doch der Skræling entzog sie ihm. Jemand trat mit gezücktem Schwert auf ihn zu und der Skræling schlug die Waffe mit der Axt beiseite. Als er dann erneut ausholte, packte einer unserer Männer die Axt von hinten, und als der Skræling sich zu ihm umdrehte, wurde er mit einem Hieb niedergestreckt. Als die Skrælingjar den Rest unserer Gemeinschaft mit gezückten Schwertern von den Dünen herab auf sich zukommen sahen, flohen sie.

Wir wussten, dass wir sie nicht zum letzten Mal gesehen hatten. Wir hatten nicht nur einen der ihren umgebracht; sie hatten auch all ihre Felle und die Waren liegen gelassen, die sie gegen die Felle eingetauscht hatten. Ich war für sofortigen Aufbruch. Snorri und ein paar andere schlossen sich meiner Meinung an. Karlsefni wollte nicht fort. Wir mussten die Baumstämme noch auf geeignete Länge kürzen, damit wir sie an Bord verstauen konnten, und er lehnte es kategorisch ab, auch nur einen Bruchteil des Holzes zurückzulassen, das wir für den Bau des Schiffes brauchten. Ich wandte ein, wir könnten woanders noch mehr bekommen, doch ich musste zugeben, dass das Holz, das wir hatten, teilweise bereits abgelagert war. Karlsefni war entschlossen, diese Aufgabe zu vollenden, denn eine Verzögerung konnte ein weiteres Jahr in Vinland bedeuten. Das wollte inzwischen niemand mehr. Ich glaube, wir dachten bereits alle sehnsüchtig an zu Hause.

Die Männer, die Karlsefni unterstützten, waren in der Mehrheit. Sie waren auch bereit, einen Kampf mit den Skrælingjar in Kauf zu nehmen. Sie waren immerhin Freie, kampferprobt, und sie hatten lange keine Gelegenheit gehabt, ihre Waffen einzusetzen. Streit untereinander war ihnen ganz und gar untersagt, denn selbst der Wildeste unter ihnen musste einsehen, dass wir darauf angewiesen waren, dass die ganze Mannschaft am Leben blieb und gut miteinander auskam. Wie du weißt, Agnar, fürchtet sich unser Volk nicht davor, im Kampf zu sterben, aber ich glaube, sie hatten Angst, man könnte sie tot oder lebendig zurücklassen, allein in den Ländern außerhalb unserer Welt. Wenn sie im Kampf stürben, wären sie natürlich nicht allein, denn einige ihrer Gefährten würden sie auf ihrer letzten Reise begleiten, und ihre Geister müssten nicht umgehen, sondern würden sofort nach Walhalla geleitet, wo ein Fest für sie vorbereitet wäre, das bis ans Ende der Welt dauert. Selbst in Vinland ist der Tod in der Schlacht die Versicherung gegen ewige Einsamkeit. Aber ich bin eine Frau, ich musste an meinen Sohn denken, mir hatten die Nornen nichts zu bieten. Ich drängte Karlsefni, abzulegen, solange es uns noch möglich wäre.

Nichts dergleichen geschah. Stattdessen errichteten wir Palisaden um unser Lager und stellten Tag und Nacht eine Wache auf. Trotz dieser zusätzlichen Aufgabe arbeiteten wir fieberhaft am Holz. Drei Wochen lang geschah nichts. Wir waren fast mit unserer Arbeit fertig und in mir keimte die Hoffnung, dass wir vielleicht doch noch ablegen könnten, ehe die Skrælingjar zurückkehrten.

Sie griffen bei Sonnenaufgang an. Sie waren im Dunkeln den Strand entlanggekrochen, denn sie kamen über Land und von beiden Seiten. Unsere Wachen hatten das Meer beobachtet, nicht den Wald. So kam es, dass die Skrælingjar uns völlig überrumpelt hätten, wenn uns der Bulle nicht gerettet hätte. Wir hatten ihn nie wieder eingefangen. Er tauchte von Zeit zu Zeit auf und graste zwischen den Kühen, versuchte man jedoch, sich ihm zu nähern, warf er den gehörnten Kopf in den Nacken und ging zum Angriff über. Hatte er seine Verfolger dann eingeschüchtert, trabte er in den Wald. Wir ließen ihn in Ruhe; wir hatten genug zu tun, ohne ihn sinnlos in Gewahrsam zu nehmen, und die Rinder hatten sich den ganzen Winter über selbst Futter suchen können. Und schließlich war es seine Launenhaftigkeit, die uns gerettet hat. Der Bulle war bei den Kühen auf den Dünen und irgendwie hatten ihn die anrückenden Skrælingjar zwischen Lager und Meer in die Enge getrieben. Wir wurden von seinem Gebrüll geweckt und sahen die Skrælingjar in weniger als hundert Metern Entfernung und gleichzeitig den angreifenden Bullen.

Ich weiß nicht, für welche Art von Ungeheuer sie ihn hielten, doch sie stoben auseinander und flohen. Der Bulle erwischte dennoch einen von ihnen. Wir sahen, wie er den Mann auf die Hörner nahm und abschüttelte, wie er über ihn hinwegtrampelte und wütend in den Wald stürmte.

Bald vernahmen wir dasselbe Rasseln, das die Ankunft der Skrælingjar zuvor schon angekündigt hatte, und erblickten eine weitere Gruppe, die aus entgegengesetzter Richtung auf uns zulief. Das war alles, was ich sah, denn ein Steinhagel prasselte herab und ich musste das Kind in unsere Hütte bringen. Das war noch schlimmer; ich hörte zwar, sah aber nichts außer den Rücken der Bogenschützen, die innerhalb der Palisaden standen und auf die nahenden Skrælingjar schossen. Der Lärm war Furcht erregend: Kriegsgeheul, die Schreie Verwundeter, dumpfes Aufprallen und Getrampel, hin und wieder heftige Schläge gegen die Palisaden, die ins Wanken gerieten. Ich wollte mich beteiligen, konnte aber nichts tun. Snorri weinte nicht, doch er hing wie eine Klette an mir. Er verbarg allerdings nicht sein Gesicht, wie es ein verängstigtes Kind tut, sondern hielt den Kopf aufrecht und riss die Augen weit auf.

Irgendetwas krachte gegen die Palisaden; Holz splitterte. Ein wildes, rhythmisches Geschrei ertönte. Ich sprang auf und zog mein Messer aus der Scheide. Ich weiß nicht, was ich mit einem kleinen Kind, das sich an meinen Hals klammerte, hätte ausrichten können, aber ich stand an der Tür mit dem Messer in der Hand. Ich hatte keine Angst; das alles war zu unwirklich. Eine sonderbare, kalte innere Ruhe hatte mich ergriffen und ich war zum Äußersten bereit.

Dann klirrten keine Waffen mehr. Kein Aufprall von Metall auf Metall, nur dumpfe Geräusche und Schreie. Ich weiß noch, dass jemand direkt außerhalb der Palisaden unentwegt schrie. Der Lärm hallte in meinem Kopf und ich wünschte, er würde aufhören. Schließlich wurde es still und danach sah ich den Skræling, an die Palisadenwand gespießt und nicht in der Lage, sich das Schwert herauszuziehen. Als der Kampf vorüber war, war er tot.

Für mein Empfinden hatte es lange gedauert, doch als die Stille einsetzte, war die Sonne gerade erst aufgegangen. Der Lärm war vorbei und ich hörte Stimmen, die isländisch redeten. Irgendjemand öffnete das Tor.

Die Skrælingjar waren verschwunden. Außer fünf Toten, die zwischen den Palisaden und dem Strand in einer Blutlache lagen. Ein Toter war kein Skræling, ein Bündel Stoff, das sich nicht rührte. Karlsefni drehte den Mann um. Die Kleidung war blutdurchtränkt, doch sein Gesicht war sauber und weiß. Als Karlsefni ihn bewegte, rollte der Kopf auf dem gebrochenen Genick schauderhaft zur Seite. Es war Snorris Sohn Thorbrand. Snorri ging ganz langsam auf ihn zu und blieb stehen. Er schaute auf den Toten hinab. Karlsefni hockte neben ihm und rührte sich nicht. Niemand sagte ein Wort. Dann bückte sich Snorri und hob seinen Sohn auf, als wäre er ein Kind. Er trug ihn auf den Armen und ging zu seiner Hütte. Er trat die Tür auf und zwängte sich mit seiner schweren Last durch den Eingang. Niemand half ihm. Die Tür schloss sich vor unseren Augen. Langsam erhob sich Karlsefni. Der Sand zu seinen Füßen war rot von Thorbrands Blut.

Nach einer Schlacht ziehen die Nornen langsam über das Feld. Sie nehmen die Seelen der Toten und tragen sie nach Walhalla, wo alle Menschen, die im Kampf gefallen sind, bis Ragnarök feiern, dem letzten Kampf überhaupt, dem Kampf am Ende der Welt. In der Schlacht muss ein Mann dem Tod nicht allein ins Auge sehen; er muss nicht befürchten, dass man ihn vergisst und dass er im Gedächtnis der Menschen aufhört zu existieren.

Doch in diesem Kampf scheint das Ende der Welt bereits gekommen. Die Feinde sind keine Krieger, sondern fremde Halbmenschen, die vielleicht nicht dem Schicksal unterworfen sind und keinen Platz in den ewigen Hallen haben. Ihre Geister, so sie welche haben, sind an einen fremden Ort entschwunden. Ihre Leichen liegen auf einem Haufen an den Gestaden der Welt, aus der sie kamen, aber von ihren Seelen gibt es keine Spur.

Ein Geist schwebt drohend über Karlsefnis Lager in Hop. Er beobachtet, wie Männer Holz und Weinfässer ans Ufer der Lagune schleppen. Wie ein Schiff seeklar gemacht wird, wie es mit Wasser und getrocknetem Fleisch beladen wird, um für eine lange Reise gerüstet zu sein. Er sieht, wie Decken, Töpfe und Waffen aus den Hütten getragen und am Ufer aufgehäuft werden. Wie ein paar Kühe zusammengetrieben und an den Strand geführt werden. Wie das Schiff während der Flut nahe ans Ufer gebracht und die Ladung vorsichtig verstaut wird.

Er kehrt zu der Hütte zurück, deren Tür verschlossen blieb, während all das passierte. Er schaut hinab und sieht die Leiche eines jungen Mannes, die mit einem braunen Mantel zugedeckt ist. Das vom Blut gereinigte Schwert des jungen Mannes liegt neben ihm, sein Schild neben seinem linken Arm. Der Vater des jungen Mannes sitzt schweigend neben dem Toten. Stunde um Stunde vergeht. Er sieht den Kummer, den kein Lebewesen je sehen darf. Die Wände der Hütte sind dünn und der Vater des Toten rührt sich nicht. Nur der Geist ist Zeuge der Hilflosigkeit eines Vaters, der nichts tun konnte, um seinen Sohn zu retten.

Der Geist wendet sich ab und sieht, wie Männer am Rande des Waldes ein Grab ausheben. Wie ein Mann einen Stein auswählt und ein Kreuz einritzt. Wie zwei Männer den Stein über die Dünen schleppen und neben das offene Grab legen. Er sieht Karlsefni zur Tür der Hütte gehen und den Namen seines Freundes rufen. Er sieht, wie sich die Tür öffnet und wie der Tote zu seinem Grab getragen wird. Er sieht, wie alle Bewohner des Lagers sich um das Grab versammeln, wo der Sohn dem Vater zu Füßen gelegt wird. Wie der Tote in den Boden dieses Landes versenkt wird, wo kein Angehöriger seines Volkes je gelegen hat. Er sieht, wie Erde verstreut und darüber das Kreuz geschlagen wird.

Der Geist wartet, bis auch die letzte Ladung im Schiff verstaut ist. Er beobachtet, wie Männer und eine Frau mit ihrem kleinen Sohn an Bord gehen. Er sieht, wie die Taue gelöst werden und das Holzschiff mit der Ebbe ins offene Meer hinaustreibt. Wie das braune Rahsegel gehisst wird. Das Schiff dreht sich mit der Sonne, getragen von der Strömung des Flusses, bis der Wind das Segel füllt. Das Schiff nimmt allmählich Fahrt auf und pflügt eine weiße Furche durch das Meer.

Der Geist schaut auf das Grab hinab und weiß, dass kein Lebender jemals hierher kommen wird, der sich an den Toten erinnern kann. Er schaut auf die verlassenen Hütten, die auf den Sand gebaut worden sind, und weiß, dass niemand in absehbarer Zeit hierher zurückkehren wird. Sein Volk hat nichts zurückgelassen, das einst jemand finden wird. Nur ein Geist ist noch da und auch er wird nicht mehr sein, wenn sich niemand mehr an ihn erinnern kann.

19. September

Warte, ich bin noch nicht fertig. Ich schaue es mir noch an. Mein Lieber, ich dachte, du hättest es längst vergessen. Sie hatten wirklich nichts dagegen, dass du es heute mitbringst? So etwas Kostbares! Und du hast ihnen gesagt, es sei nur, damit eine alte Frau, die nie lesen gelernt hat, einen Blick darauf werfen kann? Es müssen nette Männer sein, trotz des eigenartigen Lebens, das sie führen. Macht es dir etwas aus, wenn ich die Seiten umdrehe? Ist das wirklich in Ordnung? Ich werde sie doch nicht zerstören, oder? Sieh nur, Agnar, da sind Gesichter drin. Und die Muster! Es ist wie Metallarbeit. Karlsefni liebte Metallarbeit. Ihm gefielen solche Muster. Sieh nur die Bilder. Das hier ist ein Mann, das sind Arme und Beine, und ein Körper, der mit dem Muster verflochten ist. Oh, das ist tatsächlich ein Buchstabe? Wie meinst du das? Ein Laut? Ich weiß nicht, ob ich das richtig verstehe. Aber das ist ein Vogel. Rot und gelb und blau. Karlsefni mochte leuchtende Farben. Ich habe nie im Leben so viel Farbe gesehen wie zu unserer Zeit in Norwegen. Am Hofe des Königs hatten alle gefärbte Kleider, dazu Edelsteine, und die königlichen Gemächer waren für meine damaligen Begriffe mit Herrlichkeiten voll gestopft: Wandbehänge, geschnitzte Truhen und Stühle und Tische, Becher und Teller aus graviertem Gold. Die Menschen trugen Armbänder und Ketten und Broschen aus kostbaren Steinen, gefasst in behauenem Silber oder Gold. Alle Farben der Welt schienen dort versammelt, Farben wie diese. Und trotzdem, Agnar, im Vergleich zu Rom war das alles nichts. Bevor ich hierher kam, hatte ich keine Ahnung, was Menschen erschaffen können. Ich ging in die Kathedrale im Lateran und alle Farben des Himmels empfingen mich; Bögen, die sich hoch über meinem Kopf erhoben, Stein, zu Gold verwandelt wie Engelflügel. Zum Ruhme Gottes, wie dieses Buch hier vor mir.

Sieh mal, da ist Grün. Und Purpur oder ist es Dunkelblau? Ich kann es nicht sagen, meine Augen sind alt. Aber schau dir das seltsame Tier an, Agnar, sieh nur seinen langen, gewundenen Körper und seine Klauen, die Muster, die aus seinen Kiefern kommen. Und da ist noch eins: Es windet sich um den Rand der Seite. Und in den Winkeln sind Menschengesichter. Sieht alle Malerei wie Metallarbeit aus, Agnar? Als wir nach Norwegen kamen, schenkte mir Karlsefni einen kleinen Spiegel – ich hoffe, das ist keine Gotteslästerung. Es war ein weltlicher Gegenstand, aber die Muster auf dem Rahmen waren denen hier im Buch sehr ähnlich. Er war aus echtem Gold, Agnar, das war sehr verschwenderisch von Karlsefni, aber das Tier, das um den Rahmen herum zu sehen war, war genauso wie die Midgardschlange Jörmungand, die mit den Kiefern versucht, ihren eigenen Schwanz zu schlucken, und überall waren herrliche Muster ziseliert, Vögel und kleine Tiere, die sich in den Falten ihres Körpers verbergen, wie die Eichhörnchen, die in der Weltenesche Yggdrasil auf und ab flitzen. Und da, wo auf dieser Seite schwarze Buchstaben sind, war echtes venezianisches Glas und ich konnte mein Gesicht darin sehen, so klar, wie ich die Schrift hier vor mir sehe. Ich hatte mein Gesicht noch nie zuvor gesehen, Agnar. Manche Menschen halten das für falsch. Keine Frau und kein Mann sollte die eigene Schönheit betrachten. Aber dient nicht alle Schönheit dem Ruhme Gottes? Karlsefni sagte mir immer wieder, wie schön ich sei. Als wir nach Norwegen kamen, schenkte er mir gefärbten Stoff und eine goldene Kette und Ringe aus gewundenem Gold mit Rubinen, die von meinen Ohren baumelten, und am ersten Abend, als ich sie trug, schaute er über die Tafel des Königs hinweg zu mir hin, als hätte er mich noch nie gesehen. Als wir dann zu Bett gingen, liebte er mich, als wäre es das erste Mal. Es war, als würde alles noch einmal von vorn anfangen, Agnar, und ich bin sicher, obwohl ich es nicht beweisen kann, dass in dieser Nacht Thorbjörn gezeugt wurde.

Aber ich sollte in Gegenwart eines heiligen Buches nicht an Leidenschaft denken. Und hier, auf dieser Seite ist nur schwarze Schrift, aber sogar da ist das Gesicht eines Mannes zu sehen, schau her, und sein Körper windet sich um das rote Stück. Wie meinst du das, der Buchstabe? Erklär mir das. Oh, warte lieber noch, da sind ja noch mehr Gesichter. Zwischen dem Muster, sieh nur, je länger man hinschaut, umso besser erkennt man sie. Es sind Gesichter von Menschen, nicht wahr, Agnar? Wer ist das? Was machen sie? Erklär es mir.

In der Schrift? Das ist alles in den schwarzen Buchstaben? Und du kannst es sehen? Na schön, lies mir ein bisschen vor. Was machst du? Warum blätterst du die Seiten so schnell um? Hör auf zu schreiben und antworte mir!

Was meinst du mit geeignet? Ist das nicht alles das Wort Gottes? Wie kann dann ein Teil nicht geeignet sein?

Geeignet für mich, das gefällt mir. Wie ein Geschenk und du suchst es aus. Sehr schön, ich höre.

Natürlich, daran hatte ich nicht gedacht. Wie klug du bist, mein Lieber. Kannst du es wirklich beim Lesen ins Isländische übertragen? Bist du sicher, dass das keine Gotteslästerung ist?

Stimmt. Vielleicht verwandle ich mich in dich und du verwandelst dich in mich. Und ich war es, die immer gesagt hat, dass wir hier nicht belauscht werden können. Komm schon, mein Junge, leg die Feder nieder. Schreib nicht weiter, wenn ich nichts zu sagen habe. Ich dachte, du wolltest mir etwas vorlesen.

Ach, mein Lieber, ich weiß nicht, was ich dir sagen soll. Wie hast du verstanden, wie es war? Aus dem Wirbelsturm, aus dem Norden, in schrecklicher Erhabenheit. O ja. Agnar, ich wusste nicht, dass in dem Buch geschrieben steht, die Welt sei nicht für uns erschaffen. Lies mir das noch einmal vor, wie es war, als die Sterne am Morgen sangen und wir nicht da waren.

Er hat Recht, Agnar, er hat Recht. Die Quellen des Meeres liegen hinter uns und die Tore des Todes stehen uns nicht offen. Was hat dein Kardinal sich wohl gedacht, das ich dir erzählen könnte? Ich weiß nichts, Agnar, nichts. Ich gestehe dir freimütig, ich weiß das alles nicht, nicht einmal einen Bruchteil. Lies mir noch einmal vom Regen und vom Eis vor, von der Wildnis jenseits der Welt, die weder geboren noch gezeugt noch von Menschen erdacht wurde.

Die Welt, die wir uns geschaffen haben, ist sehr klein, Agnar. Manchmal ist es, als wären wir darin gefangen, und wenn wir sterben, öffnen sich die Tore vielleicht wieder. Das ist alles, was ich gelernt habe. Wie viel du auch lernst, wie weit man sich auch vorwagt, man hat keine Möglichkeit, über seinen derzeitigen Standpunkt hinauszublicken. Trotzdem ist das Buch sehr schön anzusehen und es fühlt sich gut an. Selbst das Leder riecht gut. Wie können wir schöne Dinge machen, Agnar, wenn wir so wenig wissen? Das hat mir noch nie jemand so deutlich erklärt, aber ich glaube jetzt, dass dein Gott größer ist als die Nornen, weil er viel mehr macht, als nur die Fäden der Menschenleben zu spinnen. Aber diese Art von Größe flößt mir Angst ein. Was ist denn der Mensch? Die Grenzen der Welt werden so weit und so kalt. Ob nach dem Tod jemand auf uns wartet? Bleibt uns die Bedeutung unseres Leidens selbst dann noch verborgen? Wenn es eine Barmherzigkeit gibt, wird es uns doch erlaubt sein, das zu verstehen. Was meinst du, Agnar?

Ja, das musst du natürlich auch sagen. Aber eine solche Verheißung scheint mir nicht von derselben Stelle zu kommen wie die, von der du gerade vorgelesen hast. Es ist zu klein, zu konkret. Trotzdem ist alles in diesem Buch das Wort Gottes, nicht wahr? Ich weiß, du bist Theologe, Agnar, aber mir reicht es zu wissen, dass ich nicht verstehe. Und das wusste ich bereits.

Jetzt möchte ich mir gern die anderen Bilder ansehen und dann fahren wir mit unserer Arbeit fort. Du hast bestimmt schon gemerkt, dass wir beinahe fertig sind. Der Abschied wird schwer fallen, mein Lieber. Du bist mir sehr ans Herz gewachsen. Vermutlich sollte ich froh sein, dass nur noch ein paar Seiten zu füllen sind und unsere Arbeit fast beendet ist. Aber du wirst mir sehr fehlen. Das ist wirklich seltsam, wenn ich bedenke, wie sehr ich mich dagegen gesträubt habe, den ganzen Sommer lang hier zu sitzen, wo ich doch meine Pilgerfahrt hätte fortsetzen können, für die ich eigentlich hergekommen bin. Aber in diesem Augenblick erscheinst du mir wichtiger als meine eigenen Kinder. Ich liebe sie natürlich sehr, aber jetzt sind sie weit entfernt, in einem anderen Teil meines Lebens. Jetzt spielen nur wir beide eine Rolle und die Wörter auf der Schriftrolle. Ich wünsche mir fast, das Leben könnte immer so einfach sein.

Lieb von dir, dass du das sagst. Aber ich hoffe, du findest eines Tages eine Art Glück, das erfüllender ist. Doch nun genug geredet. Ich will dir erzählen, wie wir unser Schiff gebaut haben.

Wir brachten den neuen Kiel in Karlsefnis Schiff nach Hause. Wir hatten ihn auf unseren Kiel gelegt und das restliche Holz daneben aufgestapelt und festgezurrt. Dadurch war die Reise sehr unbequem. Es war schwierig, sich zwischen all dem Holz zu bewegen. Die Männer zogen in Erwägung, einen Teil ins Schlepptau zu nehmen, doch wir waren eine weite Strecke nach Süden gefahren und das Holz wäre wie ein sperriger Seeanker gewesen. Das Schiff wäre selbst bei bester Wetterlage nur schwer zu steuern gewesen. Außer dem Kiel hatten wir noch den Vorsteven und den Achtersteven, einen sperrigen, geteilten Baumstamm, den Gunnar als Kielschwein verwenden wollte, einen Kiefernstamm für den Mast und gespaltene Eichen für die Planken. Drum herum hatten wir Weinfässer verstaut, die Felle, welche die Skrælingjar mitgebracht hatten, sowie unsere Rinder und unsere übrige Habe. Wir lagen tiefer im Wasser als auf jeder anderen Fahrt, die ich mitgemacht hatte; in der Schiffsmitte begann das Meer kaum zwei Handbreit unter dem Bootsrand. Wir wussten, dass wir vielleicht einen Teil der Ladung über Bord werfen mussten, falls das Wetter sich gegen uns wandte, doch es fügte sich, dass wir auf direktem Wege nach Norden halten konnten und Leifsbudir kurz nach Petri Kettenfeier erreichten.

Zunächst musste das Bootshaus oben am Strand vergrößert werden. Da wir den Winter über arbeiten würden, musste das Ganze nach den ersten Monaten unter einem Schutzdach fortgeführt werden. Nachdem Kiel, Vorsteven und Achtersteven in ihre endgültige Form gebracht und zusammengefügt worden waren, begann ich in meiner Unwissenheit allmählich, an das Vorhaben zu glauben. Wir hatten einen Umriss und meine Fantasie besorgte den Rest. Aber natürlich braucht es mehr als nur Fantasie, um ein Schiff zu bauen.

Alle Stämme, die wir mitgebracht hatten, mussten noch einmal halbiert werden und dann immer wieder – so lange, bis die Planken dünn genug waren. Inzwischen hackte Gunnar das Kielschwein aus dem gegabelten Stamm. Die Seile fertigten wir aus Seehundfell, da uns kein Hanf zur Verfügung stand. Wir hatten eine Menge Ersatztakelage bei uns; etwas von unserer eigenen und einen Teil von dem, was Leifs Mannschaft zurückgelassen hatte. Das Wichtigste war, dass Karlsefnis Schiff ein Ersatzsegel mitführte. Ohne dieses Segel wäre die ganze Sache unmöglich gewesen, denn uns war die Wolle ausgegangen. Der Mangel an Wolle erwies sich als unser größtes Problem. Wir hatten in jenem ersten schrecklichen Winter sämtliche Schafe getötet und die beiden Webstühle waren seit unserer Ankunft kaum benutzt worden. In gewisser Weise war es eine glückliche Fügung, die die Skrælingjar davon abgehalten hatte, das Tuch mitzunehmen, das wir eingetauscht hatten, denn wir mussten einen Großteil davon aufribbeln, um genug Fäden zum Abdichten zu haben. Dazu mussten die Wollfäden in Schmiere aus Fett und Birkenrinde getränkt werden. Die Arbeit mit der Wolle war unangenehm; aber wir Frauen erledigten sie gemeinsam und ich war froh, wieder bei den anderen zu sein. Sie waren auch nett zu Snorri, der den Winter über zufrieden im Haus spielte, wenn wir alle da waren. Einmal – das war entsetzlich – verschluckte er einen Spinnwirbel, doch Helga hielt ihn an den Füßen hoch und schlug ihm auf den Rücken und der Spinnwirbel fiel ihm aus dem Mund. Sie hat ihm damit das Leben gerettet. Merkwürdig, dieser kleine Gegenstand brachte ihn dem Tod näher als eine Horde kriegerischer Skrælingjar.

Wirklich frustrierend war aber alles, was mit der Schmiede zu tun hatte. Hast du eine Ahnung, wie viele Eisennägel man herstellen muss, um ein Schiff zusammenzunageln? Sie hatten während unserer Abwesenheit in Leifsbudir Sumpferz bearbeitet, aber ob es am Ofen lag, am Brennstoff oder am Sumpferz aus Vinland, weiß ich nicht. Helgas Mann war ein guter Schmied und er stellte gute Nägel her, aber wir hatten nie genug Eisen. Niemand wollte sein Schwert hergeben, damit daraus Nägel hergestellt wurden, daher mussten wir die Ringe am Zaumzeug verwenden und die Buckel an den Schilden und sogar noch ein Axtblatt, nur um das notwendige Material zu bekommen.

Ich bin kein Schiffsbauer, aber ich kann dir sagen, dass es nie wieder einen Winter oder ein Frühjahr gegeben hat, in dem ich so schwer gearbeitet habe. Alles schien im Chaos zu versinken. Wie gesagt, man hat einen Umriss vom Schiffsbauch, man stellt sich ein Schiff vor, alles scheint möglich. Aber dann versucht man, die Teile zusammenzufügen, und es sieht lange so aus, als sei von allem zu viel da. Es ist, als arbeite man mit vielen überzähligen Fäden gleichzeitig, der Verstand kann keine Ordnung hineinbringen. Man muss nur auf einen einzigen Teil schauen und aufhören, sich das Ganze vorzustellen, sonst ist man entmutigt. Man sähe dann nur, was alles noch zu tun ist. Es ist zu viel, um alles im Gedächtnis zu behalten, deshalb arbeitet man ein wenig an einem Faden, kann aber dem ersten Stück ohne das nächste keinen Sinn abgewinnen. Und man kann das Nächste nicht tun, ohne das Erste erledigt zu haben. Man bekommt das Seil für einen Flaschenzug, aber man weiß nicht, wie dick es sein soll, weil der Flaschenzug noch nicht fertig ist, und man kann den Flaschenzug erst schnitzen, wenn man die Seilstärke kennt. Es wird alles so kompliziert, dass man an nichts anderes denken kann, und man träumt nachts davon. Kaum wiegt man sich in dem Glauben, es zu schaffen, da tritt die nächste Katastrophe ein, ein Baumstumpf, der nicht entlang der Maserung zu spalten ist, ein Stück Seil, das zu kurz ist. Zuweilen gab es Auseinandersetzungen, tätliche sogar, doch nur wegen des Schiffes. In jenem Winter hatte niemand Zeit, über etwas anderes zu streiten.

Wenn ich heute an diese Menschen denke, Agnar, fühle ich mich ihnen verbunden wie niemandem sonst. Ich mochte nicht alle, ich habe Schwierigkeiten, mich an ihre Gesichter zu erinnern, geschweige denn ihre Namen. Ein paar waren Leibeigene, die meisten waren Freie und zwei – Karlsefni und Snorri – wurden später Anführer in ihrem Heimatland. In Leifsbudir verbrachte ich natürlich einige Zeit mit den anderen vier Frauen, doch auf gewisse Weise verband mich mehr mit den Männern, die auf der Reise in den Süden dabei gewesen waren. Neunzehn Sterbliche aus dieser Welt waren in den Tiefen von Vinland, achtzehn kehrten zurück. Inzwischen müssen fast alle gestorben sein. Von den meisten weiß ich nicht, was aus ihnen geworden ist. Einige blieben in Grönland, ein paar gingen nach Island zurück und unsere Mannschaft segelte mit uns von Grönland nach Norwegen. Außer zweien kamen alle wieder mit nach Island zurück. Ein halbes Dutzend ließ sich im Glaumbær-Tal nieder. Vermutlich haben alle irgendjemandem ihre Geschichte erzählt. Einige sind erneut in Vinland gewesen und haben Holz nach Grönland gebracht, das dort dringend benötigt wurde. O ja, diese Reisen finden noch immer statt. Ich weiß nicht, wie weit man heutzutage in den Süden fährt. Es heißt, sie schlagen wegen der Skrælingjar nie ein Winterlager auf. Sie fällen das Holz und legen wieder ab. Die einzige Reise, von der wir in allen Einzelheiten hörten, war die schreckliche Fahrt, die Freydis unternommen hat. Sie hat Vinland in eine Hölle verwandelt, in ein Land des Mordens und des Verrats. Ich wollte die Geister nicht sehen, die sie hinterlassen hat.

Dennoch, wenn ich jetzt so an diese Menschen denke, Agnar, dann fehlen sie mir. Als ich dort war, erschien es mir nie wie mein Zuhause, aber wir haben dort etwas getan, das sich wirklich gelohnt hat. Und schließlich gelang es uns, ein Schiff zu bauen.

Wie auch immer, als das Packeis schmolz, hatten wir die Ruder an ihrem Platz, den Mast eingesetzt und die Beplankung fertig ausgelegt. Wir ließen das Schiff an einem schönen Frühlingstag zu Wasser, und als es ins Meer glitt, lag es gut im Wasser, wirkte aber nach all der Mühe, die wir darauf verwendet hatten, überraschend klein. Ich stand mit meinem Sohn am Strand und sah zu, wie sie das Segel setzten und langsam aufs Meer hinausfuhren. Wir gingen den Strand entlang und folgten ihnen bis zu der sandigen Landzunge, die unsere Bucht nach Norden abschirmte, und beobachteten, wie das neue Schiff allmählich kleiner wurde und dann hinter den vorgelagerten Inseln verschwand. Erst als ich es draußen auf See sah, wie es die Wellen nahm, als wäre es dazu geboren, glaubte ich wirklich an das Schiff. Sobald es im Wasser lag, war es mehr als nur ein Gegenstand. Es war ein Schiff und ein Schiff kann überallhin; es kann Männer dorthin bringen, wohin sie wollen, hinter den Horizont und in eine andere Welt. Bis zu jenem Augenblick hatte ich uns nie als echte Schiffsbauer betrachtet. Wir hatten die Fachkenntnis: Insbesondere Gunnar hatte sie und natürlich wussten auch die anderen genug über Schiffe, um von Nutzen zu sein. Wir hatten die Ausdauer: Schließlich hing unser Leben davon ab, dass die Arbeit richtig getan wurde. Doch man braucht noch etwas anderes: Glück. Und die Nornen waren uns wohlgesinnt. Versteh mich nicht falsch, Agnar, man kann sich nicht auf sie verlassen, wenn man selbst nichts dazutut. Doch die

Arbeit allein führt ohne das Lächeln der Nornen zu nichts. Es kann sein, dass sie dir ein Leben lang ihre Gunst verweigern, aber wer zu den Glücklichen gehört, ergreift eine Gelegenheit beim Schopfe.

Unser Schiff bewährte sich auf hoher See. Karlsefni und Gunnar kehrten lächelnd heim und der Rest der Mannschaft war vom Erfolg trunken, noch ehe ein Fass Wein angestochen wurde. Es war zu Pfingsten und wir feierten das schönste Fest, zu dem wir uns je in Vinland zusammenfanden. Dann trafen wir die letzten Vorbereitungen und am Himmelfahrtstag verbarrikadierten wir in Leifsbudir die Türen, trieben das Vieh auf die beladenen Schiffe und segelten heim mit der reichsten Ladung, die je aus der Wildnis jenseits der Welt gebracht wurde.

23. September

Es gibt noch etwas, das ich dir über Vinland berichten sollte. Wir waren wieder zu Hause in Glaum, etwa um diese Jahreszeit, vielleicht auch ein wenig später. Es war sehr stürmisch, und während wir an der Feuerstelle saßen, hörten wir den Westwind um das Haus heulen. Ich weiß nicht mehr genau, wer gerade bei uns war: Wir hatten im Herbst häufig Besucher; zwischen der Ernte und dem Wintereinbruch gehen die Menschen gern von zu Hause fort. Es wurde dunkel und die Jungen waren gerade hereingekommen. In jenem Sommer waren sie zum letzten Mal gemeinsam zu Hause und sie ritten immer zusammen aus. Manchmal kehrten sie noch am selben Abend zurück, dann wieder verschwanden sie wochenlang. Ich machte mir stets Sorgen, Thorbjörn könnte in Kämpfe verwickelt werden, und wenn er einen Streit anzettelte und getötet würde, wäre Snorri gehalten, ihn zu rächen. Ich kam nie zur Ruhe, wenn sie fort waren. Ich versuchte, nicht nach den Pferden Ausschau zu halten, aber vergeblich. Snorri segelte im darauf folgenden Frühjahr nach Norwegen. Ich erhielt nur einmal in drei Jahren eine Nachricht von ihm und der Überbringer hatte Snorri sechs Monate zuvor zum letzten Mal gesehen. Ich betete tagtäglich für ihn, doch ich hatte keine Angst wie damals, als er noch ein junger Mann war und mit seinen Freunden durch Island zog. Als Snorri aus Norwegen zurückkehrte, war Thorbjörn bereits fort.

Thorbjörn ging nach Byzanz, als er erst siebzehn Jahre alt war, und schloss sich der Warägergarde an. Über zehn Jahre blieb er fort, und als er dann unser Haus betrat, kam er mir einen Moment lang völlig fremd vor. Dann erkannte ich ihn, diesen Fremden mit brauner Haut und gebleichtem Haar und ungewohnter Kleidung. Er hatte etwas Rücksichtsloses an sich, eine Aura angestauter Energie, die ich beunruhigend, ja sogar bedrohlich fand. Er war ein trotziger, kräftiger Junge gewesen, nicht größer als sein Vater, aber sehr stark, ein harter Arbeiter und stets kampfbereit. Der Mann, der zurückkehrte, trug seine Angriffslust nicht offen zur Schau, aber ich wäre nicht gern sein Feind gewesen. Er brachte eine Truhe voller Schätze aus dem Osten mit, Seide, Edelsteine in eigenartigen Fassungen und ein unheilvoll anmutendes Krummschwert für seinen Bruder, das aussah, als würde es in zwei Klingen zerspringen. Aber es war so geschmiedet, dass es zäh und biegsam war wie eine Peitsche, und alle bestaunten es. Das war die Zeit, als Karlsefni erkrankte, und ich hatte große Angst um ihn. Ich erinnere mich noch lebhaft, wie er dort mit Thorbjörn am Tisch saß und die fremde Metallarbeit betrachtete, wie er Thorbjörn alle möglichen Fragen über die fremden Länder stellte, wie die Dinge dort gemacht wurden, wie Männer ihren Streit austrugen, Fragen über Meere und Gezeiten und über die vielen fremden Götter. Nach jenem Winter ging Karlsefni nicht aus dem Haus. Im darauf folgenden Juni hatte er solche Schmerzen, dass er nicht zum Thing reiten konnte. Er hatte keine einzige Versammlung ausgelassen, seit wir in Glaum lebten. Doch er hat nie seine Neugier verloren. Als er nicht mehr selbst reisen konnte, gab er sich damit zufrieden, allen, die Reisen unternahmen, endlose Fragen zu stellen. Er war ein geduldiger Zuhörer und hatte eine große Menschenkenntnis.

Aber du musst Acht geben, damit ich nicht abschweife. Zu der Zeit, von der ich spreche, war Thorbjörn erst fünfzehn und nie weiter fort gewesen als bis Thingvellur. Er und

Snorri standen einander sehr nah. Snorri hatte Thorbjörn immer geduldet und vermutlich hat er ihn ziemlich oft vor Ärger bewahrt – Snorri war nie eifersüchtig –, aber vier Jahre sind bei Kindern ein großer Abstand. Thorbjörn wuchs jedoch sehr schnell heran und sie gingen fast immer zusammen fort. Später waren sie jahrelang voneinander getrennt, aber wenn sie zusammen sind, ist es immer, als spielte die Zeit der Trennung keine Rolle. Ich bin froh, dass ich meinen Söhnen etwas mitgeben konnte, das ich selbst nie hatte – einen Gefährten, meine ich. Bevor ich eigene Kinder bekam, war ich immer neidisch auf Kinder mit Geschwistern, ich wollte immer zu zweit sein in der Welt.

Du musst mich davon abhalten, von meinen Söhnen zu erzählen, Agnar, sonst komme ich nie auf den Punkt. Sie fehlen mir, weißt du. Ich vermisse sie und meine Schwiegertöchter und meine Enkel, und ich möchte meinen Urenkel sehen. Ich glaube, ich bin bereit, nach Hause zu gehen.

Ja, mein Bester, du sorgst dafür, dass ich bei der Sache bleibe. Sehr schön, wir waren im Langhaus in Glaum: Karlsefni, ich, unsere beiden Söhne, beide in feuchter Kleidung und mit hochroten Gesichtern. Sie waren durch Wind und Regen nach Hause galoppiert. Unsere Gäste saßen mit uns am Feuer und die Diener räumten die Reste des Essens ab. Draußen dämmerte es und der Wind wurde zum Sturm.

Deshalb hörten wir niemanden kommen, doch ein Diener stürmte herein, um uns mitzuteilen, eine Gruppe Reiter sei auf der Straße gesehen worden, die nach Westen aus dem Glaumtal herausführt. Die Männer liefen hinaus. Ich zog mir einen Mantel an und folgte ihnen. Als die Fremden vor unserer Tür die Pferde zügelten und Karlsefni sie begrüßte, tauchte plötzlich ein Bild vor meinem geistigen Auge auf: mein Vater an der Tür von Laugarbrekka und eine Gruppe

Reiter in nassen Mänteln, die aus dem Sturm auf uns zuritten. Ich roch die dampfenden Pferdeleiber und mir war, als hörte ich das Meer über der Schäre im Süden brüllen, als spürte ich die salzige Gischt und den Wind auf meinen Wangen. Ich war noch sehr jung, ein kleines Mädchen, das sich an den Türpfosten klammert und mit großen Augen in den Sturm, auf das Meer und die bewaffneten Männer starrt, die so plötzlich aus der Dämmerung auftauchten. Einen Augenblick lang war ich von der Erinnerung überwältigt. Dann verschwand das Bild und ich trat vor, war wieder die Herrin von Glaumbær und begrüßte die unerwarteten Gäste.

Es war ein Mann namens Gudleif. Karlsefni kannte ihn. Er hatte sich ebenso wie Karlsefni einen guten Ruf als seefahrender Händler erworben. Wir wunderten uns, ihn zu Beginn des Winters so weit nördlich von seiner Heimat im Borgafjord anzutreffen, doch er sagte, da gebe es eine Sache, über die er mit Karlsefni reden müsse. Sobald er und seine Männer gegessen und getrunken hatten, erzählte er uns seine Geschichte.

Das Langhaus in Glaum ist voller Schatten. Das Feuer in der Aschengrube glüht und ein halbes Dutzend Öllampen werfen von ihren Halterungen an der Wand kleine Lichtkreise. Die Menschen rücken auf den Bänken zusammen und kommen zur Ruhe, um Gudleifs Geschichte anzuhören. Sobald er ansetzt, rührt sich keiner mehr, die Spannung ist mit Händen zu greifen. Karlsefni sitzt auf seinem geschnitzten Stuhl, das Kinn in die Hand gestützt, das Gesicht ein wenig überschattet. Snorri zu seiner Linken starrt Gudleif an, als lausche er mit den Augen. Er wirkt erschreckt, wie jemand, dem unerwartet die eigenen Träume erzählt werden, oder eine vergessene Geschichte. Thorbjörn betrachtet Gudleif abschätzend. Wenn er die Stirn in Falten legt, gleicht er seiner Mutter; zwischen seinen Augen taucht dieselbe vertikale Furche auf. Zur Rechten Karlsefnis sitzt Gudrid, auf den El-

lenbogen gestützt, die Hand vor dem Mund. Ihre Augen verraten nichts, aber sie wendet den Blick nicht einen Augenblick lang von Gudleif.

Gudleif sitzt auf der Bank auf der gegenüberliegenden Seite der Aschengrube. Er kennt seine Macht als Erzähler genau. Bilder entstehen vor dem geistigen Auge seiner Zuhörer. Er nimmt sie mit auf eine Reise weit fort von ihrer Aschengrube und in ein anderes Land. Er hat Bilder von den Enden der Welt mitgebracht, sein Geschenk ist es, sie weiterzureichen. Seinen Zuhörern ist der Weg dahin verschlossen. Wenn er in ihre Gesichter schaut, weiß er, dass er sie entführt hat, und seine Worte lassen die Geschichte Wirklichkeit werden.

Im Sommer zuvor war Gudleif von Norwegen aus zu einer Handelsfahrt nach Dublin aufgebrochen. Von dort wollte er in die Heimat Island zurückkehren. Der Herbst war schon fortgeschritten, als er seine Geschäfte in Irland abschloss und aufbrach. Kaum einen Tag westlich von Irland geriet er in einen Ostwind, der nach Norden umsprang und mit Einbruch der Dunkelheit zu einem heftigen Sturm angewachsen war. Ihm blieb nichts anderes übrig, als vor dem Wind in den offenen Ozean hineinzusegeln. Tagelang herrschte schlechte Sicht und von Land war keine Spur zu sehen. Schließlich ließ der Wind nach; die Tagundnachtgleiche stand kurz bevor, es war schwierig festzustellen, wie weit sie nach Süden geraten waren. Doch die Luft war warm, das Meer frei von Eis. Direkt im Westen erblickten sie schließlich Land. Es war anders als Island oder Grönland; es gab nur eine lange Hügelkette, keine Berge. Beim Näherkommen erkannten sie, dass die Hügel mit Wald bewachsen waren, dessen Bäume noch immer grünes Laub trugen wie im Sommer.

Es war keine ihnen bekannte Gegend, doch sie waren erschöpft und sie brauchten Wasser. Deshalb näherten sie sich der Küste und segelten an ihr entlang, bis sie eine geschützte Bucht mit weißem Sandstrand fanden. Sie legten an und gingen an Land. Während sie ihre Wasserbehälter im Fluss füllten, vernahmen sie ein Geräusch, und als sie sich umsahen, erblickten sie fremdartige braune Menschen, die von beiden Seiten über den Strand auf sie zuliefen. Gudleif und seine Männer hatten die Waffen abgelegt, damit sie die vollen Fässer tragen konnten. Die Skrælingjar waren aber ohnehin stark in der Überzahl. Gudleifs Männer waren rasch überwältigt, als sie versuchten, sich mit bloßen Händen zu wehren. Die Skrælingjar ergriffen alle und schleppten sie in den Wald.

Sie gingen nicht weit. Es war ein guter Pfad, wenn auch schmal, und sie kamen im Dämmer der Bäume rasch voran. Dann betraten sie blinzelnd eine sonnige Lichtung, auf der sie das eigenartigste Lager erblickten, das je ein Mensch gesehen hat. Mehrere kleine Feuer brannten im Freien und um diese herum standen runde Zelte aus zusammengenähten und über Holzrahmen gespannten Tierhäuten. Sobald die Skrælingjar mit ihren Gefangenen auftauchten, lief eine Gruppe Kinder auf sie zu und drängte sich zu den Nordmännern vor. Sie zeigten keinerlei Furcht, sondern schwatzten in einer fremden Sprache durcheinander, versuchten sogar, die Fremden zu berühren. Auch Frauen kamen von den Feuerstellen herbei und starrten die Männer an. Sie wahrten ihrerseits Abstand, versuchten aber nicht, die Kinder zur Ordnung zu rufen.

Gudleif und seine Männer wurden in die Mitte des Lagers geführt. Mit Streifen aus Tierhäuten wurden ihnen die Beine zusammengebunden. Die Hände wurden ihnen auf dem Rücken gefesselt. Niemand versuchte mit ihnen zu reden, doch es war klar, dass unter den Skrælingjar Streit ausbrach. Gudleif konnte nur vermuten, dass es darum ging, ob man sie umbringen oder zu Sklaven machen sollte. Ihm kam in den Sinn, dass sie selbst als Sklaven zu gefährlich waren, es sei denn, man machte sie unschädlich. Beim Gedanken daran, wie das zu bewerkstelligen war, wusste er, dass es besser war zu sterben, und sei es von eigener Hand. Doch der Streit legte sich und nichts geschah. Alle schienen abzuwarten. Es war heiß und die Gefangenen wurden immer durstiger. Zuweilen erörteren sie ihre Fluchtmöglichkeiten, doch vorläufig schauten noch zu viele Menschen zu. Also blieben sie ruhig sitzen, von den Skrælingjar bewacht.

Zuletzt kam noch eine neue Gruppe in das Lager. Einer von ihnen schien eine Art Anführer zu sein, denn die Häscher verneigten sich vor ihm und sprachen mit Ehrfurcht zu ihm. Gudleif beachtete ihn kaum. Er schaute vielmehr auf den Mann neben ihm. Der war alt, weißhaarig und überragte die Skrælingjar im Lager um Haupteslänge. Von der Sonne gebräunt, hatte er noch immer eine hellere Hautfarbe als die Skrælingjar. Ein Mann, der, wie die Skrælingjar, mit einer Rehleder-Tunika und ebensolchen Beinlingen bekleidet war, aber einen verschlissenen Webmantel über der Schulter trug. Während die Skrælingjar sich besprachen, ließ Gudleif den Fremden nicht eine Sekunde aus den Augen. Die Gruppe kam näher und Gudleif sah, dass die Ringbrosche, die den zerrissenen, durchlöcherten Mantel zusammenhielt, aus Bronze war. Darauf war ein längliches Tier eingraviert, das mit dem Maul den eigenen Schwanz schluckte. Der Häuptling neben dem Fremden schaute auf die Gefangenen herab. Gudleif blickte dem Fremden in die Augen, die von hellblauer Farbe waren.

»Nun denn.« Kopfschüttelnd ließ der Mann seinen Blick über die Gefangenen wandern. Es kam Gudleif gar nicht in den Sinn, dass er hätte überrascht sein sollen, als er sie auf Isländisch ansprach. »Woher kommt ihr?«

Gudleif erhob sich und die Skrælingjar unternahmen nichts, ihn davon abzuhalten. »Wer bist du?«

»Das wollte ich dich gerade fragen, mein Freund.«

»Ich bin Gudleif, Gudlaugs Sohn aus Island.«

»Aus welchem Teil von Island?«

»Borgafjord.«

»Wo dort?«

»Aus Reykholt. Kennst du es?«

»O ja, allerdings. Hattest du nicht einen Onkel oder einen Großonkel, der Thorfinn hieß?«

»Du kennst meine Familie?«

»Ich glaube, wir müssen miteinander reden.« Der Fremde wandte sich an den Häuptling der Skrælingjar und sprach in der Sprache der Skrælingjar hastig auf ihn ein. Gudleif schaute von einem zum anderen und versuchte, der Unterhaltung zu folgen. Er konnte sich keinen Reim darauf machen, doch am Ende wandte sich der Isländer wieder an ihn und sagte: »Wenn euch die Fesseln abgenommen werden, kannst du dafür garantieren, dass ihr euch friedlich verhaltet, solange ihr hier seid?«

Natürlich versprach Gudleif das sofort, denn es schien bei weitem die glücklichste Wendung. Doch der Mann unterbrach ihn. »Das ist nicht alles. Ihr müsst diese Nacht hier bleiben, denn es ist beinahe dunkel. Aber ihr sollt versprechen, bei Tagesanbruch zu verschwinden. Des Weiteren müsst ihr schwören, niemals wieder an diesen Ort zurückzukehren und niemandem zu erzählen, wo er sich befindet.«

»Ich könnte es nicht, selbst wenn ich wollte«, sagte Gudleif, »denn wir wissen nicht, wo wir sind.«

»Umso besser. Schwöre, dass du wieder nach Osten segeln wirst, bis du in Länder kommst, die du kennst, und nie wieder versuchst herauszufinden, wo dieser Ort hier ist. Es darf keine Segelanweisungen geben, verstanden?«

»Ich habe verstanden. Aber warum?«

»Das hier ist nicht eure Welt. Es wird schlimmeren Ärger geben, wenn ihr euch nicht fern haltet. Wäre ich nicht gewesen, hätten sie euch umgebracht. Wenn ihr oder jemand anders zurückkehrt, werde ich aber nicht mehr hier sein und dann wird es keine Gnade geben.«

»Du wirst nicht mehr hier sein? Du kommst doch jetzt wohl mit uns zurück, hoffe ich?«

Der Mann sprach wieder mit dem Häuptling. Dann fragte er: »Gudleif, willst du es geloben?«

Gudleif sprach mit seinen Männern, die den Bedingungen bereitwillig zustimmten. Dann leistete er einen förmlichen Eid, und als er zu Ende gesprochen hatte, wiederholte der Isländer Gudleifs Worte in der Sprache der Skrælingjar. Danach wurden die Fesseln der Männer durchtrennt. Sie rieben sich noch die Gelenke an Händen und Füßen, als ihnen Wasser gebracht wurde. Sie tranken gierig.

»Und nun, Isländer«, sagte der Fremde, »geben wir euch zu essen und ihr könnt hier an Ort und Stelle schlafen. Gelobt ihr, hier zu bleiben und keinen Ärger zu machen, während ich mit Gudleif unter vier Augen spreche?«

Einer der Männer sagte, er wolle wohl schlafen, wo er sei, aber er würde dort nur ungern abtreten. Man kam überein, dass bei Bedarf jeder einzeln bis an den Waldesrand gehen dürfe. Dann nahm der Isländer Gudleif mit in sein Zelt. Sogleich erschien eine Skræling mit frisch gekochtem Fleisch, das sie zunächst dem Isländer, dann Gudleif reichte, ehe sie verschwand und das Vordach des Zeltes hinter sich fallen ließ. Die beiden Männer aßen und sprachen die ganze Nacht lang, während draußen der Mond aufging und wieder unterging und die kurze Dunkelheit der Morgendämmerung wich.

Der Isländer stellte Fragen nach den Anführern im Borgafjord; dann erkundigte er sich nach Breidavik und Snæfelsnes. Er fragte nach Snorri dem Priester und nach dem Ausgang der Fehden im Snæfel-Gebiet. Schließlich wollte er alles über die Farm in Frodahver wissen, über Thurid, die mit Thorodd verheiratet war, und über ihren Sohn Kjartan. Gudleif berichtete ihm vom Tode Thorirs. Er kannte Thurid nicht, Kjartan indes konnte er sehr gut beschreiben, denn er hatte ihn erst drei Jahre zuvor beim Thing getroffen und war von ihm sehr beeindruckt. Er erzählte dem Isländer, alle Welt spreche gut über Kjartan, wie er mit den Geistern zurechtgekommen sei, die nach dem Tode seines Vaters Frodahver heimgesucht hatten, obwohl er damals fast noch ein Junge war. Er besitze eine Autorität, die jedermann achtete, sowohl die Lebenden als auch die Toten. Der Isländer konnte gar nicht genug über Kjartan hören, den alle Thorirs Sohn nannten, und Gudleif bemühte sich nach Kräften, ihm alles zu erzählen, was er wusste.

Zuletzt schnitt Gudleif das Thema an, das ihm schon anfangs in den Sinn gekommen war. »Und was ist mit dir?«, fragte er ihn. »Ich will nicht nach dem langen Exil fragen, wenn du mir nicht erzählen willst, wie es dazu kam. Aber jetzt wirst du doch mit uns zurück nach Island gehen, oder?«

Der Isländer zögerte und schüttelte dann den Kopf. Doch Gudleif war sicher, dass er sich längst entschieden hatte. »Nein. Ich will nicht zurück. Dafür ist es zu spät. Ich will nicht als lebender Geist in meinem eigenen Land enden. Nein, Gudleif, ich bin jetzt ein toter Mann und es ist besser, wenn ich es bleibe. Aber ich möchte, dass du etwas für mich tust.«

Natürlich versicherte Gudleif, er werde alles tun, was in seiner Macht stünde. Der Isländer schlug die Felle zurück, die auf der Bettstatt im Zelt lagen, und förderte ein gutes, in Norwegen hergestelltes Schwert zutage. Dann zog er unter

Schwierigkeiten den goldenen Ring vom Mittelfinger seiner rechten Hand. »Nimm das mit«, sagte er, »und gib das Schwert Kjartan in Frodahver und den Ring seiner Mutter Thurid.«

»Und was soll ich ihnen über den Schenker sagen?«

»Sag ihnen, er liebt Thurid von Frodahver mehr als ihr Bruder Snorri der Priester in Helgafell. Und sag ihnen, du habest einen Eid darauf geleistet, dass niemand jemals nach mir sucht. Sie würden mich nicht finden, wenn sie hierher kämen. Es ist ein weites Land mit nur wenigen Häfen und es ist ein Fehler zu glauben, Begegnungen jenseits der sterblichen Welt seien möglich.«

Das war alles, was Gudleif zu sagen hatte. Er und seine Mannschaft hissten am nächsten Tag die Segel, und obwohl das Jahr schon fortgeschritten war, gelang es ihnen, ostwärts zu segeln, bis sie die Küste von Irland erreichten. Sie überwinterten in Dublin und kehrten im darauf folgenden Sommer nach Hause zurück. Gudleif reiste so bald wie möglich nach Frodahver und übergab die Geschenke. Er sagte Thurid und Kjartan, er wolle mit Karlsefni reden, nicht um seinen Eid zu brechen, sondern um Karlsefni nach dessen Reise zu fragen und seinerseits einige offene Fragen zu klären.

Ich war gerührt, dass mir Thurid trotz dieser merkwürdigen Vorkommnisse Botschaften schickte. Sie trug Gudleif auf, mir mitzuteilen, sie habe das Kind, das Halldis mit nach Frodahver brachte, nicht vergessen und sie hätte mir damals schon angesehen, dass ich einmal eine schöne Frau würde. Sie ließ mir ausrichten, sie sei nun eine alte Frau und wäre froh, wenn sie mich noch einmal sehen könnte. Wir kannten Kjartan natürlich, denn wir trafen ihn gelegentlich auf dem Thing. Dann fiel mir der Tag wieder ein, den ich verdrängt hatte, der Tag, an dem ich zum ersten Mal sah, wie ein Mann einen anderen umbrachte und wie ein kleiner Junge mit leuchtenden Augen seine Axt in das Blut des Toten tauchte. Am meisten aber dachte ich an Björn von Breidavik, der uns in Arnarstapi zu besuchen pflegte. Ein starker, grimmiger Mann in norwegischem Mantel, der sich die Mühe machte, mit der kleinen Tochter eines anderen zu sprechen und ihr Spielzeug aus Holz zu schnitzen, während ihr eigener Vater sich nicht um sie kümmerte.

An all das dachte ich, während um mich herum wieder leise gesprochen wurde. Im Winter sprechen die Männer an jedem Feuer auf Island über Vinland, doch wer will heutzutage noch dorthin? Nur Grönländer, die immer dringend Holz brauchen. Vermutlich war es nur ein Traum, aus dem einmal mehr werden sollte. Männer träumen gern.

Snorri war den ganzen Abend sehr still. Thorbjörn war es, der in seiner gehässigen Art unentwegt Fragen stellte, als sei er nicht bereit, die Antwort zu glauben. Am Ende wandte sich Gudleif an meinen älteren Sohn: »Und was ist mit dir, Snorri? Zieht es dich nicht in die Ferne?«

Snorri war nie ein großer Redner. Er berichtete Gudleif knapp, dass er im Frühjahr mit dem Schiff seines Vaters nach Norwegen segeln wolle.

»O ja, Karlsefni geht dort auch weiterhin seinen Geschäften nach, ich weiß. Du trittst also in die Fußstapfen deines Vaters, oder?«

»Ja.« Mein Sohn mag wortkarg sein, doch er legte großen Wert auf die Wahrheit und vergewisserte sich, dass er sie vollständig erzählte, so prosaisch sie auch sein mochte. »Aber es ist um meinetwillen«, erklärte Snorri ihm. »Ich habe genug Geschichten gehört. Ich will die Welt mit eigenen Augen sehen.« Er wollte die Wahrheit aus erster Hand erfahren.

Nun, er hat die Welt gesehen, Agnar, so wie sie wirklich ist. So wie wir beide. Ich bin alt und müde und zuweilen denke ich, dass wir immer weniger wissen, je mehr wir sehen. Ja, ich bin erschöpft und es ist spät: Die Schatten sind beinahe über die ganze Wand dort gekrochen. Ein andermal, Agnar. Lass mich die Geschichte ein andermal weitererzählen, sie läuft uns ja nicht weg.

Postskriptum

Rom, 22. Dezember 1051

Ich, Agnar Asleifsson, habe heute die Aufgabe beendet, die mir von Seiner Heiligkeit Kardinal Hildebrand aufgetragen wurde. Heute Morgen habe ich einen offiziellen Bericht über die Arbeit geschrieben, mit der ich die letzten sechs Monate beschäftigt war: Drei Monate lang habe ich die Worte der Frau aus Island aufgenommen und drei Monate lang habe ich sie ins Lateinische übertragen und eine gute Kopie für den Kardinal angefertigt. Was wird er wohl damit anfangen? Vermutlich wird er sie lesen, schließlich hat er die Arbeit in Auftrag gegeben. Dennoch habe ich das Gefühl, dass der frühere Bedarf nicht mehr besteht. Diese Auseinandersetzung über Adelberts Abhandlung, was ist denn daraus geworden? Adelbert ist am römischen Fieber gestorben. In dieser Stadt gibt es ein berüchtigtes Fieber, das aus den Sümpfen kommt und Menschen auf das Krankenlager wirft, vor allem jene, die nicht daran gewöhnt sind. Es ist eine Stadt der unvermittelten Todesfälle und die verpestete Luft scheint seit Papst Leos Rückkehr im Jahre 1049 noch viel ansteckender geworden zu sein.

Die Zerwürfnisse vom Juni sind mit den neuen Bündnissen vom Dezember vergessen. Rom ist der geistliche Mittelpunkt der Welt. Der Ort, an dem die Grenze zwischen dem Irdischen und der Ewigkeit geschlossen wird; in der Stadt des heiligen Petrus, in der wir unsere Erlösung immer vor Augen haben, das Fleisch gewordene Wort. Das habe ich immer geglaubt; man hat es mir in einem fernen, fremden Land erzählt und seither hat Rom mich angezogen, das Zentrum meiner Welt, auf meiner lebenslangen Pilgerfahrt.

Gudrid fehlt mir mehr, als ich sagen kann. Im Herbst war sie noch geschwächt von ihrer langen Krankheit und deshalb habe ich den Schwestern in Viterbo geschrieben. Ich dachte, die heißen Quellen würden ihr gut tun; sie hat mir oft gesagt, wie heilsam solche Quellen in ihrer Heimat seien. Die Zusage traf ein, als wir unser Tageswerk gerade beendeten. Es war am 23. September; ich weiß das, weil es das letzte Datum im Manuskript ist. Ich sah förmlich, wie die Aussicht darauf sie entzückte. Sie sehne sich nach klarer, kalter Luft, sagte sie, und nach den Bergen. Rom mit seiner sanftfeuchten Fiebrigkeit ermüdete sie. »Agnar«, sagte sie zu mir, »du hast daran gedacht. Du bist wie ein Sohn zu mir. Es gibt nichts, was ich lieber täte. Ich kann sofort losfahren, oder? In die Berge? Heiße Moorquellen und klare Luft, und vielleicht Schnee, wenn der Winter einsetzt? Ich kann schon morgen abreisen, oder? Ich habe die Geschichte eigentlich wirklich schon zu Ende erzählt. Natürlich hätte ich weitergemacht, so lange du gewollt hättest, aber ich habe dir alles gesagt, was ich zu sagen habe. Wie werde ich reisen? Kannst du uns begleiten?«

Zunächst dachte ich, das sei unmöglich, doch auf ihre Anfrage hin bat ich um Erlaubnis. Ich durfte sie bis zum Lago di Bracciano begleiten. Ich hätte eine Sänfte für sie gemietet, doch sie bestand darauf, zu reiten. »Ich reite seit meinem zweiten Lebensjahr«, sagte sie. »Du hältst mich wohl für so eine feine südländische Dame? Ich möchte sehen, wohin uns die Reise führt.«

Eine bemerkenswerte Veränderung ging in ihr vor. Irgendwie habe ich es nicht übers Herz gebracht, ihr zu sagen, dass wir die Erzählung mitten in einer Szene abgebrochen hatten, und als ich später darüber nachdachte, kam es mir schon nicht mehr so vor. Was wollte ich denn noch von ihr hören?

Eine Antwort? Ich hatte sogar vergessen, wie die Frage lautete, bis ich erneut den Brief las, den ich von Hildebrand erhalten hatte. Ich hatte diesen Brief gelesen, ehe ich Gudrid kennen lernte, doch von dem Moment an, als sie zu reden begann, habe ich kaum noch daran gedacht. Tod, Jüngstes Gericht, Fegefeuer und Paradies. Hatte Hildebrand erwartet, sie würde mit etwas Definitivem aufwarten? Wohl kaum. Habe ich gemerkt, dass es nur eine Masche war, Munition gegen die andere Fraktion? Hildebrand wollte Adelbert in Misskredit bringen, doch Adelbert ist tot und fast vergessen. Ich war enttäuscht, dass unsere Arbeit so plötzlich beendet war. Ich hatte wohl gedacht, dass Gudrid mir noch mehr zu erzählen hätte.

Doch ich konnte ihr nicht böse sein, als wir bei hässlichem Nieselregen aus Rom hinausritten. Sobald wir uns vom Fluss entfernten, schien die Sonne, kaum dass wir den Hügel des Vatikans passiert hatten. Sie war eine gute Reiterin, als wäre sie dazu geboren, und man merkte nur, wie steif ihre Gelenke waren, wenn man ihr beim Aufsteigen und Absitzen half. Unterwegs schaute sie die ganze Zeit mit Augen um sich, die mit einemmal wieder leuchteten und ziemlich schelmisch dreinblickten. Sie trug keinen Schleier und natürlich zog das die Aufmerksamkeit der Passanten auf sich. Die Männer dachten, sie sei jung, da sie ja allein ritt; sie drehten sich um, und wenn sie sahen, dass sie alt war, zuckten sie mit den Schultern oder spuckten aus, aber die meisten zogen wortlos weiter. Manchmal riefen sie ihr etwas nach und ich wurde rot, doch sie ließ sich nichts anmerken. An allem war sie interessiert: an den Weinbergen, den Obsthainen, den grasenden Kühen, den Bergen vor uns und am Meer im Westen. Sie stellte mir Fragen, wie ein Bauer sie stellen würde, über Wachstumsperioden, über Zucht und Getreide, die ich nicht beantworten konnte. Ich habe den Hof meines Vaters verlassen, als ich zehn war, und in den Ländern, in denen ich mich seither aufgehalten habe, nur sehr selten mit Bauern gesprochen. Unsere Reise verlief sehr harmonisch. Wenn es tagsüber heiß wurde, hielten wir an einer Taverne an, um uns zu stärken. Dann saßen wir bei unserem Wein, bis die Schatten länger wurden. Anschließend ritten wir weiter durch den weißen Staub, bis unsere Kleider damit bedeckt waren und wir den Staub in den Haaren spürten, sandig zwischen den Zähnen und in den Augen brennend. Dann versank die Sonne in herrlichen roten Wolken im Westen, wo das Meer war, und wir sprachen über Hati den Wolf, der die Sonne tagtäglich über den Himmel jagt, und über Bifrost den Regenbogen, der unsere Welt mit der Götterwelt verbindet, und viele andere Geschichten aus meiner frühesten Kindheit.

An den Gestaden des Bracciano trennten wir uns. Sie weinte nicht beim Abschied. Ich sah der kleinen Gruppe nach, bis sie nur noch ein dunkler Fleck auf der weißen Straße war. Ich war es, der dann unerwartet Tränen vergoss. Dann wendete ich widerwillig mein Pferd.

»Wenn ich dich vorher nicht mehr sehe, werden wir uns in Island treffen.« Warum hat sie das gesagt? Weiß sie es? War es eine Redensart oder nur ein blinder Wunsch? Sie sah so zerbrechlich aus inmitten ihrer Eskorte. Wird sie Island wiedersehen? Werde ich es wiedersehen? Plötzlich ist meine Welt voller Fragen, wie seit der Zeit nicht mehr, als ich die verbotenen Werke der Ungläubigen las, die ich dem verschlossenen Schrank in der Bibliothek in Reims entnommen hatte. Doch jetzt stelle ich andere Fragen als damals. Jetzt sehe ich mich offenbar im Mittelpunkt. Ist das eine Sünde? Ich weiß nicht mehr, wo ich stehe, und Gudrid fehlt mir. Das war vor drei Monaten. Ich habe die Niederschrift in eine für den Kardinal geeignete Form gebracht, die er vermutlich nicht mehr haben will. Sie wird zweifelsohne katalogisiert und in die Bibliothek des Lateran aufgenommen und vielleicht wird sie dort auf einem Regal stehen und bis ans Ende aller Tage Staub ansetzen. Mir bleibt mein Originalmanuskript. Es ist beschämend unordentlich, aber sie hat so viel geredet und ich musste so schnell schreiben. Mein rechter Arm schmerzt noch immer vom Handgelenk bis zum Ellenbogen. Ein paar Wochen nach ihrer Abreise trug ich den Arm in einer Schlinge, nur bei der Arbeit nicht. Der Krankenpfleger sagt, ich müsse ihn richtig ruhig stellen, wenn ich ihn wieder voll einsetzen wolle, und man hat mir bis zum Ende der Fastenzeit verboten, zu schreiben. Das setzt also meiner Übersetzung von Gregors *Dialogi* vorläufig ein Ende. Ich war nicht einmal enttäuscht, sondern eigentlich eher froh, ein wenig Zeit zum Nachdenken zu haben.

In der vergangenen Nacht hatte ich einen Traum. Ich war an einem unbekannten Ort. Ich glaube, ich suchte nach etwas. Jedenfalls spürte ich einen gewissen Zwang. Ich will versuchen, es zu beschreiben.

Der Strand ist aus weißem Sand und das Land liegt farblos unter einem blassen Mond. Unter den Bäumen kauert Dunkelheit, dicht wie Stoff. Das Meer leuchtet wie geschmolzenes Silber. Der Wald steht schweigend, als wäre er unbewohnt. Das kleine Boot hinterlässt tiefe Spuren auf der Meeresoberfläche, in Form eines V, wie eine Schar Gänse am herbstlichen Himmel. Der Mann sieht sie hinter sich breiter werden und weiß, dass er insoweit ein Zeichen gesetzt hat, das nie aufhören wird zu existieren. Das Boot gleitet geräuschlos auf den Sand, der Mann geht an Land. Der Sand unter seinen Füßen ist kühl. Oben am Strand zerkratzt wilder Weizen ihm die Beine, Ranken winden sich um seine Fußgelenke. Es gibt keinen Weg. Nie hat es einen gegeben. Bäume stehen ihm im Weg. Er versucht, sich hindurchzuzwän-

gen, doch der Wald bleibt ihm versperrt. Er nimmt das Messer vom Gürtel und ritzt in die Baumrinde. Wenn er einmal sein Zeichen gesetzt hat, ist sein Bleiben sicher. Die Rinde ist weich wie Moos und harzig. Er drückt das Messer hinein. Sein Arm schmerzt. Das Messer trifft auf hartes Holz. Er schiebt es mit aller Kraft hinein und ritzt die Buchstaben ein. Sein Arm brennt wie Feuer. Die Buchstaben verschwinden in der Rinde, der Baum saugt sie in sich auf. Es ist still. Der Mann versucht zu schreiben, doch die Buchstaben verschwinden unter seiner Hand, er sieht nichts und kann die Feder nicht halten. Der Mond ist rund und weiß wie ein Tropfen geschmolzenes Wachs, doch der Wald ist dunkel und unwegsam.

Ich wurde wach und hatte das Gefühl, an einem Ort gewesen zu sein, an dem ich nichts verloren hatte, ja gar einen heiligen Ort entweiht zu haben. Ich lebe nun schon sehr lange mit ihrer Geschichte und ich befürchte allmählich, dass sie in meiner eigenen die Regie übernimmt. Ich habe mir überlegt, das Originalmanuskript zu verbrennen. Weder bin ich stolz auf die Schreibkunst, noch lege ich Wert darauf, dass es jemand zu sehen bekommt. Ich habe die Dinge gern ordentlich und ich bin stolz auf meine schönen Kopien. Es war natürlich keine Kopie im eigentlichen Sinne, aber das fällt dem Leser womöglich auch nicht auf.

Ich will es nicht verbrennen. Das Leben ist lang und ich weiß nicht, was ich möglicherweise noch einmal werde nachlesen wollen, wenn ich das Ende erreicht habe. Ich werde es an einem sicheren Ort verwahren. Ich muss immer wieder daran denken, wie sicher sie sich war, dass wir uns auf Island wieder begegnen würden. Ich würde gern daran glauben. Wenn man die Geschichte eines Menschen aufschreibt, wird sie in gewisser Weise zur eigenen. Das ist eine gefährliche Bemerkung; offenbar spreche ich von einer Art Besessenheit, aber das ist es nicht, und wenn doch, dann bin ich von ihr ebenso besessen wie sie von mir. Sie hat es gelebt und ich habe es aufgeschrieben. Wird es dadurch nicht mein Eigen?

Ihre beiden Söhne leben noch auf Island. Ich bin nicht ihr Kind. Im nächsten Frühjahr wird sie zu ihrer Familie zurückkehren und mich vergessen. Sie ist schließlich eine Frau, die Familie muss ihr mehr bedeuten als ein Fremder, dem sie zufällig begegnet ist. Aber das ist falsch. Ich weiß mehr von ihr als irgendwer sonst, mehr, als ihre beiden Söhne heute von ihr wissen. Inzwischen sollte ich wissen, dass sie nichts vergisst. Sie erinnert sich an alles und es kümmert sie nicht, ob es richtig ist oder nicht. Sie sieht die Dinge auf ihre Weise und ich glaube, ich habe etwas von ihr gelernt. Sie ist mir ans Herz gewachsen. Es ist gefährlich, das zuzugeben, beinahe eine Gotteslästerung. Aber ist es nicht eine noch größere Gotteslästerung, auch nur anzunehmen, die Liebe zu einer sterblichen Frau komme einer Gotteslästerung gleich? Rom ist mir ziemlich fremd geworden. Hat Petrus das auch so empfunden, als er herkam? War es für ihn das Ende der Welt oder ihr Zentrum? Vermutlich beides, so wie für mich. Vielleicht hat er begonnen, an seinen Geburtsort zu denken, weil er wusste, dass er hier sterben würde. Das Land, aus dem er kam, liegt jetzt jenseits der Grenzen des Christentums, ist Land der Ungläubigen. Und doch war es sein Zuhause. Es gibt Zeiten, in denen ich anfange zu glauben, dass auch ich gern nach Hause gehen würde.